中國語言文字研究輯刊

二七編

第 **2** 冊

域外漢籍古典詮釋學文本《輕世金書》
《輕世金書便覽》訓詁學研究

田 峰 著

花木蘭文化事業有限公司

國家圖書館出版品預行編目資料

域外漢籍古典詮釋學文本《輕世金書》《輕世金書便覽》訓詁
學研究／田峰 著 -- 初版 -- 新北市：花木蘭文化事業有限公
司，2024〔民 113〕
序 6+ 目 2+232 面；21×29.7 公分
（中國語言文字研究輯刊 二七編；第 2 冊）
ISBN 978-626-344-828-5（精裝）
1.CST：輕世金書 2.CST：輕世金書便覽 3.CST：訓詁學
4.CST：比較研究
802.08　　　　　　　　　　　　　　　　　113009380

ISBN-978-626-344-828-5

9 786263 448285

中國語言文字研究輯刊
二七編　第 二 冊　　　　　ISBN：978-626-344-828-5

域外漢籍古典詮釋學文本《輕世金書》《輕世金書便覽》訓詁學研究

作　　者　田　峰
總 編 輯　杜潔祥
副總編輯　楊嘉樂
編輯主任　許郁翎
編　　輯　潘玟靜、蔡正宣　美術編輯　陳逸婷
出　　版　花木蘭文化事業有限公司
發 行 人　高小娟
聯絡地址　235 新北市中和區中安街七二號十三樓
　　　　　電話：02-2923-1455 ／傳真：02-2923-1452
網　　址　http://www.huamulan.tw 信箱 service@huamulans.com
印　　刷　普羅文化出版廣告事業
初　　版　2024 年 9 月
定　　價　二七編 13 冊（精裝）新台幣 42,000 元　　版權所有 · 請勿翻印

域外漢籍古典詮釋學文本《輕世金書》《輕世金書便覽》訓詁學研究

田峰 著

作者簡介

田峰，上海交通大學博士生。主要研究方向：訓詁學、文字學。

截至目前，發表 CSSCI 論文一篇：《〈景教碑頌並序〉〈唐景教碑頌正詮〉訓詁考》，第二作者，《古漢語研究》2023 年第 2 期；北大核心論文一篇：《張朋朋兩種字本位教材的編寫原則和思想比較》，獨立作者，《語文建設》2013 年 12 期；普通論文三篇：1.《域外漢籍視角下天主教中國化進程研究報告》，第二作者，上海市委統戰部課題《域外漢籍視域下天主教中國化研究》結項報告，2023 年 9 月；2.《19 世紀末傳教士吳語版〈方言教要序論〉「同文異言」考論》，第二作者，《語言與文化論叢》第七輯，2023 年 4 月；3.《漢語國際教育信息化的發展歷程與展望》，獨立作者，《中外企業家》2019 年第 11 期。

提　要

本書的主體以明末來華傳教的耶穌會士葡萄牙人陽瑪諾（Emmanuel Diaz）翻譯的《輕世金書》（以下簡稱《金書》）和清人呂若翰為之作的注解《輕世金書便覽》（以下簡稱《便覽》）為研究對象，以「比較訓詁學」理論為指導，將《金書》《便覽》這類域外漢籍古典詮釋學作品與中國傳統訓詁學作品作比較，探討其詮釋內容與方式的異同。

本書共分為五章：

第一章對相關問題的研究現況進行綜論。

第二章從訓詁與詮釋的融異視角分析《金書》的譯詞譯經特色。

第三章從詮釋和文化交流的角度分析《便覽》的釋詞釋經特色。

第四章從文字學和校勘學角度分析《金書》五版本異文。

第五章從句讀法理據和訓詁體式角度分析《金書》的文體、書名、「句讀法」、句讀符號和《便覽》的「章句體」。

本書在對《金書》《便覽》窮盡式研究的基礎上，指出《金書》《便覽》是使用系統的中國訓詁學體系、融合西方詮釋學方法的，具有代表性的訓詁詮釋融合材料，書稿努力實踐「比較訓詁學」理論框架下，以中國傳統訓詁方法解讀域外古典詮釋學漢籍著述，可算作中西文化交流方面的嘗試和研究。我於撰寫此書的過程中深深感到，對此類體現訓詁與詮釋深度融合的「比較訓詁學」語料的深入探索，將為漢語史、訓詁學史、中西方交流史的研究拓寬一方天地，增加一種豐富性。

教育部規劃基金項目
「近代域外訓詁學文獻整理與研究
（歐洲卷）」

自　序

　　本書是我在上海交通大學人文學院攻讀博士學位期間寫就的。書的主體以明末來華傳教的耶穌會士葡萄牙人陽瑪諾（Emmanuel Diaz）翻譯的《輕世金書》（以下簡稱《金書》）和清人呂若翰為之作的注解《輕世金書便覽》（以下簡稱《便覽》）為研究對象，以「比較訓詁學」理論為指導，將《金書》《便覽》這類西方聖經詮釋學作品與中國傳統訓詁學作品作比較，探討其詮釋內容與方式的異同。

　　之所以進行這方面研究，源於以下幾點：

　　首先，出於開拓「比較訓詁學」的研究領域、為訓詁學學科走向提供參考的需要。

　　漢語訓詁學是中華本土發端最早的語言學科，在先秦時期的文獻中就可以看到訓詁的實踐，如《左傳・宣公二十二年》（前 587 年）出現的形訓：「夫文，止戈為武」，到今天已經歷兩千餘年。有意思的是，這門古老的本土化語言學科，卻在其漫長的發展史上，跟異域宗教文化產生了千絲萬縷的聯繫。

　　從東漢佛教傳入中國開始，翻譯和傳講佛經的工作盛行，翻譯的佛經文字梵漢夾雜，難讀難解，於是佛教徒們運用漢語的文字訓詁之學，採取「音義」的方式替佛經加注，不僅注漢語的詞，也解釋外語譯詞，推動了漢語詞彙由單音詞向複音詞的轉化，複音化引發了漢語構詞方式的變革，進一步促成了訓詁「音義」之學的成立；到了東漢末年，梵語與漢語的接觸加深，導致或推動了

以反切法為中心，以四聲七韻為經緯的漢語傳統音韻學的形成；魏晉南北朝時，佛教徒講經佈道、闡述教義的法式，啟發了經學訓詁義疏體系的誕生；到了唐代，玄應和慧琳的《一切經音義》等訓詁學音義類專書作為彙集佛教典籍雙語研究成果的訓詁著作，保存了許多早已失傳的訓詁資料，其注音解義能疏校源流，窮討本支，佛儒合觀，相互為用；佛經語言研究也早已納入了訓詁學史的研究範疇並佔有重要地位。在漢字方面，佛經的翻譯與傳抄為漢字的發展增添了新的元素，導致漢字的數量大幅度增加，類型更加多樣，豐富了漢字的構造理論，促進了漢字字樣學的發展。

與佛教典籍對漢語史發展的巨大影響形成鮮明對照的是，明清之際來華傳教佈道的西方教士，他們以及他們教化的中國信徒用漢語譯注的天主教經典雖然為數不少，也在諸多方面改變了漢語漢字的面貌，但由於天主教未能像佛教一樣得到中國官方的持續認可和廣泛支持，特別是自康熙末年（1717年）至於道光末年（1844年），經歷了長達一百多年的禁教，導致該類書籍屢被封禁，多為國人所不知，相較於佛經及其注釋文本的盛行，明清天主教漢語文獻不管是讀者還是研究者都可謂廖若晨星，因而難入學術研究之林，這使得明清時期的訓詁學研究缺失了很大一塊域外資源。

黃侃先生認為「真正之訓詁學，即以語言解釋語言，初無時地之限域。」洪誠先生認為「訓詁學是為閱讀古代書面語服務的一門科學，它研究如何正確理解古代書面語的語義，以求瞭解它的思想和內容」。既然從東漢開始，用漢語解釋佛教經典已然成為了訓詁工作的一部分，漢譯佛典作為古代書面語的一個組成部分，成為了訓詁工作的對象，那麼我們也就沒有理由將天主教的漢語經典排除出訓詁工作的範圍。而因為天主教經典深受西方詮釋學的影響，一旦將訓詁與天主教漢籍聯繫起來，則又自然地撳下了訓詁學與詮釋學鏈接的按鈕。

2016年，在《打開訓詁學研究的廣闊空間》一文中，汪啟明教授首次從評介張玉梅教授《南懷仁〈教要序論〉訓詁學研究》一書角度，拎出將詮釋學與訓詁學進行比較的「比較訓詁學」概念。〔註1〕幾年後，張玉梅教授根據自己對明清時期天主教漢語文獻的梳理和對比研究，對這一術語的內涵作了更精準的闡釋和更清晰的界定：「比較訓詁學」指將中國傳統訓詁學與西方早期詮釋學兩

〔註1〕汪啟明：《打開訓詁學研究的廣闊空間》，轉引自張玉梅《南懷仁〈教要序論〉訓詁學研究·序二》，上海古籍出版社2016年版。

門學科做異同研究的學問。「比較訓詁學」立足訓詁學，意在將漢語聖經詮釋學的諸多著作納入訓詁學史的研究範疇。〔註2〕

　　當前，學界對「訓詁學史是否應該包含漢語天主教典籍」這一問題還有不同看法，故對「比較訓詁學」領域的研究和關注都還很有限，而該領域無論在深度還是廣度上均有很多課題需要進一步深耕細作。

　　其次，出於明清時期中西文化交流研究的需要。

　　在中西文化交流的歷史上，宗教所佔的比重和所起的作用都是舉足輕重的。「宗教本身就是一種文化事業，傳教本身就是文化交流的一種形態和一項內容」，誠如耿昇所說，「在中國與東亞和東南亞國家（印度文化化國家）的文化交流中，佛教起了重要的媒介作用；在中國與中亞國家（阿拉伯—波斯文化化國家）的文化交流中，伊斯蘭教是必不可缺的媒體；在中國與歐洲（希臘—羅馬文化化國家）的交流中，基督教始終扮演著媒介角色。」明末清初來華的西方教士，花費大量精力從事中西文化交流的工作，以擺渡人的身份深刻影響了中西文化，特別是中國文化與歐洲希臘—羅馬文化的交流。

　　這種交流突出表現在典籍上。中國歷來是一個高度重視典籍的國度，這是歷史上東來傳教者深諳之事。因此正像佛教東來的第一件事是翻譯佛經一樣，以利瑪竇為代表的耶穌會士入華傳教，首先做的事情也是翻譯典籍。因為在利瑪竇看來，「在中國有許多處傳士不能去的地方，書籍卻能走進去，並且仗賴簡潔有力的筆墨，信德的道理可以明明白白地由字裏行間透入讀者的內心，較比用語言傳達更為有效。」這帶來了持續一二百年的翻譯高潮，傳教士的譯介範圍涵蓋宗教、哲學、人文、社會、科學等多個領域，對中國社會的影響全面而深遠。儘管「西方宗教未能有效地迎合中國的需要」，對宗教書籍的譯介遠沒有科學書籍那樣受人關注，但其畢竟是西方來華教士的初心和本分，所以本書旨在通過對明清時期天主教漢語文獻的研究，特別是對陽瑪諾所譯《金書》及呂若翰作注的《便覽》的分析，考察明末至晚清間中西文化，特別是中國儒家文化與西方天主教文化的互動，以深化這一時期的中西文化交流研究。

　　第三，基於我的研究興趣。

　　我歷來對跨文化的研究興趣濃厚，讀碩士時學的是漢語國際教育專業，致

〔註2〕張玉梅：《比較訓詁學視域下基督教漢語文本用詞特點及文體考》，《中國訓詁學報》，2022年。

力於深入瞭解不同文化背景的漢語學習者，為他們學好中文、理解中國文化提供方法和路徑。我碩士論文的選題是法國漢學家白樂桑（Joël Bellassen）於1989年編寫的漢語教材《漢語語言文字啟蒙》，分析了蘊於該教材中的白樂桑的漢語字本位思想，指出白樂桑在該教材中試圖按照漢語本來的面目、運用字本位教學法來教漢語，這建立在他對漢語特點的高度理解和深刻把握的基礎上。白樂桑對現代漢語的理解和把握讓以漢語為母語的我大為讚歎，而在他編寫《漢語語言文字啟蒙》的三百多年前，陽瑪諾於1640年翻譯的《輕世金書》則讓我驚歎一個外國人竟然能把古代漢語文言文寫得如此高深莫測、奇偉瑰麗！

陽瑪諾等耶穌會士，在來華傳教前和傳教過程中，對中國語言和文化都做了相當紮實的功課。1594年，耶穌會在澳門設立聖保祿學院，「該院開列的『學習計劃』（Ratio Studiorum）強調精研儒家經典，並在一系列典籍中特別推崇《尚書》，將它與『四書』共同歸入必讀之列，並節取《尚書》文句令學員作文」，這使得在華耶穌會士大多諳熟儒家經典，具有對古代漢語和儒家傳統文化的高度理解和深刻把握，「我們會說這個國家本土的語言，親身從事研究過他們的風俗和法律；並且最後而又最為重要的是，我們還專心日以繼夜地攻讀過他們的文獻。」不過由於刻意模仿《尚書》的謨誥體，造成陽瑪諾翻譯的《輕世金書》太過古雅，「至少要有舉人的學力才容易看」，對士大夫階層而言或許讀來有味，但對識字不多或者完全不識字的下層信眾和讀者而言，則有些難以企及。

1848年，呂若翰在陽譯基礎上注解而成的《便覽》，以淺近文言的形式，通過原文、注、講、解的體例將中國傳統訓詁學和聖經詮釋學巧妙地融會貫通起來，為普通中國老百姓讀懂該書提供了方便。

從《漢語語言文字啟蒙》到《金書》《便覽》，從「中學西傳」到「西學東漸」，我碩士與博士的研究領域看似跨越得風馬牛不相及，卻有一根中西文化交流的暗線貫穿其中。更進一步講，傳教士與漢學家實乃一體兩面，若要追溯法國漢語教學的源頭，白樂桑的前輩漢學家、晚於陽瑪諾來華的馬若瑟亦是耶穌會士。事實上，許多來華耶穌會士出於傳教需要，在艱苦努力學會漢語的同時，編寫了各種各樣的漢語教材和辭書。

碩士畢業後，我曾有兩年時間赴國外孔子學院擔任國家公派教師，在第一線親身感受了中西文化的差異，深知作為擺渡人——白樂桑、陽瑪諾、呂若翰

們的不容易。一種語言和文化，要想讓秉持另一種語言和文化的族群認可和接受，是非常困難的。唯有像白樂桑、陽瑪諾、馬若瑟、呂若翰們那樣，對另一種語言、文化、學問有高度的理解和深刻的把握，才能融會貫通，有所建樹。而研究這種深層次的跨文化互動，正是我長期以來的興趣所在。

本書共分為五章：

第一章對本書相關問題的研究現況進行綜論。

第二章從訓詁與詮釋的融異視角分析《金書》的譯詞譯經特色。

第三章從詮釋和文化交流的角度分析《便覽》的釋詞釋經特色。

第四章從文字學和校勘學角度分析《金書》五版本異文。

第五章從句讀法理據和訓詁體式角度分析《金書》的文體、書名、「句讀法」、句讀符號和《便覽》的「章句體」。

本書在對《金書》《便覽》窮盡式研究的基礎上，指出《金書》《便覽》是使用系統的中國訓詁學體系、融合西方詮釋學方法的，具有代表性的訓詁詮釋融合材料，書稿努力實踐「比較訓詁學」理論框架下，以中國傳統訓詁方法解讀域外古典詮釋學漢籍著述，可算作中西文化交流方面的嘗試和研究。我於撰寫此書的過程中深深感到，對此類體現訓詁與詮釋深度融合的「比較訓詁學」語料的深入探索，將為漢語史、訓詁學史、中西方交流史的研究拓寬一方天地，增加一種豐富性。

田峰

2024 年 3 月 13 日序於上海交通大學

目

次

引子　從「罪，四非」說起

2023 年 8 月，正值我博士階段的暑假，因研究需要，課題組〔註 1〕來到中國唯一的祝聖教堂——青島聖彌厄爾大教堂參訪，在教堂正門處的資料欄拿到一張題為《信耶穌有什麼好處》的單頁。這份小小的材料細數了信耶穌的四種好處：第一，靈魂得拯救；第二，罪得赦免；第三，生命更新；第四，今生有依靠。

我們注意到其中第二條對「罪」的解釋：「從文字來看，罪，四非，即做了四種不該作的事：（1）不該看的（黃色書刊，錄像等）你去看。（2）不該聽的（污穢骯髒的話）你去聽。（3）不該講的（說別人的壞話，引人犯罪的話，污穢的話，罵人）你去講。（4）不該做的（各種各樣的犯罪行為）你去做。」

總體來看，這張傳單所講的不該犯「四非」之罪，有著引導修身守法的積極意義，這一點值得肯定，但是裏面的學術硬傷及其消極影響也不容小覷。

學術硬傷：「罪」這個字被拆成「四非」，並且說是「從文字來看」，實屬錯誤。根據我國經典字書考察，「罪」的上半部為「网」而不是「四」，罪的本義為捕魚的竹網。《說文》：「罪，捕魚竹网。從网從非」。再根據出土古文字進行溯源考辨，「非」字在殷商甲骨文時代寫作「**飛**」，是在「**羽**」的兩個人形

〔註 1〕指 2023 年度上海市委統戰部《域外漢籍視域下天主教中國化研究》課題組，由上海交通大學人文學院張玉梅教授帶隊，成員有劉自勳、田峰、朱津宜、王覓、李燕妮、趙凱雯、張思琪，本書有些觀點基於課題組調研報告的討論和共識。

之上各加一短橫以示區別。「𠤎」即「北」，取象於背對背的二人之形，表示相背的意思，而「兆」即非，原形本義是違背的意思。《甲骨文常用字字典》中即指出：「非，通用為排、菲、匪、斐、啡、翡、緋、扉、霏、蜚、誹、罪、裴、痱、悲、悱、俳。」〔註2〕甲骨文裏沒有「罪」字，而是借「非」為「罪」字。「罪」字小篆字形作「𦋺」，其上半部分「网」字為象形字，甲骨文作「网」，從漢字取象的角度看，是從物形取象。〔註3〕也即「罪」字上半部分為「网」字，而非「四」字，「四非」之說是文字學裏最忌諱的「望文生義」，犯了曲解漢字本源形義的錯誤，因而不符合「求真」的科學精神。消極影響：錯誤使用「望文生義」的方法，誤導對優秀傳統漢字文化的繼承和發揚。

　　原因分析：編寫傳單教義的人缺乏傳統文化的知識儲備與修養。揭示問題：自唐代基督宗教來華時就出現的問題——語言、文字及外來文化的中國化問題，至今仍然是個有待逐步解決的課題。

　　本書想要做的工作與上述宗教傳播過程中的語言文字詮釋有關，所梳理和研究的核心文獻為明代葡萄牙傳教士陽瑪諾所譯《金書》和清代中國天主教徒呂若翰對其作的注釋《便覽》，從中國訓詁學的視角出發，拿傳統訓詁學的基本方法、訓釋內容，就著《金書》《便覽》的材料，作與聖經詮釋學的對比研究，希望能以點滴耕耘之力，對明清時期天主教漢語文本的詮釋特色有所揭示，從而也為今天的天主教中國化詮釋提供借鑒和啟示。

〔註2〕劉釗：《甲骨文常用字字典》，中華書局，2019年，第54頁。
〔註3〕張玉梅：《漢字取象及其古詩文意象研究》，西南交通大學出版社，2022年，第276頁。

第一章　研究綜論

　　明崇禎十三年（1640）年，即清軍入關前四年，來華耶穌會士——葡萄牙人陽瑪諾[註1]在中國教徒朱宗元的幫助下，用古奧的漢語翻譯完成了《輕世金書》[註2]，這本被中國教徒視為僅次於《聖經》的重要宗教書[註3]，其底本

〔註1〕　在澳大利亞國家圖書館藏的《輕世金書》1800 年版以及俄羅斯國家圖書館所藏的稀見天主教文獻《天學集解》抄本中，「陽瑪諾」有時寫作「楊瑪諾」。分別詳見陽瑪諾譯、朱宗元訂、湯亞立山（Alexander de Gouvca）准：《輕世金書》，京都聖若瑟堂藏板，澳大利亞國家圖書館藏 1800 年刻本；張雲、馬義德：《俄羅斯國家圖書館所藏的天主教文獻》，《漢籍與漢學》，2021 年第 2 輯。

〔註2〕　費賴之（Louis Pfister）認為 1640 年時，陽瑪諾僅僅翻譯完成了該書四卷中的第一和第三卷，其餘兩卷後由同會會士蔣友仁（Micheal Benoist）、趙聖修（Louisdes Roberts）補成，至 1757 年，四卷本的《輕世金書》才在北京刊刻。方豪認為四卷本同出陽瑪諾、朱宗元二人手，陽瑪諾曾於 1627、1639 年兩次到訪寧波，並與當地熱心教徒朱宗元有交往，《輕世金書》初版於 1640 年，可推測為陽瑪諾在寧波期間與朱宗元合作翻譯的成果。李奭學通過分析法國國家圖書館藏四卷本《輕世金書》孫方濟斯抄本中的序言，認為 1640 年陽氏確有可能在杭州武林天主堂譯得四卷本《輕世金書》。根據陳垣所撰《明末清初教士譯著現存目錄》，有「朱宗元撰，崇禎北京板」的《輕世金書直解》一書，我以為四卷同出陽瑪諾、朱宗元手無疑，且四卷本最遲在 1644 年譯完。參看費賴之著、馮承鈞譯：《在華耶穌會士列傳》之《陽瑪諾傳》，商務印書館 1938 年版；方豪：《方豪文錄》之《遵主聖範之中文譯本及其注疏》，上智編譯館 1948 年版；李奭學：《譯述：明末耶穌會翻譯文學論》之《療心之藥・靈病之神劑：陽瑪諾譯〈輕世金書〉》，香港中文大學出版社 2012 年版。

〔註3〕　郭慕天在《輕世金書原本考》中指出：「《輕世金書》，原文拉丁，為中古時代文學傑作，不特以宗教書見稱也。」英國人瑪格納思（Laurie Magnus）在《歐洲文學大綱》卷一中說：「出世主義是《遵主聖範》（按：《輕世金書》拉丁文底本）的最顯著的特色，猶如現世主義是《十日談》（Decameron）的特色。」分別詳見郭慕天：

是中世紀天主教靈修文學名著《遵主聖範》（De Imitatione Christi），該書用拉丁文寫成〔註4〕，「因強調內心自省，以謙卑之心靜對天主，接納聖寵，為歐洲時人提供了行事準則，在西方天主教世界——甚至是新教——內影響巨大。從中古至文藝復興時期，其手抄本就達 900 種以上，是《福音書》外，整個基督宗教界最為人所知的文學奇葩」〔註5〕。

據方豪考證，從 1640 到 1964 年間，留下記載的《遵主聖範》中文譯本多達二十四個〔註6〕，這二十四個譯本文體用語各異，有古奧文言的《金書》，有淺近文言的《師主編》，有華北官話的《師主篇》，有白話的《遵主聖範》等等，這些譯本增加了中文的詞彙和表達，而且好的譯本不乏文學價值。在這些譯本中，以古奧文言進行翻譯的《金書》是最早的一個。陽瑪諾在翻譯此書書名時選定「輕世金書」四個字，在書前小引中，他作了如此解釋：「洞世醜曰『輕世』，且讀貴若寶礦，亦曰『金書』。」〔註7〕該書有 1640 年北京初刻本兩卷，不全；1757 年〔註8〕、1800 年、1815 年北京刻本四卷；1848 年上海刻本四卷；以及 1856 年、1910 年、1923 年的土山灣刻本四卷。《金書》的「意義已不僅限於自歐徂華的耶穌會士，而是遍及中國教徒，所以從明末到清初，甚至迤邐到了民初，陽譯本一再重刻，總數在二十五次以上，幾乎超越了利瑪竇膾炙人口的《交友論》。」〔註9〕

《〈輕世金書〉原本考》，《上智編譯館刊》1947 年第 1 期第 2 卷；周作人（署名子容）：《遵主聖範》，《語絲》1925 年 10 月刊第 50 期。

〔註4〕郭慕天認為陽瑪諾翻譯《輕世金書》時所依據的底本並非 15 世紀肯培多馬（Thomas a Kempis）的拉丁文本，而是 16 世紀格拉拿大依據拉丁文本翻譯的西班牙文本，詳見郭慕天：《〈輕世金書〉原本考》，《上智編譯館刊》1947 年第 1 期第 2 卷，第 36～38 頁。

〔註5〕孫琪：《重寫中國近代文學史的開端——讀李奭學〈譯述：明末耶穌會翻譯文學論〉》，《國際漢學》2014 年第 2 期，第 376 頁。

〔註6〕方豪：《〈遵主聖範〉之中文譯本及其注疏》，《方豪六十自定稿》，臺灣學生書局 1969 年版，第 1871～1883 頁。

〔註7〕陽瑪諾譯、朱宗元訂、馬熱羅（即熱羅尼莫，Hieronimus da Matta）准：《輕世金書》（1848 年重刊本），1848。

〔註8〕此據費賴之著、馮承鈞譯《在華耶穌會士列傳》之《陽瑪諾傳》。方豪認為費氏所謂 1757 年《輕世金書》北京刻本，許是徐家匯所藏趙聖修、蔣友仁之《輕世金書口鐸句解》抄本。詳見方豪：《方豪文錄》之《遵主聖範之中文譯本及其注疏》，上智編譯館 1948 年版，第 113 頁。

〔註9〕李奭學：《瘵心之藥・靈病之神劑：陽瑪諾譯〈輕世金書〉》，見李奭學《譯述：明末耶穌會翻譯文學論》，香港中文大學出版社 2012 年版，第 391 頁。

　　雖然廣受歡迎，但《金書》中陽瑪諾的譯語古奧，文至艱深，所以普通信徒屢屢「展卷茫然」「無從領會」〔註10〕。鑒於此，道光年間，廣東順德的天主教徒呂若翰〔註11〕對陽譯《金書》進行了注解，以「輕世金書便覽」之名重印之，以原文、注、講、解的體例，用傳統訓詁學與西方早期詮釋學相結合的方式對《金書》作了義理精透的解讀。在《便覽》中，呂若翰先逐段抄錄陽譯《金書》的原文，然後在「注」中疏通字詞之意旨，在「講」中用較為淺顯的文言〔註12〕對原本佶屈聱牙的文句進行補充、譯述，最後在「解」中分析此段文字在全書中的層次作用等。

　　此外，在《便覽》中，每一章前還專門寫有對本章內容的統攝性介紹，每頁天頭還有對重點字的注音。該書較《金書》淺顯直白了許多，陳垣認為該注本「可謂陽譯功臣」〔註13〕。《便覽》有 1848 年粵東天主堂本及 1905 年廣東重刊本。無論是《金書》的外文原本《遵主聖範》，還是陽譯《金書》，亦或呂注《便覽》，其文本本身都具有經典性和獨特性，但遺憾的是，訓詁學界對此領域的研究甚少。目前以訓詁學理論觀照明清時期天主教漢語文獻的專書研究僅有張玉梅《南懷仁〈教要序論〉訓詁學研究》一項，因而本書對《金書》及《便覽》的訓詁學研究有望打開跨文化、跨學科的、更廣闊的訓詁學研究領域。

　　為了便於從整體上釐清此類文獻的研究脈絡，以下擇要對相關研究進行綜述。

第一節　對《金書》底本《遵主聖範》的研究

　　「靈修書卷跟神學論著之不同，猶如鮮明著色的行路通告牌跟千萬分之一的縮寫地圖之差異，雖則兩者都在指示同一區域範圍。靈修書卷的作用是催人整裝待發，立意作遠行，並且不給他回頭票。」誠如史體爾（Douglas V. Steere）在《中世紀靈修文學選集》的導論中所說，《金書》的底本——15 世

〔註10〕詳見《輕世金書便覽‧跋》，呂若翰注、熱羅尼莫（即馬熱羅，Hieronimus da Matta）准：《輕世金書便覽》（粵東天主堂本），1848。

〔註11〕呂若翰，名翰，字若屏，若翰是其教名。在陽瑪諾譯作《聖經直解》中曾對「若翰」做過解釋：若翰，譯言受聖寵，受主憐，詳見陽瑪諾譯、亞立山湯准：《聖經直解》（京都始胎大堂重刊藏板），1790。

〔註12〕鄭海娟在其《明清耶穌會士的漢語白話書寫實踐》一文中認為《便覽》是《金書》的白話衍生文本，不確切。

〔註13〕陳垣：《再論遵主聖範譯本》，《語絲》第 53 期。

紀肯培多馬用拉丁文寫成的天主教靈修文學名著《遵主聖範》「在忠告似一正在趨程中的某人，而使這人切感著要跟他一同走。」〔註14〕此書寫的有計劃、有系統，深受天主教和新教徒歡迎，「有 6000 多種不同的版本，是除了《聖經》之外譯本最多的基督教名著。」〔註15〕

這本書的產生和受到追捧，有其深刻的社會歷史背景。徐允婧（2007）在其碩士論文中從教會組織的成長和靈修思想的發展兩個層面作了分析：十四世紀到十五世紀，歐洲社會進入了最黑暗的時期，政治權力和教宗制的爭權奪利、教宗制內部的腐敗，導致了著名的「西方教會大分裂」（1378～1417）。同時伴隨著百年戰爭（1337～1453）和黑死病（1347～1351），正是在這樣滿目瘡痍的背景下，書中的一些思想——每個人都可以直接到基督面前求得恩典，不需要特殊的儀式，或聖母和聖徒的代禱——可以說是回應時代的新思想，也是宗教改革的先聲。該書產生的另一背景是神秘主義靈修運動的推動。十四世紀，伴隨著經院哲學的衰落，興起了神秘主義思潮。基督教的神秘主義要求人們從外部世界返回到內心，在默觀、沉思的狀態中接近神。基督教神秘主義寫作在這一時期達到頂峰，而該書即其中影響最深遠者。該書最初以拉丁文本匿名發行於 1418 年，以拉丁文本發表後，迅速翻譯為各國語言並廣泛流行。該書分四卷，卷一培靈之道，卷二論內心生活，卷三論內心安慰，卷四論聖餐。〔註16〕

第二節　對《金書》翻譯背景與譯本的研究

如果以西班牙人依納爵・羅耀拉（Ignatius of Loyola）1540 年正式創立耶穌會和意大利人羅明堅（Michele Ruggieri）1580 年進入廣州作為兩個起點，1640 年陽瑪諾將《遵主聖範》譯成《金書》時，正值耶穌會正式創立 100 週年、入華 60 週年。在耶穌會入華的 60 年中，《聖經》僅有少量章節被翻譯成中文，也鮮少有其他大部頭的西方典籍被漢譯，《金書》可謂最早全篇翻譯成中文的西書之一。那麼耶穌會士陽瑪諾為何選擇此書來翻譯呢？這大概與耶

〔註14〕聖伯爾拿（Saint Bernard）、肯培多馬等：《中世紀靈修文學選集》，宗教文化出版社 2011 年版，第 2 頁。

〔註15〕健新編：《心靈花園》，西藏人民出版社 2007 年版，第 1 頁。

〔註16〕徐允婧：《〈輕世金書〉研究》，北京外國語大學碩士畢業論文，2007，第 4～5 頁。

穌會創始人和基督宗教西方史上最重要的靈修家之一西班牙人依納爵‧羅耀拉喜讀此書不無關係。在他創編、傳授、并寫作成書的靈修方案《神操》中，曾提到此書：「在第二周和接下來的幾周，偶而花點時間閱讀《遵主聖範》、四福音書或《聖徒傳》，將很有裨益。」〔註17〕

事實上，《遵主聖範》所強調的「放棄一切私人的利益，克制世俗的愛欲」跟耶穌會的精神有諸多一致之處，羅耀拉深受《遵主聖範》的影響，為了讓信徒意識到並擺脫種種不正確的「繫戀」，特別建議所有耶穌會士在神操實踐中，閱讀《遵主聖範》，可見該書在耶穌會士中具有的特殊地位，誠如陽瑪諾在《金書》小引中所說：「若翫茲書，明悟頓啓，愛欲倏發」，這便是陽瑪諾選擇此書進行翻譯的原因所在。

關於《遵主聖範》的中譯本，民國十四年（1925年）的《語絲》週刊，在第五十期、五十三期、五十五期相繼發表周作人的《遵主聖範》、陳垣的《再論遵主聖範譯本》、張若谷的《三論遵主聖範譯本》，分別指出了該書的一種、七種、十一種中文譯本。1948年，教會神職人員兼歷史學家方豪在《遵主聖範中文譯本及其注疏》（收於《方豪文錄》）中列舉了十九種該書的中文譯注本，考釋細緻，堪稱完備。到了現當代，該書新的譯本依然層出不窮，如1937年上海廣學會出版的英雅各（James W.Inglis）、韓汝霖合譯本（1954年香港基督教文藝出版社重印）等，這些譯本有的直接受惠於《金書》，有的體現了新時代讀者新的期待。然而，產生於現當代的新譯本儘管流傳得很廣泛，但對其進行研究者不多。

張玉梅教授（2023）曾將此書各漢語譯本、詮釋本（或曰訓詁本）的版本情況，按照時間順序，提要整理為一表：〔註18〕

時　　間	版本信息	書　　名	譯注者	文體／用語
約在崇禎至康熙間	手抄本法國國家圖書館藏	輕世金書	陽瑪諾譯朱宗元訂	仿《尚書》謨誥體
1640～1644？	已佚	輕世金書直解	陽瑪諾譯朱宗元注	

〔註17〕Ignatius of Loyola, The Spiritual Exercises and Selected Works, edited by George E.Ganss, S.J., with the collaboration of Parmananda R.Divarkar, S.J., Edward J. Malatesta, S.J., and Martin E. Palmer, S.J.（New York: Paulist Press, 1991），pp.147-148.

〔註18〕張玉梅：《文心雕龍：以域外漢籍古典詮釋學文獻〈輕世金書〉語料為中心》，《慶祝中國〈文心雕龍〉學會成立四十週年國際學術研討會暨學會第十七次年會論文集》，2023年8月7～9日，第465～466頁，引用時有更動。

1756～1760？	抄本 上海徐家匯藏書樓	輕世金書口鐸句解	陽瑪諾譯 趙聖修、蔣友仁訓解	口語
1800	京都聖若瑟堂藏板 主教湯亞立山准	輕世金書	陽瑪諾譯 朱宗元訂	仿《尚書》謨誥體
1848	重刊本 司教馬熱羅准	輕世金書	陽瑪諾譯 朱宗元訂	仿《尚書》謨誥體
1848	呂修靈堂藏板 主教熱羅尼莫公准	輕世金書便覽	陽瑪諾譯 朱宗元訂 呂若翰注	仿《日講書經解義》體
1874	周作人有錄，三卷。有 1874 田類思序，舊有錯認為田譯者	遵主聖範	王君山譯	語體
1889	京都燈市口美華書店印鐫	遵主聖範	柏亨理譯	文言
1895	陳垣有撰述	遵主聖範	柏亨理譯	文言
1898	江南代牧姚准 上海慈母堂活板	師主吟	蔣升譯	韻文
1905	河間府勝世堂本	師主篇	李友蘭譯	燕北官話
1905	香港納匝肋靜院本 陳垣有述	遵主聖範新編	寶若瑟譯	更俗之語體
1907	上海慈母堂印本	師主編	蔣升譯	文言
1909	北京西什庫鉛印 國家圖書館藏 陳垣有述	輕世金書直解	陽瑪諾譯 王君山注	仿《南華髮覆》作
1923	重刊本 江蘇主教姚准上海土山灣印書館印	輕世金書	陽瑪諾譯 朱宗元訂	仿《尚書》謨誥體
1938	廣學會出版 國立武漢大學藏	遵主聖範	英雅各、韓汝霖譯	語體
1940	狄守仁序於天津工商學院	新師主篇	狄守仁譯	語體
1956	臺北總教區總主教洪山川准	師主篇	光啟編譯館	語體
1964	香港初版，九龍晨星書屋發行	效法基督	黃培永譯	語體

　　此表並非《輕世金書》一書完全版的譯本狀貌，然亦可供管中窺豹。自 17

世紀中葉陽瑪諾首譯此書為《輕世金書》，該書漢譯書名多有變化，文體譯語等亦有變化。

　　總結該書漢譯本歷時演變，三次重要變化為：第一，由明代《輕世金書》的「書體」，歷時兩百多年，演變為清代《遵主聖範》的「語體」（陳垣語）。第二，十九世紀末《師主吟》首用「韻文體」，進行了更加易於誦讀、歌謠式的翻譯，是進一步通俗化的譯本。第三，二十世紀以來，不斷推出口語化譯本，以及搖擺和反覆於文言與口語之間的諸本。此書最終樣貌為諸本並存，從而使不同層次讀者可由自身情況，從中選擇取用。

第三節　對《金書》及其注本的研究

　　作為《遵主聖範》的首個中譯本，陽瑪諾翻譯的《金書》吸引了不少學者從不同角度進行研究。徐允婧（2007）的碩士論文《〈輕世金書〉研究——〈效法基督〉的首次漢譯、譯文及影響》從中文和拉丁文的對照出發，研究耶穌會士的文化翻譯，該文對耶穌會士陽瑪諾如何與中國文人朱宗元合作進行翻譯、向中國介紹西學的過程作了細緻的分析。李奭學借用利瑪竇的原話，採用「譯述」這一概念，對陽瑪諾的翻譯狀態進行了摹寫，在《譯述：明末耶穌會翻譯文學論》（2012）中，他闢專章詳細解讀了《金書》，從「譯本的問題」「原本與源本」「文體與譯體」「閱讀實學」「注疏的傳統」五個方面對《金書》作了分析。方豪在《中國天主教史人物傳》中專章介紹了陽瑪諾及其著作，並在談到《金書》時指出：「明清之際，譯入中文的天主教典籍中，以《輕世金書》的文體為最艱深。」〔註19〕徐光啟的裔孫徐宗澤在《明清間耶穌會士譯著提要》中從層次上對耶穌會士譯注的宗教書作了劃分：第一層是解釋天主為何物的書，如《天主聖教實錄》《天主實義》等；第二層為辟邪崇正之書，如《畸人十篇》《闢妄》等；第三層是補儒教之缺的書，如《古今敬天鑒》《天學本義》等；第四層是對既領洗入教的教友，教導其不可不知之基本道理的書，如《十誡勸》《論聖蹟》等；第五層是教導教友深造之道理、修成之方法的書，如《七克》《輕世金書》等。

　　關於書名的翻譯，據郭慕天考證，《輕世金書》並非直接翻譯自拉丁文的

〔註19〕方豪：《中國天主教史人物傳》，宗教文化出版社 2007 年版，第 122 頁。

《遵主聖範》，而是翻譯自《遵主聖範》的西班牙文本 Libro del Menosprecio del Mundo，y de sequir a Christo〔註20〕，那麼為什麼將書名定為「輕世金書」呢？如同《論語》各篇通常取前兩個字作篇名一樣，《輕世金書》拉丁文原本的書題，最早以首卷首章首節的第一句話命名，即 Qvi sequitur me（人從余），後來又以首卷首章標題中的 De imitation Christi（效法基督，即遵主聖範）命名，到十六世紀，出版界又因首卷首章標題開頭的 Contemptus mundi（輕世）是天主教常譚，故而亦有取之為題者。〔註21〕陽瑪諾選擇了「輕世」二字，又在「輕世」後加上了「金書」作為書名，一方面突出了該書作為靈修類書籍的主題，另一方面亦顯示了其作用之重要。

關於《金書》的譯者，需要特別說明的一點是，明末清初時代，尚未開眼看世界的中國人少有通曉西文者，而儘管西方傳教士在入華前後多進行過中文的學習，但其語言水平尚難以獨自撐起翻譯工作，所以此時的天主教文獻的翻譯基本是由西方傳教士與其中國助手（一個或多個）共同完成的。誠如古偉瀛教授所述：「事實上，當時幾乎所有的西書中譯都是在中國文人的幫助下完成的，『即使是書面上是由西方人士所寫，實際上可能還是有其中方夥伴的看法在其中』。只是這些中國助手們的名字大都不署，以致他們的功績湮沒不存。如今我們能夠從文本內容找到中國文人協助的證據，『因為有些著作看起來非老於中華傳統及古籍者，無力為之』。」〔註22〕《金書》明顯是一部文字經過中國文人潤色的譯作，其在各卷開頭均寫有「極西陽瑪諾譯，甬上門人朱宗元訂」字樣，表明這部作品的譯者是陽瑪諾，負責主譯，朱宗元為助手，負責校訂潤色。據方豪研究，陽瑪諾曾於 1627、1639 年兩次到訪寧波，並與當地熱心教徒朱宗元有交往，《金書》初版於 1640 年，全書三萬多字，篇幅不大，可以推測為陽瑪諾在寧波期間與朱宗元合作翻譯的成果。

關於《金書》的文體、用詞，陳垣在《再論〈遵主聖範〉譯本》一文中，直陳《金書》「用《尚書》謨誥體」譯。徐允婧（2007）在其碩士論文中比較了《金

〔註20〕郭慕天：《〈輕世金書〉原本考》，《上智編譯館館刊》1947 年第 2 卷第 1 期，第 37～38 頁。

〔註21〕關於《金書》拉丁文原本書題的由來和演變，詳參李奭學：《譯述：明末耶穌會翻譯文學論》，香港中文大學出版社 2012 年版，第 373 頁。

〔註22〕古偉瀛：《中華天主教史研究方法的淺見》，見古偉瀛編：《東西交流史的新局：以基督宗教為中心》，臺灣大學出版中心 2005 年版，46 頁。

書》與《尚書》，指出：謨誥指中國古代帝王的策略和文告，《尚書》中大部分內容即為此類。謨誥部分多用四字句，也有一些三字句。如《尚書・大禹謨》：「帝德廣運，乃聖乃神，乃武乃文。皇天眷命，奄有四海，為天下君。」又如《尚書・皋陶謨》：「寬而栗，柔而立，願而恭，亂而敬，擾而毅，直而溫，簡而廉，剛而塞，強而義；彰厥有常，吉哉。」她認為《金書》多仿《尚書》句式，如卷三第二十三章：「望主賜釋。世慕世物，予慕真主，靈恒歎嘖，祈主臨監，嘿慰僕曰：來矣抵矣。」又如該章中的另一句：「萬豐華，萬禧樂，萬勳績，萬神聖，本超二性萬恩之上。」此外，她還認為《金書》的一些常用語詞也與《尚書》高度相關，比如無實際意義的名詞詞頭「有」，人稱和指示代詞「厥」，近指代詞「茲」，以及大量古雅詞彙如「僉」「矧」「咈」「迓」等。在用語方面，陽、朱二人在翻譯時選擇了古奧文言。徐允婧指出在宗教類作品的翻譯史上，採用復古風格的例子比比皆是。1611 年的欽定版聖經即採用在當時已經顯得有些過時的典雅的英語來翻譯，所以 1640 年陽、朱二人用古奧的文言來翻譯也不足為奇。

關於《金書》的注本，自陽譯《金書》1640 年出版後，由於文字晦澀，詞彙古奧，對其注解的本子甚多。在崇禎末年，朱宗元便已著有《輕世金書直解》一書，可惜該書如今已佚。光緒年間，王保祿又有同名之書。王注《輕世金書直解》初刊於光緒三十三年（1907），距明清之際朱宗元的同名注本已經過去三百多年，可見從明末到清末，陽譯《金書》雋永依然，頗具影響。李奭學在《譯述：明末耶穌會翻譯文學論》中指出，「直解」一詞肇始於宋代，如汪革有《論語直解》，朱弁有《尚書直解》，但以明代張居正的《四書直解》或《書經直解》聲名最著，二書乃為多數耶穌會士習《四書》與《尚書》的入門磚。陽瑪諾的另一譯作、1636 年的《聖經直解》的得名大抵受張居正二書的影響，而朱宗元在明清之際完成的《輕世金書直解》，其得名則很有可能受到了《聖經直解》的啟發。朱宗元的《輕世金書直解》是《金書》的第一個注本，立下了該書的注釋傳統，乾隆年間又有趙聖修賡續其志，編寫了《輕世金書口鐸句解》一書，該書重在口語，不過趙聖修只訓解到該書四卷中的第三卷，功尚未成，而因病遽歸道山。所餘下的一卷，幸有蔣友仁續成。可惜該書未刻，據方豪所述，該書抄本藏於上海徐家匯藏書樓，徐宗澤的《明清間耶穌會士譯著提要》雖未收入，但杜鼎克（Adrian Dudink）確曾見到，分有三卷的殘本及四卷的補遺本兩

種。〔註23〕方豪同時認為費賴之所說 1757 年足本《金書》的刻本實則未刻，費賴之很可能是將《輕世金書口鐸句解》誤為了《金書》。《金書》的各種注疏本中，今天較易見到的刻本是呂若翰的《便覽》，呂氏為廣東順德人，名翰，字若屏，若翰為其教名。呂氏「每見童兒輩展卷茫然」，讀《金書》「無從領會」，因在「同志大加參訂，集思廣益」下，「注而釋之」，終於道光戊申年（1848）完成了《便覽》。〔註24〕此書詳明曉暢，陳垣認為其體例師法康熙御定《日講書經解義》，故而有「注」，有「講」，也有「解」。呂若翰作為一名清代天主教士，其所著《便覽》從陽譯的字義到天主教義的申論，幾乎無所不講，無所不包，對瞭解《金書》，功勞甚大，但迄今為止，還沒有人做過訓詁學與詮釋學比較視域下，《便覽》的專書研究，就連專門針對《便覽》的研究都很少。在偶而提到該書的研究文章中，又不乏舛誤。如鄭海娟在其《「書中有舌、如獲面談」：明清耶穌會士的漢語白話書寫實踐》一文中認為《便覽》用「白話文寫成，是《輕世金書》的白話衍生文本」〔註25〕，便不確切，實際上，《便覽》使用的是較為淺近的文言。陳垣的《再論遵主聖範譯本》（1925）認為《便覽》「特仿《日講書經解義》體」〔註26〕本不錯，而李奭學引用時則演繹為「此書詳明切實，陳垣認為所師法者乃康熙御定《日講書經解義》的體例，故而有『注』，有『疏』，也有『講』」〔註27〕，這就不準確了，事實上《便覽》有「注」「講」「解」，沒有「疏」。2014 年，李奭學、林熙強主編的《晚明天主教翻譯文學箋注》出版，其中由林熙強、余淑慧、高淑敏所作的對《金書》的箋注，是《金書》最新的注本。該注本依據 1848 年印有「司教馬熱羅准」字樣的《金書》重刊本，另參考清初教徒孫方濟斯抄錄的《輕世金書》，西班牙文本《新版輕世金書》，拉丁文本《遵主聖範》，英譯本《遵主聖範》，王保祿所著《輕世金書直解》，呂若翰所著《輕世金書便覽》，耶穌會士趙聖修著、蔣友仁補遺的《輕世金書口鐸句解》，

〔註23〕 Adrian Dudink, "The Chinese Christian Texts in Zikawei 徐家匯 Collection in Shanghai: A preliminary List", Sino-Western Cultural Relations Journal 33（2011），pp.26-27, 31.

〔註24〕 以上關於《金書》注本的研究，詳參李奭學：《譯述：明末耶穌會翻譯文學論》，香港中文大學出版社 2012 年版，第 391～392 頁。

〔註25〕 鄭海娟：《「書中有舌、如獲面談」：明清耶穌會士的漢語白話書寫實踐》，轉引自宋莉華主編：《經典的重構：宗教視閾中的翻譯文學研究》，上海古籍出版社 2019 年版，231 頁。

〔註26〕 陳垣：《再論遵主聖範譯本》，《語絲》第 53 期。

〔註27〕 李奭學：《瘳心之藥，靈病之神劑：陽瑪諾譯〈輕世金書〉》，見李奭學：《譯述：明末耶穌會翻譯文學論》，香港中文大學出版社 2012 年版，第 392 頁。

列出異文、詳解字詞，在解釋字詞時給出了該字詞在中國傳統典籍中的用例，該注本於校勘、注釋方面可謂精詳，美中不足的是，並沒有參考 1800 年印有「主教湯亞立山准」和 1923 年印有「江蘇主教姚准」字樣的《金書》版本。

第四節 對訓詁學與詮釋學二者關係的研究

《金書》通過漢譯《遵主聖範》，闡釋了眾多《聖經》經文、天主教教義和靈修之法，《便覽》是對《金書》作的進一步注釋和講解，兩部著作從本質上說都屬於聖經詮釋學作品，而由於其誕生於有著悠久訓詁歷史的中國，作者深諳中國傳統的解經之道，所以我們在這兩部著作中又可以清晰地看到傳統訓詁的痕跡，即兩部作品中皆融匯了西方詮釋學與中國訓詁學的因素，因而對兩部作品的深入研究，有助於進一步探討訓詁學與詮釋學二者的關係，探索訓詁學未來的學科走向。令人遺憾的是，目前學界尚沒有從這一角度對兩部書的考察。現有的關於訓詁學與詮釋學的關係論述，張玉梅教授所作綜述（2016）〔註 28〕比較完備，以下提要概述並增補近八年語料信息為幾個方面：

一部分學者認為訓詁學與詮釋學原本相類，主張借鑒學習詮釋學，來建設和發展訓詁學。杜敏在《訓詁學與解釋學之比較──兼及訓詁學當代發展的途徑》（2003）中指出：西方解釋學與中國訓詁學有共同的起因。……二者的差異在於解釋學更善於更新，不斷擴大學科影響。訓詁學應不斷更新觀念，運用科學方法，走多向的現代化發展之路。曹海東在《吸取解釋學精華實現訓詁學改造》（2006）中指出：以解釋學（或曰詮釋學）審視、觀照中國文獻訓詁的歷史和傳統，並在吸納解釋學理論與方法的基礎上，重構訓詁學學科體系，以實現對訓詁學的學科改造，這是訓詁學獲得再發展的最佳途徑。景海峰在《從訓詁學走向詮釋學──中國哲學經典詮釋方法的現代轉化》（2004）中認為：和詮釋學的邏輯化底色相比，訓詁學恰恰缺乏哲學的思辨性和認知功能上的獨立性。成中英在《訓詁、語義與詮釋》（2018）中指出：訓詁學研究面對文本，但不應只停留在文字層面，而應當被依次納入語義學研究與詮釋學研究之內。

部分學者對訓詁學的詮釋學特徵作了挖掘，如潘德榮在《文字與解釋──訓詁學與解釋學比較》（1996）中指出：詮釋學經過浪漫主義運動發展出了一

〔註 28〕詳見張玉梅：《南懷仁〈教要序論〉訓詁學研究》，第二章《訓詁學與詮釋學同異之宏觀考》，上海古籍出版社 2016 年版，第 36～73 頁。

套相當完備的方法論和本體論體系，而訓詁學則一直停留在具體的方法、規則之應用操作上，沒有形成相對完整的體系。但這並不是說，訓詁學從根本上沒有方法論和本體論思想，事實上，訓詁學的方法論與本體論已隱含於解釋的過程之中，解釋所依據的不僅是技術性的規則，它最深層的基礎乃是本體論意義上的「世界觀念」。又如周光慶在《試論中國訓詁學的起源與特質》（2014）中指出：從中華先民的原初性解釋活動開始，就孕育了詮釋學特質的種子：這顆詮釋學特質的種子，在中華先民的經典解釋活動中萌芽，在中華先民解釋活動不斷提升的進程中生發，在漢初訓詁學逐漸形成的進程中茁壯成長，在後來訓詁學的發展歷程中開花結果。這就全面地、有力地說明，就其大體而言，中國訓詁學確實具有詮釋學的特質。四年後，在《從訓詁學的自覺看其詮釋學特質》（2018）一文中，周光慶進一步認為：從訓詁學的原始性自覺來看、從訓詁學的建構性自覺來看、從訓詁學的變革性自覺來看、從訓詁學的總結性自覺來看，中國訓詁學都已經越來越深厚地具有詮釋學的基本特質，都已經越來越成為了研究解釋活動以提升其解釋目標、解釋方法、解釋效應的學問。

有學者倡導借鑒中國古代的經典注釋傳統，創建中國解釋學。湯一介在《再論創建中國解釋學問題》（2000）中，通過對我國古代經典解釋的梳理，提出把中國古代三種不同的注釋方法，作為建立中國解釋學的基礎，其內容都與訓詁學有關。張小星在《從西方「哲學詮釋學」到中國「哲學訓詁學」建構》（2020）中指出：對於建構「中國詮釋學」來說，除了吸納西方詮釋學、尤其是 20 世紀以來「哲學詮釋學」之外，更為重要的是充分考察中國本土的經典詮釋傳統；主張用「哲學訓詁學」來建構「中國詮釋學」理論。張江在《「訓詁闡釋學」構想》（2022）中提出：「訓詁闡釋學」是學科建構方向的新設計，其目的是充分發揮訓詁學與闡釋學各自的優勢，互為根基，互為支撐，互為動力，為闡釋學的發展奠定可靠的中國基礎，為訓詁學的生長開闢廣大的現實空間。杜敏（2023）在《訓詁闡釋學建構的學科基礎與價值》（2013）中指出：20 年前，湯一介倡導要建立中國的闡釋學，訓詁闡釋學的理論建構，恰是對這一願望的當下回應。

也有學者結合人物、著作、學科較為具體地舉例探討了訓詁學與詮釋學二者的關係。崔金濤、李麗群在《黃侃訓詁學與施萊爾馬赫解釋學之比較》（2017）中認為「黃侃訓詁學與施萊爾馬赫解釋學具有相同的歷史地位，是東西方解

釋理論與實踐正式成為一門獨立學科的開始」，二者之間的差異「比較明顯」，主要體現在「歷史淵源」「解釋目標」「發展路徑」三個方面。張玉梅、申雨喆、朴秀智在《訓詁與詮釋的同異——兼論〈教要序論〉釋詞與近代中西方語言文化的融異》（2017）中指出：黃侃之「訓詁者，用語言解釋語言之謂」與伽達默爾之「從一個陌生的語言世界轉換到另一個自己的語言世界」的說法何其相似！可見訓詁與詮釋均可以簡言為「語言解釋語言」或「把一種語言表達轉換為另一種語言表達。」文章通過對明清時期比利時來華耶穌會士南懷仁的《教要序論》的分析，指出了聖經詮釋學與傳統訓詁學在解釋詞義方面的同異之處並闡明了造成這種同異的主客觀原因。作者特別強調：訓詁學的內容很豐富，西方詮釋學「就是」，或者「相當於」中國訓詁學的說法失之片面，不夠科學。李崗在《基督教釋經學與中國訓詁學的幾點比較》（2005）中認為：釋經學與訓詁學在涵義、緣起、方法、傳統等方面都有所不同，從而其演變結果自然不同。

　　少數學者提出將訓詁學與詮釋學作比較的學問稱為「比較訓詁學」，並對其內涵作了界定。關於「比較訓詁」「比較訓詁學」的思想來源、最初提法、內涵外延、來龍去脈等情況看，我梳理如下：

　　「比較訓詁」的最初涵義可以理解為對同一經典文本的不同的解讀進行比較，以作取捨，在朱熹的讀書法中即可見到這種思想的影子。朱熹在其《讀書之要》中曾詳述在讀書時面對「紛錯」的「眾說」應如何做出「取捨」，其目的在於辨明道理，以義理為旨歸：「文義有疑，眾說紛錯，則亦虛心靜慮，勿遽取捨於其間。先使一說自為一說，而隨其意之所至以驗其通塞，則其尤無義理者，不待觀於他說而先自屈矣。復以眾說互相詰難，而求其理之所安，以考其是非，則似是而非者，亦將奪於公論而無以立矣。」〔註29〕在這裡，朱熹將義理作為衡量文義是非的準繩，將「眾說」進行比較，有了「比較訓詁」的思想，但未明確提出「比較訓詁」的說法。

　　「比較訓詁學」一說最早見於1927年，伍光建在翻譯德裔英國學者約翰・西奧多・梅爾茨（John Theodore Merz）的《十九世紀歐洲思想史》時有言：「又有一相似之潛力，則從完全不同之方向而來，大抵是發生於比較訓詁學，吾人

〔註29〕朱熹：《讀書之要》，《朱熹集：卷七十四》，四川教育出版社1996年版，第3889頁。

可以謂是由於介紹研究梵文而發起。」〔註30〕（英文原文為：A similar influence came from an entirely different quarter，mainly through the growth of comparative philology.〔註31〕）作者將 1816 年弗朗茲・波普（Franz Bopp）的《梵文動詞活用系統與希臘文、拉丁文、波斯文及德文之系統相比較論》等書歸納為比較訓詁學著作，指出比較訓詁學由介紹研究梵文而發起。這裡被伍光建譯為「比較訓詁學」的「comparative philology」跨越了語種的界限，有「歷史比較語言學」的意味。1933 年，沈兼士撰寫的《右文說在訓詁學上的沿革及其推闡》一文刊於《中央研究院歷史語言研究所慶祝蔡元培先生六十五歲論文集》，在該文章中，沈兼士提出了「比較訓詁之學」，他說：「蓋比較字形之學，自王筠吳大澂以來，已導夫先路。而比較訓詁之學竊謂亦宜急起為之。顧比較之先，必須豫立標準。今當廣採訓詁之異說岐出者，以右文之律，衡其優劣長短，庶幾眾議紛紜，有所折斷」〔註32〕，可見其所謂「比較訓詁之學」，是以右文說作為衡量標準，去判斷各種訓詁異說的優劣短長，去比較字義，把握語言的變化。如此把漢字作為音符，將形、音、義聯繫起來研究並探討其間的關係，突破了《說文解字》因形取義的陳法。李建國在《遇夫先生文字語源學簡說》（1985）一文中，認為沈兼士著《右文說在訓詁學上之沿革及其推闡》和《聲訓論》，試圖以右文為主，輔以其老師章太炎《文始》之說，建立比較訓詁學，即字族學。1943 年，周祖謨在輔仁大學中文系開設了一門「比較訓詁學」課程，主要內容是以形聲字諧聲系統為綱，揭示漢語語根與派生詞的親族關係，並在此基礎上，對訓詁材料進行整理，實現比較互證、音義互證。1992 年，何少初在《古醫籍研究中的系統比較訓詁法》一文中，針對傳統訓詁學的某些局限，提出了運用「系統比較訓詁法」對古醫籍進行整理研究的具體做法。2011 年，喻權中、張碧波在《東北亞諸族創世與起源神話考原——兼與「東北亞聖母柳花」說商榷》一文中認為將文字記載中留有的原始阿爾泰語言現象，同曾在滿族興安嶺附近留存過的民族語言，及透過語言反映出的文化習俗、神話傳說，做一「比較訓

〔註30〕約翰・西奧多・梅爾茨著、伍光建譯：《十九世紀歐洲思想史》，商務印書館 1935
　　　年版，第 159 頁。

〔註31〕John Theodore Merz, A HISTORY OF EUROPEAN THOUGHT NINETEENTH
　　　CENTURY Volume 3, Thoemmes Press, 2000.

〔註32〕沈兼士：《右文說在訓詁學上之沿革及其推闡》，山西人民出版社 2014 年版，第 779
　　　頁。

詁」，將是認清原始阿爾泰語言文化內涵的有效方法。這裡的比較訓詁涉及到歷史語言比較的範疇。

　　2016 年，汪啟明教授為張玉梅教授專著《南懷仁〈教要序論〉訓詁學研究》所作之序言揭櫫了「比較訓詁學」在該書中「詮釋學與訓詁學相比較」的全新內涵，從而使之明確為一個新生的訓詁學學術用語。他認為張玉梅教授的著作「開拓比較訓詁學的學術視野」，可謂「比較訓詁學的濫觴」。汪啟明教授對「比較訓詁學」作了初步的界定：「闡釋二者（按：指詮釋學與訓詁學）之同，分辨二者之異，從學理上探討同異的原因，又從歷史的發展階段上加以比較。」〔註 33〕關於比較訓詁學所研究對象的具體發展階段，2016 年，張玉梅教授在《南懷仁〈教要序論〉訓詁學研究》中指出：「比較訓詁學」研究的訓詁學指的是近現代獨立學科形成之前，從先秦萌芽到清代復興的傳統訓詁學階段；「比較訓詁學」研究的詮釋學指的是 19 世紀施萊爾馬赫出現之前的古代詮釋學階段。之所以要做出如此劃定，實在是因為在不同的時段，訓詁學與詮釋學的變化都太大了。2017 年，在《訓詁學視角下〈教要序論〉的中西方修辭實踐考》一文中，張玉梅教授繼而探討了「比較訓詁學」的研究領域：「中西方學科在古典階段，在修辭、訓詁、詮釋、邏輯、文章、文體等方面不分家、不分科」〔註 34〕，因而「今天仍舊陣營分明的修辭學、訓詁學、邏輯學、文章學、文體學，應該實現交叉性、貫通式研究，從而突破各自的瓶頸而走向新的發展」〔註 35〕，她主張將修辭、邏輯、文章、文體等一併納入「比較訓詁學」的研究領域。六年後，張玉梅教授根據自己對明清時期古典詮釋學文獻的研究，對「比較訓詁學」的內涵作了更精準的闡釋和更清晰的界定：「『比較訓詁學』指將中國傳統訓詁學與西方早期詮釋學兩門學科做異同研究的學問，『比較訓詁學』概念的提出基於中國傳統訓詁學與西方早期詮釋學有異有同

〔註 33〕　汪啟明：《打開訓詁學研究的廣闊空間》，轉引自張玉梅《南懷仁〈教要序論〉訓詁學研究・序二》，上海古籍出版社 2016 年版。

〔註 34〕　在西方，從古希臘晚期到中世紀，一直都有所謂「三科四目」的分法。三科（語法、修辭、邏輯）是知識的初級階段，是入門的門徑和治學的基礎，具有工具學科的性質，四目（代數、幾何、天文、音樂）則是教育的進階和知識的進一步拓展。詮釋學在很長一段時間內是被劃歸到廣義的邏輯學裏面的。詳見景海峰：《從訓詁學走向詮釋學——中國哲學經典詮釋方法的現代轉化》，《天津社會科學》，2004 年第 5 期。

〔註 35〕　張玉梅：《訓詁學視角下〈教要序論〉的中西方修辭實踐考》，《當代修辭學》，2017 年第 5 期。

的客觀事實，旨在比較研究二者在產生、發展、演變等歷史進程中的同異，意在比較研究的視野中進一步明確中國訓詁學在世界同類學科中的目的、任務、價值、定位、性質、特點，乃至其對世界文明的貢獻。它用來展開研究的傳統訓詁學指『先秦萌芽—漢代興起—清代復興—近現代獨立學科—當代訓詁學』歷史分期中近現代之前的訓詁學階段。它用來對比研究的西方早期詮釋學大致指『早期詮釋學（荷馬史詩—中世紀—宗教改革時期—17、18 世紀獨立學科的詮釋學）—19 世紀普遍詮釋學—當代詮釋學』歷史分期中的早期詮釋學階段」〔註36〕。

結　語

　　與本書緊密相關的研究目前多聚集在《遵主聖範》中譯本、《金書》的翻譯原本與翻譯策略，以及訓詁學與詮釋學的關係等方面，而尤以最後一方面為最具爭議。學界對訓詁學與詮釋學的關係、訓詁學未來的學科走向等問題尚無公論，對「比較訓詁學」的概念界定和理論研究尚缺乏廣泛共識。而將訓詁學與詮釋學放到具體文本中進行比較，除了張玉梅教授的《南懷仁〈教要序論〉訓詁學研究》以外，還未有針對其他明清古典詮釋學漢籍的專書研究，因而本書對《金書》《便覽》的研究寄希望於為釐清訓詁學與詮釋學的關係、完善和發展「比較訓詁學」理論提供些許參考。

〔註36〕張玉梅：《比較訓詁學視域下〈萬物真原〉修辭特色》，《文獻語言學》，2022 年第 1 期。

第二章 《金書》譯詞譯經考

本章對《金書》譯詞譯經的研究，重在將其放置於從唐至明清古典詮釋學漢語文獻譯詞釋經的大背景中，在這長達一千多年的時間跨度中，西來詮釋學與中國本土訓詁學借助古典詮釋學漢語文本而得以發生持續的交融。以下先勾勒這種交融大的線條輪廓，再擇要剖析《金書》的譯詞譯經，最後分析《金書》各版本的譯經分歧。

第一節　訓詁與詮釋：古典詮釋學漢語文獻譯詞譯經概述

中國的傳統訓詁與西方的早期詮釋都有悠久的歷史，訓詁的萌芽在先秦時期，例如《左傳·宣公二十二年》（公元前 587 年）中出現的形訓：「夫文，止戈為武」。「詮釋學如果不是從《伊利亞特》的涅斯托爾開始，至少也從奧德修開始。」〔註1〕根據伽達默爾的看法，詮釋學的萌芽在公元前 11 到公元前 9 世紀的《荷馬史詩》，其中論及的兩個人物都以善於言辭和辯解詞義著稱。訓詁與詮釋在中西方的封閉體系內各自平行發展了一千多年後，到了唐貞觀時期（公元 635 年），當天主教之異端聶斯托利派使者阿羅本傳景教入中國時，產生了第一個交點。

〔註1〕〔德國〕漢斯-格奧爾格·伽達默爾著、夏鎮平等譯：《哲學解釋學》，上海譯文出版社 1994 年版，第 23 頁。

從唐代的《大秦景教流行中國碑頌並序》（以下簡稱《景教碑》）到明清的《金書》等一大批古典詮釋學漢語文獻屬於古典詮釋學著述，既包括聖經語料類譯作，也包括基督宗教類原創作品，因為均是漢語典籍，且作者以西來傳教士為主（也包括中國本土人士），故而歸類於域外漢籍古典詮釋學文獻。這批時間跨度長達一千餘年的文獻，像一個又一個交點，描繪出訓詁與詮釋的深度交叉，反映了二者鮮明的融異特色。而在這其中，「翻譯」是融通二者的重要橋樑。詮釋學包括翻譯而訓詁學不包括翻譯，或曰翻譯屬於詮釋學範疇而非訓詁工作，這是兩門學科之不同。也即，將基督宗教文獻翻譯成漢語不是訓詁學家的工作，而是基督教義詮釋者——傳教士和中國信徒們的工作。但是，有一個事實無需爭議：翻譯基督宗教文獻時必然導致產生許多新的譯詞，或賦予許多舊的漢語詞以新的涵義，而對這些譯詞的訓釋就成了詮釋與訓詁共同的任務，二者的目的無非都是使得這些詞能被人更好地理解和接受。

譬如「景教」一詞。唐時入華之景教，乃天主教之異端聶斯托利派，其在歷史上正式的名稱是「敘利亞東方教會」，唐朝首次翻譯為「景教」之前，它還有「波斯經教」等譯名。推源溯始，它本沒有一個跟漢語文化能完全準確對接的名稱，所以景淨在《景教碑》中對這個翻譯過來的新詞以文內訓詁的方式解釋道：「真嘗之道，妙而難名。功用昭彰，強稱景教」，「強」字言其勉強對應，景淨用具有積極修辭色彩的、有「光明」「廣大」之義的「景」字來彰顯甚至有意美化該教的性質、特點和功用。陸忠發在其《當代訓詁學》中曾將解釋詞義的方法分為「直陳詞義的訓詁」和「考求詞義的訓詁」，這裡對「景教」的解釋，顯然屬於後一種訓詁方法。

當然，也有學者認為景淨的「景教」翻譯太過中國本土化，甚至使其丟失了個性和特色並最終導致該教傳教失敗，但亦僅為一家之見，且為另一個層面的問題了。就文本而言，《景教碑》對「景教」之「翻譯」與「訓詁」都很到位，景淨時時、處處不忘推介、推廣、闡釋其教義，從而達到樹碑立傳、廣泛傳教的目的。〔註2〕景淨對「景教」的翻譯算得上是一個有創造性的意譯，然而基督宗教包羅萬象，要給其中的每一樣事物都找一個對應的漢語語詞比較困難，因此就出現了借用儒釋道三家詞彙的情況。

〔註2〕關於《景教碑》中對「景教」一詞的翻譯與訓詁，詳見張玉梅、田峰：《〈景教碑頌並序〉〈唐景教碑頌正詮〉訓詁考》，《古漢語研究》，2023 年第 2 期，第 23～24 頁。

在《景教碑》中存在大量的「以儒譯耶」「以道譯耶」「以佛譯耶」。據張玉梅、王覓（2023）對《景教碑》中詞語的窮盡式考察，發現其借用儒家的詞語共有 151 個，借用道家的詞語共 70 個，借用佛家的詞語共 45 個〔註3〕。然而「借用現有詞彙，只能表達一部分基督教義的概念，常有含糊不清危害正統信仰的危險」〔註4〕。《景教碑》過多使用儒釋道語詞，使景教難以獲得獨立的文化身份，因此甚至有人將其直接視作道教文本〔註5〕，佛教文本〔註6〕，或者乾脆把它看作四不像〔註7〕。這個問題到了明代的羅明堅、利瑪竇時期，仍然頗為棘手：「羅明堅和利瑪竇開始傳教時，不知道猶太人、回教徒與景教為表達和天主教共有的概念，在中國採用了什麼術語。」〔註8〕

下面結合唐代景淨《景教碑》（781 年），明代羅明堅《天主實錄》（1584 年），利瑪竇《天主實義》（1604 年〔註9〕）、《天主教要》（1605 年）、陽瑪諾《唐景教碑頌正詮》（1641，以下簡稱《正詮》）等著作對教會術語的翻譯和闡釋進行簡要考察。

《天主實錄》是第一本中文撰寫的基督教義講授小書，由羅明堅和陸有基神父合作，並利用陸氏的神學注解，先用拉丁文寫成「天主事理的真實簡述」，再經過翻譯和校正，於 1584 年出版，是向中國知識階級介紹基督教義的處女作。這本小書用「天主」來指神，用「僧」來指傳教士，用「寺」來指稱教會建築物。

〔註3〕詳見張玉梅、王覓：《比較訓詁學視域下儒道佛耶融合研究》，《國際漢語教育史研究》（第 7 輯）》，商務印書館 2023 年 7 月，第 80～87 頁。

〔註4〕〔比利時〕燕鼐斯：《中國教理講授史》，田永正譯，中國河北信德室 1999 年版，第 35 頁。

〔註5〕羅尚賢：《從大秦景教看道學與神學的關係》，《廣東社會科學》1999 年第 5 期，第 64～70 頁。

〔註6〕《一個幾乎混同於佛教的古代基督教派》，《佛教文化》2003 年第 1 期，第 52 頁。

〔註7〕馮英、林中澤：《唐代耶穌名號和形象的入華及其結局》，《寧夏社會科學》2016 年第 4 期，第 189 頁。

〔註8〕〔比利時〕燕鼐斯：《中國教理講授史》，田永正譯，中國河北信德室 1999 年版，第 35 頁。

〔註9〕燕鼐斯《中國教理講授史》記載利瑪竇的《天主實義》初稿已於 1596 年修正完畢，1599 年經與三槐和尚討論後，又加添了第七章。手抄本已早有散發，但利氏不願操之過急，一直修正了許多次，才於 1604 年在北京出版，原名為「天學實義」，以後改稱「天主實義」。李之藻《天學初函》所收《天主實義》有利瑪竇自書之「天主實義引」，落款為「時萬曆三十一年」，即 1603 年。本書所注該書時間蓋依前者。詳見〔比利時〕燕鼐斯：《中國教理講授史》，田永正譯，中國河北信德室 1999 年版，第 30 頁，李之藻編：《天學初函·理編》，黃曙輝點校，上海交通大學出版社，第 154 頁。

　　首先來談關於在古典詮釋學漢語文獻中使用「寺」「僧」作為譯語的問題。早在《景教碑》中就有「大秦寺僧景淨述」的先例，明代陽瑪諾在《正詮》中專門對此譯語做過詮釋：「或疑寺、僧為釋，不知寺本官制得名，如大理、太僕、光祿、鴻臚之類，當蒙朝廷崇獎，因以名焉。」《正詮》所釋似在溯源「寺」「僧」之本義，從而撇清景淨與佛教之關係。考之中國傳統訓詁學著作和史書，《說文》：「寺，廷也，有法度者也。从寸之聲。」《釋名》：「寺，嗣也，官治事者相嗣續於其內也。」《唐書・百官表》：「漢以太常，光祿勳，衛尉，太僕，廷尉，大鴻臚，宗正，司農，少府為九卿。後魏以來，卿名雖仍舊，而所蒞之局謂之寺，因名九寺。」「寺」之字形從「寸」，取其「法度」之意，本義為「有法度之廷」。「寺」之字音同「嗣」，語源之意為「有法度之官者相嗣續於廷內」。從而漢代有九卿名寺，成為職官名，為引申義。魏以後，九卿所在之局也叫「寺」，亦為引申義。《正詮》所釋「寺本官制得名」雖非本義，但是探到引申義亦足以說明「寺」並非佛家專用，或者說其從一開始跟佛家沒有任何關係，「大秦寺」也並非佛教之地。

　　《正詮》又曰：「景士名僧者，當時之士，削頂存須，碑中顯舉，既離塵俗修道，通稱亦謂曰僧，就當時所名而名之耳。猶今以所居之宇而謂之堂，我輩之名而稱之曰士曰儒，皆學士家所推重而別凡俗云爾。若用西文，眾誰能解？」明朝來華傳教士最初多自名為「僧」，將所居之宇謂之「寺」，不過是因為找不到合適的詞語，只好把自己歸入「離塵俗修道」的佛僧一類。後來，當耶穌會士們發現在中國，僧人遠不如儒者受歡迎時，便改稱自己為「西士」或「西儒」了。〔註10〕

　　其次來談「天主」這一譯語。在基督宗教使用這個詞前，「天主」的語義一是指中國古代八神之一，二是指佛教因陀羅。在基督宗教中，耶穌會視察員范禮安（Alessandro Valignano）在 1581 年首次使用「天主」一詞。其後羅明堅《天主實錄》，利瑪竇《天主實義》相繼使用。其中，《天主實義》是利瑪竇以西士中士會話體裁寫成，於 1604 年在北京出版的。在這本書中，利瑪竇借用了一些中國古代經典和佛教經典中的詞。他提出中國古人敬的「上帝」就是天主教的

〔註10〕關於《景教碑》《正詮》中對「寺」「僧」等詞的翻譯與詮釋，詳見張玉梅、田峰：
　　　　《〈景教碑頌並序〉〈唐景教碑頌正詮〉訓詁考》，《古漢語研究》，2023 年第 2 期，
　　　　第 25～26 頁。

「天主」，二者只是名稱不同而已。他將中國古代經典中記載的「上帝」「天」與天主教之「天主」等同起來，並且很注意因材施教，給普通人講道時，多用「天主」這一名稱，和知識階級談話時，則多用「上帝」。

此外，《天主實義》中還出現了「天堂」「地獄」「聖」等譯詞。「天堂」和「地獄」這兩個詞都是從佛教用語借來的，與天主教最大的不同之處在於，佛教的「地獄」沒有永罰的涵義，和尚常能以誦經的方式把靈魂從「地獄」裏超渡出來，而天主教的「地獄」是永恆的。針對這一點，利瑪竇在書中用推理證明「天堂」和「地獄」存在並皆屬永恆，他同時強調不能因為中國古代經典不提地獄，就下結論說沒有地獄。從這裡可以看出，譯語的翻譯已經不僅僅是一個語言文字層面的問題，它還涉及宗教的差異，文化的不同，以及所採用的相應的傳教策略，如利瑪竇根據「地獄」一詞在天主教和佛教中的不同所指，提出在給望教者講道時，應該著重強調地獄的永恆性，以免望教者以佛教的意義去理解它。《天主實義》中使用的「聖」這個詞是從中國古代經典中借來的，在中國古書中，「聖」的意思是「不勉而中，不思而得，從容中道，而又能誨人以德，誨人以智的智者」，利瑪竇在《天主實義》的末篇著重闡明了「聖」在天主教教義中的涵義。

以上談及的對「天主」「寺」「僧」「天堂」「地獄」「聖」等教會術語的翻譯都是從中國既有詞彙中借用比較適宜的詞以表達基督宗教的新概念，此為傳教士譯詞的方法之一。另一種方法是把較為重要的天主教詞語，儘量按照拉丁字音譯成中國文字。譬如《天主實錄》和《天主實義》中的「巴提施摩」（洗禮）、「派尼騰西雅」（告解）、「公門釀」（領聖體）、「馬提里茂尼要」（婚姻）、「基利施黨」（教友）、「雅尼馬」（靈魂）等。出於認真而謹慎的態度，基於「譯音對於教義的純正沒有危險」，將拉丁字音譯為中國文字不失為一種權宜之計，不過音譯詞使用時的缺陷也很快被認識到：「這種方法卻導致新教友學些沒有字義的用語，對於瞭解真正概念毫無助益；而且這種用語因為發音乖戾，永遠不會躋身於現有的宗教詞彙之林。」〔註11〕正因為音譯詞有如此明顯的缺陷，而且這種缺陷導致了閱讀理解的困難，因此利瑪竇在 1605 年的《天主教要》中開始採取糅合訓詁的翻譯方式：有的詞先借用中國既有詞彙

〔註11〕〔比利時〕燕鼐斯：《中國教理講授史》，田永正譯，中國河北信德室 1999 年版，第 35～36 頁。

翻譯，再進行訓詁（以下簡稱此種方式為「先借後訓」）；有的詞先列出其拉丁原文的音譯，然後進行訓詁（以下簡稱此種方式為「音譯後訓」）；有的詞先音譯，後借用既有詞意譯（以下簡稱此種方式為「音意雙譯」）；有的詞先音譯，再借用既有詞意譯，最後訓詁（以下簡稱此種方式為「雙譯後訓」），下面擇要摘錄《天主教要》中的譯語並做簡要分析：

  1. 天主者，乃天地萬物之一大主也。（先借後訓）

  2. 罷德肋，譯言父也，乃天主三位第一位之稱。（雙譯後訓）

  3. 費略，譯言子也，乃天主第二位之稱。（雙譯後訓）

  4. 斯彼利多三多，譯言聖神也，乃天主第三位之稱。（雙譯後訓）

  5. 亞孟，真是之語詞也。（音譯後訓）

  6. 亞物，祝願之語，乃拜見時所稱者。（音譯後訓）

  7. 瑪利亞，譯言海星，聖母名號也。（雙譯後訓）

  8. 滿被額辣濟亞者，額辣濟亞，譯言天主聖寵。（音意雙譯）

  9. 耶穌，譯言救世者，天主降生後之名號。（雙譯後訓）

  10. 原文曰性簿羅，譯言共其也。（音意雙譯）

  11. 契利斯督，契利斯督譯言受油傅也。（音意雙譯）

  12. 般爵比辣多，時官姓名。（音譯後訓）

  13. 地獄，地心有四大穴：穴第一重最深之處，乃天主投置古今惡人及魔鬼之獄也。其次深者，古今善人煉罪者居之。蓋善人死時或其罪未及贖竟，則置之此獄受苦，迨其罪盡銷除，即獲昇天堂矣。又次，則未進教之孩童居之。孩童未嘗為善，不宜上天堂受福；亦未嘗為惡，不宜下深獄受苦。第以元祖亞當遺有原罪，故處之此獄。雖無福樂，亦無苦刑。又次，則古時聖人居之。夫論聖人功德，死後即可昇天，但亦因亞當之罪，天門閉而不開。以故凡古聖死，其靈魂姑居此獄以待，耶穌受苦之後降獄取出，引導之使昇天堂也。經所謂降地獄者，即降此第四重之地獄也。（先借後訓）

  14. 厄格勒西亞，厄格勒西亞，譯言天主教會也。（音意雙訓）

  利瑪竇在翻譯中糅合了訓詁之「義界」〔註12〕。義界依內容可以分為三種

〔註12〕「義界即給詞義下界說，也就是用一個以上的詞（片語或句子）給詞義作定義式的

類型：其一，突出語詞所反映的事物的特性，比如《說文》：「禮，履也，所以事神致福也」「吏，治人者也」等。其二，突出與相近語詞的關係（相通與相異），比如《說文》：「禋，絜祀也」「禷，以事類祭天神」等。其三，突出詞語得意之由，比如《說文》：「芌，大葉實根駭人，故謂之芌也（案：徐鍇曰：芌，猶言吁，驚辭，故曰駭人）」等。〔註13〕對照此三種類型，可以發現以上例句中，1、5、6、7、9、12為第一種類型，2、3、4、13為第二種類型，沒有第三種類型，這說明由音譯而來的漢語詞，由於沒有源詞，故無法以訓詁求其語源。

　　除了翻譯方法的問題，還有譯語地方化特色的問題。比如清代傳教西士初入中國，為學習方言而作的《方言教要序論》（1883），其行文乃用「吳語」，與官話版的《教要勠言》（1886）嚴格對應〔註14〕，這與歐洲中世紀詮釋學的「俗語化」一脈相承。教會早在公元813年就專門頒布教令，鼓勵傳教士用民族俗語佈道了。〔註15〕

　　考察從唐《景教碑》、明《天主實錄》《天主實義》《天主教要》到清《方言教要序論》《教要勠言》的譯語情況，我們可以大致勾勒出其所反映的訓詁與詮釋的融異：訓詁工作不包括翻譯，而詮釋工作包含翻譯，所以翻譯是傳教士和中國信徒等基督教義詮釋者的任務，不是訓詁學者的任務，這是兩者的第一點相異。古典詮釋學漢語文獻的翻譯方式經過了由「音譯為主，大量借用詞彙」向糅合訓詁的「先借後訓」「雙譯後訓」「音譯後訓」「音意雙譯」等綜合翻譯的轉變〔註16〕，翻譯後緊接著的詮釋或曰訓詁運用了「義界」之法，訓詁與詮釋在此相融，不過在使用「義界」時，又與傳統訓詁有些許差異：著重突

解釋，以指明詞義的內涵和外延，使人明瞭所反映的事物的實質以及該詞與其他有關詞語的同異。對義界的基本要求是用最精練的語言對詞義進行盡可能準確的描寫，突出其主要特徵。」詳見許嘉璐《語言文字學論文集》，北京：商務印書館，2005年，第108頁。

〔註13〕關於義界的類型劃分，詳見張玉梅、田峰：《〈景教碑頌並序〉〈唐景教碑頌正詮〉訓詁考》，《古漢語研究》，2023年第2期，第22～23頁。

〔註14〕張玉梅、田峰、趙路易：《19世紀末傳教士吳語版〈方言教要序論〉「同文異言」研究》，《語言文化論叢（第7輯）》，上海辭書出版社2023年7月，第85頁。

〔註15〕Flemish-Netherlands Foundation, The Low Countries: Arts and society in Flanders and the Netherlands, Leuven: Flemish-Netherlands Foundation, 1996.

〔註16〕李奭學認為「在中西語言尚乏字典式的對等語那一刻，此譯抑且高明非常，乃翻譯性的詮解」。詳見李奭學：《譯述：明末耶穌會翻譯文學論》，香港中文大學出版社2012年版，第376頁。

出語詞所反映的事物的特性及其與相近語詞的關係（相通或相異），不追溯語源，這是二者的融中之異。此外，清代傳教士沿襲歐洲中世紀詮釋學的「俗語化」路子，注意用漢語方言進行寫作和傳教，這一點與訓詁學以雅言釋方言、以通語釋俗語的路子正相反。

第二節 《金書》譯詞考——以「Deus」等詞的漢譯為例

考察《金書》對天主教相關詞彙特別是天主教核心概念詞的翻譯，其實不屬於本書的論題，因為翻譯不屬於訓詁。訓詁與詮釋在此方面的不同，大可一言以蔽之：訓詁不包含翻譯，而詮釋包括翻譯。不過考慮到《金書》本質上是一部西方詮釋學譯作，其對天主教核心概念詞的漢譯，是聖經詮釋學在漢語語境下的應用，其自然而然地受到了訓詁學的影響（在翻譯方式上的表現上節已經詳細闡釋），故而本節僅從翻譯史的角度，以拉丁文「Deus」等詞的漢譯為線索稍作梳理，不展開論述。

1541 年，耶穌會最早的東來者，被譽為東方使徒的聖方濟各・沙勿略（St Francis Xavier）從里斯本出發前往亞洲，於 1542 年到達印度，其傳教的印度南部地區，通用語是泰米爾語，這就第一次使耶穌會士面對了如何翻譯「Deus」等天主教核心概念詞的問題。為了避免誤解，他決定在涉及到這些詞時使用葡萄牙原文。1549 年，沙勿略前往日本傳教，與在印度一樣，第一件費腦筋的事情就是要找到合適的日語詞去表達天主教的概念。沙勿略讓不懂西文的日本教徒池端彌次郎進行翻譯，彌次郎將「Deus」翻譯成了日本真言宗的「大日如來」，這個誤譯直到 1551 年才被沙勿略發現。他在與日本真言宗僧侶的談話中，認識到「大日如來」並非天主教中的「Deus」，這使得他迅即改正了「大日如來」的譯法，而使用拉丁語「Deus」的日語音譯。三十年後，1581 年，耶穌會視察員范禮安首次使用「天主」來譯「Deus」，同一時期，在華耶穌會士羅明堅、利瑪竇也都主張並在其著作中以「天主」稱呼天主教的神。

范禮安和利瑪竇分別在 1606 和 1610 年去世，教會內部反對以「天主」或「上帝」翻譯「Deus」的聲音逐漸高漲。1628 年嘉定會議決定，禁止將中國典籍中「上帝」作為基督教「Deus」的對應詞，但頗為曖昧的是，該會議同時又認可了利瑪竇神父的著作。也就在這一年，接替利瑪竇職務的龍華民（Nicholas Longobardi）主持翻譯的《念經總牘》出版，在這部由傳教士口述、李之藻筆錄

潤色的教理書中，包括「天主」「瑪利亞」「耶穌」「十字架」等漢語譯語佔有很大比重並沿用至今，而陽瑪諾也參與了此書的編譯工作，這可能對他十多年後翻譯《輕世金書》產生重要影響。

由於 1640 年最初版的《金書》已經失傳，而禮儀之爭後，很多書中原來的「上帝」「天」都被改動（教皇克萊芒十一世在 1715 年派遣使臣來華，明令禁止使用「天」和「上帝」來指稱基督教的神），因此《金書》現存最早版本孫抄本（約抄於 1640～1722 年間）與陽譯初版本或有不同。這裡僅就孫抄本對拉丁語 Deus（上帝）、Iesus Christus（聖子）、Dominus（主宰者）、Pater（聖父／天國聖主）及其相應變化形式的翻譯情況作簡要的考察。

通過將孫抄本與拉丁文本對比，可見此四詞在翻譯時多不加區分地譯為「主」（全書共出現 1040 次）；此外，偶見「聖父」（全書共出現 12 次）、「天主」（全書共出現 8 次）、「父」（全書共出現 5 次），「聖子」（全書共出現 2 次）、「拯世吾主」（全書共出現 1 次）、「天國聖主」（全書共出現 1 次）、「統帝」（全書共出現 1 次）；未將這四個詞翻譯為「帝」「神」「上帝」「天帝」（「天帝」在書中出現一次，但意思是「至高君王」，拉丁語 Regis mei qui est in excelso）。「帝」單用在全書出現兩次，均指的是世俗的帝王、統治者，拉丁語 Rex。值得一提的是，孫抄本之後，1800 年、1848 年《金書》，1848 年《便覽》，1923 年《金書》，雖各有不同，但對「Deus」之翻譯未有改動，可見，在耶穌會士東來傳教的過程中，「Deus」一詞的翻譯在經歷了「天主」「上帝」等階段後，漸漸傾向於「主」這個詞並固定下來。不過由於將幾個不同的拉丁語詞翻譯為同一個漢語詞，或者將一個拉丁語詞翻譯為幾個不同的漢語詞的現象普遍存在，因而從翻譯的角度來說，《金書》的譯詞難稱完美。

第三節　《金書》譯經考

據《景教碑》記載，唐貞觀九年（635 年），被基督教正統派斥為異端的聶斯托利派傳教士阿羅本（Olopen）從波斯抵達長安傳教譯經，稱為「景教」，意為「光明正大之教」，景教經典為《尊經》，這是基督宗教在華傳播以及《聖經》被譯為漢語的最早記錄。845 年，唐武宗毀佛，景教被禁止。元朝時，景教再度興起，羅馬天主教首次傳入中國，統稱為「也里可溫教」，或「十字教」，由於元代統治者對各種宗教採取寬容政策，只要宗教不危及政治，均加以保

護、利用，使元代基督教在中國的傳播無論在規模上還是速度上均超過了唐代，若望·孟高維諾（Giovannida Montecorvino）所譯《孟高維諾譯本》是用蒙古語翻譯的《聖經》。元朝滅亡後，基督教在我國中原地區的傳播再次中斷，直到耶穌會士進入中國，天主教才再次傳入。1640 年，陽瑪諾翻譯《金書》時，距離 1580 年耶穌會士羅明堅第一次進入中國內陸，正好過去了 60 年，在當時，《聖經》尚未全文翻譯成中文，僅有零星的片段（如 1584 年羅明堅、利瑪竇譯的《祖傳天主十誡》）。因此《金書》中大量的《聖經》引文就成為了目前可見最早的聖經漢譯片段之一。本節先擇要分析《金書》中的《聖經》引文翻譯，下節再從《金書》五版本異文的角度例析其譯經分歧。

根據徐允婧（2007）的研究，在《金書》的拉丁底本《遵主聖範》中，共引《聖經》經文 52 處，其中引用最頻繁的是新約的路加、馬太、約翰三福音書，和舊約的詩篇。而陽譯《金書》中漏譯 6 段引文，只保留並翻譯了 46 處《聖經》引文。〔註17〕觀察陽瑪諾對這 46 處引文的翻譯，可以發現，在翻譯風格上，《聖經》翻譯與書中其他部分的風格並無二致，依然用詞古奧，句子簡短；在翻譯基督宗教相關人物時，如拉丁原文語焉不詳，則譯文予以明確指出；在翻譯方式上，採取符合中國人思維習慣的意譯。

如《金書》卷一第二十一章中此句：「祈賜真悔.偕達味聖王云.主錫恒泣罪.以涕為昕夕飲食」，該句話的拉丁文原文是「Ora igitur humiliter ad Dominum, ut det tibi compunctionis spiritum, et dic cum Propheta: Ciba me, Domine, pane lacrimarum et potum da mihi in lacrimis in mensura」〔註18〕，引自舊約的詩篇，「Propheta」意思為「先知」，而陽瑪諾將其明確譯為「達味聖王」。又如卷一第二十五章：「達味聖王云：望主聖佑，速即興事，靈遂豐盛」，該句的拉丁原文是「Spera in Domino et fac bonitatem, ait Propheta, et inhabita terram, et pasceris in divitiis eius」〔註19〕，同樣出自舊約詩篇，在這裡，除了把「Propheta」譯為「達味聖王」外，還改變了語序，原句如果直譯應為「『望主聖佑』，達味聖王云，『速即興事，靈遂豐盛』」。陽瑪諾按照漢語一般的表述方式將「達味聖

〔註17〕徐允婧：《〈輕世金書〉研究》，北京外國語大學碩士學位論文，2007，第 19 頁。
〔註18〕張西平、羅瑩主編：《東亞與歐洲文化的早期相遇——東西文化交流史論》，華東師範大學出版社 2011 年版，第 258 頁。
〔註19〕張西平、羅瑩主編：《東亞與歐洲文化的早期相遇——東西文化交流史論》，華東師範大學出版社 2011 年版，第 259 頁。

王云」調整到了句首。

又如《金書》卷二第七章中「人如朝榮夕萎花」之喻，拉丁文原文為「omnis caro foenum」〔註20〕，「omnis」是「每個人」的意思，「caro」是「肉」的意思，在聖經中常常被用來指人的肉體，「foenum」是「被割下來準備喂牛羊的乾草」，所以這句話如果直譯應為「每個人的肉體都是乾草」，實際《聖經》想要表達的意思是說人的肉體不是永恆的，陽譯「人如朝榮夕萎花」取中國人之習見事物作譬，又兼具文學性，何其高妙！

當然，《金書》對《聖經》引文的翻譯也有不盡人意之處，比如有時為了保持語句簡短，往往漏譯信息，如卷三第二章中的「僕心備承」，拉丁原文為「Servus tuus ego sum, da mihi intellectum ut sciam testimonia tua」〔註21〕，意思是「我是你的僕人，求你賜我悟性，使我得知你的法度」，僅用「僕心備承」只能譯出「我是你的僕人」，而「求你賜我悟性，使我得知你的法度」則全然無所表示，顯然有所漏譯。

此外還有一點不足之處在於，拉丁文原著《遵主聖範》對其所引用的《聖經》經文是用斜體字突出表示的，而在《金書》中，並未對《聖經》引文進行任何標記。

第四節　《金書》各版本譯經分歧例析

前一節曾引《金書》卷一第二十一章對舊約詩篇的一句譯文：「祈賜真悔.偕達味聖王云.主錫恒泣罪.以涕為昕夕飲食」，該譯文是現存《金書》最早版本孫抄本的樣貌，而孫抄本之後，還有1800年本、1848年本、《便覽》本以及1923年本，對這句話的翻譯，五個版本呈現三種樣貌，以下試比較之：

孫抄本：祈賜真悔.偕達味聖王云.主錫恒泣罪.以涕為昕夕飲食.
（A）

1800年本、《便覽》本：則宜祈賜真悔。偕達味聖王云。主錫恒泣罪。以涕為昕夕飲食。（B）

〔註20〕張西平、羅瑩主編：《東亞與歐洲文化的早期相遇——東西文化交流史論》，華東師範大學出版社2011年版，第260頁。

〔註21〕張西平、羅瑩主編：《東亞與歐洲文化的早期相遇——東西文化交流史論》，華東師範大學出版社2011年版，第265頁。

1848 年本、1923 年本：則宜祈賜真悔。偕達味聖王云。主錫恒

泣罪。以涕爲昕夕飲食。（C）

較之 A，B、C 均在句首加了「則宜」二字，查拉丁原文爲「Ora igitur humiliter ad Dominum, ut det tibi compunctionis spiritum」〔註22〕，意思是「因此謙卑地祈求主賜給你悔改的靈」，顯然 B、C 的「則宜」可對應「因此」，而 A 有所漏譯。

以上例句中，還存在用字之不同，A、B 用「昕」字而 C 用「眕」字，二者同音異義，前者從「日」而後者從「目」，究竟孰對孰錯呢？從表面上看，《金書》五版本中有三個版本用「昕」，兩個版本用「眕」，似乎「昕」字稍佔優勢，不過數量的多寡從來不能作爲判斷其正誤的標準，亦不能僅僅就字論字，誠如《文心雕龍》所言，「夫人之立言，因字而生句，積句而成章，積章而成篇。篇之彪炳，章無疵也；章之明靡，句無玷也；句之清英，字不妄也」〔註23〕，用字鍊字，需要將字、句、章、篇關聯起來，故爲考究此字，需考察句意、甚至篇章意。

以下乃《便覽》之「講」「解」：

（講）〔註24〕則宜速速祈求天主、賜以眞悔之心、同達味聖王之

所云、願天主賜我常涕泣己罪、以涕泣爲朝夕飲食、滿我痛恨之眞

情焉、始可也、眞悔其容或緩乎、

（解）以涕爲朝夕飲食、則無時不悔、無地不悔、不知如何打

算、不知如何脫身、說到此、而眞字不留餘地矣、

按照《便覽》「講」「解」之文意，《金書》中所引《聖經》舊約詩篇中這句話的意思是：應該速速地祈求天主賜給你真切悔改的心，並同達味聖王一起說：願天主賜我常爲自己的罪過哭泣，以眼淚作我早晚的飲食。其中釋「昕夕」爲「朝夕」，釋「昕」爲「朝」。查《說文》：「昕，旦明，日將出也」「朝，旦也」，訓釋無誤、文意可通。

此處若爲 1848 年本、1923 年本的「眕」字，字義和文意又如何呢？查《說文》：無「眕」字。《玉篇》：「眕，喜也。」若放進《金書》原文，則意爲「願天主賜我常爲自己的罪過哭泣，以眼淚作我歡喜傍晚的飲食」，文意不通。再

〔註22〕張西平、羅瑩主編：《東亞與歐洲文化的早期相遇——東西文化交流史論》，華東師範大學出版社 2011 年版，第 258 頁。

〔註23〕劉勰著、范文瀾注：《文心雕龍注》，人民文學出版社 1962 年版，第 570 頁。

〔註24〕本書所引用古籍概遵原文使用繁體。

核於《康熙字典》，「昕」「昕」二字均有收錄，二字同音異義形近，據此可以判斷 1848 年本、1923 年本《金書》「昕」字刊印有誤，概因與「昕」字形近而訛，當從孫抄本、1800 年本和《便覽》本之「昕」。如果以此句經文的翻譯來評判《金書》五個版本的高下，則似乎沒有漏譯而用字準確的 1800 年本和《便覽》本較善。

結　語

《金書》的譯詞譯經屬於古典詮釋學文獻在漢語語境中的詮釋實踐，這種實踐肇始於唐《景教碑》，跨越一千多年，反映了西來詮釋學與中國本土訓詁學的持續融異：詮釋學包括而訓詁學不包括的翻譯在漢語語境中自然而然地受到了訓詁學的影響，表現為：其一，採用了「先借後訓」「雙譯後訓」「音譯後訓」等糅合訓詁的綜合翻譯方式；其二，翻譯中糅合了訓詁之「義界」，訓詁與詮釋在此相融，不過在使用「義界」時，又與傳統訓詁有些許差異：著重突出語詞所反映的事物的特性及其與相近語詞的關係（相通或相異），不追溯語源，這是二者的融中之異。

客觀地說，《金書》的譯詞譯經都難稱完美，如《金書》對 Deus（上帝）、Iesus Christus（聖子）、Dominus（主宰者）、Pater（聖父／天國聖主）等拉丁語詞的翻譯多不加區分，幾個拉丁語詞對應同一個漢語詞，或者一個拉丁語詞對應好幾個漢語詞的現象非常普遍，翻譯中缺乏對詞義的細緻甄別。較之其拉丁底本《遵主聖範》的 52 處《聖經》引文，《金書》漏譯了 6 處，僅僅翻譯了 46 處引文，這 46 處引文在翻譯風格上，與書中其他部分的風格並無二致，依然用詞古奧，句子簡短，有時為了保持語句簡短，往往漏譯信息，此外對《聖經》引文未進行任何標記，與其他文字混在一起，不夠突出；當然，《金書》的譯經也有其優點和長處，那就是能夠考慮到中國讀者不太熟悉《聖經》和西方文化的實際情況，盡可能譯得所指明確和接地氣，如在翻譯基督宗教相關人物時，若拉丁原文語焉不詳，則譯文予以明確指出，在翻譯方式上採取符合中國人語言和思維習慣的意譯。

《金書》五版本譯經的分歧主要集中於是否漏譯和用字是否正確，通過例析粗略地看，1800 年本和《便覽》本在五個版本中漏譯和訛誤字較少，譯經的準確率較高。

第三章　《便覽》釋詞釋經考

　　《便覽》作為《金書》的注釋書，其目的是讓中國的天主教徒深入領悟天主教義，而要想做到這一點，最基礎和緊要的功課是要首先將《金書》中的基本詞彙如「主」「天主」「聖三」「聖子」「天國聖主」「聖父」「父」「帝」「神」「天神」「聖」「聖人」等詞的意思解釋清楚，同時採用合理的方式對《金書》中引用的《聖經》文句作重點解釋。

第一節　《便覽》釋詞考——以「神聖」等詞的訓釋為例

　　從詮釋方法上說，呂若翰在《便覽》中對《金書》詞語多用字面解釋，這種詮釋方法亦被稱為語法歷史解釋原則，因為每個詞的含義是由語法和歷史考慮決定的〔註1〕。這種詮釋方法如果對應到訓詁方法上，則與直陳詞義的訓詁較為相似。

　　在《便覽》的「注」中，結合具體的語境，呂若翰對最基本的天主教核心概念詞進行了解釋，如「主，全能天主也」「主，聖子耶穌也」「聖三者，聖父聖子聖神也」「聖子，指耶穌也。」

　　需要特別指出的是，呂若翰在《便覽》中充分注意到了漢語詞的多義性，能夠做到對某些天主教核心概念詞在概念義之外的意思根據詞性進行相應的

〔註1〕Charles C. Ryrie, Dispensationalism, Chicago: Moody Press, 〔1966〕, 1995.

解釋，如將「厥效神哉」中的「神」釋為「神者，奇妙之至也」。這就在語法上，將「神」作了形容詞的解釋。「神」在《金書》中共出現 125 次，既有單獨使用，也有聯合其他字作為一個詞出現的情況。如單用：「恒享神生真光」；組詞：「神工」「神遊」「神貧」「天神」「神光」「神聖」等，以下重點分析《便覽》對《金書》中 6 次出現的「神聖」做的解釋。

「神聖」在《金書》全書中共出現 6 次，但所指不一，表示一個詞的時候，有從 Angelorum、Angelis、Angelos 譯來的，意為「天神」，也有從 beatis spiritibus 譯來的，意為「受祝福的靈魂」；有的「神聖」是兩個詞，「神」從 Angeli 譯來，意為「天神」，「聖」從 Sancti 譯來，意為「聖人」，「神聖」放在一起意為「天神和聖人」；還有的是原文沒有對應詞，屬於增譯。

針對《金書》中意義不同的「神聖」，《便覽》都作了解釋，下文擬結合拉丁原文對《便覽》解釋逐一分析。

1.《金書》：迺略肖神聖，時立善行，功歸於主，恃主其寧也。
（一卷十五章）

《便覽·講》：故汝宜思署署肖似天神聖人，時時樹立善行，有

功盡歸之天主，蓋倚恃一主，即其安寧也，又何必他求哉？

分析：《便覽》在此處通過串講將「神聖」解為「天神聖人」，查拉丁原文，「迺略肖神聖，時立善行」一句沒有對應的拉丁文，此處為陽瑪諾增譯，呂若翰解「神聖」為「天神聖人」，即「天神和聖人」，於理可通。

2.《金書》：萬豐華，萬禧樂，萬勳蹟，萬神聖，本超二性萬恩
之上，蓋萬有眾奇，不逮兆一。（三卷二十三章）

《便覽·講》：萬豐華，萬萬福樂，萬萬功績，萬萬神聖與本性

超性二性萬恩之上焉。

分析：《便覽》在此處的串講照抄「神聖」二字，等於沒有做出解釋，查拉丁原文，「神聖」對應「Angelos」（天神）和「Sancti」（聖人）兩個詞，所以應解釋為「天神和聖人」。

3.《金書》：悟昏，欲恩，靈繫，弗獲颺上享主、若神聖享純蝦，
祈主憫盼僕苦。（三卷二十三章）

《便覽·講》：誠以明悟昏蔽，愛欲濁恩，靈魂繫縛，不得颺舉

於上，以歆享吾至愛之主，又不若諸神聖享受主之純福也，今伏求

吾主憐憫顧盼乎僕之嗟歎與所受諸患之苦可耳！

分析：《便覽》在此處的串講解「神聖」為「諸神聖」，查拉丁原文，「神聖」對應「beatis spiritibus」（受祝福的靈魂），「又不若諸神聖享受主之純福」，可以理解為「又不能跟諸多受祝福的靈魂一起享受主之純福」，在這裡呂若翰並沒有將「諸神聖」的具體內涵解釋清楚。

4.《金書》：神聖僉恭畏主，主尚延眾，倘非主諭，孰克允之？

（四卷一章）

《便覽·講》：彼天上神聖，皆恭敬畏懼於吾主，而吾主尚延眾

曰「須僉來受」，倘非吾主之親諭，誰能以為真而信之？

分析：《便覽》在此處的串講解「神聖」為「天上神聖」，查拉丁原文，「神聖」對應「Angelos」（天神）和「Sancti」（聖人）兩個詞，所以應解釋為「天神和聖人」，釋為「天上神聖」不準確，因為從以上 1、3 中的分析來看，《金書》中的「神聖」既可以作「天神聖人」解，又可以作「受祝福的靈魂」解，那麼「天上神聖」究竟是「天上的天神聖人」還是「天上受祝福的靈魂」，需要進一步說明。

5.《金書》：宜交善士諸地，或神聖諸天。（四卷五章）

《便覽·講》：宜結交善士於在地，或師法神聖於上天，乃為盡

道也。

分析：《便覽》在此處的串講照抄「神聖」二字，解釋不到位，查拉丁原文，「神聖」對應「Angelis」（天神），所以應解釋為「或師法天神於上天」。

6.《金書》：主叛造覆載萬彙真主也，茲將領主億兆神聖之前，

先獻形神，以求事主。（四卷九章）

《便覽·講》：吾主乃創造覆載萬類之真天主也。我今將領主聖

體於億兆神聖之前，先獻奉形神，以求服事於吾主。

分析：《便覽》在此處的串講照抄「神聖」二字，沒有解釋，查拉丁原文，「神聖」對應「Angelorum」（天神），所以應解釋為「我今將領主聖體於億兆天神之前」。

縱觀《金書》中 6 次出現的「神聖」，1、2、4 可解釋為「天神和聖人」，3 可解釋為「受祝福的靈魂」，5、6 可解釋為「天神」，也即 6 個「神聖」應

有三種解釋，而呂若翰於 2、5、6 沒做解釋，3、4 解釋不到位，可見《便覽》對《金書》的注解實際上缺少了詮釋學的「翻譯」一環，這也是中國人撰寫聖經詮釋學作品時的一個短板，由於沒有西文功底，大都不能核對原文，故而直陳詞義便往往流於猜測和簡單的說講。

以上以「神聖」等詞為例，分析了《便覽》的釋詞方法。若是從釋詞範圍上考察，《便覽》的釋詞並不局限於天主教核心概念詞，對一般的漢語詞彙，包括代詞在文中的具體所指，也加以說明。如釋一般詞彙：「西士，泰西修士也」「讚，纂也，纂集其美而敘之也」「益者，有進益也」「攖疑者，觸近於疑惑也」「罹患者，遭罹於憂患也」「罔策者，無謀也」「決者，斷其疑；脫者，免其患也」「應手，隨手也，攤開也」「即，就也，言速也」「效，驗也」；釋代詞：「厥者，指《輕世金書》也」。

第二節　《便覽》釋經考

陽瑪諾在《金書》中沒有標明哪些話是引自《聖經》，即《聖經》語句跟其他文句是混合在一起的，這也許跟當時文獻中尚未普遍使用引號等標點有關。這個缺陷到《便覽》中並沒有得到改觀，《便覽》在注釋時亦沒有區分出《聖經》引文，呂若翰只是原樣照錄夾雜著《聖經》引文的《金書》，然後以「注」「講」「解」的方式一併作詮釋。

如《便覽》第一卷第十九章中有這樣一節：

大瞻禮新志祈祐。是日視若終。將偕聖永享天樂。主倘未遽許。可云吾工尚虧。主暫俟牣〔註2〕。惟愈興加勤。聖史路加云。主臨擊扉〔註3〕。僕寤即啟。真煆人哉。主攜躋〔註4〕天膺祉。

（註）新志者、重新其志也。遽、急也。虧、缺也。牣滿也。掌書之官曰吏。聖史者.紀耶穌言行之職也。路加、原籍如德亞人.父母徙居安弟過記亞府而生之。乃正教四史之一。扉、戶扇也。躋升也。膺受也。福所止不移曰祉。

（講）雖然.行有常功.時要慎終.當尋其會而虔心以預備之.凡遇

〔註2〕牣，音刃。此注音標於《便覽》天頭中，下同。

〔註3〕扉，音非。

〔註4〕躋，音賷。

大瞻禮之日.則重新其志氣.務使熱愛更深.誠敬更篤.以祈求天主保
祐.是日不等平常.視之如臨終在即.將同諸聖人永遠享受天堂之樂焉.
第謹備死候、尤當承順主命.天主倘或未遽然許我離世.可於心內云.
吾之工夫.尚多虧缺.故主暫且待我工夫物滿之時.方許解體耳.斯時愈
想愈眞.愈覺興起.愈愛愈望.加其勤勞.以俟聖命焉、蓋此意可得之聖
史路加所云矣、彼嘗曰、天主親臨敲擊吾門.而僕常醒寤、聞聲即開、
此忠僕也.乃眞福之人哉.主必攜之躋昇天國、膺受永福矣.由此言觀
之.善士德行充足.必如願以相酧矣、

　　（解）此節欲人預備死期.恐懼修省.慮時候之有不及.善量之有
未滿也.志要新而日若終、立心何等熱愛、發念何等切望、行善何等
黽勉.吾工尚虧二句.是心內謙慰之詞.極寫其敬愼精一處.引聖史路加
之言、見得有備無患.雖主命甚屬倉卒、而一呼即應.毫無較量、毫無
驚恐、惟恬〔註5〕然歸於安所、

　　在這裡，呂若翰先謄錄了《金書》對《聖經》路加福音的引用：「聖史路
加云。主臨擊扉。僕寤即啟。眞嘏人哉。主攜躋天膺祉。」後在「註」中解釋
了「聖史」、「路加」、「扉」、「躋」、「膺」、「祉」等六個重點字詞：「掌書之官
曰吏。聖史者.紀耶穌言行之職也。路加、原籍如德亞人.父母徙居安弟過記亞
府而生之。乃正教四史之一。扉、戶扇也。躋升也。膺受也。福所止不移曰
祉。」隨後在「講」中理順了經文前後的關係，並用較為淺顯的文言對經文進
行了解釋：「蓋此意可得之聖史路加所云矣、彼嘗曰、天主親臨敲擊吾門.而僕
常醒寤、聞聲即開、此忠僕也.乃眞福之人哉.主必攜之躋昇天國、膺受永福矣.」
最後在「解」中指明瞭引用這段經文的目的：「引聖史路加之言、見得有備無
患.雖主命甚屬倉卒、而一呼即應.毫無較量、毫無驚恐、惟恬然歸於安所、」
由此可以看出，《便覽》對《聖經》經文的詮釋是從字詞解釋、文意疏通和引
用目的三個方面展開的，並通過「注」「講」「解」三部分逐一進行說解。

第三節　《便覽》的詞彙詮釋特色

　　從性質上看，《便覽》屬於天主教漢語詮釋學文獻，與中國傳統訓詁學的著

〔註5〕恬，音甜。

作相比，具有訓詁學「非典型特徵」〔註6〕，故以往幾乎沒有人對它從訓詁學角度進行研究。本節擬在比較訓詁學視域下，進一步分析該書的詞彙詮釋特色。

（一）釋詞範圍廣，逐詞而釋，偶有錯序

《便覽》在釋詞選擇上涉及的方面廣，注釋的詞語多。如《金書》第一卷第十八章「師法先聖」中有言：「試觀隱修劇苦，魔誘之，嚴齋默道，慕來善，忘往績。」在《便覽》的「注」和「講」中，呂若翰分別給出了如下解釋：「（注）隱修者，避世潛修也。劇，甚也。來善，未來之善也。往績，已往之功也。」「（講）則試觀各先聖隱修之甚苦焉。凡魔鬼誘惑之，即虔守嚴密之齋以自克，默想聖道以祈祐，思慕未來之善，不敢稍寬其責，忘卻往日之績，不敢自有其功。」在「注」中重點說明了「隱修」「劇」「來善」「往績」4個詞的意思，又在「講」中進一步說明了「魔」「誘」「嚴齋」「默道」「慕」「忘」6個詞的意思，原句總共13個詞，計19個字，呂若翰對其中的10個詞作了解釋，涉及15個字，其中既包括「隱修」「魔」「來善」「往績」等名詞，又包括「誘」「嚴齋」「默道」「慕」「忘」等動詞，還有「劇」等副詞，只有「試觀」「苦」「之」這3個詞沒有解釋，僅占全句總詞數的23%，可見從訓詁範圍來說，其對被釋詞的選擇範圍很廣。

我們可以用傳統訓詁學文本《毛詩詁訓傳》中差不多長度的一句話來略作對比。如《詩經·衛風·碩人》中的：「河水洋洋，北流活活。施罛濊濊，鱣鮪發發。葭菼揭揭，庶姜孽孽，庶士有朅。」《毛詩詁訓傳》中給出了如此解釋：「洋洋，盛大也。活活，流也。罛，魚罟。濊濊，施之水中。鱣，鯉也。鮪，鮥也。發發，盛貌。葭，蘆；菼，薍也。揭揭，長也。孽孽，盛飾。庶士，齊大夫送女者。朅，武壯貌。」原句總共18個詞，計28個字，毛亨對其中的「洋洋」「活活」「罛」「濊濊」「鱣」「鮪」「發發」「葭」「菼」「揭揭」「孽孽」「庶士」「朅」共13個詞逐個作了解釋，涉及20個字，而「河水」「北流」「施」「庶姜」「有」這5個詞則沒有解釋，約占全句總詞數的28%。

兩相比較可以大致看出，較之中國傳統訓詁書，《便覽》的釋詞無論在數量還是在廣度上都不遜色，達成了疏通疑難字詞、重點字詞的訓詁任務。需要

〔註6〕關於訓詁學「非典型文獻」的表述和相關研究，見張玉梅：《南懷仁〈教要序論〉訓詁學研究》，上海古籍出版社2016年版，251～262頁。

說明的一點是，《便覽》在解詞的時候，並非全然按照其在原文中的順序依次而解，有時亦發生變化，如小引中「初導興程，冀人改愆，卻舊徙新識己」一句，在「注」裏面的解釋為「導，引也。初，第一卷也。興，起也。程，途也。愆，罪過也。卻，退也。舊，舊染之污也。徙，遷也。新，重新之善也。識己者，認識一己之本來與終向也。」這裡「初」「導」兩個詞在釋義順序上便與原文出現的順序相反。從這個角度來說，較之傳統訓詁大家的著作，呂若翰的《便覽》尚不夠嚴謹。

（二）釋詞形式多樣，反覆詮釋

中國傳統訓詁既有保存在注釋書和訓詁專書中的訓詁內容，也有保存在文獻正文中的訓詁內容。《金書》的文獻正文裏即有不少訓詁內容，而《便覽》作為《金書》的注釋書，就其名稱來說，以「便覽」命名的注釋書並不多見。較為常見的注釋書一般以故、傳、章句、注、箋、音義、義疏、正義等類別命名，若以此作為參考座標系來觀照《便覽》，則其中的「注」「講」大致對應中國傳統訓詁的「注」「章句」，而「解」則是「章句」的延伸和補充。從《便覽》全書的體制來看，呂若翰先將《金書》原文用單列大字抄錄，然後依次用「注」「講」「解」等字眼作標識，並在這些標識後，用雙行小字進行注釋，注釋的內容以詞義為主。如第二卷第九章「僑世苦樂遞遷」中的一句話，原文用單列大字：「士有神樂而輕形樂，曷足奇哉？」在「注」裏，以雙行小字的形式，用靈活的訓詁術語對「神樂」「形樂」這兩個詞作了注釋：「（註）有天主之慰曰神樂，得肉身之安曰形樂」。而在「講」裏，則偏重用章句式的串講直接解釋詞義，如對這句話的串講：「（講）夫士有主慰之神樂，而後輕賤身形之快樂，是所輕因所慰而然亦何足為奇妙哉？」這就在串講中直接釋「神樂」為「有主慰之神樂」，釋「輕」為「輕賤」，釋「形樂」為「身形之快樂」，釋「曷足」為「何足」，釋「奇」為「奇妙」，配合著「注」中的解釋，形成了反覆詮釋。

《便覽》釋詞時的反覆詮釋還體現在，即使《金書》的正文中陽瑪諾已經做過解釋的詞，呂若翰依舊會從不同的角度作說解。比如《金書》小引中的「瑪納」一詞，本已有正文訓詁：「昔主自空命降滋味曰瑪納」，呂若翰在「注」中又做了進一步地說解：「瑪納者，形如小麥，乃每瑟古聖時天子所顯之奇蹟

也」，在「講」中則對整個句子做了解釋：「昔日每瑟古聖率眾歸國之時，眾人受餓，天主憐憫之，自空中顯發聖神之功用，命降滋味之物，名謂瑪納。」在這裡，「注」是用一個比喻說明了「瑪納」之形狀，進而交代了其歷史背景，而在「講」中則深入地解釋了「天降瑪納」之典故，這是字面解釋即語法歷史詮釋方法的典型運用，不過遺憾的是，呂若翰在這裡沒有對「瑪納」一詞作進一步的推因。事實上，「瑪納」是希伯來文「manna」的音譯，意思是「這是什麼？」也即當空中降下滋味之物時，人們初見此物，互以「這是什麼？」相問而得名。呂若翰未能對此詞進行推原，究其原因，還是不通西文的緣故。

此外，有些在「注」裡面沒有解釋到的詞，往往在「講」中以章句式的串講來進行補充解釋，如第三卷第十八章「真樂由主」中，「士謂己靈曰：世無真樂，求真於世，則覓謬也」，這句話在《便覽》中並沒有「注」，而只有「講」：「善士謂己之靈魂曰：世間並無真福樂，若求真福樂於世間，則所尋覓者必差謬」，實際上是在「講」中直接釋「士」為「善士」，釋「靈」為「靈魂」，釋「世」為「世間」，釋「樂」為「福樂」，釋「真」為「真福樂」，釋「覓」為「所尋覓者」，釋「謬」為「差謬」了。

雖然《便覽》的大多數釋詞都在「注」和「講」中，但是有時在「解」裡也會對一個詞的用意進行說解。如在第四卷第五章「聖體之貴司祭之能」中，開篇「主曰：子心雖淨如神，靈雖聖如若翰保弟，以領聖體，汝淨聖弗及兆一」一句中的「若翰保弟」，「注」中釋作「若翰保弟乃古教鐸德匝加烈之子也」，「講」中直接稱為「若翰保弟斯大」，而在「解」中說：「若翰生無原罪，世無大罪，耶穌曰：從古及今，未有踰於約翰之聖者，故引此以發論」，這裡交代了「若翰保弟」之聖，也就闡明了此處以「若翰保弟」來作比的用意，意思是說靈魂即便像「若翰保弟」那樣神聖至極，也不及聖體的百萬之一。

（三）釋詞以釋義為主，兼及音，形最少

《便覽》對詞的解釋，大多體現在「注」和「講」中的釋義，而在釋義之外，亦會在每頁天頭位置，對某些重點詞進行注音。值得一提的是，與中國傳統訓詁的「音義」一般只對原經中的字詞進行注音不同，《便覽》在每頁天頭進行注音的重點字詞，不僅包括《金書》原文中的，還包括呂若翰作的注解中的字詞。比如在原文「小引」二字後，呂若翰先對小引的內容作了統攝

性介紹:「小引,何為而作也?《輕世金書》之既譯,而演之也。作者先統論而挈其綱領」,在該頁天頭中就對這段注解文字中的「譯」「演」「挈」註了音:「譯,音繹。演,音衍。挈,詰結切」。可以看出,在注音時,呂若翰兼用直音和反切兩種手段,而呂若翰的注音,大抵依據《康熙字典》,《康熙字典》中有直音的,優先用直音注音,沒有直音的,則用反切注音;如果《康熙字典》中有多種反切注音的,則選擇一種。如上例中的「挈」字,《康熙字典》[註7]給出了「《唐韻》:苦結切。《集韻》《韻會》《正韻》:詰結切」兩種反切注音,呂若翰選擇了「詰結切」,想來是由於這更接近於當時當地人們讀文本中的「挈」字時的發音,因此《便覽》中的直音或反切注音,也可以拿來為我們研究 19 世紀中葉的漢語語音狀況提供參考。

相較於釋義和注音,《便覽》中對於形的說解最少,偶見於天頭處對重點詞的說解,在所有 847 處天頭注釋中,涉及解說字形的只有 11 處。而之所以要解說這 11 個字的字形,大抵是因為它們在《康熙字典》中有對於形的特別說明。如小引「客瞥書額,訝曰:世蓺誘劣,人匪晻曖,僉知。先生譯茲,毋乃虛營?」一句中的「蓺」字,在天頭就既有注音,又有說形:「蓺,音藝,從坴」,下文還將對此處說形進行詳細分析,此不贅言,這裡想要強調的一點是,這種注音和說形的方法,在西方聖經詮釋學中不存在,而只存在於訓詁學中,因為對於拼音文字來說,第一不需要注音。第二也不需要分析構件,這也是詮釋學與訓詁學的不同之處,即詮釋學不包括注音和分析字形,而訓詁學包括。《便覽》有注音說形就說明其在詮釋的過程中已經針對中國語言文字的特點,融合進了中國傳統訓詁的元素。

(四)釋詞主要依據《康熙字典》,但不拘泥,有綜合、有取捨

《便覽》中的大部分對單音節詞的解釋來源於《康熙字典》所載的釋義,小部分《康熙字典》中沒有充分解釋的詞,則會追溯到作為《康熙字典》基礎的《字彙》。下面分別選取《便覽》對名詞、動詞、形容詞的解釋各三例略作說明。先列出所釋詞在《說文》《玉篇》《康熙字典》等辭書中的解釋,再列出《便覽》在注中以及在天頭對該詞的解釋。

〔註7〕本書所引《康熙字典》內容皆出自張玉書、陳廷敬:《康熙字典》(清康熙十五年內府刻本影印本),山西出版傳媒集團·書海出版社 2003 年版。

（1）客。

《說文》：「寄也。从宀，各聲。苦格切。」

《玉篇》：「口格切。賓也。」

《康熙字典》：「凡自外至者，皆曰客。《易·需卦》：『有不速之客三人來，敬之，終吉。』」

《便覽》：「凡自外至者，皆曰客。」

（2）世。

《說文》：「三十年為一世。从卅，而曳長之，亦取其聲也。舒制切。」

《玉篇》：「尸制切。父子相繼也。又三十年曰世。」

《康熙字典》：「《維摩經》：『大千世界。』《註》：『世謂同居天地之間，界謂各有彼此之別。』」

《便覽》：「同居天地之間，曰世。」

（3）𢟘。

《說文》無此字。

《玉篇》無此字。

《康熙字典》：「《篇海》：『如列切，音熱，情態也。與𢞫字不同，𢞫从執，此从埶。』」

《便覽》在注中解釋：「𢟘，情態也」；在天頭注音說形：「𢟘，音熱，从埶。」

（4）瞥。

《說文》：「過目也。又目翳也。从目，敝聲。一曰財見也。普滅切。」

《玉篇》：「匹烈切。目瞥見。」

《康熙字典》：「《徐曰》：『瞥然，暫見也。』」

《便覽》：「瞥，暫見也。」

（5）訝。

《說文》：「相迎也。从言，牙聲。《周禮》曰：『諸侯由卿訝發。』吾駕切。迓，訝或从辵。」

《玉篇》：「與迓同。」

《康熙字典》：「《增韻》：『疑怪也。』」

《便覽》:「訝,疑怪也。」

（6）譯。

《說文》:「傳譯四夷之言者。从言,睪聲。羊昔切。」

《玉篇》:「餘石切。傳言也。」

《康熙字典》:「《禮·王制》:『北方曰譯。』《疏》:『通傳北方語官,謂之譯,譯,陳也,謂陳說外內之言。劉氏曰:『譯,釋也,猶言謄也,謂彼此言語相謄,釋而通之也,越裳氏重九譯而朝是也。』」

《便覽》:「譯者,以泰西文翻作中國文,彼此相謄,釋而通之也。」

（7）譾。

《說文》無此字。

《玉篇》無此字。

《康熙字典》「譾」字條下:「《字彙》:同譾。」

《字彙》「譾」字條下:「子淺切,音剪,淺也。」

《便覽》在注中解釋:「譾,淺也」;在天頭注音:「譾,音剪。」

（8）劣。

《說文》:「弱也。从力少。力輟切。」

《玉篇》:「力拙切。劣弱也。」

《康熙字典》:「《廣韻》:『鄙也,少也。』揚子《法言》:『彼以其回,顏以其貞,顏其劣乎?』又劣,薄也。僅僅不足之辭。《宋書·劉懷貞傳》:『子德願善御車,常立兩柱,使其中劣通車軸,驅牛奔從柱閒直過。』」

《便覽》:「劣,鄙薄也。」

（9）㴔。

《說文》無此字。

《玉篇》:「淨也,冷也。」

《康熙字典》:「《玉篇》:『淨也,冷也。』」

《便覽》:「㴔,淨也。」

漢代《說文》成書最早,重在以形說義,從形音義關係角度訓釋詞義。宋本《玉篇》傳承說文,但解字不析形,只簡要解釋詞義。清代《康熙字典》廣採前代辭書成果,有匯總有選擇。《便覽》成書於有清,它在訓釋《金書》詞

義時，顯然主要參照了最適用於當時讀者的清代編纂的《康熙字典》，究其原因，應該是出於釋義簡潔明瞭、通俗易懂的考慮，因此它不做字詞形義考源的工作，而基本上都是直接對接語境，訓釋該詞的語境義。如以上（1）（2）（4）（5）（9）五例中，《便覽》對詞的解釋均主要源於《康熙字典》所載的釋義，但呂若翰並不是機械地照抄照搬，而是在《康熙字典》的許多釋義中挑選了最符合語境的意思。如「客」一詞在《康熙字典》中有「寄也」「賓客」「主客」「凡自外至者皆曰客」等多個涵義，而呂若翰選擇了「凡自外至者皆曰客」這一解釋。此外，結合《金書》具體的語言環境，呂若翰在注解時也有對《康熙字典》中所載釋義的靈活處理，下面著重分析（3）（6）（7）（8）這四個《便覽》對《康熙字典》中所載解釋作了更動的條目。

（3）中的「慹」，《便覽》的注音與釋義全用《康熙字典》所載的《四聲篇海》中的說解，而唯獨說形部分有所變化，在講到「慹」與「熱」之別時，《康熙字典》引《四聲篇海》作：「《篇海》：『與熱字不同，熱從執，此從埶。』」而《便覽》在天頭注音說形為：「慹，音熱，從埶。」前者將「慹」與「熱」的區別歸結為兩字上半部分「執」和「埶」的區別，後者則進一步將二者的區別聚焦到字的左上角，點明「慹」字從「埶」，這就將兩者字形的不同解說得更加細緻到位了。

需要特別說明的是，《金書》各版本在此處的用字並不相同，最早的孫抄本作「慹」，1800年、1848年、1923年的《金書》以及1848年的《便覽》皆作「慹」。

在《便覽》的「講」中解「客瞥書額，訝曰：世慹謭劣，人匪晻曖，僉知。先生譯茲，毋乃虛營？」為「適有客來，暫見書額上輕世二字，便怪訝而言曰：斯世情態之謭淺劣陋，人固非有所暗蔽而不明，蓋皆知其謭劣矣，則所謂輕世者，固屬常情共喻，又何苦先生費筆墨哉，今先生繙譯此書，恐亦勞而無功，其毋乃虛費經營乎？」

將《便覽》注講的文意以白話寫出為：「這個世道人情世態謭淺劣陋，人並非有所暗蔽而不明，都知道它的謭劣……」其中「慹」乃情態之意，文意可通。那麼孫抄本之「慹」字又作何解釋呢？

《說文》：「慹，怖也。從心，執聲。」段注：「莊子齊物論：哀樂慮歎變慹。司馬彪云：慹，不動兒。桂馥曰：不，當作心。從心，執聲。」案，「慹」

所從之「執」,《說文》曰「捕罪人也」,此聲符兼表意,「𢾅」之詞義為「悑」,即「怖」,《說文》釋作「惶也」,恐懼之意。若《金書》用字真為此字,則該句話應釋為:「這個世道恐懼讒淺劣陋……」,文意不通。再核於《康熙字典》,「𢾅」「𤍜」二字均有收錄,「𢾅」音執,「𤍜」音熱,二字音異義異形近,據此可以判斷孫抄本抄寫有誤,或者陽本原書因二字形近而用誤,後出本改正了這個字,當從後出諸本之「𤍜」字。

（6）中的「譯」,《康熙字典》中用了「越裳氏重九譯而朝」之例來釋「譯」,「越裳氏」位於今越南、老撾一帶,顯然與《金書》由拉丁文或者西班牙文譯來的實際地域有所不同,所以呂若翰在《便覽》中因地制宜,將「譯」具體靈活地釋為了「以泰西文翻作中國文」,顯示出其在注釋過程中能夠不拘泥於成訓、實事求是的態度。

（7）中的「譾」,在《康熙字典》中只有簡單的「《字彙》:同翦」一條,針對此種情況,呂若翰便追溯到《字彙》進行查證,在《便覽》中使用了《字彙》「譾」字條下「淺也」的釋義,而面對該條下「子淺切,音剪」兩種注音方式,呂若翰在天頭注音中優先使用了直音:「譾,音剪。」

（8）中的「劣」,《便覽》中「劣,鄙薄也」的釋義實際上是將《康熙字典》中「鄙也,少也」和「薄也」的義項進行了綜合。

第四節　從文化交流的角度看譯詞釋詞

明末天主教入華,最早的兩位傳教士羅明堅與利瑪竇是以披著袈裟的「西僧」形象出現在中國人面前的。然而當它們意識到佛教在中國的地位與日本相去甚遠,中國士大夫以儒家傳統的傳承者自居而對佛教褒貶不一時,便刻意與佛教疏遠。在翻譯層面,「經歷了一個以佛教語言翻譯經文和佛教語言與儒家語言混合使用,發展到最後完全以儒家語言譯經的長期過程」[註8]。陽瑪諾譯的《金書》中,可以看到有借用自佛教的一些觀念,如「渡」字。「渡」在《說文》中解為「濟也,從水,度聲」,段注解為「凡過其處皆曰渡。假借多作度。天體三百六十五度,謂所過者三百六十五也」,可見「渡」的本義與水有關,為「通過水面」,詞義泛化為與水無關的「通過」,又多假借「度」字表「渡」義。

[註8] 張西平:《中國與歐洲早期宗教和哲學交流史》,東方出版社2001年版,第152頁。

在佛教中，「渡（度）」是一個非常重要的概念，梵語為「pāramitā」，《大乘義音》卷十二：「波羅蜜者，是外國語，此翻為度，亦名到彼岸」，也即「渡（度）」意為「到彼岸」，展開來說就是從煩惱的此岸到覺悟的彼岸的意思。

陽譯《金書》中共出現「渡」八次，呂若翰在《便覽》中對它的佛教屬性做了淡化處理，不詮釋或只是進行簡單的解釋，以下逐一做分析：

（1）《金書》原文：渡世誘患難脫。

《便覽》釋義：渡此浮世，而誘感之苦難脫免也。

分析：未專門釋「渡」。

（2）《金書》原文：恒晏渡生。

《便覽》釋義：常安於所遇以渡浮生。

分析：未專門釋「渡」。

（3）《金書》原文：渡生難堪。

《便覽》釋義：則欲渡過此生，甚屬難堪。

分析：釋「渡」為「渡過」。

（4）《金書》原文：富貴順渡克免。

《便覽》釋義：「注」中解釋：「渡，過也」；「講」中說解：「若謂富貴中順適渡日，能免乎苦者。」

分析：「注」中釋「渡」為「過」，「講」中釋「渡」為「渡日」。

（5）《金書》原文：渡世坦道也。

《便覽》釋義：如此眞爲渡世之坦途也。

分析：未專門釋「渡」。

（6）《金書》原文：求主既渡世海。

《便覽》釋義：求主既命我渡斯世之苦海。

分析：未專門釋「渡」。

（7）《金書》原文：苦海順渡。

《便覽》釋義：賜我生時於苦海則順過。

分析：釋「渡」為「過」。

（8）《金書》原文：俾安渡今世苦谷。

《便覽》釋義：俾之安過今世涕泣之苦谷。

分析：釋「渡」為「過」。

通過以上分析，我們可以看出，《便覽》對《金書》中八次出現的「渡」字有四次未作解釋，一次釋為「渡過」，三次釋為「過」，一次釋為「渡日」，所有解釋都與佛教「到彼岸」義無涉。可見，如果說明代《金書》還殘存有佛教詞彙的痕跡，那清代《便覽》便已具備了將基督宗教文獻與佛教切割的意識。

結　語

《便覽》對《金書》詞彙的注解特別是基督宗教核心概念詞的解讀還停留在猜測和簡單說講階段，由於對西文原文不熟悉，注者無從知曉同樣一個漢語詞可能是由不同的西語詞翻譯過來的，也就無從做出最貼近原典的解釋，更談不到系統的歸納、訓釋詞義，如對全書六見的「神聖」一詞的注解，其中五處要麼沒解釋，要麼只有籠統、含混的解釋。《便覽》對《聖經》經文的詮釋是從字詞解釋、文意疏通和引用目的三個方面展開的，並通過「注」「講」「解」三部分逐一進行說解。從與中國傳統訓詁書作對比的角度來說，《便覽》對基督宗教核心概念詞之外的一般的漢語詞彙的解釋較為詳盡、準確，也能注意到漢語詞的多義性，釋義多依據《康熙字典》給出簡潔明瞭、通俗易懂的解釋，遺憾的是，由於不通西文，對音譯詞未能進行推原，全書亦不做字詞形義考源的工作，而基本上都是直接對接語境，訓釋該詞的語境義。從宗教交流的角度來說，古典詮釋學漢語文獻經歷了一個以佛教語言翻譯經文和佛教語言與儒家語言混合使用，發展到最後完全以儒家語言譯經的長期過程，明代《金書》還殘存有佛教詞彙的痕跡，清代《便覽》有意識地淡化了詞彙的佛教解釋，將基督宗教文獻與佛教切割。

第四章 《金書》五版本異文分類例析

　　陸宗達、王寧認為「異文指同一文獻的不同版本中用字的差異，或原文與引文用字的差異。」[註1]自 1640 年陽瑪諾譯成《金書》以來，該書不斷經整理、抄寫、修訂、重印，有多個版本，各版本中異文為數不少，這種異文是諸多共時和歷時語言文字變化因素，天主教在華傳教策略、傳教環境變化因素，以及版本流傳過程中傳抄、刊印變化因素堆積而產生的現象。

　　張桂光認為「淡化異文間的差異不利於研究的深入」[註2]，對《金書》不同版本中的異文進行全面細緻的分析和研究，於漢語、漢字、文化史等方面皆具重要而深邃之意義。

　　本章擬從文字學角度對五個版本的《金書》中的異文進行研究，本文比較的五個版本及其館藏情況如下：

　　（1）陽瑪諾譯、朱宗元訂：《輕世金書》，巴黎法國國家圖書館藏孫抄本（以下簡稱孫本）

　　（2）陽瑪諾譯、朱宗元訂、湯亞立山準：《輕世金書》，澳大利亞國家圖書館藏 1800 年京都聖若瑟堂藏板（以下簡稱湯本）

　　（3）陽瑪諾譯、朱宗元訂、熱羅尼莫准：《輕世金書便覽》，美國哈佛燕京圖書館藏 1848 年呂修靈堂藏板（以下簡稱《便覽》本）

〔註1〕陸宗達、王寧：《訓詁方法論》，中國社會科學出版社 1983 年版，第 109 頁。
〔註2〕張桂光：《古文字論集》，中華書局 2004 年版，第 251 頁。

（4）陽瑪諾譯、朱宗元訂、馬熱羅准：《輕世金書》，比利時魯汶大學東方圖書館藏 1848 年重刊本（以下簡稱馬本）

（5）陽瑪諾譯、朱宗元訂、姚准：《輕世金書》，比利時魯汶大學東方圖書館藏上海土山灣印書館 1923 年重刊本（以下簡稱姚本）

對以上五個版本進行合校後，將其中的異文歸納為異體字、訛誤字、通假字三種類型。

第一節　異體字異文

「異體字就是彼此音義相同而外形不同的字」〔註3〕，根據裘錫圭先生對於異體字的界定，本書將讀音和意義都相同，在任何情況下都可以互相替換的字認定為異體字。按照王寧先生的觀點，異體字又可以根據構型屬性是否完全相同分為兩類：音義相同的字，因各結構要素之內部筆劃上的差異，也就是書寫屬性的差異即寫法不同而形成的異形，稱為異寫字；音義相同的字，結構要素、結構模式、結構分布等構型屬性起碼有一項是不相同的字，稱為異構字。〔註4〕

一、異寫字

異寫字指音義相同的字，因各結構要素之內部筆劃上的差異，也就是書寫屬性的差異即寫法不同而形成的異形。本文將《金書》五版本異文中的異寫字分為四類，分別是筆劃變形、筆劃增減、部件異寫、位置變化。下面分別舉例分析之：

（一）筆劃變形

各版本異文結構要素之內部筆劃上有變形。

1. 幾　幾

克振抜者 幾（孫本）

克振抜者幾（湯本）

克振抜者幾（《便覽》本）

〔註3〕裘錫圭：《文字學概要》，商務印書館 2013 年修訂版，第 198 頁。
〔註4〕王貴、王寧：《漢字漢字構型學講座》，華西語言學刊，2012 年第 2 期，232～235、250 頁。

克振拔者幾（馬本）

克振拔者幾（姚本）

孫本作「幾」，湯、《便覽》、馬、姚四本皆作「幾」。

《說文》《玉篇》《康熙字典》皆無「幾」字。

《經典文字辯證書》：「幾正，幾俗。」

《說文・絲部》：「幾，微也，殆也，從絲，從戍。戍，兵守也。絲而兵守者危也。」

《玉篇・絲部》：「幾，居衣切。動之微也，吉凶之先見也，期也，時也，危也，尚也。」

《康熙字典》：「幾，古文『𢆶』『𢆷』，《唐韻》：『居衣切。』《集韻》《韻會》：『居希切。』𠀤音機。」

「幾」為俗字，「幾」為正字，二字的左下部分筆劃有變形。

2. 脫 脫

　　　　囷策決脫（孫本）

　　　　囷策決脫（湯本）

　　　　囷策決脫（《便覽》本）

　　　　囷策決脫（馬本）

　　　　囷策決脫（姚本）

孫本作「脫」，湯、《便覽》、馬、姚四本皆作「脫」。

《說文》《玉篇》《康熙字典》皆無「脫」字。

《重訂直音篇》：「脫，同上。」〔註5〕

《說文・肉部》：「脫，消肉臞也。從肉，兌聲。」

《玉篇》無「脫」字。

《康熙字典》：「脫，《唐韻》《韻會》《正韻》𠀤徒活切，音奪。」

「脫」「脫」二字的右邊中間部分筆劃有變形。

3. 克 充

　　　　奈羣聆訓克耳，憚效行（孫本）

　　　　奈人羣聆訓，衷如充耳，憚於效行（湯本）

〔註5〕《重訂直音篇》中「脫」字條的上面為「脫」字：「脫，他括切，解也，又音奪。」

奈人羣聆訓，袞如充耳，憚於效行（《便覽》本）

奈人羣聆訓，袞如充耳，憚於效行（馬本）

奈人羣聆訓，褒如充耳，憚於效行（姚本）

孫本作「克」，湯、《便覽》、馬、姚四本皆作「充」。

《說文》《玉篇》無「克」字。

《康熙字典》：「克，《正字通》：『俗充字。』」

《說文·兒部》：「充，長也。高也。从兒，育省聲。」

《玉篇·兒部》：「充，齒戎切。行也，滿也。」

《康熙字典》：「充，《唐韻》：『昌終切。』《集韻》：『昌嵩切。』《正韻》：『昌中切。』灻跦平聲。」

可見「克」乃「充」之俗字，「克」「充」二字的中間部分字形筆劃有變形。

（二）筆劃增減

各版本異文筆劃有增減，正字增加或減少筆劃，寫法略有不同。

1. 僉 僉

僉知先生譯茲（孫本）

僉知先生譯茲（湯本）

僉知先生譯茲（《便覽》本）

僉知先生譯茲（馬本）

僉知先生譯茲（姚本）

孫本作「僉」，湯、《便覽》、馬、姚四本皆作「僉」。

《說文》《玉篇》《康熙字典》皆無「僉」字。

《佛教難字字典·人部》：「僉，①打穀之器具。②卻。僉11僉16僉16僉16」

《說文·亼部》：「僉，皆也。从亼从吅从从。」

《玉篇·亼部》：「僉，且廉切，皆也。」

《康熙字典》：「僉，古文『僉』，《廣韻》《集韻》《韻會》《正韻》灻千廉切，音籤。皆也，咸也。眾共言之也。」

在《佛教難字字典》中可見標記為 16 的「僉」，在凡例中解釋 16 為：由《集韻》《廣韻》《玉篇》《正字通》《康熙字典》《宋元以來俗字譜》等古籍中所

收錄的古文、籀文、省文、或作、同字、俗字等的古例文字。「」為「僉」之俗字，將「僉」在「亼」「吅」中間加一豎並將筆劃略作省併。

2. 扷 扲 拔

克振扷者 （孫本）

克振扲者幾（湯本）

克振扷者幾（《便覽》本）

克振扲者幾（馬本）

克振拔者幾（姚本）

孫本、《便覽》本作「扷」，湯本、馬本作「扲」，姚本作「拔」。

《說文》《玉篇》《康熙字典》皆無「扷」字。

《中華大字典》:「扷，拔俗字」。

《說文》《玉篇》《康熙字典》皆無「扲」字。

《中華字海》:「扲，見於臺灣人名。」

《說文·手部》:「拔，擢也。从手，犮聲。」

《玉篇·手部》:「拔，蒲八切，擢也。」

《康熙字典》:「拔，《唐韻》《集韻》《韻會》丛蒲八切，辦入聲。」

「扷」「扲」為「拔」之俗字，「扷」為「拔」去點加撇所成，「扲」為「拔」加撇所成。

3. 冥 寞

罔履冥崎（孫本）

罔履寞崎（湯本）

罔履冥崎（《便覽》本）

罔履寞崎（馬本）

罔履冥崎（姚本）

孫本、《便覽》本、姚本作「冥」，湯本、馬本作「寞」。

《說文·冥部》:「冥，幽也。从日从六，冖聲。」

《玉篇·冥部》:「冥，莫庭、莫定二切。窈也，夜也，草深也。」

《康熙字典》:「冥，《唐韻》:『莫經切。』《集韻》《韻會》:『忙經切。』《正韻》:『眉兵切。』丛音銘。」

《說文》《玉篇》《康熙字典》皆無「㝠」字。

《中文大辭典》:「㝠,冥之俗字。」

「㝠」為「冥」之俗字,在正字「冥」上加一點。

4. 醜 醜

洞醜世曰「輕世」(孫本)

洞世醜,曰「輕世」(湯本)

洞世醜,曰「輕世」(《便覽》本)

洞世醜,曰:「輕世」(馬本)

洞世醜,曰:「輕世」(姚本)

孫本、湯本作「醜」,《便覽》、馬、姚三本作「醜」。

《說文》《玉篇》《康熙字典》皆無「醜」字。

《重訂直音篇》:「醜,音醜,可惡也。」

《說文‧鬼部》:「醜,可惡也。从鬼,酉聲。」

《玉篇‧鬼部》:「醜,昌九切,可惡也。」

《康熙字典》:「醜,古文『媿』『𩰚』。《唐韻》《集韻》《韻會》《正韻》<u>夶</u>齒九切,犨上聲。」

「醜」乃「醜」去掉右邊「鬼」字起筆的一撇。

5. 冨 富

貧兒暴冨(孫本)

貧兒暴富(湯本)

貧兒暴富(《便覽》本)

貧兒暴富(馬本)

貧兒暴富(姚本)

孫本作「冨」,湯、《便覽》、馬、姚四本皆作「富」。

《說文》《玉篇》無「冨」字。

《康熙字典》:「冨,《正韻》:『富亦作冨。』」

《說文‧宀部》:「富,備也。一曰厚也。从宀,畐聲。」

《玉篇‧宀部》:「富,甫霤切,豐於財。」

《康熙字典》:「富,《廣韻》《集韻》《韻會》<u>夶</u>方副切,否去聲。」

「冨」乃「富」去掉起筆一點。

6. 繼

　　　次導程（孫本）

　　　次導繼程（湯本）

　　　次導繼程（《便覽》本）

　　　次導繼程（馬本）

　　　次導繼程（姚本）

孫本作「」，湯、《便覽》、馬、姚四本皆作「繼」。

《說文》《玉篇》《康熙字典》無「」字。

《說文‧糸部》：「繼，續也。从糸𢇍。」

《玉篇‧糸部》：「繼，公第切。續也，紹繼也。」

《康熙字典》：「繼，《廣韻》《集韻》《韻會》《正韻》夶古詣切，音計。」

《經典文字辯證書》：「繼，正。，省。」

「」為正字「繼」的右邊部分減省後所成。

7. 既　　

　　　既閱羣書（孫本）

　　　閱羣書（湯本）

　　　閱羣書（《便覽》本）

　　　閱羣書（馬本）

　　　閱羣書（姚本）

孫本作「既」，湯、馬、姚三本作「」，《便覽》本作「」。

《說文》《玉篇》《康熙字典》皆無「既」字。

《中文大辭典》：「既，之俗字。」

《說文‧皂部》：「，小食也。从皂，旡聲。」

《玉篇‧皂部》：「，居毅切。小食也。又已也。」

《康熙字典》：「，《唐韻》：『居豙切。』《集韻》《韻會》：『居氣切。』夶音曁。」

「」乃「」之左下角筆劃稍變所成，「既」乃「」左下角筆劃稍變，並去掉起筆一撇。

8. 決 決

　　罔策決脫（孫本）

　　罔策決脫（湯本）

　　罔策決脫（《便覽》本）

　　罔策決脫（馬本）

　　罔策決脫（姚本）

孫本作「決」，湯、《便覽》、馬、姚四本皆作「決」。

《說文》無「決」字。

《玉篇・冫部》：「決，古穴切。俗決字。」

《康熙字典》：「決，《玉篇》：『俗決字。』」

《說文・水部》：「決，行流也。从水从夬。」

《玉篇・水部》：「決，公穴切。判也。又呼抉切。」

《康熙字典》：「決，《廣韻》《集韻》《韻會》丛古穴切，音玦。水名。」

「決」乃「決」去掉左側中間一點。

9. 恐 恐

　　虛恐之釋（孫本）

　　虛恐之釋（湯本）

　　虛恐之釋（《便覽》本）

　　虛恐之釋（馬本）

　　虛恐之釋（姚本）

孫本作「恐」，湯、《便覽》、馬、姚四本皆作「恐」。

《說文》《玉篇》《康熙字典》皆無「恐」字。

《集韻考證》：「恐，音：立勇切。註：《說文》懼也。」

《說文・心部》：「恐，懼也。从心，巩聲。」

《玉篇・心部》：「恐，去拱切。懼也。」

《康熙字典》：「恐，古文『㤁』。《唐韻》《正韻》：『丘隴切。』《集韻》《韻會》：『丘勇切。』丛音蛩。」

「恐」乃「恐」去掉上半部分「巩」中一點。

10. 冝 宜

　　行事預冝察機（孫本）

行事預宜察機（湯本）

行事預冝察機（《便覽》本）

行事預宜察機（馬本）

行事預宜察機（姚本）

孫本、《便覽》本作「冝」，湯、馬、姚三本皆作「宜」。

《說文》《玉篇》《康熙字典》皆無「冝」字。

《說文》無「宜」字。

《玉篇·宀部》：「宜，魚奇切。當也，所安也。今作冝。」

《康熙字典》：「宜，古文『宐』『宩』『冝』。《唐韻》《集韻》：『魚羈切。』《韻會》：『疑羈切。』夶音儀。」

「冝」乃「宜」去掉起筆一點。

11. 寵　寵

靈乏聖寵（孫本）

靈乏聖寵（湯本）

靈乏聖寵（《便覽》本）

靈乏聖寵（馬本）

靈乏聖寵（姚本）

孫本作「寵」，湯、《便覽》、馬、姚四本皆作「寵」。

《說文》《玉篇》《康熙字典》皆無「寵」字。

《說文·宀部》：「寵，尊居也。从宀，龍聲。」

《玉篇·宀部》：「寵，丑冢切。」

《康熙字典》：「寵，《唐韻》：『丑壟切。』《集韻》《韻會》《正韻》：『丑勇切。』夶衝上聲。」

「寵」乃「寵」去掉起筆一點。

12. 虫　蚩　蚩　蚩

嗟，人蚩蚩（孫本）

嗟人蚩蚩（湯本）

嗟人蚩蚩（《便覽》本）

嗟人蚩蚩（馬本）

嗟人 ⿱⿳⿱ 蝵（姚本）

孫本作「蚩」，湯本、馬本作「蚩」，《便覽》本作「蚩」，姚本作「蝵」。

《說文》《玉篇》《康熙字典》皆無「蚩」字。

《說文·蟲部》：「蚩，蟲曳行也。从蟲，中聲。」

《玉篇·蟲部》：「蚩，醜善切。蟲伸行。」

《康熙字典》：「蚩，《唐韻》：『醜善切，音蔵。』」

《說文·蟲部》：「蚩，蟲也。从蟲，之聲。」

《玉篇·蟲部》：「蚩，尺之切。蟲也。又癡也，笑也，亂也。」

《康熙字典》：「蚩，《唐韻》：『赤之切。』《韻會》：『充之切。』𠀤音嗤。蟲名。《六書正譌》：『凡無知者皆以蚩名之。』又蚩尤，人名。《書·呂刑》：『蚩尤惟始作亂。』《註》：『九黎之君號曰蚩尤。』又星名。《晉書·天文志》：『蚩尤旗類彗而後曲，象旗主所見之方下有兵。』又侮也。《張衡·西京賦》：『蚩眩邊鄙。』又騃也。《陸機·文賦》：『妍蚩好惡，可得而言。』又蚩蚩，敦厚貌。《詩·衞風》：『氓之蚩蚩。』」

《說文》《玉篇》《康熙字典》皆無「蝵」字。

「蚩」為正字，「蚩」為「蚩」去掉中間一橫，「蝵」較「蚩」字筆劃寫法略有不同，「蚩」乃「蚩」之形誤字。

（二）部件異寫

《輕世金書》五版本異文中部件異寫主要表現為草字頭、北字頭、网字頭、虍字頭、皀字旁、攵字旁等幾種部件的異寫。

1. 茲 茲 茲

僉知先生譯茲（孫本）

僉知先生譯茲（湯本）

僉知先生譯茲（《便覽》本）

僉知先生譯茲（馬本）

僉知先生譯茲（姚本）

若翫茲書（孫本）

若翫茲書（湯本）

若翫茲書（《便覽》本）

若㲄茲書（馬本）

若㲄茲書（姚本）

兩處文例，孫本皆作「**茲**」，湯本、馬本皆作「茲」，《便覽》本皆作「茲」，姚本分別作「茲」「茲」。

《說文・艸部》：「**茲**，艸木多益。從艸，絲省聲。」

《玉篇・艸部》：「**茲**，子支切，草木多益也。」

《康熙字典》：「**茲**，古文『薹』『芏』，《唐韻》：『子之切』。《集韻》：『津之切。』茲音孜。」

「**茲**」「茲」「茲」三個字的草字頭寫法有細微差異。

2. **若** 若

若㲄**茲**書（孫本）

若㲄茲書（湯本）

若㲄茲書（《便覽》本）

若㲄茲書（馬本）

若㲄茲書（姚本）

孫本作「**若**」，湯、《便覽》、馬、姚四本皆作「若」。

《說文・艸部》：「**若**，擇菜也。從艸右。右，手也。一曰杜若，香艸。」

《玉篇・艸部》：「**若**，如灼切，杜若香也。如也，汝也。」

《康熙字典》：「**若**，古文『叒』『𦱤』『𦱶』。《唐韻》：『而灼切。』《集韻》《韻會》《正韻》：『日灼切。』茲音弱。」

「**若**」「若」兩字的草字頭寫法有細微差異。

3. **奠** 冀

鮮哉奠明，厥行詎云虛營（孫本）

鮮哉冀明厥行，詎云虛營（湯本）

鮮哉冀明厥行，詎云虛營（《便覽》本）

鮮哉冀明厥行，詎云虛營（馬本）

鮮哉冀明厥行，詎云虛營（姚本）

孫作「奠」，湯、《便覽》、馬、姚四本皆作「冀」。

《說文》無「奠」字。

《玉篇・北部》:「兾,同上。」〔註6〕

《康熙字典》:「兾,《韻會》:『冀或作兾。』《書・禹貢》:『兾州。』《玉篇》:『同冀。』」

《說文・北部》:「冀,北方州也。从北,異聲。」

《玉篇・北部》:「冀,居致切。冀州也,北方州,故從北。」

《康熙字典》:「《唐韻》:『九利切。』《集韻》《韻會》:『幾利切。』《正韻》:『吉器切。』𠀤音驥。」

「兾」「冀」二字的北字頭寫法有差異。

4.  罹

或患(孫本)

或患(湯本)

或患(《便覽》本)

或患(馬本)

或罹患(姚本)

姚本作「罹」,湯、《便覽》、馬、姚四本皆作「」。

《說文》《玉篇》《康熙字典》皆無「」字。

《金石文字辨異》:「()離,漢尹宙碑:『遭離寑疾』,按:《韻會》:『通作離。』」

《說文・网部》:「罹,心憂也。从网。未詳。古多通用離。」

《玉篇・网部》:「罹,力之切。憂皃。」

《康熙字典》:「罹,《廣韻》:『呂知切。』《集韻》:『鄰知切。』𠀤音離。」

「」「罹」二字的网字頭寫法有差異。

5.  虛

毋迺營(孫本)

毋乃虛營(湯本)

毋乃虛營(《便覽》本)

〔註6〕《玉篇》中「兾」字條的上面為「冀」字條:「冀,居致切。冀州也,北方州,故從北。」詳見顧野王撰、呂浩校點:《大廣益會玉篇》,中華書局 2019 年版,第 548 頁。

毋乃虛營（馬本）

毋乃虛營（姚本）

孫本作「」，湯、《便覽》、馬、姚四本皆作「虛」。

《說文．丘部》：「虛，大丘也。崐崘丘謂之崐崘虛。古者九夫為井，四井為邑，四邑為丘。丘謂之虛。从丘，虍聲。」

《玉篇．丠部》：「虛，丘居切，大丘也。」

《康熙字典》：「虛，古文『𧆓』，《唐韻》：『朽居切。』《集韻》《正韻》：『休居切。』𠀤音嘘。空虛也。」

《增廣字學舉隅》：「虛，帖。」

「」「虛」二字的虍字頭寫法有差異。

6. 即 卽

卽獲決脫（孫本）

卽獲決脫（湯本）

卽獲決脫（《便覽》本）

卽獲決脫（馬本）

卽獲決脫（姚本）

孫本作「即」，湯、《便覽》、馬、姚四本皆作「卽」。

《說文》、《玉篇》無「即」字。

《康熙字典》：「即，《玉篇》：『卽今作即。』」

《說文．皀部》：「卽，即食也。从皀，卪聲。」

《玉篇．皀部》：「卽，子弋切。就也，今也，食也。今作即。」

《康熙字典》：「古文『皍』。《唐韻》：『子力切。』《集韻》《韻會》《正韻》：『節力切。』𠀤音稷。」

「即」「卽」二字的皀字旁寫法有差異。

7. 徵 微

思性本微（孫本）

思性本微（湯本）

思性本微（《便覽》本）

思性本微（馬本）

思性本微（姚本）

孫本作「微」，湯、《便覽》、馬、姚四本皆作「微」。

《說文》《玉篇》無「微」字。

《康熙字典》：「微，《海篇》：『同微。』」

《說文・彳部》：「微，隱行也。从彳，散聲。」

《玉篇・彳部》：「微，無非切。不明也。」

《康熙字典》：「微，《唐韻》《集韻》《韻會》《正韻》<u>丛</u>無非切，音薇。《爾雅・釋詁》：『幽微也。』《易・繫辭》：『知微知彰。』《書・大禹謨》：『道心惟微。』又《廣韻》：『微，妙也。』《禮・禮運》：『德產之致也精微。』」

「微」「微」二字的散字旁寫法有差異。

（三）位置變化

各版本異文結構要素相同，相互間位置有變化。

1. 獲 獲

獲篤瑪大賢書（孫本）

獲篤瑪大賢書（湯本）

獲篤瑪大賢書（《便覽》本）

獲篤瑪大賢書（馬本）

獲篤瑪大賢書（姚本）

姚本作「獲」，孫、湯、《便覽》、馬四本皆作「獲」。

《說文・犬部》：「獲，獵所獲也。从犬，蒦聲。」

《玉篇・犬部》：「獲，爲麥切。得也，辱也，婢之賤稱也，旌也。」

《康熙字典》：「獲，《唐韻》：『胡伯切。』《集韻》《韻會》：『胡陌切。』<u>丛</u>音韄。」

《說文》《玉篇》《康熙字典》皆無「獲」字。

從字體結構來看，「獲」為左右結構，「獲」為上下結構。

2. 啟 啓

明悟頓啟（孫本）

明悟頓啓（湯本）

明悟頓啟（《便覽》本）

　　明悟頓啓（馬本）

　　明悟頓啓（姚本）

孫本、《便覽》本作「啟」，湯、馬、姚三本作「啓」。

《說文・攴部》：「啟，教也。从攴，啟聲。」

《玉篇》、《康熙字典》無「啟」字。

《說文》無「啓」字。

《玉篇・攴部》：「啓，口禮切。《說文》云：教也。又開發也。」

《康熙字典》：「啓，《廣韻》：『康禮切。』《集韻》《韻會》：『遣禮切。』《正韻》：『祛禮切。』夶音棨。」

從字體結構來看，「啟」為左右結構，「啓」為上下結構。

二、異構字

　　異構字指在記錄漢語的職能上相同，音義絕對相同，在書寫記錄言語作品時，不論在什麼語境下都可以互相置換，但是其結構要素、結構模式、結構分布等構形屬性至少有一項是不同的一組字。本文將《金瓶》五版本異文中的異構字分為四類，分別是示音結構要素不同、示意結構要素不同、要素增加、要素完全改換。下面分別舉例分析之：

（一）示音結構要素不同

此類異文指的是有些字在各版本中意符相同，聲符有所變化。

1. 額　頟

　　客瞥書額（孫本）

　　客瞥書額（湯本）

　　客瞥書額（《便覽》本）

　　客瞥書額（馬本）

　　客瞥書額（姚本）

孫、湯、馬、姚四本皆作「額」，《便覽》本作「頟」。

《說文・頁部》：「額，顙也。从頁，各聲。」

《玉篇・頁部》：「頟，同上。」〔註7〕

〔註7〕　《玉篇》中「頟」字條的上面為「額」字條：「額，雅格切。《方言》云：中夏謂之

・63・

《康熙字典》：「頟，《唐韻》：『五陌切。』《集韻》《韻會》《正韻》：『鄂格切。』丛同額。」

「頟」「額」的意符皆是「頁」，聲符不同，分別是「各」「客」。

2. ![靈] 靈

 ![眾]人竟敗![靈]，目悉眛（孫本）

 ![眾]人竟敗，靈目悉眛（湯本）

 眾人竟敗，靈目悉眛（《便覽》本）

 眾人竟敗，靈目悉眛（馬本）

 ![眾]人竟敗，靈目悉眛（姚本）

孫本作「![靈]」，湯、《便覽》、馬、姚四本皆作「靈」。

《說文·玉部》：「靈，靈巫。以玉事神。从玉，霝聲。」

《玉篇·巫部》：「靈，力丁切。神靈也。」

《康熙字典》：「靈，古文『霗』『靁』『晉』『霛』『霊』『𤫡』。《唐韻》《集韻》《韻會》丛郎丁切，音鈴。」

「![靈]」「靈」的下半部分意符皆是「巫」，上半部分聲符不同。

3. 操 捼

 幾![欲]操![歛]（孫本）

 幾欲操![觚]（湯本）

 幾欲捼![歛]（《便覽》本）

 幾欲操![觚]（馬本）

 幾欲操![觚]（姚本）

《便覽》本作「捼」，孫、湯、馬、姚四本皆作「操」。

《說文·手部》：「操，把持也。从手，喿聲。」

《玉篇·手部》：「操，七刀切。把持也。」

《康熙字典》：「操，《唐韻》：『七刀切。』《集韻》《韻會》《正韻》：『倉刀切。』丛草平聲。」

《說文解字》《玉篇》無「捼」字。

額，東齊謂之顙。《釋名》曰：額，鄂也，有垠鄂也。」詳見顧野王撰、呂浩校點：《大廣益會玉篇》，中華書局 2019 年版，第 114 頁。

《康熙字典》:「㨃,俗摻字。一曰俗操字。《戰國策》:『荊軻持匕首揸之,秦王驚,自引而起,拔劍,劍長㨃其室。』《註》:『㨃與操同。』」

「操」「㨃」的左邊意符皆是「手」,右邊聲符不同,分別是「喿」「參」。

4. 舊 舊

　　卻舊徙新識已（孫本）

　　卻舊徙新識巳（湯本）

　　卻舊徙新識已（《便覽》本）

　　卻舊徙新識巳（馬本）

　　卻舊徙新識己（姚本）

孫本作「舊」,湯、《便覽》、馬、姚四本皆作「舊」。

《說文》《玉篇》《康熙字典》皆無「舊」字。

《中文大辭典》:「舊,舊之俗字。」

《說文·萑部》:「舊,雖舊,舊畱也。从萑,臼聲。」

《玉篇·萑部》:「舊,巨又切,故也。又許流切,舊鶹。今作鵂。」

《康熙字典》:「舊,《唐韻》《集韻》《韻會》:『巨救切。』《正韻》:『巨又切。』丠音枢。」

「舊」「舊」的上邊意符皆是「萑」,下邊聲符不同,分別是「舊」「臼」。

5. 㕎 含

　　公㕎諸味（孫本）

　　公含諸味（湯本）

　　公含諸味（《便覽》本）

　　公含諸味（馬本）

　　公含諸味（姚本）

孫本作「㕎」,湯、《便覽》、馬、姚四本皆作「含」。

《說文》《玉篇》《康熙字典》皆無「㕎」字。

《說文·口部》:「含,嗛也。从口,今聲。」

《玉篇·口部》:「含,戶耽切。《莊子》云:『含哺而熙,鼓腹而遊。』」

《康熙字典》:「含,《唐韻》《集韻》《韻會》《正韻》丠胡男切,音涵。」

「㕎」「含」的意符皆是「口」,聲符不同,分別是「亇」「今」。

6. ![貪]貪

 人![貪]謀味瑪納，即應書惟一（孫本）

 人貪某味，瑪納即應，書惟一（湯本）

 人貪某味，瑪納即應，書惟一（《便覽》本）

 人貪某味，瑪納即應，書惟一（馬本）

 人貪某味，瑪納即應，書惟一（姚本）

孫本作「![貪]」，湯、《便覽》、馬、姚四本皆作「貪」。

《說文》《玉篇》《康熙字典》皆無「![貪]」字。

《說文・貝部》：「貪，欲物也。从貝，今聲。」

《玉篇・貝部》：「貪，他含切。欲也，惏也。」

《康熙字典》：「貪，《唐韻》《集韻》《韻會》《正韻》𠀤他含切，音歕。」

「![貪]」「貪」的意符皆是「貝」，聲符不同，分別是「仐」「今」。

7. 資貲

 資若神粻（孫本）

 貲若神粻（湯本）

 貲若神粻（《便覽》本）

 貲若神粻（馬本）

 貲若神粻（姚本）

孫本作「資」，湯、《便覽》、馬、姚四本皆作「貲」。

《說文・貝部》：「資，貨也。从貝，次聲。」

《玉篇・貝部》：「資，子夷切。取也，用也。」

《康熙字典》：「資，《唐韻》：『即夷切。』《集韻》《韻會》《正韻》：『津私切。』𠀤音諮。」

《說文・貝部》：「貲，小罰以財自贖也。从貝，此聲。」

《玉篇・貝部》：「貲，子離切。小罰以財自贖也，財也，貨也。」

《康熙字典》：「貲，《廣韻》：『即移切。』《集韻》《韻會》：『將支切。』《正韻》：『津私切。』𠀤音髭。……又《六書故》：『資別作貲。』」

「資」「貲」的意符皆是「貝」，聲符不同，分別是「次」「此」。

8. 旹 旨

> 透古新經奧旹（孫本）
>
> 透古今經書奧旨（湯本）
>
> 透古今經書奧旨（《便覽》本）
>
> 透古今經書奧旨（馬本）
>
> 透古今經書奧旨（姚本）

孫本作「旹」，湯、《便覽》、馬、姚四本皆作「旨」。

《說文·旨部》：「旨，美也。从甘，匕聲。凡旨之屬皆从旨。」

《玉篇·旨部》：「旨，支耳切。美也，意也，志也。」

《康熙字典》：「旨，古文『𠤔』『𥄂』『𠼝』『𣅌』。《廣韻》：「職雉切。」《集韻》《韻會》：『軫視切。』丛音指。」

「旹」「旨」的意符皆是「甘」，聲符不同，分別是「上」「匕」。

（二）示意結構要素不同

此類異文指的是有些字在各版本中意符有所變化。

1. 𥅆 衆 眾 衆 𥅆

> 𥅆人竞敗𥄡，目悉眛（孫本）
>
> 衆人竞敗，靈目悉眛（湯本）
>
> 眾人竞敗，靈目悉眛（《便覽》本）
>
> 衆人竞敗，靈目悉眛（馬本）
>
> 眔人竞敗，靈目悉眛（姚本）

孫本作「𥅆」，湯本作「衆」，《便覽》本作「眾」，馬本作「衆」、姚本作「眔」。

《說文·㐺部》：「眾，多也。从㐺目，眾意。」

《玉篇·乑部》：「眾，之仲切。多也」

《康熙字典》：「眾，古文『𠱧』『𠇷』。《唐韻》《廣韻》《集韻》《類篇》《韻會》《正韻》丛之仲切，終去聲。」

五個字的下半部分只是寫法不同，沒有實質性變化。而上半部分《便覽》本的「眾」、姚本的「眔」意符為「目」，其餘三本意符有所變化。

2. 嘿 嚜 默

始肆嘿工（孫本）

始肆嚜工（湯本）

始肆嚜工（《便覽》本）

始肆嚜工（馬本）

始肆默工（姚本）

孫本作「嘿」，湯、《便覽》、馬三本作「嚜」、姚本作「默」。

《說文》無「嘿」字。

《玉篇・口部》:「嘿，莫北切。與默同。」

《康熙字典》:「嘿，《廣韻》:『莫北切。』《集韻》《韻會》《正韻》:『密北切。』夶音墨。」

《說文》、《玉篇》、《康熙字典》皆無「嚜」字。

《說文・犬部》:「默，犬暫逐人也。从犬，黑聲，讀若墨。」

《玉篇・犬部》:「默，亡北切。犬暫逐也。亦爲嘿靜字。」

《康熙字典》:「默，《唐韻》:『亡北切。』《集韻》《韻會》《正韻》:『密北切』，夶音墨。」

「嚜」「默」二字屬於異寫字，從字體結構來看，「嚜」為上下結構，「默」為左右結構。「嘿」與「嚜」「默」屬異構字，三者聲符都是「黑」，意符發生了變化，前者從「口」，後二者從「犬」。

3. 𥾌 納

經記昔主自空命降滋味謂瑪𥾌（孫本）

經記昔主自空命降滋味謂瑪納（湯本）

經記昔主自空命降滋味謂瑪納（《便覽》本）

經記昔主自空命降滋味謂瑪納（馬本）

經記昔主自空命降滋味謂瑪納（姚本）

孫本作「𥾌」，湯、《便覽》、馬、姚四本皆作「納」。

《說文》《玉篇》《康熙字典》皆無「𥾌」字。

《說文・糸部》:「納，絲溼納納也。从糸，內聲。」

《玉篇・糸部》:「納，奴荅切。內也。」

《康熙字典》:「納,《廣韻》:『奴答切。』《集韻》:『諾答切。』妠音衲。」

《便覽》解「瑪納」為「聖物名也,形如小麥,乃每瑟古聖時,天子所顯之奇蹟也。」實則「瑪納」乃希伯來文「manna」的音譯,意思是「這是什麼?」也即當空中降下滋味之物時,人們初見此物,互以「這是什麼?」相問而得名。「玏」「納」二字右邊聲符相同,左邊意符分別為「玉」「糸」。

4. 奈 柰

奈羣聆訓克耳,憚效行(孫本)

柰人羣聆訓,衷如充耳,憚於效行(湯本)

柰人羣聆訓,衷如充耳,憚於效行(《便覽》本)

柰人羣聆訓,衷如充耳,憚於效行(馬本)

柰人羣聆訓,褎如充耳,憚於效行(姚本)

孫本、《便覽》本作「奈」,湯本、馬本、姚本作「柰」。

《說文》無「奈」字。

《玉篇‧大部》:「奈,奴太切。正作柰。」

《康熙字典》:「奈,同柰。詳木部柰字註。」

《說文‧木部》:「柰,果也。从木,示聲。奴帶切。」

《玉篇‧木部》:「柰,那賴切。果名。又奈何也。」

《康熙字典》:「《唐韻》《集韻》:『乃帶切。』《韻會》:『乃代切。』《正韻》:『尼帶切。』妠音褦。」

可見「奈」乃「柰」之異體,上半部分之意符不同,前者為「大」,後者為「木」。

(三)要素增加

此類異文由正字增加結構要素而成。

1. 慾 欲

藥疢窒慾(孫本)

藥疢、窒欲(湯本)

藥疢窒欲(《便覽》本)

藥疢、窒欲(馬本)

藥疢、窒欲（姚本）

孫本作「慾」，湯、《便覽》、馬、姚四本皆作「欲」。

《說文》《玉篇》無「慾」字。

《康熙字典》：「慾，本作欲，或作慾。口鼻耳目四支之欲皆出於心，故從心，亦通。」

《說文·欠部》：「欲，貪欲也。从欠，谷聲。」

《玉篇·欠部》：「欲，余燭切。貪也，願也，邪媱也〔註8〕。」

《康熙字典》：「欲，又與慾通。《詩·大雅》：『非棘其欲。』《註》：『與慾同。』」

正字「欲」增加結構要素「心」而成「慾」。

（四）要素完全改換

此類異文指的是有些字在各版本中音義絕對相同，但在形體構造上無聯繫。

1. 迺 乃

毋迺虛營（孫本）

毋乃虛營（湯本）

毋乃虛營（《便覽》本）

毋乃虛營（馬本）

毋乃虛營（姚本）

孫本作「迺」，湯、《便覽》、馬、姚四本皆作「乃」。

《說文》《玉篇》《康熙字典》皆無「迺」字。

《中文大辭典》：「迺，迺之俗字。」

《說文》無「迺」字。

《玉篇·乃部》：「迺，亦與乃同。」

《康熙字典》：「迺，《玉篇》：『與乃同。語辭也。』」

「迺」「乃」二字音義相同，但結構要素完全改換了。

〔註8〕原文有注釋：媱，當作「婬」。詳見顧野王撰、呂浩校點：《大廣益會玉篇》，中華書局2019年版，第314頁。

第二節　訛誤字異文

訛誤字指的是手寫者或刊刻者在抄寫、刻印過程中出現訛誤的字。《金書》五版本異文中的訛誤字主要有形誤、音誤兩種情況。

一、形誤字

因字形相似而致訛誤。

1. 慹 摯

> 訝曰：世慹謏劣（孫本）
>
> 訝曰世摯謏劣（湯本）
>
> 訝曰：世摯謏劣（《便覽》本）
>
> 訝曰世摯謏劣（馬本）
>
> 訝曰世摯謏劣（姚本）

孫本作「慹」，湯、《便覽》、馬、姚四本皆作「摯」。

「慹」的本義是懼怕。

《說文·心部》：「慹，悑也。从心，執聲。」

《玉篇·心部》：「慹，之涉切〔註9〕。司馬彪《莊子註》云：慹，不動皃。又之入切，怖也。」

《康熙字典》：「慹，《唐韻》：『之入切。』《集韻》《正韻》：『質入切。』夶音執。」

「摯」的本義是情態。

《說文》《玉篇》皆無此字。

《康熙字典》：「摯，《篇海》：『如列切，音熱。情態也。與慹字不同。慹從執，此從埶。』」

此處表達「斯世情態謏劣」之意，當用「摯」，「慹」為「摯」之形誤字。

2. 攺 改

> 箕人攺愆（孫本）
>
> 箕人改愆（湯本）

〔註9〕原文有注釋：涉，原作「步」，據棟亭本改。詳見顧野王撰、呂浩校點：《大廣益會玉篇》，中華書局 2019 年版，第 279 頁。

· 71 ·

冀人改怨（《便覽》本）

冀人改怨（馬本）

冀人改怨（姚本）

姚本作「改」，孫、湯、《便覽》、馬四本皆作「攺」。

「攺」音以，僅見用於「毅（gāi）攺」詞中，是古代用以驅鬼避邪的佩物，用金屬或玉製成。

《說文·攴部》：「攺，毅攺，大剛卯，以逐鬼魅也。从攴巳聲。讀若巳。」

《玉篇》無「攺」字。

《康熙字典》：「攺，《廣韻》：『詳里切。』《集韻》：『養里切。』《韻會》：『羊己切。』𠀤音以。」

「改」的本義是更。

《說文·攴部》：「改，更也。从攴己。李陽冰曰：『已有過，攴之卽改。』」

《玉篇·攴部》：「改，公亥切。更也。」

《康熙字典》：「改，《唐韻》：『古亥切。』《集韻》《韻會》：『己亥切。』《正韻》：『居亥切。』𠀤音輆。」

此處表達「希望人改過自新」之意，當用「改」，「攺」為「改」之形誤字。

3. 㪯

但人功㪯𣀈（孫本）

但人攻㪯𣀈（湯本）

但人攻㪯𣀈（《便覽》本）

但人攻㪯𣀈（馬本）

但人攻㪯𣀈（姚本）

孫本作「㪯」，湯、《便覽》、馬、姚四本皆作「㪯」。

《說文》無「㪯」字。

《玉篇·攴部》：「㪯，丘含切。㪯𣀈也。」

《康熙字典》：「㪯，《廣韻》：『巨金切。』《集韻》：『渠金切。』𠀤音琴。持也，或作扲。」

《說文》《玉篇》《康熙字典》皆無從「支」之「㪯」字，「支」乃是「攴」之形誤。

4. 𢾭　攲

　　但人功攺𢾭（孫本）

　　但人攻𢾭攲（湯本）

　　但人攻𢾭攲（《便覽》本）

　　但人攻𢾭攲（馬本）

　　但人攻𢾭攲（姚本）

孫本作「𢾭」，湯、《便覽》、馬、姚四本皆作「攲」。

《說文》、《玉篇》、《康熙字典》皆無「𢾭」字。

《集韻》：「攲𢾭，多少不齊皃。」

《說文》無「攲」字。

《玉篇・支部》：「攲，丘儀、丘蟻二切。攲也。」

《康熙字典》：「攲，《廣韻》《集韻》：𠀤居宜切，音羈。以箸取物。或作櫡。又《集韻》：『去倚切，音綺。攲攲，不齊貌。』○按與支部攲字不同。」

《說文・支部》：「攲，持去也。从支奇聲。」

《玉篇・支部》：「攲，九爾、居宜二切。持去也。」

《康熙字典》：「攲，《唐韻》：『去奇切。』《集韻》：『丘奇切。』𠀤音崎。……又《廣韻》：『居綺切。』《集韻》：『舉綺切。』𠀤音掎。義同。《類篇》：『一曰不平。』○按攲字與支部攲字不同。」

　　「𢾭」為「攲」字之異寫字，讀為「綺」時，僅用於表「不齊貌」的「攲攲」一詞中。「攲」讀為「奇」，表「持去」意。此處應為從「支」之「攲」「攲」，「𢾭」為「攲」之形誤字。

5. 裸　裸

　　然知觃斂裸（孫本）

　　然知觃斂裸（湯本）

　　然知觃斂裸（《便覽》本）

　　然知觃斂裸（馬本）

　　然知觃斂裸（姚本）

《便覽》本、姚本作「裸」，孫、湯、馬三本作「裸」。

《說文》《玉篇》《康熙字典》皆無「禆」字。

《說文・衣部》:「裨，接益也。从衣，卑聲。」

《玉篇・衣部》:「裨，補移切。接也，益也。」

《康熙字典》:「裨，《唐韻》:『府移切。』《集韻》《韻會》:『賓彌切。』𠀤音卑。」

此字《便覽》解為「裨，益也」，結合此句之前的一句「雖趣志人殊」，連起來的意思是說：雖意趣志向，人各不同，然能知玩味此書者，皆有裨益。故此處當用從「衣」訓「益」之「裨」，從「示」之「禆」為「裨」之形誤字。

6. **斆 教**

茲迺聖斆神書（孫本）

茲迺聖教神書（湯本）

茲迺聖教神書（《便覽》本）

茲迺聖教神書（馬本）

茲迺聖教神書（姚本）

孫本作「斆」，湯、《便覽》、馬、姚四本皆作「教」。

《說文・教部》:「斆，覺悟也。从教，从冂。」

《玉篇・攴部》:「斆，下孝切。教也。」

《康熙字典》無「斆」字。

《說文》《玉篇》無「教」字。

《康熙字典》:「教，古文『𤕝』『𡥈』。《廣韻》:『古孝切。』《集韻》《韻會》《正韻》:『居效切。』𠀤音較。……《易・觀卦》:『聖人以神道設教。』」

此處《便覽》解「聖教」為「聖子耶穌之教也」，當用「教」，「斆」乃「教」之形誤。

7. **謀 某**

人貪謀味瑪納，即應書惟一（孫本）

人貪某味，瑪納即應，書惟一（湯本）

人貪某味，瑪納即應，書惟一（《便覽》本）

人貪某味，瑪納即應，書惟一（馬本）

　　　　人貪某味，瑪納即應，書惟一（姚本）

　　孫本作「謀」，湯、《便覽》、馬、姚四本皆作「某」。

　　《說文・言部》：「謀，慮難曰謀。从言，某聲。」

　　《玉篇・言部》：「謀，莫浮切。謀，計也。」

　　《康熙字典》：「謀，古文『𧥓』『𧧄』。《唐韻》：『莫浮切。』《集韻》《韻會》：『迷浮切。』𠀤音牟。」

　　《說文・木部》：「某，酸果也。从木，从甘。」

　　《玉篇・木部》：「某，莫回切。酸果也。又音母，不知名者云某。」

　　《康熙字典》：「某，《玉篇》：『古梅字。』」

　　此處《便覽》解「某味」為「猶言那樣味道也」，可見此處應用「某」，解作「不知名者」，「謀」為「某」之形誤。

　　8. 犮 友

　　　　犮法茲，探驗靈健（孫本）

　　　　友法茲探驗靈健（湯本）

　　　　友法茲，探驗靈健（《便覽》本）

　　　　友法茲探驗靈健（馬本）

　　　　友法茲探驗靈健（姚本）

　　孫本作「犮」，湯、《便覽》、馬、姚四本皆作「友」。

　　《說文・犬部》：「犮，走犬皃。」

　　《玉篇・犬部》：「犮，步末切。犬走皃。與跋同。」

　　《康熙字典》：「犮，《唐韻》《集韻》《韻會》《正韻》𠀤蒲撥切，音跋。」

　　《說文・又部》：「友，同志為友。从二又相交友也。」

　　《玉篇・又部》：「友，同上。」〔註10〕

　　《康熙字典》：「友，古文『㕛』『𠬺』『𦫹』『艸』『習』。《唐韻》：『雲久切。』《集韻》《韻會》《正韻》：『雲九切。』𠀤音有。」

　　此處《便覽》解「友」為「同志曰友」，可見應用「友」，「犮」為「友」之形誤字。

〔註10〕　《玉篇》中「友」字條的上面為「㕛」字條：「㕛，於九切。同志為㕛。今作友。」詳見顧野王撰、呂浩校點：《大廣益會玉篇》，中華書局 2019 年版，第 219 頁。

9 神 神

修士**神**工（孫本）

修士神工（湯本）

修士神工（《便覽》本）

修士神工（馬本）

修士神工（姚本）

孫本作「**神**」，湯、《便覽》、馬、姚四本皆作「神」。

《說文》《玉篇》《康熙字典》皆無「**神**」字。

《中華大字典》：「**神**，直勇切，音重，腫韻。袴也。」

《說文‧示部》：「神，天神，引出萬物者也。从示申。」

《玉篇‧示部》：「神，市人切。神祇。」

《康熙字典》：「神，古文『禈』。《唐韻》：『食鄰切。』《集韻》《韻會》：『乘人切。』𠀤音晨。」

《便覽》解「修士神工」為「修道之士，自有神妙工夫也」，可見此處應用「神」，「**神**」為「神」之形誤字。

10. 裒 褒

裒如充耳（湯本）

褒如充耳（《便覽》本）

裒如充耳（馬本）

褒如充耳（姚本）

湯本、馬本作「裒」，《便覽》本、姚本作「褒」。

《說文》無「裒」字。

《玉篇‧衣部》：「裒，扶溝、步九二切。減也，聚也。」

《康熙字典》：「裒，《唐韻》：『薄侯切。』《集韻》《正韻》：『蒲侯切。』𠀤音抔。《爾雅‧釋詁》：『聚也。』《詩‧小雅》：『原隰裒矣，兄弟求矣。』」

《說文‧衣部》：「褒，袌也。从衣，采聲。」

《說文解字注》：「褒，袌也。……褒引申爲盛飾皃。邶風傳曰：『褒如、盛服皃。』」

《玉篇》無「褒」字。

《康熙字典》：「褒，《集韻》：『似救切，音岫。』」

「褎如充耳」出自《詩經·邶風·旄丘》：「叔兮伯兮，褎如充耳。」可見此處應用「褎」，「褎」為「褎」之形誤字。

11. 勗 勗

自謏之勗（孫本）

自謏之勗（湯本）

自謏之勗（《便覽》本）

自謏之勗（馬本）

自謏之勗（姚本）

姚本作「勗」，孫、湯、《便覽》、馬四本皆作「勗」。

《說文》《玉篇》《康熙字典》皆無「勗」字。

《匯音寶鑒》：「勗，仝上字。」〔註11〕

《說文》無「勗」字。

《玉篇·力部》：「勗，呼玉切〔註12〕。勉也。《書》曰：『勗哉，夫子。』」

《康熙字典》：「勗，《篇海》：『勖或作勗，譌。』」

可見「勗」乃「勖」之異體，「勗」為「勖」之訛字。

二、音誤字

因字音相同或相近而致訛誤。需要特別指出的是，自古音誤字與通假字就較難區分，誠如錢玄在《校勘學》中所指出的：「先秦古籍中，同音通借特別多，兩漢著述裏通借字也不少。同音通借與音同音近而字誤，這兩種情況，實在很難區別。」〔註13〕

在對《金書》五版本異文的整理中，我們區分二者的標準是：通假字於史有據，有例可循，有社會基礎且符合文意；音誤字是因音同或音近偶而借用，屬個人現象。

1. 功 攻

但人功攷 敼（孫本）

〔註11〕《匯音寶鑒》中「勗」字條的上面為「勖」字：「勖，勉也。」

〔註12〕原文有注釋：呼玉切，原作「呼五切」，據宋11行本改。詳見顧野王撰、呂浩校點：《大廣益會玉篇》，中華書局2019年版，第255頁。

〔註13〕錢玄：《校勘學》，商務印書館2019年版，24頁。

但人攻 （湯本）

但人攻 （《便覽》本）

但人攻 （馬本）

但人攻 （姚本）

孫本作「功」，湯、《便覽》、馬、姚四本皆作「攻」。

《說文・力部》：「功，以勞定國也。从力从工，工亦聲。」

《玉篇・力部》：「功，古同切。《說文》曰：以勞定國也。《書》曰：惟帝念功。」

《康熙字典》：「功，《唐韻》：『古紅切。』《集韻》《韻會》：『沽紅切。』丛音公。」

《說文・攴部》：「攻，擊也。从攴，工聲。」

《玉篇・攴部》：「攻，古洪切。善也。」

《康熙字典》：「攻，《唐韻》：『古洪切』。《集韻》《韻會》：『沽紅切。』《正韻》：『古紅切。』丛音公。……又《類篇》：『一曰治也。』《書・甘誓》：『左不攻于左。』《傳》：『治也。』《論語》：『攻乎異端。』」

此字《便覽》解為「攻，專治也」，結合此句的上兩句「書理夷而奇，咀而愈味」，連起來的意思是說《金書》之論理雖然於平易之中寓奇妙之至，咀嚼之而愈覺有味，但人靈攻治之法，容有不齊，難拘一格。人攻，實為「攻人」之倒，意思是「攻治人靈」，故此處當用「攻」，「功」為「攻」之音誤字。

2. 竑 宏

或竑遵誡（孫本）

或竑遵誡（湯本）

或宏遵誡（《便覽》本）

或竑遵誡（馬本）

或竑遵誡（姚本）

《便覽》本作「宏」，孫、湯、馬、姚四本皆作「竑」。

《說文・宀部》：「竑，屋響也。从宀，弘聲。」

《玉篇・宀部》：「竑，戶萌切。安也。」

《康熙字典》：「竑，《廣韻》：『戶萌切。』《韻會》：『胡肱切。』《正韻》：

『胡萌切。』太音宏。……○按說文:『宏,屋深響也』『宖,屋響也。』諸家訓宖,音義俱同宏。惟玉篇訓安。」

《說文·宀部》:「宏,屋深響也。从宀,厷聲。」

《玉篇·宀部》:「宏,胡萌切。大也。」

《康熙字典》:「宏,《唐韻》:『戶萌切。』《集韻》《韻會》:『乎萌切。』太音峵。」

此字《便覽》解為「宏,當作宖,安也。」,此句《便覽》釋為「或安而行之,自然遵守十誡」,惟有《玉篇》載之「宖」字可訓「安」,「宏」為「宖」之音誤字。

3. 餝 飭

是書內餝(孫本)

是書內餝(湯本)

是書內飭(《便覽》本)

是書內餝(馬本)

是書內餝(姚本)

《便覽》本作「飭」,孫、湯、馬、姚四本皆作「餝」。

《說文》《玉篇》《康熙字典》皆無「餝」字。

《中文大辭典》:「餝,飾之俗字。」

《說文·力部》:「飭,致堅也。从人从力,食聲。讀若敕。」

《玉篇·力部》:「飭,丑力切。正也。」

《康熙字典》:「飭,《廣韻》:『恥力切。』《集韻》《韻會》:『蓄力切。』太音敕。……又修治。」

此字《便覽》解為「飭,修治也」,此句《便覽》釋義為「若此書,則理神靈,集眾善,乃內心之修治故也」,惟有《康熙字典》載之「飭」字可訓「修治」,「餝」為「飭」之音誤。

第三節 通假字異文

通假字是中國古書的用字現象之一,關於「通假字」的概念,學界尚沒有統一的觀點。大體來說,可以按照是否區分通假與假借,分成廣義與狹義兩

類。

　　廣義的通假字不對通假與假借進行嚴格區分，比較有代表性的是王力的觀點。他認為：「所謂古音通假，就是古代漢語書面語言裏同音或音近的字的通用和假借。」〔註14〕

　　狹義的通假字，以裘錫圭的觀點為代表：「指借一個同音或音近的字來表示一個本有其字的詞。」〔註15〕

　　本文依據廣義的通假來判斷《金書》五版本中的異文，即同音或音近的字的通用和假借。《金書》五版本中通假字聲母和韻母的關係大多是雙聲疊韻通假，即聲母和韻母讀音相同或相近的一組字的通用和假借。比如：

　　1. 强 強

　　　　或 希聖（孫本）

　　　　或强希聖（湯本）

　　　　或強希聖（《便覽》本）

　　　　或强希聖（馬本）

　　　　或強希聖（姚本）

孫本作「」，湯本、馬本作「强」，《便覽》本、姚本作「強」。

　　《說文・力部》：「勥，迫也。从力，強聲。」

　　《說文解字注》：「勥，迫也。迫者，近也。按所謂實偪處此也。勥與彊義別。彊者，有力。勥者，以力相迫也。凡云勉勥者，當用此字。今則用強彊而勥勥廢矣。」

　　《玉篇・力部》：「勥，巨兩切。」

　　《康熙字典》：「勥，《唐韻》：『其兩切。』《集韻》：『巨兩切。』𠀤強上聲。」

　　《說文》《玉篇》無「强」字。

　　《康熙字典》：「强，《說文徐註》：『同強。秦刻石文從口。』」

　　《中華大字典》：「强，俗強字。」

　　可見「强」乃「強」之異體。

〔註14〕詳見王力：《古代漢語》，中華書局 2018 年版，第 541 頁。
〔註15〕詳見裘錫圭：《文字學概要》，商務印書館 2013 年修訂版，第 111 頁。

《說文·弓部》：「強，蚚也。从蟲，弘聲。」

《說文解字注》：「強，蚚也。下云蚚，強也。二字爲轉註。釋蟲曰：強，丑捋。郭曰：以腳自摩捋。叚借爲彊弱之彊。」

《玉篇·弓部》：「強，同上。」〔註16〕

「强」、「強」均爲「彊」之假借。

《說文·弓部》：「彊，弓有力也。从弓畺聲。」

《說文解字注》：「彊，弓有力也。引申爲凡有力之稱。又叚爲勥迫之勥。」

「彊」爲「勥」之假借字。

此字《便覽》解爲「強，勉也。」，此句《便覽》釋義爲「或勉強行之，苦心希望聖域」，孫本用了本字「　　　」，湯本、馬本用了假借字「强」，《便覽》本、姚本用了假借字「強」。

2. 厭 饜

綺語莫厭耳（孫本）

綺語莫饜耳（湯本）

綺語莫饜耳（《便覽》本）

綺語莫饜耳（馬本）

綺語莫饜耳（姚本）

孫本作「厭」，湯、《便覽》、馬、姚四本皆作「饜」。

《說文·厂部》：「厭，笮也。从厂，猒聲。一曰合也。於輒切。」

《玉篇·厂部》：「厭，於冉、於葉二切。合也，伏也。又於豔切，飫也。」

《康熙字典》：「厭，《唐韻》：『於葉切。』《集韻》《韻會》：『益涉切。』夶饜入聲。」

《說文》無「饜」字。

《玉篇·食部》：「饜，於豔切。飽也。」

《康熙字典》：「《廣韻》《集韻》《韻會》《正韻》夶於豔切，音厭。」

此字《便覽》解爲「饜，足也」「莫饜耳者，無能滿足其耳之所聽也」，「厭」「饜」二字皆有「飽足」的意思，此處通用。

〔註16〕《玉篇》中「強」字條的上面爲「彊」字條：「彊，巨章切。堅也。」詳見顧野王撰、呂浩校點：《大廣益會玉篇》，中華書局2019年版，第576頁。

第四節　從版本校勘的角度看《金書》異文

　　《金書》的版本非常複雜。本書所論及的五個版本，在李奭學、林熙強主編的《晚明天主教翻譯文學箋注》（2014）中，只有孫本、馬本、《便覽》本三個版本被論及，關於各版本的差異及序跋、館藏等細節問題，林熙強、余淑慧、高淑敏認為：其一，孫本與馬本幾無差異，惟「極西陽瑪諾識」的「小引」，改題為「西極耶穌會士陽瑪諾識」的「輕世金書·小引」，又於此前另附「鑒湖方濟斯識」的《輕世金書·序》。其二，《金書》最常見的刻本是1848年印有「司教馬熱羅准」字樣的重刊本（即本書前述之馬本），此本除序跋等枝節問題外，內容幾無差異，或可視為明譯《金書》的標準版，現藏羅馬梵蒂岡圖書館。其三，《便覽》本正文前有呂氏草書跋文一篇，現藏巴黎法國國家圖書館。

　　對以上三點，我認為都有值得商榷補充之處：其一，孫本與馬本的差異遠不止於上述兩處，其異文貫穿始終，詳見本書附錄一（《輕世金書》五版本用字變化表）。其二，馬本能否視為明譯《金書》的標準版，需要從版本校勘的角度與其他版本作比較後才能下結論，且其不光藏於羅馬梵蒂岡圖書館，本書所依據的馬本藏於比利時魯汶大學東方圖書館；其三，不知為何，目前見到的法國圖書館藏的孫本和《便覽》本的掃描版，其序跋的位置似乎都有誤，孫本的序放在了全書最末，而《便覽》本的跋放在了全書正文前，不知是掃描問題，還是全書本就如此，姑此存疑。另外《便覽》本除了藏在法國國家圖書館外，美國哈佛燕京圖書館亦有館藏。

　　下面著重針對以上第二點，從版本校勘的角度分析評價《金書》的異文。在本書所探討的《金書》五版本中，共有異文500多組，孫本由於是手抄本，故使用俗字最多，如「幾」「脫」「克」「僉」字，在其後四個版本中都一律寫為標準的「幾」「脫」「充」「僉」。乍看之下，似乎版本隨著不斷地校勘，用字愈發精良與考究，然而亦不完全。湯本、馬本、《便覽》本亦有使用俗字的情況，如「拔」字，孫本、《便覽》本作「扷」，湯本、馬本作「援」皆為俗字，唯有姚本用正字「拔」。更有一些字，在較早之版本中使用了正體，而較後出的本子卻使用了俗體，如「冥」字，孫本、《便覽》本、姚本均使用正體「冥」，而湯本、馬本使用俗體「宾」，因而從這個角度來說，前述將馬本視為明譯《金

書》的標準版似可商榷。如果說字體或正或俗對閱讀尚不會產生大的影響，因此不足以斷定版本優劣的話，那麼較少的訛誤字則可以作為評價一個版本較好的一條比較立得住的標準。

整體上來看，五版本大體遵循後出轉精的發展態勢，姚本的訛誤字是最少的。如孫本錯用的「爇」到了後面四本都改為了正確的「爇」，又如孫、湯、《便覽》、馬四本皆寫錯的「改」，到了最後出現的姚本終於改為了正確的「改」，類似的例子還有前面四本中多不加區分的「己」「已」「巳」在姚本中多有區分，且使用基本正確，由此觀之，似乎姚本為五版本中之最善版本。然而亦有不盡之處。如「攼 敨」二字，只有最早的孫本寫對了「攴」旁，後面的四本全都誤作「支」旁。由此觀之，不能貿然下結論說《金書》的版本質量是隨著時間的遞進而直線上升的，亦不能得出馬本是明譯《金書》標準版的結論，要想評價五個版本的高下，在文字學的異文視野之外，還應結合句讀正誤的考量，而針對這一點，下一章將詳述之。

結　語

《金書》從明代到民國的五個版本中，共出現 500 多組異文，這些異文涵蓋異體字、訛誤字、通假字三個大類，其中異體字最多，訛誤字次之，通假字最少。在異體字中，以俗字居多，特別是現存最早的孫本，由於是一個手抄本，故呈現出最多的俗字。從整體上說，五個版本中，最晚出的姚本訛誤字是最少的，對形似、音似字的區分度也最高，這基本反映出語言文字愈發規範的整個近代漢語漢字的發展態勢，由此顯現出域外古典詮釋學漢籍在漢字應用、版本校勘方面與傳統中國典籍的一致性。

第五章 《金書》的「句讀法」與《便覽》的「章句體」

　　在上章末節，我曾提出要想評價《金書》五個版本的高下，在文字學的異文視野之外，還必須結合句讀正誤的考量，而要想判斷句讀的對錯，就必須有一套科學的句讀方法。黃侃在其著作《文心雕龍札記》[註1]中，曾對文章的句讀方法做過如下總結：「文章與語言本同一物，語言而以吟詠出之，則為詩歌。凡人語言聲度不得過長，過長則不便於喉吻，雖詞義未完，而詞氣不妨稽止，驗之恒習，固有然矣。文以載言，故文中句讀，亦有時據詞氣之便而為節奏，不盡關於文義。……詩歌既然，無韻之文亦爾，如《書‧皋陶謨》曰：予欲觀古人之象日月星辰山龍華蟲作會宗彝藻火粉米黼黻絺繡以五彩彰施於五色作服。自文法言，亦廑一句，然當帝舜出言時，必不能使聲氣蟬聯，中無間斷，故知自聲勢言，謂之數句可也。……今謂句讀二名，本無分別，稱句稱讀，隨意而施，以文義言，雖累百名而為一句，既不治之以口，斯無嫌於冗長，句中不更分讀可也；以聲氣言，字多則不便諷誦，隨其節奏以為稽止，雖非句而稱句可也。學者目治之時，宜知文法之句讀，口治之時，宜知音節之句讀。」黃侃分別古人句讀之法有二：一為據語氣節奏之便而為句讀，一為據文意完具與

〔註1〕黃侃《文心雕龍札記》，北京：中華書局，2016年，第160～161頁。

否而為句讀。前者多用於詩歌韻文，後者多用於無韻散文，由此可見，想要判斷句讀正誤，很重要的一點是先要判斷文章的文體，本章先討論《金書》的文體，並結合具體文例分析《金書》的「句讀法理據」與「句讀符號」，最後討論《便覽》的訓詁體式。

第一節 《金書》的文體與書名

明清域外漢籍古典詮釋學文本在文體方面具有豐富的各種文體翻譯、撰寫嘗試，如書體類的《金書》，韻文類的《師主吟》，史傳類的《天主降生言行紀略》《聖母行實》，諸子類的《大西利西泰子傳》《龐子遺詮》，論說類的《真福訓詮總論》《獅子說》，書記類的《進呈畫像》《三山論學記》，可謂諸體大備。〔註2〕這些文體可以劃分為兩個大的類別，如黃侃《文心雕龍札記・明詩》中所說：「古昔篇章，大別之為有韻無韻二類，其有韻者，皆詩之屬也。」觀《金書》之文，可劃歸入無韻之「筆」。

劉勰在《文心雕龍》中論無韻之「筆」的篇目涵蓋《史傳》《諸子》《論說》《詔策》《檄移》《封禪》《章表》《奏啟》《議對》《書記》等二十篇，談到「書」的文體涵義，《文心雕龍》曰：「蓋聖賢言辭，總為之書，書之為體，主言者也。」作為中國傳統經典裏書體的代表，《尚書》乃中國古聖賢記言之書，也是陽瑪諾等第一代耶穌會士幾乎必讀的中國經典之一。陳垣在《再論〈遵主聖範〉譯本》中謂《金書》「用《尚書》謨誥體」，實際上是為《金書》找到了其文體來源，《金書》之所以選擇《尚書》作為模仿對象，源於其也多載古神聖之言，書中多見「主曰」「主又曰」「經內主云」「吾主規眾曰」「主謂辜侶曰」「主昔謂徒曰」「主驚徒曰」「謂厥徒曰」「聖史路加云」「古聖若伯曰」「若伯古聖謂主云」「達味聖王謂主云」「達味聖王云」「而偕達味聖王云」「達味聖王歎云」「可引達味聖王詞曰」「乃姊瑪大喻曰」「宗徒伯多祿曰」「宗徒保祿云」等諸神聖之言，由此觀之，《金書》在文體上與《尚書》同屬書體，在內容上記錄聖賢言辭。

〔註2〕 關於域外漢籍古典詮釋學諸文本的文體及金書之「書」體的分析，詳見張玉梅《文心雕龍：以域外漢籍古典詮釋學文獻〈輕世金書〉語料為中心》，《慶祝中國〈文心雕龍〉學會成立四十週年國際學術研討會暨學會第十七次年會論文集》，中國，青島，2023 年 8 月 7～9 日，第 454 頁。

　　不過，陽瑪諾是否有意因為《金書》文體是書體，且模仿《尚書》的緣故，而將書名定為「輕世金『書』」呢？我以為不然，更多的可能是出於一種巧合。《金書》書名的由來需要從其外文原文尋找答案，原書書名最初為拉丁文，用卷一第一章首節語 Qui sequitur me（跟隨我者），後用卷一第一章小題 De Imitatione Christi（遵主聖範）作卷一之書名，後漸用為四卷之總名。15 世紀版本繁多、名稱不一、章節亦異，或曰 Contemptus Mundi（輕世），或曰 De Imitatione Christi（遵主聖範），或曰 Internelle Consolation（神慰）。〔註3〕16 世紀，多明我會士格拉拿大依據拉丁文本翻譯出西班牙文本，該文本修訂後即有 1622 年耶穌會認可的會內專用本，這很可能是陽瑪諾 1640 年翻譯《金書》時依據的西文源本，其西班牙語書名正是 Libro del Menosprecio del Mundo（輕世之書），這裡的「Libro」對應到英文為「Book」，恐沒有中文裏文體的意思。而且陽瑪諾在書前小引中解釋書名時只言：「洞世醜曰『輕世』，且讀貴若寶礦，亦曰『金書』」，只解釋了「輕世」和「金」，對「書」並沒有做任何解釋，所以縱然《金書》多仿《尚書》句式，但書名中的「書」恐怕只是一個對於西班牙語「Libro」的普通翻譯，除了「著作」義，別無深意，以至於陽瑪諾在詮釋書名時並未言及。〔註4〕當然，以「書」為名，在客觀上確乎起到了讓中國知識階級聯想到《尚書》，從而在心理上對《金書》更加重視和喜讀，在行文上對其更加瞭解的效果。

第二節　《金書》五版本句讀例析

　　覽《金書》全貌，行文高古、晦澀難懂，屬無韻之書體，這就使得其諸版本在流傳過程中多有斷句上的分歧，下面從以音節還是文義作為句讀理據這個角度對《金書》五版本斷句不同的三個例子略作分析：

〔註3〕詳參郭慕天《輕世金書原本考》，《上智編譯館館刊》，1947 年第 2 卷第 1 期，第 36～37 頁。

〔註4〕關於《金書》書名中的「書」字，張玉梅教授認為從《輕世金書》之書名由來看，此「書」之名頗有用意：陽氏於多種書名中獨取「輕世金書」，要為據文本內容而題名，也即陽氏以「書」為名，取意在於範式「尚書」，以尊聖經賢傳；陽氏在小引中未釋「書」的原因是「書」之概念宏大而具有普遍性，故而不必進行詮釋。詳參張玉梅《文心雕龍：以域外漢籍古典詮釋學文獻〈輕世金書〉語料為中心》，《慶祝中國〈文心雕龍〉學會成立四十週年國際學術研討會暨學會第十七次年會論文集》，中國，青島，2023 年 8 月 7～9 日，第 454～455 頁。

（1）A 末則論主聖體.若厄豐宴.福善士竟程.為程工報.（孫本）

B 末則論主聖體。若厄豐宴福。善士竟程。為程工報。
（湯本、馬本、姚本）

C 末則論主聖體。若厄豐宴。福善士竟程。為程工報。
（《便覽》本）

A、C 在斷句上是相同的，只是所用標點不同，前者用「.」，後者用「。」，二者與 B 的不同在於「福」應連上，還是應屬下。在做這個判斷時，從音節角度考慮，兩者的差距不大，因而文義的考量就成了關鍵所在。在文義考量中，給「福」字確定詞性成了重中之重。《便覽》本在「注」中解「福」為「加之福也」，也就是「加福於之」的意思，很明顯是及物動詞，後面需要接賓語，所以「福」字屬下更為合意。由此可見 A 孫本、C《便覽》本的斷句是正確的，湯本、馬本、姚本斷句有誤。《便覽》本在「講」中解釋此句的意思為：「末一卷，則講論吾主耶穌聖體無窮之益，乃加福於善士之終程以為前程苦工之報」，此處孫本、《便覽》本斷句是據文義的。

（2）A 主曰.子偶罹讒.傷心厭聞.以耐承之.思謗.較己罪懸隔.
（孫本）

B 主曰。子偶罹讒。傷心厭聞。以耐承之。思、謗較己罪、
懸隔。（湯本）

C 主曰。子偶罹讒。傷心厭聞。以耐承之。思謗較己罪懸
隔。（《便覽》本）

D 主曰。子偶罹讒。傷心厭聞。以耐承之。思。謗較己罪。
懸隔。（馬本、姚本）

B、D 在斷句上是相同的，只有兩處所用標點不同，前者用「、」，後者用「。」，從這個方面來說，湯本在標點符號的使用上更加嚴格一些，多數情況下，「、」專用於一二言語氣絕止，「。」專用於數言語氣完結。

要想判斷 B、D 與 A 和 C 的斷句究竟孰優孰劣，先要定一個判斷標準，如果以音節來判斷，則 C 的「思謗較己罪懸隔」整句嫌長，A 和 B、D 的斷法更為上口；如果以文義來判斷，則要先弄清原文的意思，尤其要弄清「思」的賓語是什麼，在白話譯本中，這句話的解釋為：「（主說）：我兒，若有人以

為你不好，說不好聽的話，你不要因此難過。你應該認為自己比他們所說的更壞。」﹝註5﹞如此看來，「思」的賓語應該是「謗較己罪懸隔」即「他們的誹謗比你自己所犯的罪還差得遠呢」，以上四個句子的三種斷法比較下來，還是C的《便覽》本斷句表意最精確，這是《便覽》本據文義斷句的又一個例子。

　　（3）A 汝昆偶墜辜.戒之.宜勿誇汝德.（孫本）

　　　　　B 汝昆偶墜辜。戒之。宜勿誇汝德。（湯本、馬本、姚本）

　　　　　C 汝昆偶墜辜。戒之宜。勿誇汝德。（《便覽》本）

　　與（1）的情況類似，A、B斷句相同，只有標點「.」「。」寫法的不同，而C則改了斷句。針對這個改變，《便覽》本特別在「解」中作了說明：「舊說以『戒之』為一句，將『宜』字連下讀，然細味語氣，『宜』字屬上更為合拍。」從中我們可以看出兩點：

　　其一，值得肯定的是，清人呂若翰在作《便覽》時並不泥於舊說，舊有版本的既有斷句，並不被他作為金科玉律般遵從，而是按照自己的見解和想法來重新斷句讀、作注釋。在這裡，他以「語氣」斷句，顯然是將句讀繫於音節。

　　其二，根據語氣節奏之便而為句讀同根據文意完具與否而為句讀雖然是兩種皆可行的句讀理據，但在不同類型的作品中，其實還是要有所偏重的。講究朗朗上口的詩歌韻文自然更應重前者，而作為靈修類的天主教寶典，當斷句時語氣節奏與文義發生衝突時，似乎更應重視文義，而不應因遷就語氣而曲解文意。

　　與訓詁大家相比，呂若翰在這方面的考慮還有不周全的地方，在斷這個句子的時候，他優先考慮了語氣的合拍，這就造成了文義的差池：根據「宜」字屬上的斷句，在《便覽》本的「講」中，呂若翰這樣解釋這句話的意思：「倘汝同道兄弟，不幸而偶然陷落於罪，汝則用善言以儆戒之，固所宜然。但必先內自省察，憐人之罪，切勿矜誇汝之德行。」這樣的斷句和解釋，將「戒」解釋為「儆戒」，將「之」理解為偶然陷落於罪的「汝昆」，將「宜」解釋為「宜然」，「戒之宜」就是說「儆戒你偶然陷落於罪的兄弟固然是理所當然的」，這顯然違

﹝註5﹞聖伯爾拿、肯培多馬等著，章文新等譯：《中世紀靈修文學選集》，宗教文化出版社，2011年，第219頁。

背了整部《金書》強調自省的精神，還有後面的「憐人之罪」則完全是臆想的內容，屬於過度解讀。查原書白話譯本，這句話的意思很簡單，是說「你雖然看人作極惡的事，公然犯罪，仍不可以為你比他好。」〔註6〕因此「戒」應解釋為「警惕」，「之」為語助詞，「宜」應釋為「應當」，連下讀「宜勿誇汝德」，意為「應當不誇耀你的德行」，整句話可以釋為「倘若你的兄弟偶然犯了罪，可得警惕啊——應當不誇耀你的德行。」

綜上所述，《金書》五版本句讀各有可取之處，也有需要商榷之處；既有據音節句讀，又有據文義句讀，斷句繫於音節或繫於文義需要結合而看，反覆權衡前後文的表情達意才能做出最優的選擇。

第三節 《金書》的句讀符號

黃侃在《文心雕龍札記·釋章句之名》中曾對後來發展為句讀符號的「、」字專門做過解釋：「《說文》：『、，有所絕止，、而識之也。』……一言之遒，可以謂之、。數言聯貫，其辭已究，亦可以謂之、。」〔註7〕他認為「、」包括說話時的語氣停頓，也包括行文時的憑藉；既包括一字而停頓，也包括數字後語氣完足；「、」假借為「讀」，用為停頓符號，「句讀」「句投」「句豆」「句度」皆源於「、」；古時一、二言語氣絕止、數言而語氣完結，均只作「、」。〔註8〕

《金書》之孫本、湯本、馬本、姚本在使用句讀符號上有頗多不同，在較早的孫本中，使用「●」一種符號斷句，而在後期的湯、馬、姚三本中使用「﹨」「◦」兩種符號斷句。大體來說，孫本中唯一的斷句符號「●」與《札記》所言之「、」相當，既可表一、二言語氣絕止，又可表數言而語氣完結。而在較後期的湯、馬、姚三本中，大致用「﹨」表一、二言語氣絕止，用「◦」表數言語氣完結。

〔註6〕 聖伯爾拿、肯培多馬等著，章文新等譯：《中世紀靈修文學選集》，北京：宗教文化出版社，2011年，第128頁。

〔註7〕 黃侃《文心雕龍札記》，北京：中華書局，2016年，第154頁。

〔註8〕 詳參張玉梅、田峰《〈文心〉〈札記〉視角下〈輕世金書〉「錬字」「章句」考》，《慶祝中國〈文心雕龍〉學會成立四十週年國際學術研討會暨學會第十七次年會論文集》，中國，青島，2023年8月7〜9日，第479頁。

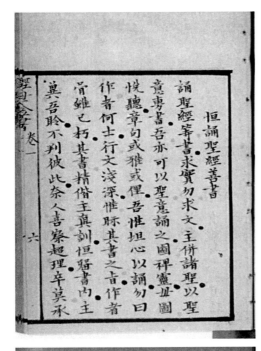

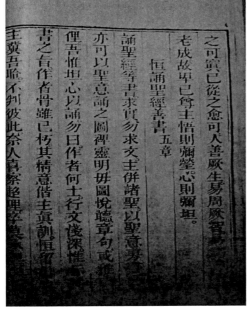

上行從左至右：孫本、湯本；下行從左至右：馬本、姚本

下舉《輕世金書》卷一第五章「恒誦聖經善書」中的一句話，說明四個版本的句讀符號使用情況：

誦聖經等書.求實勿求文.（孫本）

誦聖經等書。求實、勿求文。（湯本）

誦聖經等書。求實、勿求文。（馬本）

誦聖經等書。求實、勿求文。（姚本）

　　結合對《金書》四個版本全書句讀符號的考察，可以看出，最早的孫本中只有「●」這一種斷句符號，語氣絕止或完結皆用此符號。從湯本開始，則有「丶」亦有「。」，前者用於一、二言語氣絕止，如「求實、」；後者則用於數言語氣完結，如「勿求文。」

　　與同時期中國本土文獻的句讀符號比較，四個版本的《金書》未有超越中國本土文獻之創造，大體是沿用同時期中國本土文獻的做法。由此再向前推，古典詮釋學漢文文獻從唐《景教碑》肇始，其中未用標點符號，而同時期敦煌卷子以及其他寫刻本所用之號約有十八種〔註9〕；到明代時，標點符號從此前的隨意使用進入了自覺使用，《永樂大典》鈔本每句都使用了標點符號；到了清代，用號書籍的總量又大大增加，通過將古典詮釋學漢文文獻與同時期中國本土文獻標點使用情況進行歷時比較，大致可說：從唐《景教碑》肇始到明清耶穌會的一大批古典詮釋學漢文文獻，其中的標點符號無有創新。這也從一個側面說明漢語的新式標點符號並不是傳教士的舶來品，而是在漢語古代標點符號自身的基礎上形成的。

第四節　《便覽》訓詁體式研究

　　黃侃在《文心雕龍札記・辨漢師章句之體》中曾對漢師辨章句之法有過一段精闢的說明：「故知經之有傳訓，凡以為辨別章句設也。……章句本專施於《詩》，其後離析眾書文句者，亦有章句，《易》則有施、孟、梁、丘章句，《書》則有歐陽、大小夏侯章句，《春秋》則有《公羊》《谷梁》章句，《左氏》尹更始章句，班固、賈逵則作《離騷經》章句。……案邠卿《孟子題辭》言為之章句，具載本文，章別其旨，此則一章之誼，已在章指之中，而又每句別加注解，斯可謂重出，然本取施於新學，故可宗也。……要之章句之用，在使經文之章句由之顯明，……」〔註10〕在這裡，黃侃專門把「傳訓」體式分為兩類，一位「簡潔」訓詁法，一為本文「重出法」。所舉文獻如《易》之傳訓有施孟梁丘等家，《書》《春秋》《離騷》等亦各有傳訓。黃侃所說的「傳訓」即今日所言「訓詁

〔註9〕分別為：圈句號、圓點號、圈點號、頓點號、方框號、方圍號、卜字號、豎線號、直角號、三角號、圓鈎號、乙字號、斜線號、短橫號、節字號、尖角號、重文號、代字號。詳見管錫華《中國古代標點符號發展史》，成都：巴蜀書社，2002年，第110～125頁。
〔註10〕黃侃《文心雕龍札記》，北京：中華書局，2016年，第157～159頁。

體式」，其本文「重出」法概為「傳注」「章句」「義疏」三類體式〔註11〕中之「章句」法。

　　若是以訓詁體式觀照《金書》《便覽》，則二者均有章句訓詁實踐，所不同者，《金書》為在原文之上加句讀之章句法，且僅止於原文句讀，而《便覽》則既在原文上加以句讀，更在每章開頭闡明「章旨」，分析篇章結構，解釋「篇次」「篇題」等組織脈絡，指明線索、揭示大意；在各章內又以「注」「講」「解」的形式每句別加注解，是為《札記》所言之「重出」法，對應今日訓詁體式之「章句體」。下面舉例分析《便覽》之訓詁體式：

　　《便覽》在每章開頭，先「章別其旨」，如卷一第一章在篇題「師主實行，輕世幻光」的後面先寫明「章旨」：

　　　　一章。解曰：師法耶穌真實之行，輕賤世俗虛幻之光也。此章勉人以真愛效法耶穌也。效法耶穌，必以愛為先，蓋愛則無不信，愛則無不望，故十誡之義，總歸於一愛。惟主之行實，是以要師；惟世之光幻，是以要輕。能師主必然輕世，有實行必棄幻光。輕世是入手工夫，師主是畢生本子，須知除耶穌之外，便無可師。問古來聖人聖女，其在世所行，有一不合耶穌規矩者乎？聖伯爾納云：「與耶穌相似者一定昇天，與耶穌相反者，一定下地獄。」相似者何？善於師也。人必做得真福之八端，而「師」字始真；必脫清靈性之三仇，而「輕」字始盡。八字中已括盡全書義理矣，故弁此篇於首云。

　　此處把篇題的字面意思用較為淺顯的語言作了解釋，即「師法耶穌真實之行，輕賤世俗虛幻之光」，並對本章真意作了條理清晰的概括，即「以真愛效法耶穌」，接下來講了具體的做法和要求，最後闡明了將此章放在篇首的原因，可謂「一章之誼，已在章指之中」。

　　而針對章內每一句話，呂若翰又將其原文用單列大字抄錄，然後依次用「注」「講」「解」等字眼作標識，在這些標識後，用雙列小字進行注釋，「斯可謂重出」。

　　如卷一第一章最末一句話，先將原文用單列大字抄錄：

〔註11〕「傳注」「章句」「義疏」三類劃分法，詳見王寧《訓詁學》，高等教育出版社，2010年，第42～45頁。

　　　　嗟人蚩蚩，徒戀名利瞬禧，弗虞後患永儚，殆且虛也。諺曰：
「俗物不飫目，綺語莫饜耳。」惟心遠世，神遊於天，斯善士急務。
若從邪心洿，聖愛必邈矣。

　　隨後在「注」中，以雙行小字的形式，用靈活的訓詁術語對「嗟」「蚩蚩」
「徒」「戀」「名」「利」「瞬」等詞作了注釋：

　　　　（注）嗟，痛惜之意。蚩蚩，無知貌。徒，空也。戀，繫慕也。
聲譽曰名，貨財曰利，猶富貴也。目自動曰瞬。瞬禧者，轉眼之世
福也。弗虞，不慮度也。後患者，後來之憂也。永，長也。儚，辱
也，言地獄之永苦也。殆，危也。且，又也。虛，空虛也。俗語曰
諺，下所習曰俗。俗物者，世間萬物也。飫，飽也。不飫目者，不
得飽滿其目之所視也。綺，文繒也。綺語，文華之論也。莫，無也。
饜，足也。莫饜耳者，無能滿足其耳之所聽也。惟，獨也。遠世者，
遠離於世俗也。神遊於天者，神魂自適於天堂也。善士，良善之人
也。急務者，急切之事務也。不正曰邪。從邪者，狥從於邪僻也。
洿，水濁不流也，言穢也。聖愛，即聖寵也。邈，遠離也。

　　在「講」中將詞語注釋串聯起來解釋句意，並在開頭結尾處總起、概括句
意：

　　　　（講）夫然而幻光不可不輕，純嘏不可不重也。可歎世人日在
富貴場中，空眷戀名利之暫福，不慮及後來之患，有地獄之承儚焉，
其靈魂甚危，所戀且旋歸於虛也，而謂可戀乎？不可戀乎？彼俗語
有云：「世俗萬物，不得飽滿明視之目；文華言語，不能滿足聰聽之
耳」，即諺語觀之，可見外誘之私，不容不絕。夫耳目者，心之用也，
惟此心遠離乎世俗，神魂優游於天國，如此乃善士之急切事務也。
不然未正其心，雖修其身，吾狥從於邪，則心地涸濁，前之所得聖
寵，必邈離而無所有矣。願吾人以信德輕世，以愛德師主，而先行
後言可也。

　　此「講」開頭用「幻光不可不輕」總起，表明此句話是圍繞這個論點展開
的，後面串講句意都在解釋為什麼「幻光不可不輕」，完成了對「章旨」中「輕
賤世俗虛幻之光」的生動詮釋，最後進行總結「願吾人以信德輕世，以愛德師
主」，則緊扣「章旨」中的真意「以真愛效法耶穌」。

最後在「解」中進一步分析了句子的層次、修辭、效用等，承上啟下地疏通文意、闡發義理：

> （解）始以永儆警之，而輕世之德堅；終以聖愛動之，而輕世
> 之效神。夫然後師主之學無襟念，而師主之事無難心也。通篇反正
> 相生，當頭猛喝，極提撕儆覺之妙。

此「解」分析了此段話的層次是先用「永儆」作警告，後用「聖愛」作感召；修辭是正反論證，一反一正來說明「輕世」之必要；效用是猶如「當頭猛喝，極提撕儆覺之妙」。以上例舉《便覽》之章節，可見其不同於《金書》簡單句讀、正文訓詁的訓詁體式，而用「篇題」「章旨」「原文」「注」「講」「解」的安排，分工明確、別具特色地將「章句」之體應用於對天主教文獻的解讀，達到了「使經文之章句由之顯明」的目的。

結　語

《金書》雖然有意模仿《尚書》之「書」體，但其書名定為「輕世金『書』」恐與「書」體無關，書名中的「書」很可能只是一個對於原西班牙語書名中單詞「Libro」的普通翻譯，除了「著作」義外，別無深意。

《金書》五版本句讀各有優劣；從句讀理據來看，既有據音節句讀，又有據文義句讀，斷句繫於音節或繫於文義需要結合而看，反覆權衡前後文的表情達意才能做出最優的選擇。

與同時期中國本土文獻的句讀符號比較，各版本《金書》未有超越中國本土文獻之創造，大體是沿用同時期中國本土文獻的做法。通過將古典詮釋學漢文文獻與同時期中國本土文獻的標點使用情況進行歷時的比較，大致可說：從唐《景教碑》肇始到明清耶穌會的一大批古典詮釋學漢文文獻，其中的標點符號無有創新。

從訓詁體式來看，《金書》為在原文之上加句讀之章句法，且僅止於原文句讀，而《便覽》則既在原文上加以句讀，更在每章開頭闡明「章旨」，分析篇章結構，解釋「篇次」「篇題」等組織脈絡，指明線索、揭示大意；在各章內又以「注」「講」「解」的形式每句別加注解，是為《文心雕龍札記》所言之「重出」法，對應今日訓詁體式之「章句體」。

結　論

「泰西修士，履中華傳聖教者，無不精深好學，而必先傳習中華語言文字，然得其精深，於陽先生為得也。」〔註1〕「明萬曆間西士陽瑪諾，航海來賓，聰慧絕倫，不數年竟澈中邦文字。」〔註2〕誠如孫方濟斯和呂若翰在《金書》序和《便覽》跋中對陽瑪諾的描寫，這位來自葡萄牙的耶穌會士具有兼通中西的獨特學養，他以漢語古奧文言的方式將中世紀靈修文學經典 De Imitatione Christi 翻譯成的《金書》，既運用了西方詮釋的方法，又將中國的傳統訓詁學原則貫穿其中。

清代天主教徒呂若翰的《便覽》是對《金書》的專書注解，採用中國傳統訓詁方法釋字詞句篇，融會西方詮釋學理論析篇章義理，較為合宜地採取了注、講、解的體式，使原本難讀難懂的《金書》能為更多知識分子以外的中國普通百姓所接受。

《金書》作為一部用古奧文言翻譯的天主教靈修文學經典，其翻譯本身就是一種詮釋，其間融合了譯者對於漢語漢字和中國文化的理解和考量，包括對明末在中國所行各種宗教的理解和考量。

〔註1〕 孫方濟斯：《輕世金書・序》，見陽瑪諾譯、朱宗元訂《輕世金書》，巴黎法國國家圖書館藏孫抄本。

〔註2〕 呂若翰：《輕世金書便覽・跋》，呂若翰注、熱羅尼莫准《輕世金書便覽》（1848年粵東天主堂本），美國哈佛燕京圖書館、法國國家圖書館藏。

　　《金書》《便覽》的譯詞和釋詞屬於古典詮釋學漢語文獻的翻譯與訓詁實踐，這種實踐肇始於《景教碑》，跨越一千多年，反映了西來詮釋學與中國本土訓詁學的持續融異：詮釋學包括而訓詁學不包括的翻譯在漢語語境中自然而然地受到了訓詁學的影響，表現為翻譯方式由「意譯為主，大量借用詞彙」向糅合訓詁的「先借後訓」「雙譯後訓」「音譯後訓」等綜合翻譯的轉變。翻譯後緊接著的訓詁運用了「義界」之法，訓詁與詮釋在此相融。不過在使用「義界」時著重突出語詞所反映的事物的特性及其與相近語詞的關係（相通或相異），不追溯漢語源詞，這是二者的融中之異。客觀地說，《金書》的譯詞和《便覽》的釋詞都難稱完美，如《金書》對 Deus（上帝）、Iesus Christus（聖子）、Dominus（主宰者）、Pater（聖父 / 天國聖主）等拉丁語詞的翻譯多不加區分，幾個拉丁語詞對應同一個漢語詞，或者一個拉丁語詞對應好幾個漢語詞的現象非常普遍，翻譯中缺乏對詞義的細緻甄別。

　　《便覽》對《金書》詞彙的注解特別是基督宗教核心概念詞的解讀還停留在簡單說講的階段，由於對拉丁原文的不熟悉，注者無從知曉同樣一個漢語詞是由不同的拉丁語詞翻譯過來的，也就無從做出貼近於原典的正確解釋，更談不到系統的歸納、訓釋詞義。如對全書六見的「神聖」一詞的注解，有五處要麼沒解釋，要麼只有籠統、含混的解釋。從與中國傳統訓詁書作對比的角度來說，《便覽》對基督宗教核心概念詞之外的一般的漢語詞彙解釋較為詳盡、準確，也能注意到漢語詞的多義性，釋義簡潔明瞭、通俗易懂，不做字詞形義考源的工作，而基本都是直解對接語境，訓釋該詞的語境義。

　　《便覽》雖在題材上屬於聖經詮釋學作品，但它在對天主教經典文獻漢譯文本《金書》作注解時，採用了系統的訓詁學體系和方法，這與傳統訓詁對象多為中國古代典籍的情況有所不同。呂若翰從「注」「講」「解」三個方面展開從字句到篇章的詮釋，並在每頁天頭位置對重點字詞注音，在每篇篇首設置章旨分析篇章布局。《便覽》可以說是融合了諸多訓詁元素的詮釋學作品，其在釋字詞、斷句讀、析篇章等方面具有十分鮮明的詮釋特色：釋詞範圍廣、逐詞而釋、偶有錯序，以釋義為主，兼及音，形最少，主要依據《康熙字典》等辭書，釋詞具體靈活；沿用同時期中國本土文獻的標點符號，斷句較為準確；用「章旨」清晰闡釋「篇次」「篇題」等組織脈絡，並通過「解」的安排，溝通上下文，闡明義理。

　　《金書》從明代到民國的五個版本中，共出現 500 多組異文，這些異文涵蓋異體字、訛誤字、通假字三個大類，其中異體字最多，訛誤字次之，通假字最少。在異體字中，以俗字居多，特別是現存最早的孫本，由於是一個手抄本，故呈現出最多的俗字。從整體上說，五個版本中，最晚出的姚本訛誤字是最少的，對形似、音似字的區分度也最高，這基本反映出語言文字愈發規範的整個近代漢語漢字的發展態勢，由此顯現出域外古典詮釋學漢籍在漢字應用、版本校勘方面與傳統中國典籍的一致性。

　　《金書》有意模仿《尚書》之「書」體，但從陽瑪諾在詮釋書名時並未對「書」進行專門詮釋這一點來看，書名中的「書」恐怕只是一個對於西班牙語「Libro」的普通翻譯。《金書》五版本句讀各有優劣正誤，難斷高下，從句讀理據來看，既有據音節句讀，又有據文義句讀，斷句繫於音節或繫於文義需要結合而看，反覆權衡前後文的表情達意才能做出最優的選擇，在這方面，《便覽》的某些斷句還有欠妥之處。

　　與同時期中國本土文獻的句讀符號比較，各版本《金書》未有超越中國本土文獻之創造，大體是沿用同時期中國本土文獻的做法。通過將古典詮釋學漢文文獻與同時期中國本土文獻的標點使用情況進行歷時的比較，大致可說：從唐《景教碑》肇始到明清耶穌會的一大批古典詮釋學漢文文獻，其中的標點符號無有創新。

　　從訓詁體式來看，《金書》為在原文之上加句讀之章句法，且僅止於原文句讀，而《便覽》則既在原文上加以句讀，更在每章開頭闡明「章旨」，分析篇章結構，解釋「篇次」「篇題」等組織脈絡，指明線索、揭示大意；在各章內又以「注」「講」「解」的形式每句別加注解，是使用了《文心雕龍札記》所言之「重出」法，對應今日訓詁體式之「章句體」。

　　本書通過對天主教早期漢語詮釋學文獻《金書》《便覽》的研究，發現詮釋學與訓詁學有著頗多同異之處值得深入挖掘。從兩門學問的發展歷史來看，詮釋學「以對意義的理解為其特徵」，「隨著意義的探究而發展」，詮釋的對象與內容可以「上推到荷馬史詩中的人物語言，即言辭、詞義等」[註3]，後來涉及到《聖經》，再後來慢慢擴展到哲學領域，關乎作者如何對待與理解他所

〔註 3〕詳見張玉梅：《南懷仁〈教要序論〉訓詁學研究》，上海古籍出版社 2016 年版，第 45 頁。

解釋的內容；而訓詁則是主要針對中國古代典籍中的「古今異言」，「通之使人知也」〔註4〕。許多詮釋學的基本方法訓詁學也有，這在《金書》《便覽》中具體體現為詮釋學與訓詁學的融合，二者通過翻譯、詮釋、訓詁，達成了讓天主教教義「使人知也」的目的。雖然其在翻譯、訓詁等方面還存在諸多不足，未有明顯超越同時代同類作品之處，但仍不失為兩部融合中國傳統訓詁方法的天主教詮釋學特色之作，是中西文化交流的成果，屬於跨文化的學術研究之範疇。

總之，從訓詁學、詮釋學等角度考量，陽瑪諾的《金書》和呂若翰的《便覽》都是頗具價值的文本。本書通過對這兩個文本的窮盡式的研究，對其歷史價值、訓詁學價值、中西方交流價值等有所揭示，希望本研究能更好地幫助人們瞭解古典詮釋學漢籍的訓詁、詮釋雙重特點與價值。

〔註4〕《毛詩正義》孔疏語，毛亨傳、鄭玄箋、孔穎達疏：《毛詩正義（上）》，北京大學出版社，1999，第2頁。

參考文獻

一、著述類

1. 陳澔注、金曉東校點，禮記〔M〕，上海古籍出版社，2016。

2. 方豪，方豪文錄〔M〕，上智編譯館，1948。

3. 方豪，方豪六十自定稿〔M〕，臺灣學生書局，1969。

4. 方豪，中國天主教史人物傳〔M〕，宗教文化出版社，2007。

5. 費賴之著、馮承鈞譯，在華耶穌會士列傳〔M〕，商務印書館，1938。

6. 馮天瑜，明清文化史散論〔M〕，湖北人民出版社，2018。

7. Flemish-Netherlands Foundation. The Low Countries：Arts and society in Flanders and the Netherlands〔M〕. Flemish-Netherlands Foundation, 1996.

8. 古偉瀛編，東西交流史的新局：以基督宗教為中心〔M〕，臺灣大學出版中心，2005。

9. 顧野王撰、呂浩校點，大廣益會玉篇〔M〕，中華書局，2019。

10. 漢斯-格奧爾格·伽達默爾著、夏鎮平等譯：《哲學解釋學》，上海譯文出版社 1994 年版。

11. 洪誠，訓詁學〔M〕，江蘇古籍出版社，1984。

12. 洪成玉，古今字〔M〕，語文出版社，1995。

13. 洪漢鼎主編，理解與解釋：詮釋學經典文選〔M〕，東方出版社，2001。

14. 黃侃，文心雕龍札記〔M〕，中華書局，2016。

15. Ignatius of Loyola. The Spiritual Exercises and Selected Works〔M〕. Paulist Press, 1991.

16. 健新編，心靈花園〔M〕，西藏人民出版社，2007。

17. 蔣紹愚，古漢語詞彙綱要〔M〕，北京大學出版社，1989。

18. John Theodore Merz. A HISTORY OF EUROPEAN THOUGHT NINETEENTH CENTURY Volume 3〔M〕. Thoemmes Press, 2000.

19. 黎錦熙，新著國語文法〔M〕，商務印書館，2000。

20. 利瑪竇、金尼閣著，何高濟、王遵仲、李申譯，利瑪竇中國札記〔M〕，商務印書館，2015。

21. 李奭學，譯述：明末耶穌會翻譯文學論〔M〕，香港中文大學出版社，2012。

22. 李奭學、林熙強主編，晚明天主教翻譯文學箋注（卷四）〔M〕，中央研究院中國文哲研究所，2014。

23. 劉叔新，漢語描寫詞彙學（第2版）〔M〕，商務印書館，2005。

24. 劉釗，甲骨文常用字字典〔M〕，中華書局，2019。

25. 陸宗達、王寧，訓詁方法論〔M〕，中國社會科學出版社，1983。

26. 呂若翰注、熱羅尼莫准，輕世金書便覽〔M〕，1848年粵東天主堂本，美國哈佛燕京圖書館、法國國家圖書館藏。

27. 麥格拉思著、蘇欲曉等譯，基督教文學經典選讀（上）〔M〕，北京大學出版社，2004。

28. 毛亨傳、鄭玄箋、孔穎達疏，毛詩正義（上）〔M〕，北京大學出版社，1999。

29. Maurice Helin. A History of Medieval Latin Literature〔M〕. William Salloch, 1949.

30. 裴化行著、蕭濬華譯，天主教16世紀在華傳教史〔M〕，商務印書館，1936。

31. 錢玄，校勘學〔M〕，商務印書館，2019。

32. 裘錫圭，文字學概要〔M〕，商務印書館，2013。

33. 榮振華等著、耿昇翻譯，16～20世紀入華天主教傳教士列傳〔M〕，廣西師範大學出版社，2010。

34. 沈兼士，右文說在訓詁學上之沿革及其推闡〔M〕，山西人民出版社，2014。

35. 聖伯爾拿、肯培多馬等著、章文新等譯，中世紀靈修文學選集〔M〕，宗教文化出版社，2011。

36. 宋莉華主編，經典的重構：宗教視閾中的翻譯文學研究〔M〕，上海古籍出版社，2019。

37. 王力，古代漢語〔M〕，中華書局，2018。

38. 王力，同源字典（第2版）〔M〕，中華書局，2015。

39. 王寧，訓詁學原理〔M〕，中國國際廣播出版社，1996。

40. 王寧，訓詁學〔M〕，高等教育出版社，2010。

41. 楊端志，訓詁學〔M〕，山東文藝出版社，1985。

42. 陽瑪諾譯、朱宗元訂、湯亞立山准，《輕世金書》〔M〕，京都聖若瑟堂藏板，澳大利亞國家圖書館藏1800年刻本。

43. 陽瑪諾譯、朱宗元訂、馬熱羅准，輕世金書〔M〕，1848 年重刊本，比利時魯汶大學東方圖書館藏。

44. 陽瑪諾譯、朱宗元訂，輕世金書〔M〕，巴黎法國國家圖書館藏孫抄本。

45. 陽瑪諾譯、朱宗元訂、姚准，輕世金書〔M〕，上海土山灣印書館 1923 年重刊本，比利時魯汶大學東方圖書館藏。

46. 陽瑪諾譯、朱宗元訂、亞立山湯准，聖經直解〔M〕，1790 年京都始胎大堂重刊藏板，比利時魯汶大學東方圖書館藏。

47. 約翰‧西奧多‧梅爾茨著、伍光建譯，十九世紀歐洲思想史〔M〕，商務印書館，1935。

48. 詹鄞鑫，漢字說略〔M〕，遼寧教育出版社，1991。

49. 張桂光，古文字論集〔M〕，中華書局，2004。

50. 張西平，中國與歐洲早期宗教和哲學交流史〔M〕，東方出版社，2001。

51. 張永言，詞彙學簡論（增訂本）〔M〕，復旦大學出版社，2015。

52. 張玉梅，南懷仁《教要序論》訓詁學研究〔M〕，上海古籍出版社，2016。

53. 張玉梅，漢字取象及其古詩文意象研究〔M〕，西南交通大學出版社，2022。

54. 張玉書、陳廷敬，康熙字典（清康熙十五年內府刻本影印本）〔M〕，山西出版傳媒集團‧書海出版社，2003。

55. 鄭玄注、孔穎達正義、郜同麟點校，禮記正義（第二冊）〔M〕，浙江大學出版社，2019。

56. 鄭玄注、孔穎達正義、阮元校刻、方向東點校，十三經注疏第 13 冊：禮記注疏（二）〔M〕，中華書局，2021。

57. 朱熹，讀書之要，《朱熹集：卷七十四》〔M〕，四川教育出版社，1996。

二、論文類

1. Adrian Dudink. The Chinese Christian Texts in Zikawei 徐家匯 Collection in Shanghai : A preliminary List〔J〕. Sino-Western Cultural Relations Journal 33（2011）.

2. 陳垣，再論遵主聖範譯本〔J〕，《語絲》1925 年 1 月刊第 53 期。

3. 董方峰、楊洋，明清時期來華傳教士的西學中譯研究〔J〕，《外國語文研究》2020 年第 1 期。

4. 馮英、林中澤，唐代耶穌名號和形象的入華及其結局〔J〕，《寧夏社會科學》2016 年第 4 期。

5. 郭慕天，《輕世金書》原本考〔J〕，《上智編譯館刊》1947 年第 1 期第 2 卷。

6. 景海峰，從訓詁學走向詮釋學——中國哲學經典詮釋方法的現代轉化〔J〕，《天津社會科學》2004 年第 5 期。

7. 羅尚賢，從大秦景教看道學與神學的關係〔J〕，《廣東社會科學》1999 年第 5 期。

8. 孫琪，重寫中國近代文學史的開端——讀李奭學《譯述：明末耶穌會翻譯文學論》〔J〕，《國際漢學》2014 年第 2 期。

9. 田峰，比較訓詁學：《輕世金書便覽》詮釋特色研究〔A〕，中國訓詁學研究會 2023 年學術年會論文集〔C〕，2023 年 6 月 9～10 日。

10. 王攀、王寧，漢字構型學講座〔J〕，《華西語言學刊》，2012 年第 2 期。

11. 許嘉璐，語言文字學論文集〔C〕，商務印書館，2005 年。

12. 徐允婧，《輕世金書》研究——《效法基督》的首次漢譯、譯文及影響〔D〕，碩士學位論文，北京外國語大學，2007。

13. 姚立澄，關於《天問略》作者來華年代及其成書背景的若干討論〔J〕，《自然科學研究》2005 年第 2 期。

14. 石安石，關於詞性和概念〔J〕，《中國語文》1961 年第 8 期。

15. 嚴錫禹，艾儒略及耶穌傳（一）〔J〕，《天風》2020 年第 1 期。

16. 一個幾乎混同於佛教的古代基督教派〔J〕，《佛教文化》2003 年第 1 期。

17. 張若谷，三論遵主聖範譯本〔J〕，《語絲》1925 年 1 月刊第 55 期。

18. 張玉梅、田峰、趙路易，19 世紀末傳教士吳語版《方言教要序論》「同文異言」研究〔J〕，《語言文化論叢（第 7 輯）》，上海辭書出版社 2023 年 7 月。

19. 張玉梅，文心雕龍：以域外漢籍古典詮釋學文獻《輕世金書》語料為中心〔A〕，慶祝中國《文心雕龍》學會成立四十週年國際學術研討會暨學會第十七次年會論文集〔C〕，2023 年 8 月 7～9 日。

20. 張玉梅，訓詁學視角下《教要序論》的中西方修辭實踐考〔J〕，《當代修辭學》，2017 年第 5 期。

21. 張玉梅、王覓，比較訓詁學視域下儒道佛耶融合研究〔J〕，《國際漢語教育史研究》（第 7 輯）》，商務印書館 2023 年 7 月。

22. 張玉梅，比較訓詁學視域下基督教漢語文本用詞特點及文體考〔J〕，《中國訓詁學報》，2022 年。

23. 張玉梅，比較訓詁學視域下《萬物真原》修辭特色〔J〕，《文獻語言學》，2022 年第 1 期。

24. 張雲、馬義德，俄羅斯國家圖書館所藏的天主教文獻〔J〕，《漢籍與漢學》，2021 年第 2 輯。

25. 鄭海娟，明清耶穌會士的漢語白話書寫實踐〔J〕，《國際漢學》2016 年第 4 期。

26. 鄭海娟，文白變遷：從《聖經直解》到《古新聖經》〔J〕，《華文文學》2015 年第 4 期。

27. 鄭賢章，佛經的翻譯與傳抄對漢字發展的影響〔J〕，《智慧中國》2017 年第 9 期。

28. 周作人，遵主聖範〔J〕，《語絲》1925 年 10 月刊第 50 期。

附錄一 《輕世金書》五版本合校本 [註1]

《合校版本及條例》

1. 合校版本（1）：陽瑪諾譯、朱宗元訂：《輕世金書》，巴黎法國國家圖書館藏孫抄本。（以下稱此本為孫本，部分書影見本附錄末）

2. 合校版本（2）：陽瑪諾譯、朱宗元訂、湯亞立山准：《輕世金書》，澳大利亞國家圖書館藏 1800 年京都聖若瑟堂藏板。（以下稱此本為湯本，部分書影見本附錄末）

3. 合校版本（3）：陽瑪諾譯、朱宗元訂、熱羅尼莫准：《輕世金書便覽》，美國哈佛燕京圖書館藏 1848 年呂修靈堂藏板。（以下稱此本為便覽本或便本，部分書影見本附錄末）

4. 合校版本（4）：陽瑪諾譯、朱宗元訂、馬熱羅准：《輕世金書》，比利時魯汶大學東方圖書館藏 1848 年重刊本。（以下稱此本為馬本，部分書影見本附錄末）

5. 合校版本（5）：陽瑪諾譯、朱宗元訂、姚准：《輕世金書》，比利時魯汶大學東方圖書館藏上海土山灣印書館 1923 年重刊本。（以下稱此本為姚本，部

〔註1〕 說明：本附錄僅效我國校勘傳統，比較從明末到民國《輕世金書》五個不同時期的版本，以最早的孫抄本為底本，凡其他版本與之不同處，皆以腳注形式加以注明。錄入中遇電子字庫找不到字形者，截圖入文檔，並附說明。遇難解字詞，略作注釋。

分書影見本附錄末）

6. 因孫本從版本時間上來看最早，故本文先將孫本中的《輕世金書》原文打字錄入，為便於閱讀，將其原先的豎排由右到左格式改為了橫排從左到右格式，並加現代漢語標點。電子字庫找不到字形者，截圖入文檔，並附說明。遇難解字詞，徑用《輕世金書便覽》的音義略作注釋。

7. 將湯本、便覽本、馬本、姚本與已錄入的孫本進行對照，凡五者不同之處，皆以腳注形式加以說明。

8. 異體字、訛誤字、通假字等首次出現時加簡要注釋。

9. 正文中所有截圖字，統一圖片寬度為 0.77 釐米，注釋中所有截圖字，統一圖片寬度為 0.37 釐米。

10. 《輕世金書》卷下分章，為查檢方便，在每章題目後標明了章次，並相應地在目錄中寫明了每卷所含章數及每一章的章次。

小　引

客瞥書額〔註2〕，訝曰：世愁讅劣〔註3〕，人匪晻曖〔註4〕，僉知先生譯茲〔註5〕，毋廼〔註6〕虛〔註7〕營？

答曰：世諺誠然，克振抁〔註8〕者幾〔註9〕？聖經〔註10〕云：眾人竟敗靈，目悉眯，鮮哉冀明，厥行詎云虛營〔註11〕？幾欲〔註12〕操〔註13〕

〔註2〕便覽本作「額」。

〔註3〕訝曰：世愁讅劣　湯、馬、姚三本作「訝曰世愁讅劣」，便覽本作「訝曰：世愁讅劣」。

〔註4〕晻曖：暗貌。

〔註5〕僉知先生譯茲　湯、馬、姚三本作「僉知，先生譯茲」，便覽本作「僉知，先生譯茲」。

〔註6〕湯、便、馬、姚四本皆作「廼」。

〔註7〕湯、便、馬、姚四本皆作「虛」，下文一律錄入為「虛」。

〔註8〕湯本、馬本作「抁」，姚本作「拔」，下同。

〔註9〕湯、便、馬、姚四本皆作「幾」，下文一律錄入為「幾」。

〔註10〕「經」之異體，孫、便、湯、馬、姚五本皆用此字形，下文一律錄入為「經」。察五本所有居左之「糸」部，多寫為「糸」，不寫為「糸」，下文再遇居左之「糸」部，皆以「糸」錄入，不再注釋。

〔註11〕眾人竟敗靈，目悉眯，鮮哉冀明，厥行詎云虛營　湯本作「眾人竟敗，靈目悉眯，鮮哉冀明厥行，詎云虛營」，便覽本作「眾人竟敗，靈目悉眯，鮮哉冀明厥行，詎云虛營」，馬本作「眾人竟敗，靈目悉眯，鮮哉冀明厥行，詎云虛營」，姚本作「眾人竟敗，靈目悉眯，鮮哉冀明厥行，詎云虛營」。

〔註12〕湯、便、馬、姚四本皆作「欲」，下文一律錄入為「欲」。

〔註13〕便覽本作「捼」。

〔註14〕，獲〔註15〕篤瑪大賢書，覿縷厥理。若〔註16〕茲〔註17〕書，明悟頓啟〔註18〕，愛欲翛〔註19〕發。洞醜世曰「輕世」〔註20〕，且讀貴若寶礦，亦曰「金書」，茲而弗戢，貧兒暴富〔註21〕，無庸蒐廣籍也。

統括四卷，若鍼南指〔註22〕，示人遊世〔註23〕弗舛。初導興程，冀〔註24〕人改〔註25〕愆，卻舊徙新識己〔註26〕〔註27〕。次導繼〔註28〕程，棄俗幻樂，飫道真〔註29〕滋〔註30〕，始肆嘿〔註31〕工。次又導終程，示以悟入嘿想，己〔註32〕精〔註33〕求精。末則論主聖體，若庀豐宴，福善士竟程〔註34〕，為〔註35〕程工報，茲四帙大意也。

書理夷而奇〔註36〕，咀而愈味，但人功〔註37〕攻〔註38〕𪟧〔註39〕，或宏〔註40〕

〔註14〕湯、馬、姚三本作「𤴭」。
〔註15〕姚本作「獲」，下文一律錄入為「獲」。
〔註16〕湯、便、馬、姚四本皆作「若」，下文一律錄入為「若」。
〔註17〕湯本、馬本作「茲」，便覽本、姚本作「茲」，下文一律錄入為「茲」。
〔註18〕湯、馬、姚三本作「啓」，下文一律錄入為「啟」。
〔註19〕湯、馬、姚三本作「偹」，便覽本作「翛」
〔註20〕洞醜世曰「輕世」　湯本作「洞世醜，曰『輕世』」，便覽本作「洞世醜，曰『輕世』」，馬、姚二本作「洞世醜，曰：『輕世』」。
〔註21〕湯、便、馬、姚四本皆作「富」，下文一律錄入為「富」。
〔註22〕湯、便、馬、姚四本皆作「指」，下文一律錄入為「指」。
〔註23〕湯、馬、姚三本作「卋」。
〔註24〕湯、便、馬、姚四本皆作「冀」，下同。
〔註25〕姚本作「改」，下同。
〔註26〕湯、便、馬、姚四本皆作「舊」，下文一律錄入為「舊」。
〔註27〕湯本、馬本作「已」，姚本作「己」，下文一律錄入為「己」。
〔註28〕湯、便、馬、姚四本皆作「繼」，下文一律錄入為「繼」。
〔註29〕湯、便、馬、姚四本皆作「真」，下文一律錄入為「眞」。
〔註30〕湯、便、馬、姚四本皆作「滋」，下同。
〔註31〕湯、便、馬三本作「嘿」，姚本作「默」，下同。
〔註32〕湯本、馬本、姚本作「已」，下文一律錄入為「己」。
〔註33〕湯、便、馬、姚四本皆作「精」，下同。
〔註34〕若庀豐宴，福善士竟程　孫、若二本同，湯、馬、姚本斷作「若庀豐宴福，善士竟程」，非也。
〔註35〕湯、便、馬、姚四本皆作「爲」，下同。
〔註36〕湯、便、馬、姚四本皆作「奇」，下同。
〔註37〕湯、便、馬、姚四本皆作「攻」。
〔註38〕攻，音琴。湯、便、馬、姚四本皆作「𪟧」。
〔註39〕𪟧，居宜切。湯、便、馬、姚四本皆作「𪟧」。攻𪟧，不齊也。
〔註40〕便覽本作「宏」。

遵誡，或**勞**〔註41〕希聖，雖趣志人殊，然知猷**僉**〔註42〕**裨**〔註43〕，是書奚可少哉？

　　昔賢歷同同邦，王延觀國寶，既閱羣書，藏出茲書，諭曰〔註44〕：知是書耶？賢曰：茲廼〔註45〕聖敻〔註46〕神書，王不從，焉用？王曰：寡人寶聚，皆貴〔註47〕，茲書厥極，薆寶**外**〔註48〕餝，是書內餝〔註49〕，欽哉西士，讚厥益曰〔註50〕：人或攖疑，或**罹**〔註51〕患，罔策決〔註52〕**脫**〔註53〕，若應手攤書，即〔註54〕獲決脫，厥效神哉。

　　又擬曰：經記昔主自空命降滋味謂瑪**納**〔註55〕，因字教〔註56〕衆。奇矣。其奇〔註57〕，味雖惟一，公含〔註58〕諸味，人**貪**謀味瑪納，即應書惟一〔註59〕，諸德之集：自逞之抑，自諉之晸〔註60〕，失心之望，怠**靈**〔註61〕之策，妄豫之禁，虛**恐**〔註62〕之釋，惡德之阻，善德之進，靈病之神劑也。自天降臨瑪納，信乎！

〔註41〕湯本、馬本作「強」，便覽本、姚本作「強」。
〔註42〕湯、便、馬、姚四本皆作「僉」，下文一律錄入為「僉」。
〔註43〕便覽本、姚本作「裨」，下文一律錄入為「裨」。
〔註44〕既閱羣書，藏出茲書，諭曰　湯、馬、姚三本作「既閱羣書藏，出茲書曰」，便覽本作「既閱群書，藏出茲書曰」。
〔註45〕湯、便、馬、姚四本皆作「乃」。
〔註46〕湯、便、馬、姚四本皆作「敎」。
〔註47〕寡人寶聚，皆貴　湯、便、馬、姚四本皆中無標點。
〔註48〕湯、便、馬、姚四本皆作「外」，下文一律錄入為「外」。
〔註49〕便覽本作「餝」。
〔註50〕欽哉西士，讚厥益曰　湯、便、馬、姚四本皆作「欽哉。西士讚厥益曰」。
〔註51〕姚本作「罹」，下文一律錄入為「罹」。
〔註52〕湯、便、馬、姚四本皆作「決」，下同。
〔註53〕湯、便、馬、姚四本皆作「脫」，下文一律錄入為「脫」。
〔註54〕湯、便、馬、姚四本皆作「即」，下同。
〔註55〕湯、便、馬、姚四本皆作「納」，下文一律錄入為「納」。
〔註56〕湯、便、馬、姚四本皆作「敎」，下文一律錄入為「敎」。
〔註57〕奇矣。其奇　湯、便、馬、姚四本皆中無標點。
〔註58〕湯、便、馬、姚四本皆作「含」，下文一律錄入為「含」。
〔註59〕人貪謀味瑪納，即應書惟一　湯、便、馬、姚四本皆作「人貪某味，瑪納即應，書惟一」。
〔註60〕姚本作「晸」。
〔註61〕湯、便、馬、姚四本皆作「靈」，下文一律錄入為「靈」。
〔註62〕湯、便、馬、姚四本皆作「恐」，下文一律錄入為「恐」。

諸會士日覽，資〔註63〕若神粮，是故譯之。戈法茲，探驗靈健〔註64〕，蒙裨奢矣。

西極耶穌會士陽瑪諾識〔註65〕

輕世金書卷之一目錄〔註66〕（凡二十五章）

師主實行輕世幻光（一章）

思性本微〔註67〕（二章）

主訓真〔註68〕實（三章）

行事預宜〔註69〕察機（四章）

恒誦聖經善書（五章）

禁情〔註70〕踰〔註71〕節〔註72〕（六章）

勿望世彰己（七章）

密〔註73〕締須防（八章）

絕意順長（九章）

浪談宜禁（十章）

求寧〔註74〕慕〔註75〕進（十一章）

世苦有益（十二章）

〔註63〕湯、便、馬、姚四本皆作「貲」，下同。

〔註64〕戈法茲，探驗靈健　湯、便、馬、姚四本「戈」作「友」，下文一律錄入為「友」。湯、馬、姚三本「友法茲」後無標點。

〔註65〕西極耶穌會士陽瑪諾識　湯本作「極西耶穌會士陽瑪諾識」，便覽本無此十字，馬、姚二本作「極西陽瑪諾識」。

〔註66〕輕世金書卷之一目錄　湯本、馬本作「輕世金書卷一目錄」，便覽本作「輕世金書便覽卷之一目錄」，且列於「小引」之前，姚本作「卷一」，且放置於全書正文前的「輕世金書目錄」中。

〔註67〕湯、便、馬、姚四本皆作「微」，下文一律錄入為「微」。

〔註68〕湯、便、馬、姚四本皆作「眞」，下文一律錄入為「眞」。

〔註69〕湯、便、馬、姚四本皆作「宜」，下文一律錄入為「宜」。

〔註70〕湯、便、馬、姚四本皆作「情」，下文一律錄入為「情」。

〔註71〕湯本、馬本作「踰」，便覽本、姚本作「踰」，下文一律錄入為「踰」。

〔註72〕湯、馬、姚三本作「節」，下文一律錄入為「節」。

〔註73〕湯、馬、姚三本作「密」，下文一律錄入為「密」。

〔註74〕湯本作「宰」，馬本、姚本作「寧」，下文一律錄入為「寧」。

〔註75〕湯本、馬本作「慕」，下文一律錄入為「慕」。

渡世誘患難脫（十三章）

勿輕察人（十四章）

愛德益行（十五章）

恕數（十六章）

修士**神**〔註76〕工（十七章）

師法先聖（十八章）

善士宜勉恒進（十九章）

厭囂忻默（二十章）

祈主眞悔（二十一章）

僑世多**艱**〔註77〕（二十二章）

恒憶死期（二十三章）

時念判嚴罰永（二十四章）

勤〔註78〕新更舊（二十五章）

　　卷一共計二十五章〔註79〕

輕世金書卷一（凡二十五章）

　　西極耶穌會士陽瑪諾譯〔註80〕　　甬上門人朱宗元訂

師主實行輕世幻光（一卷一章）

　　主曰：人從余，罔履冥〔註81〕崎，恒享，神生眞光〔註82〕。

　　茲主訓也，示人欲掃心翳，慕靈輝者，宜師主行，而時趨之。

　　嘿行焉，咀言焉。主言超諸聖語，勤法主行，則晰主言，奈羣聆訓克耳，憚效行〔註83〕，故欲徹主言，須遵主行。

〔註76〕湯、便、馬、姚本皆作「神」，下文一律錄入為「神」。

〔註77〕湯、便、馬、姚四本皆作「艱」，下文一律錄入為「艱」。

〔註78〕湯、便、馬、姚四本皆作「勤」，下文一律錄入為「勤」。

〔註79〕湯、便、馬、姚四本皆無此句。

〔註80〕西極耶穌會士陽瑪諾譯　湯本作「極西耶穌會士陽瑪諾譯」，便覽本作「極西博學會士陽瑪諾譯」，馬本、姚本作「極西陽瑪諾譯」，下同。

〔註81〕湯本、馬本作「宴」，下同。

〔註82〕恒享，神生眞光　湯、便、馬、姚四本皆中無標點。

〔註83〕奈羣聆訓克耳，憚效行　湯、馬本作「奈人羣聆訓，衰如充耳，憚於效行」，便覽

汝以高論稱譽聖三〔註84〕，若乏謙〔註85〕愛，致聖三怒〔註86〕，高論奚裨？故首德次言〔註87〕，明曉理，可，嗜厥益，尤可〔註88〕。

友雖博極今昔聖賢華論〔註89〕，透古新經奧旨〔註90〕，設匪愛主，靈乏聖寵〔註91〕，學亦荒已。愛主而事之，輕世幻光，重天純嘏，斯眞知實學也哉。

嗟，人蚩蚩〔註92〕，徒戀利名瞬禧〔註93〕，弗虞後患永儦，殆且虛也。

諺曰：俗物不飫目，綺語莫厭〔註94〕耳，惟心遠世，神遊天〔註95〕，斯善士急務。從邪心洿〔註96〕，聖愛必逖矣。

思性本微（一卷二章）

格物情，透〔註97〕衆〔註98〕理，人恒樂之，惟不思主〔註99〕，厥知虛也。與其傲而忘己、務稽〔註100〕諸天，毋寧〔註101〕謙而尚質，嚴省諸己，葢時反己〔註102〕，必卑己，聞譽則憂〔註103〕。

本作「奈人羣聆訓，褒如充耳，憚於效行」，姚本作「奈人羣聆訓，褒如充耳，憚於效行」。

〔註84〕汝以高論稱譽聖三 湯本、馬本、姚本作「汝以高論，稱譽聖三」。

〔註85〕湯、便、馬、姚四本皆作「謙」，下文一律錄入為「謙」。

〔註86〕致聖三怒 湯、便、馬、姚四本皆作「反致聖三之怒」。

〔註87〕故首德次言 湯本、馬本、姚本作「故首德，次言」。

〔註88〕明曉理，可，嗜厥益，尤可 湯本、便覽本作「明曉理可，嗜厥益尤可」。

〔註89〕友雖博極今昔聖賢華論 湯本、便本作「友雖博極今昔聖賢華論」，馬本、姚本作「友雖博極，今昔聖賢華論」。「雖」在湯、便、馬、姚四本中皆作「雖」，下文一律錄入為「雖」。

〔註90〕透古新經奧旨 湯、便、馬、姚四本皆作「透古今經書奧旨」。

〔註91〕湯、便、馬、姚四本皆作「寵」，下文一律錄入為「寵」。

〔註92〕嗟，人蚩蚩 湯本、馬本作「嗟人蚩蚩」，便覽本作「嗟人蚩蚩」，姚本作「嗟人蚩蚩」。

〔註93〕徒戀利名瞬禧 湯、便、馬、姚四本皆作「徒戀名利瞬禧」。

〔註94〕湯、便、馬、姚四本皆作「饜」。

〔註95〕神遊天 湯、便、馬、姚四本皆作「神遊於天」。

〔註96〕從邪心洿 湯、便、馬、姚四本皆作「若從邪心洿」。

〔註97〕湯、便、馬、姚四本皆作「窮」。

〔註98〕湯本作「衆」，便覽本作「眾」，馬本作「衆」，姚本作「眾」，下文一律錄入為「衆」。

〔註99〕惟不思主 便覽本作「惟不懼主」，姚本作「惟不想主」。

〔註100〕湯、便、馬、姚四本皆作「稽」，下文一律錄入為「稽」。

〔註101〕湯、馬、姚三本作「寧」，便覽本作「寍」，下文一律錄入為「寧」。

〔註102〕葢時反己 湯、馬、姚三本作「葢時識己」，便覽本「葢」作「蓋」，下文一律錄入為「葢」。

〔註103〕必卑己，聞譽則憂 湯本、便覽本作「必能卑己，聞譽則憂」，馬本、姚本作「必

知萬理而罔聖寵，僉虛知哉，判期寬〔註104〕吾知，嚴吾行也。毋急乎知，庶〔註105〕免心散履錯。

才力者，率冀知無不達〔註106〕。然世物罔裨靈急，知而緩靈益，悖矣〔註107〕。繁言莫屬靈，善行足怡心，判時，曷畏抵主前耶？

夫知彌精廣，判愈嚴密，知可揚乎？可思也！倘汝昧云：吾知廣精，盍思汝圍萬物內〔註108〕，知僅兆一耳〔註109〕。彰汝知乎？彰汝愚耳！

勿云：吾逾古賢，眾古賢逾汝亦眾〔註110〕，汝第〔註111〕踵後，輕已避人，憚〔註112〕譽冀辱，抑己功，仰人德，智德顯〔註113〕徵也。

汝昆偶緊〔註114〕辜，戒之，宜勿誇汝德〔註115〕，德執〔註116〕永暫，汝豈豫知？人皆至弱，自視若極弱，可〔註117〕。

主訓眞實（一卷三章）

主躬〔註118〕訓人，弗用外像以示，誠福人也。憑臆多謬，悟光耿耳，務明奧理，詎非虛圖？明外物，忽眒內情，曷勝曚昧？作意厭觀，明辯類物，身後奚與？

能卑己聞譽則憂」。
〔註104〕便覽本、姚本作「寬」，下文一律錄入為「寬」。
〔註105〕湯、馬、姚三本作「庶」，便覽本作「庶」，下文一律錄入為「庶」。
〔註106〕湯本作「才力者率冀知無不達。」便覽本作「才力者，率冀知無不達」。馬本、姚本作「才力者率冀知，無不達」。
〔註107〕然世物罔裨靈急，知而緩靈益，悖矣　湯本作「然世物罔裨吾靈，急知而緩靈益悖矣」，便覽本、馬本、姚本作「然世物罔裨吾靈，急知而緩靈益，悖矣」。
〔註108〕盍思汝圍萬物內　孫、便二本同，湯、馬、姚三本作「盍思：汝圍萬物內」。
〔註109〕知僅兆一耳　湯、便、馬、姚四本皆作「知僅兆中之一耳」。
〔註110〕勿云：吾逾古賢，眾古賢逾汝亦眾　湯本、馬本作「勿云：吾逾古賢眾，古賢逾汝亦眾」，便覽本作「勿云吾逾古賢眾，古賢逾汝亦眾」，姚本作「勿云：吾逾古賢眾，古賢逾汝亦眾」。
〔註111〕便覽本作「第」。
〔註112〕湯、便、馬、姚四本皆作「憚」，下文一律錄入為「憚」。
〔註113〕湯、便、馬、姚四本皆作「顯」，下文一律錄入為「顯」。
〔註114〕湯本、馬本作「緊」，便覽本作「緊」。
〔註115〕戒之，宜勿誇汝德　孫、湯、馬、姚四本同，便覽本斷作「戒之宜，勿誇汝德」。
〔註116〕湯、馬、姚三本作「執」，下文一律錄入為「執」。
〔註117〕自視若極弱，可　湯、便、馬、姚四本皆中無標點。
〔註118〕湯、便、馬、姚四本皆作「躬」。

奇主單〔註119〕詞，羣疑可掃，蓋主詞聖，子則是物，僉出彼〔註120〕，為彼形聲，彼無始，乃言乖〔註121〕諭〔註122〕世。世違之悟昏〔註123〕，所審必謬，惟人視主為物原，視物若視主，物悉歸主，主乃寧息其內。

噫嘻，真主錫予永締〔註124〕，予夙願〔註125〕也。吾曾〔註126〕厭讀世書，嫌〔註127〕聆世言，惟恒洽主，為吾夙望。主前眾喙〔註128〕緘舌，萬物息聲。獨主諭〔註129〕吾，僕心彌歛〔註130〕，妙理彌明，超光彌瞭。毅士樸純，世務罔淴其心，務悉歸主。

夫進德多阻，何哉〔註131〕？邪情憚久〔註132〕故也。實德哲人，將〔註133〕行外行，豫正內也。嘉兮勇兮！時敵邪情，使靈日臻，吾輩急且難務也惜吾善駁〔註134〕，輝〔註135〕少冥〔註136〕多，欲徹主奇，勿勤尋理，惟勤謙己，誠為正途。物由主出，推究〔註137〕厥理，亦善匪過〔註138〕，但預淨靈善生，斯實究也。

人率先知後德，故德鮮戾繁，設德偕知均，世免多試，士世免多辜，末日

〔註119〕湯、便、馬、姚四本皆作「單」。
〔註120〕蓋主詞聖，子則是物，僉出彼　湯、便、馬、姚四本皆斷作「蓋主詞，聖子則是，物僉出彼」。
〔註121〕湯本、便覽本、馬本作「乖」，姚本作「垂」。
〔註122〕湯本、馬本作「諭」，下文一律錄入為「諭」。
〔註123〕世違之悟昏　湯、便、馬、姚四本皆作「世違之，悟昏。」
〔註124〕噫嘻，真主錫予永締　湯、便、馬、姚四本「予」皆作「余」，馬、姚二本中無標點。
〔註125〕湯、便、馬、姚四本皆作「願」。
〔註126〕湯、便、馬、姚四本皆作「嘗」。
〔註127〕湯、便、馬、姚四本皆作「嫌」。
〔註128〕湯、便、馬、姚四本皆作「喙」，下文一律錄入為「喙」。
〔註129〕便覽本、姚本作「諭」，下同。
〔註130〕便覽本作「斂」，下同。
〔註131〕夫進德多阻，何哉　便覽本作「夫進德多阻何哉」，中無標點。
〔註132〕湯、便、馬、姚四本皆作「久」。
〔註133〕湯、便、馬、姚四本皆作「將」，下文一律錄入為「將」。
〔註134〕吾輩急且難務也惜吾善駁　湯、便、馬、姚四本「也」後皆有標點。
〔註135〕湯、便、馬、姚四本皆作「輝」。
〔註136〕便、姚二本作「冥」。
〔註137〕湯、便、馬、姚四本皆作「究」，下文一律錄入為「究」。
〔註138〕亦善匪過，但預淨靈善生　湯本作「亦善匪過，但預淨靈善生」。便覽本「淨」作「淨」，下同。馬、姚二本作「亦善匪過但預淨靈善生」。

弗詢汝所覽，博也、約也，所言華也、俚也〔註139〕，特判汝行之，妍也、嬿

也〔註140〕。

汝已閱賢多矣，生世燿目，今安在耶？繼賢承俸，忘彼易〔註141〕，憶彼

艱，則知世榮遠，睫即散也〔註142〕。使德符學，學乃善。

嗚呼！覓〔註143〕虛知，不圖事主，厥靈究論，通愚乎？冀尊厭早〔註144〕，恒

情乎？夫士有聖愛則高，藐榮卑己則大，輕物重主則安，體主心而卸私〔註145〕

意則智〔註146〕。

行事預宜察幾〔註147〕（一卷四章）

輕信人言，妄順私臆，僉敗事也。必預察幾，祈啟〔註148〕，事乃克濟。

世俗聆人之短，易允而輕漏，聆人之長，難信而致〔註149〕疑。若篤真士

〔註150〕，則游詞難入。蓋知吾性溺僻情易〔註151〕，陷漂說尤易〔註152〕。

陷〔註153〕行事無遽毋執，惟預詳訪。若值〔註154〕德彥，諮之可，寔

〔註155〕己從之愈可。人善厭生，易周厥智，易為達練，老成故卑己尊主〔註156〕，

悟則彌瑩，心則彌坦。

〔註139〕末日弗詢汝所覽，博也、約也，所言華也、俚也　湯本作「末日弗詢汝所覽，博也
約也，所言，華也俚也」，便覽本作「末日弗詢汝所覽博也，約也，所言華也，俚
也」，馬、姚二本作「末日弗詢汝所覽，博也、約也，所言華也、俚也」。

〔註140〕特判汝行之，妍也、嬿也　湯本作「特判汝行之，妍也嬿也」，便覽本作「特判汝
行之妍也，嬿也。」馬、姚二本作「特判汝行之妍也嬿也」。

〔註141〕湯本、馬本作「易」，便覽本、姚本作「易」，下文一律錄入為「易」。

〔註142〕則知世榮遠，睫即散也　湯、便、馬、姚四本皆作「則知世榮遠睫即散也」。

〔註143〕便覽本作「覓」，下文一律錄入為「覓」。

〔註144〕便、姚二本作「卑」，下文一律錄入為「卑」。

〔註145〕湯、便、馬、姚四本皆作「私」，下文一律錄入為「私」。

〔註146〕夫世有聖愛則高，藐榮卑己則大，輕物重主則安，體主心而卸私意則智　馬、姚二本
作「夫世有聖愛，則高；藐榮卑己，則大；輕物重主，則安；體主心而卸私意，則智」。

〔註147〕湯、便、馬、姚四本皆作「機」，下同。

〔註148〕必預察幾，祈啟　便覽本中無標點。

〔註149〕湯、便、馬、姚四本皆作「致」，下文一律錄入為「致」。

〔註150〕若篤真士　湯、便、馬、姚四本皆作「若篤學真士」。

〔註151〕蓋知吾性溺僻情易　便、馬、姚三本「蓋知吾性」後有標點。

〔註152〕陷漂說尤易　便覽本作「陷漂說尤易」，馬、姚二本作「陷漂說，尤易」。

〔註153〕便覽本作「陷」，下同。

〔註154〕湯本、馬本作「值」，便覽本、姚本作「值」，下文一律錄入為「值」。

〔註155〕湯、便、馬、姚四本皆作「寔」，下文一律錄入為「寔」。

〔註156〕易為達練，老成故卑己尊主　湯、便、馬、姚四本皆作「易為達練老成，故卑己尊主」。

恒誦聖經善書（一卷五章）

誦聖經等書，求實勿求文〔註157〕。

主併〔註158〕諸聖，以聖意畀書，吾亦可以聖意誦之。圖裨靈，毋圖悅聽〔註159〕。章句或雅或俚〔註160〕，吾惟坦心以誦。勿曰作者何士〔註161〕？行文淺深？惟眹其書之旨，作者骨雖已朽，其書精偕主眞訓〔註162〕，恒 ▨〔註163〕書內，主冀吾聆，不判彼此。

奈〔註164〕人喜察超理，卒莫承裨。夫欲承之，則宜遜矣，勿怙脋〔註165〕，勿以言俚而逆意，勿以理在而加損，以沽儒者名〔註166〕。或時值理有不決，可虛 ▨〔註167〕以問，勿遽輕古賢喻。古之賢者，皆有為也，敢不欽哉？

禁情踰節（一卷六章）

人不節欲，奚得寧哉？傲 ▨〔註168〕 ▨〔註169〕恇，竟罔平也。神貧謙士，時享寧輯。

人有衺荄未拔，魔誘乍撼即偃〔註170〕，靈屈則易聽軀聲〔註171〕，而纏〔註172〕物易，遏欲難，致恒愁也。

有忠言逆耳，厭聽〔註173〕且訝，惜乎厥迷，時循己私，踰時心受茨也。

〔註157〕求實勿求文　湯、馬、姚三本作「求實、勿求文」，中有標點。

〔註158〕便、姚二本作「併」。

〔註159〕圖裨靈，毋圖悅聽　湯本、馬本作「圖裨靈明，毋圖悅聽」，便覽本、姚本作「圖裨靈明，毋圖悅聽」。

〔註160〕章句或雅或俚　湯、馬、姚三本作「章句，或雅或俚」。

〔註161〕勿曰作者何士　湯、馬、姚三本「勿曰」後有標點。

〔註162〕其書精偕主眞訓　湯、便、馬、姚四本皆作「其精意偕主眞訓」。

〔註163〕湯、便、馬、姚四本皆作「留」，下文一律錄入為「留」。

〔註164〕湯、馬、姚三本作「奈」，下文一律錄入為「奈」。

〔註165〕勿怙脋　湯、便、馬、姚四本皆作「勿怙己脋」。

〔註166〕勿以理在而加損，以沽儒者名　馬、姚二本作「勿以理在而加損以沽儒者名」，中無標點。

〔註167〕湯、便、馬、姚四本皆作「衷」，下文一律錄入為「衷」。

〔註168〕湯、便、馬、姚四本皆作「妬」。

〔註169〕湯、便、馬、姚四本皆作「貪」，下文一律錄入為「貪」。

〔註170〕魔誘乍撼即偃　馬、姚二本作「魔誘乍撼」後有標點。

〔註171〕靈屈則易聽軀聲　湯本作「靈屈則易聽軀聲」，馬本作「靈屈，則易聽軀聲」，姚本作「靈屈，則易聽軀聲」。

〔註172〕姚本作「纏」。

〔註173〕湯本、馬本作「聽」，下文一律錄入為「聽」。

噫！循私為覓快心，實失寧心，則知節欲抵平，殉欲致恢〔註174〕。

勿虛望世勿妄彰己（一卷七章）

望世望人，虛望也哉。為主事人，雖匱貲勿羞也〔註175〕。

興行者，勿怙本力固執，惟冀主祐，事主竟力，主鑒汝忠必祐，勿恃汝智，勿倚〔註176〕人慧，惟賴〔註177〕主可。

多財勿肆，締貴勿侉〔註178〕，主欲與人以物，愈欲與人以己，勿喜軀〔註179〕魁〔註180〕偉，微疾即羸，勿恃己才，主怒乃免，性善出彼，勿歸之〔註181〕，決於理，勿伐善德徽羹〔註182〕，知主度爾如何。

世衡〔註183〕量爽〔註184〕，人所常揚，主或抑之。〔註185〕

吾有善，思人尤愈於己〔註186〕，謙居善策也，欲處眾後則靖〔註187〕，冀先獨一則危〔註188〕。謙者恒坦，傲者恒紛。

密締須防（一卷八章）

預察人情，勿輕送心，可與議者，畏主哲士也。密締兒童，干〔註189〕諛富貴，奚裨矣？

益德，莫若締謙樸者〔註190〕。若婦雖有淋〔註191〕行，代祈而免我親。

〔註174〕姚本作「怒」。
〔註175〕雖匱貲勿羞也　湯、便、馬、姚四本皆作「雖匱貲，勿羞也」。
〔註176〕湯、便、馬、姚四本皆作「倚」，下同。
〔註177〕便覽本作「賴」，姚本作「賴」。
〔註178〕姚本作「侉」。
〔註179〕湯、便、馬、姚四本皆作「軀」，下文一律錄入為「軀」。
〔註180〕便、姚二本作「魁」。
〔註181〕勿歸之　湯、便、馬、姚四本皆作「勿歸人」。
〔註182〕決於理，勿伐善德徽羹　便覽本「徽」作「徽」，湯、便、馬、姚四本「羹」皆作「美」，下文一律錄入為「美」，馬、姚二本作「決於，理勿伐善德徽美」。
〔註183〕湯、便、馬、姚四本皆作「衡」，下文一律錄入為「衡」。
〔註184〕湯、便、馬、姚四本皆作「爽」，下文一律錄入為「爽」。
〔註185〕人所常揚，主或抑之　馬、姚二本作「人所常揚主或抑之」，中無標點。
〔註186〕思人尤愈於己　便、姚二本「愈」作「愈」，下文一律錄入為「愈」。
〔註187〕欲處眾後則靖　馬、姚二本作「欲處眾後，則靖」，中有標點。
〔註188〕冀先獨一則危　湯、馬、姚三本作「冀先獨一，則危」，中有標點。
〔註189〕姚本作「千」。
〔註190〕益德，莫若締謙樸者　湯本、便覽本作「益德莫若締謙樸者」，中無標點。
〔註191〕湯、便、馬、姚四本皆作「淑」。

夫邇上主，近天神，廼〔註192〕汝切務，可汛〔註193〕愛，叵密親也。

人遐而聆吾名，槩〔註194〕欽德輝，及至邇我，視聞迵〔註195〕實，反輕之矣，可不審哉？

絕〔註196〕意順長（一卷九章）

聽長克私，巍德哉！順命坦路〔註197〕，逆命險途〔註198〕。

忌〔註199〕坦走險者多矣。夫聽弗由愛，由強心，則靡寧而輕訕長〔註200〕。倘士為主不伏，弗聽厥上命，在茲在彼，莫獲平寧。

忻交順己者，人常情也。惟舍己從眾，圖協釋競〔註201〕，真正道哉。

冥兮吾光，智德誰該，怙睿弗詢眾則叵〔註202〕。汝意雖善，猶甘聽人抑己，以免互爭，聖德徵哉。古賢云：好問決疑其路坦，獻計解惑其機危〔註203〕。理應從人，吾猶執己，傲且堅哉。

浪談宜禁（一卷十章）

入鬧場，出〔註204〕漂說，善士攸忌，與俗諜，諜雖無醜意，易妨德沾懸〔註205〕，曷若靜居之為宜？

〔註192〕湯、便、馬、姚四本皆作「廼」。
〔註193〕湯、便、馬、姚四本皆作「泛」。
〔註194〕湯、便、馬、姚四本皆作「概」。
〔註195〕湯、便、馬、姚四本皆作「過」，下文一律錄入為「過」。
〔註196〕便覽本作「絕」，下文一律錄入為「絕」。
〔註197〕湯、便、馬、姚四本皆作「路」，下文一律錄入為「路」。
〔註198〕湯、便、馬、姚四本皆作「徑」。
〔註199〕姚本作「忌」，下文一律錄入為「忌」。
〔註200〕夫聽弗由愛，由強心，則靡寧而輕訕長 湯本作「夫聽弗由愛，由強，心則靡寧，而輕訕長」，便覽本作「夫聽弗由愛，由強，心則靡寧，而輕訕長」，馬本作「夫聽，弗由愛，由強，心則靡寧，而輕訕長」，姚本作「夫聽，弗由愛，由強，心則靡寧，而輕訕長」。
〔註201〕惟舍己從眾，圖協釋競 湯本、便覽本作「惟舍己從眾，圖協釋競」，馬本、姚本作「惟舍己從眾圖協釋競」。
〔註202〕怙睿弗詢眾則叵 馬、姚二本作「怙睿，弗詢眾則叵」，中有標點。
〔註203〕獻計解惑其機危 湯、便、馬、姚四本「解」作「解」，下文一律錄入為「解」，馬、姚作「獻計解惑，其機危」，中有標點。
〔註204〕湯、便、馬、姚四本皆作「聽」。
〔註205〕與俗諜，諜雖無醜意，易妨德沾懸 湯本、馬本作「與俗諜諜，雖無醜意，亦妨德、沾懸」，便覽本、姚本作「與俗諜諜，雖無醜意，亦妨德沾懸」。

或謂人恒遨外〔註206〕，旋欲息情嘿道，覺心擾念〔註207〕鷙，遊曷益哉？

曰：世劇刺論攸愛惡，殊覺快心〔註208〕，然此論皆空，圖外膚忻，失內眞愉也。

浪遊苟言可乎？發論裨人益己則可〔註209〕，然吾怠於善，緘言惟艱〔註210〕，惟同志善友，商道德修，僉益幸矣。

求寧慕進（一卷十一章）

罔與汝之言行，勿究〔註211〕，恒寧上法也。察人遺己，而欲獲平。艱〔註212〕哉！樸者厭外知，誠福士也。

問聖人寓世，日勤嘿樂道，曷故〔註213〕？曰：克己滌邪，事主修靈，故時不妄靡〔註214〕，則善工有餘，吾絆于〔註215〕私，偷于閒，愿因衆矣，不圖克一也。

心清，則能熄邪脫繫，悅道，聖德倏抵〔註216〕。彼遭迕意，而息善圖樂，斯亦退驗也。克敵僻情，祈望弗怠，必獲佑。奇矣主意，欲吾勤攻，並欲酬〔註217〕功。

吾友特倍外像圖净〔註218〕，胡克永耶？芟荄荄，致淨法也。歲克一私，淨

〔註206〕或謂人恒遨外　湯、馬、姚三本作「或謂：人恒遨外」。
〔註207〕湯、馬、姚三本作「念」，下文一律錄入為「念」。
〔註208〕曰：世劇刺論攸愛惡，殊覺快心　湯本作「曰：世劇刺論，攸愛，惡殊，覺快心」，便覽本、馬本作「曰：世劇刺論，攸愛，惡殊，覺快心」，姚本作「曰：世劇刺論，攸愛惡殊，覺快心」。
〔註209〕發論裨人益己則可　湯本作「發論，裨人益己，則可」，馬、姚二本作「發論裨人益己，則可」。
〔註210〕湯、便、馬、姚四本皆作「難」。
〔註211〕罔與汝之言行，勿究　湯、便、馬、姚四本皆作「罔，與汝之言，行勿究」。
〔註212〕湯、便、馬、姚四本皆作「難」。
〔註213〕問聖人寓世，日勤嘿樂道，曷故　湯本作「問：聖人寓世，日勤嘿道，曷故」，便覽本作「問聖人寓世，日勤嘿道曷故」，馬本、姚本作「問：聖人寓世，日勤嘿道曷故」。
〔註214〕曰：克己滌邪，事主修靈，故時不妄靡　湯、便、馬、姚四本作「曰：克己滌邪，事主修靈故，時不妄靡」。
〔註215〕湯、便、馬、姚四本皆作「於」，下同。
〔註216〕心清，則能熄邪脫繫，悅道，聖德倏抵　湯、便、馬、姚四本皆作「心清，則能熄邪，脫繫悅道，聖德倏抵」。
〔註217〕湯、馬、姚三本作「酧」。
〔註218〕湯本、馬本作「淨」，便覽本、姚本作「淨」，下文一律錄入為「淨」。

可迅〔註219〕造，何弗克之？的知正途可登，而日退後〔註220〕，故吾終視始逾醜〔註221〕，倘向能制情，今必易行德。

夫卸惡習〔註222〕難，勝衷僻尤難也〔註222〕。汝難克纖，曷易克巨哉？始不兢兢，情萌叢長，搖〔註223〕之不勝，況援之耶？

友思克己之靜〔註224〕，他友之樂，是懋〔註225〕怠良則。

世苦有益（一卷十二章）

問世苦奚裨？曰：導人反己，若旅思鄉，不望世望天，斯三裨也〔註226〕。

有訾吾行者，可忻受之。虧盈益謙，奇矣。人妄證吾，吾祈主證而彰吾行〔註227〕，苦時祈祐，勿遊以圖樂。

人善，或承侮，或魔誘，或情牽，覺勢難勝，必祈主祐，奈何冀殞〔註228〕，迅抵逝世詣天〔註228〕，蓋知茲世無寧也。

渡世誘患難脫（一卷十三章）

人居浮世，罔有寧宇，難脫誘苦。古聖若伯曰：僑世如陣〔註229〕卒，攻鬥〔註230〕靡息。時當祈祐遯誘，魔窬巡隙，冀入吞靈，雖善人不免，蓋無無誘者。

〔註219〕湯、便、馬三本作「迅」，下文一律錄入為「迅」。

〔註220〕的知正途可登，而日退後　馬、姚二本「的」後有標點。

〔註221〕故吾終視始逾醜　湯本、馬本作「故吾終，視始逾醜」，便覽本作「故吾終視始愈醜」，姚本作「故吾終，視始逾醜」。

〔註222〕夫卸惡習難，勝衷僻尤難也　湯、便、馬、姚四本之「習」皆作「習」，下文一律錄入為「習」。湯、馬、姚三本斷句為「夫卸惡習，難；勝衷僻，尤難也」。

〔註223〕湯、便、馬、姚四本皆作「搖」，下文一律錄入為「搖」。

〔註224〕友思克己之靜，湯本、馬本作「友思，克己之靜」，便覽本作「友思克己之靜」，姚本作「友思，克己之靜」。

〔註225〕湯、便、馬、姚四本皆作「懋」，下文一律錄入為「懋」。

〔註226〕曰：導人反己，若旅思鄉，不望世望天，斯三裨也　湯本、馬本作「曰：導人反己，若旅思鄉，不望世，望天，斯三裨者」，便覽本、馬本作「曰：導人反己，若旅思鄉，不望世，望天，斯三裨者」。

〔註227〕吾祈主證而彰吾行　湯、便、馬、姚四本皆作「吾祈主證，而彰吾行」。

〔註228〕奈何冀殞，迅抵逝世詣天　湯、便、馬、姚四本皆作「奈何，冀殞迅抵，逝世詣天」。

〔註229〕湯、便、馬、姚四本皆作「陳」。

〔註230〕湯、便、馬、姚四本皆作「鬪」。

　　問誘何裨〔註231〕，曰：使人自謙，銷淬致智，心甘承患，修士坦道〔註232〕。人為世迕致屈，主腐眎〔註233〕之。噫！修院雖聖士，即闔窗竄入嚴洞，雖幽士，即深居簡出〔註234〕，詎克禁誘？

　　嗟！人咸沾原罪，雖外莫誘，不克防己，首誘僅退，次誘繼之，非強〔註235〕力能御，惟忍惟謙惟祈〔註236〕，勝魔妙筭〔註237〕哉。勤斫〔註238〕誘枝，弗除誘荄，誘愈萌，人愈縶醜〔註239〕。時汝困誘，可訊〔註240〕哲士，以勝善術。有苦誘者，汝詢〔註241〕，憐慰之，若欲人待己焉。

　　人志易變難定，叢誘由是，盍眹舟哉？無舵隨飄，汝昕夕意移，魔乃敢近投誘。然勿訝主許也，火試鐵，誘試善，居平艱知人德〔註242〕，誘抵方顯。

　　勿輕始誘，魔歂〔註243〕即杜，未入勝易，既〔註244〕進敵難。古賢曰：甫疾易藥，膏肓難療。魔誘有序，初微叩，次頻擊，又次人喜願行，後遂魔入。勿忽微誘，始愈寬，力愈弱，魔愈悍也。

　　德士受誘雖恒，受之有殊。一始受，一終受，一受重，一受輕，一畢世無寧，僉主命也。宗徒保祿〔註245〕云：主執權度稱吾力，依力容誘，**增**〔註246〕人善功。

　　誘時宜謙禱，望主必增寵伸起之〔註247〕，無外患內誘，專德曷奇？內外

〔註231〕問誘何裨　湯、馬、姚三本作「問：誘何裨」。

〔註232〕湯、便、馬、姚四本皆作「途」。

〔註233〕姚本作「視」，下同。

〔註234〕修院雖聖士，即闔窗竄入嚴洞，雖幽士，即深居簡出　湯本、馬本作「修院雖聖，士即闔窻竄入；嚴洞雖幽，士即深居簡出」，便覽本、姚本作「修院雖聖，士即闔窻邃入；嚴洞雖幽，士即深居簡出」。

〔註235〕湯本、馬本作「強」。

〔註236〕惟忍惟謙惟祈　湯、馬、姚三本作「惟忍，惟謙，惟祈」。

〔註237〕湯、便、馬、姚四本皆作「算」，下同。

〔註238〕便覽本作「研」。

〔註239〕湯本、馬本作「丑」，下文一律錄入為「丑」。

〔註240〕湯、便、馬、姚四本皆作「詢」。

〔註241〕有苦誘者，汝詢　湯、便、馬、姚四本皆中無標點。

〔註242〕居平艱知人德　湯、馬、姚三本「居平」後有標點。

〔註243〕湯、便、馬、姚四本皆作「敵」。

〔註244〕湯、馬、姚三本作「**旣**」，便覽本作「**旣**」，下文一律錄入為「既」。

〔註245〕湯、便、馬、姚四本皆作「祿」，下文一律錄入為「祿」。

〔註246〕湯、便、馬、姚四本皆作「**增**」，下文一律錄入為「增」。

〔註247〕誘時宜謙禱，望主必增寵伸起之　湯本、馬本作「誘時宜謙禱望主，必增寵伸起之」，便覽本、姚本作「誘時宜謙禱望，主必增寵伸起之」。

疊〔註248〕苦，忻迓耐承，速進修域，正道哉。

吾友倘有重誘易勝，有輕易負〔註249〕，宜謙藐己，勝重，感主可也〔註250〕。

勿輕察人（一卷十四章）

吾友察己，奚必察人？察人務幻，差招尤。察己善工也。噫！私意偏〔註251〕愛，吾罪窒吾悟光，察人率謬。但吾行時，特求聖意。人雖吾拂，勿訝〔註252〕，恒存心平，杜競〔註253〕倪也。

奈或內冥，或外態，隱牽吾情，迷然曰〔註254〕：吾意實正，而實偏也。惟有時，人從吾意，心廼〔註255〕逸〔註256〕寧。偶乖刺〔註257〕心，遂恨難合，惜哉，俗人之罪〔註258〕。修士之失，槩〔註259〕由于弗協也。噫！人卸惡習，遇迕能伏，胥難矣〔註260〕。

宜知人，勿舍己〔註261〕，弗體聖意，皆郤〔註262〕主神光。主待吾愛之，俟吾伏意，乃即吾盼〔註263〕也。

愛德益行（一卷十五章）

為愛物愛友而迕主，謬矣！為益人身靈，暫斷善工，不謂之斷，謂之繼增善行也。

〔註248〕便覽本作「疊」，下文一律錄入為「疊」。
〔註249〕湯、便、馬三本作「負」，下文一律錄入為「負」。
〔註250〕勝重，感主可也 湯、便、馬、姚四本皆中無標點。
〔註251〕湯、便、馬、姚四本皆作「偏」，下文一律錄入為「偏」。
〔註252〕人雖吾拂，勿訝 便覽本中無標點。
〔註253〕杜競 湯、姚三本作「杜競」，馬本作「杜競」。
〔註254〕或外態，隱牽吾情，迷然曰 湯、便、馬、姚四本皆作「或外態隱牽，吾情迷然曰」。
〔註255〕湯、便、馬、姚四本皆作「乃」。
〔註256〕湯本、馬本作「逸」，便覽本、姚本作「逸」，下文一律錄入為「逸」。
〔註257〕便覽本、姚本作「刺」。
〔註258〕惜哉，俗人之罪 馬、姚三本中無標點。
〔註259〕湯、便、馬、姚四本皆作「槩」。
〔註260〕遇迕能伏，胥難矣 湯、馬、姚三本中無標點。
〔註261〕宜知人，勿舍己 湯、便、馬、姚四本皆中無標點。
〔註262〕便覽本作「却」，下同。
〔註263〕便覽本、姚本作「盼」。

行非愛扶，悉濘〔註264〕諸地，愛存，弗論寧〔註265〕多纖巨，僉裨承報。主先察意，次稽行，友謹勿急私緩公，可審汝意。

有人行云：率為愛主。實為愛己，蓋私僻望報等情隱內，敗行焉〔註266〕，愛主惟顧聖意，勿恤私干譽，究主榮光，冀主自知足矣〔註267〕。迺〔註268〕畧〔註269〕肖神聖，時立善行，功歸於主，特〔註270〕主其寧也。

猗〔註271〕與愛德，人獲熱〔註272〕愛一星，則眹譽皆輕，觀世若虛。

恕數（一卷十六章）

汝昆有偏難正〔註273〕，可耐恕，祈主賜改，主容彼數，欲探汝恕，曷求主報？祈祐劻〔註274〕弱，獲寬恕也。汝友墜，再三可諍扶之〔註275〕，勿與爭，彼數宜恕，猶汝望恕。

奈莫匡己逆〔註276〕，欲人己順，人干，汝責之〔註277〕，汝違，逌責，人求，汝弗許，汝求，冀人速諾，欲人緊拘，汝欲寬縱，茲皆咈理之欲，罔愛之徵，設僉作聖順汝，汝恕德空賽。

主欲人我交恕，重任交荷，斯則互通功。噫！孰無差忒哉？無〔註278〕荷重任，而無需人扶哉？則不胥互慰，可乎？誘罔損德，指德健或劣也。

〔註264〕湯、馬、姚三本作「濘」，便覽本作「濘」，下文一律錄入為「濘」。

〔註265〕湯、便、馬、姚四本皆作「寡」。

〔註266〕蓋私僻望報等情隱內，敗行焉　湯本作「蓋私僻望報等情，隱內敗行焉」，便覽本、馬本、姚本作「蓋私僻望報等情，隱內敗，行焉」。

〔註267〕究主榮光，冀主自知足矣　湯本作「究主榮光，冀主自已足矣」，便覽本作「究主榮光，冀主，自己足矣」，馬本作「究主榮光冀主自已足矣」，姚本作「究主榮光，冀主自己足矣」。

〔註268〕便覽本、姚本作「迺」。

〔註269〕湯本、馬本作「略」。

〔註270〕湯、便、馬、姚四本皆作「恃」。

〔註271〕湯、便、馬、姚四本皆作「猗」，下文一律錄入為「猗」。

〔註272〕湯、馬、姚三本作「熱」，下文一律錄入為「熱」。

〔註273〕汝昆有偏難正　湯本作「汝昆有偏雖正」，馬本、姚本作「汝，昆有偏難正」。

〔註274〕便覽本、姚本作「劻」，下同。

〔註275〕汝友墜，再三可諍扶之　湯本、馬本作「汝友墜再三，可諍扶之」，便覽本、姚本作「汝友墜再三，可諍扶之」。

〔註276〕奈莫匡己逆　湯本、馬本作「奈，莫匡已逆」，姚本作「奈，莫匡己逆」。

〔註277〕人干，汝責之　便覽本中無標點，馬本、姚本作「人于，汝責之」。

〔註278〕湯、便、馬、姚四本皆作「孰」。

修士神工（一卷十七章）

友欲諧衆，須實己協衆，勿傷乃心，孔德徵也，士始終是祉哉。

視己若旅，世損益毋郵〔註279〕，斯乃坦直〔註280〕修途。外服道衣，匪內修，奚益〔註281〕？卸衰事主，習靜裨靈，修始真，交修侶〔註282〕，欲存心寧，輕己重人，其善法哉。

反，曷進修〔註283〕，欲暇遣日，欲菰同儕耶。耐辱恕數，斯厥職也，堂乃〔註284〕試德窒〔註285〕，傲而忘謙，奚堪試之？

師法先聖（一卷十八章）

先聖之行，吾鑒也。吾行，較彼若無，吾生，擬彼若虛〔註286〕。

彼，時彷主，淡餐耐冷〔註287〕，裸跣，晝夜默〔註288〕道，患至挺迕無斁。如宗徒者，如致命者，如童修者，僉輕暫重永。

試觀隱修劇苦，魔誘之，嚴齋默道，慕來善，忘徃〔註289〕績，昕勞身，夕毓靈，外務不輟靈工，長時視如隙駒。苦為伏身，默為育靈〔註290〕，節用貲生，棄財遺爵〔註291〕，謝世離親棄友〔註292〕，世物不牽。外乏而內豐，遐世以邇主，自眄若小，主眄之若大，心謙甘恕，互愛順長，善漸積而德日新〔註293〕。

吾眄厥勵，囬顧衆惰〔註294〕。

〔註279〕視己若旅，世損益毋郵　湯、便、馬、姚四本皆作「視己若旅世，損益毋郵」。
〔註280〕湯本、馬本作「直」，便覽本、姚本作「直」。
〔註281〕匪內修，奚益　姚本中無標點。
〔註282〕修始真，交修侶　湯、便、馬、姚四本「真」作「真」，下文一律錄入為「真」。湯、馬、姚三本中無標點。
〔註283〕反，曷進修　湯、便、馬、姚四本皆作「友曷進修」。
〔註284〕湯本、馬本、姚本作「迺」，便覽本作「迺」。
〔註285〕湯、馬、姚三本作「窒」，便覽本作「窘」。
〔註286〕吾行，較彼若無，吾生，擬彼若虛　湯本作「吾行較彼若無，吾生擬彼若虛」，便、馬姚三本作「吾，行較彼若無，吾生擬彼若虛」。
〔註287〕彼，時彷主，淡餐耐冷　湯、馬、姚三本作「彼時彷主，淡餐，耐冷」，便覽本作「彼時彷主，淡餐耐冷」。
〔註288〕姚本作「默」，下同。
〔註289〕湯、便、馬、姚四本皆作「往」，下同。
〔註290〕默為育靈　湯本、便覽本、馬本作「默，為育靈」，姚本作「默為育靈」。
〔註291〕棄財遺爵　湯本「棄財」後有標點。
〔註292〕謝世離親棄友　湯本作「謝世、離親、棄友」。
〔註293〕善漸積而德日新　湯、馬、姚三本「善漸積」後有標點。
〔註294〕湯、便、馬、姚四本皆作「惰」，下文一律錄入為「惰」。

嗟！諸聖會肇建，士偕默工罔絕，此師彼德，彼則此行，聞上命甘行之，德**踪**印世，固永也〔註295〕。嗟予靈劣，以遵十誡，為德微苦，當功甫迨遂止〔註296〕，昔靈尚熱，今心澹甚，友既覩修士多奇，宜寐耶寤耶？

善士宜勉恒進（一卷十九章）

友外有嘉名，內宜尤精，葢主視內，厥視允可畏，當師天神，純心，策怠若始進〔註297〕，視汝工，若自今甫興。對主曰：祐志扶工，徃工靡一存，善志宜先，善行從之，欲進德，先定志，志士時墜〔註298〕，矧懦輩。人斷初志，惟由厭倦，敗靈喪〔註299〕德，士勿全恃善志，厥志克成，由主祐，非由我勤。為益人身靈，暫息善工，續之則易，否則紹難，有礙汝進，先攻務勝，審外察內，彼此或裨或敗，吾靈弗能頻習，嘿工亦須日一行〔註300〕，或旦或暮，旦**監**〔註301〕善志，暮省言行思，或干主觸人〔註302〕，塞饕，魔誘罕至，衰情幸息，亦勿曠日，用興誦經繕書默道諸工，恒務裨人益己〔註303〕，但人力有殊，依量節行工，勿圖人知，勿勤于私，怠于公，公私咸偹〔註304〕，憑行善工毓靈，又人趣向有殊，或興默〔註305〕想，或樂祈禱，任厥意也，可復宜別期〔註306〕，平日誦某，禮日誦某，喜日憂日誦某〔註307〕，大瞻禮新志祈祐，是日

〔註295〕德**踪**印世，固永也　湯、馬、姚三本作「德踪印世固永也」，便覽本作「德蹤印世，固永也」。

〔註296〕以遵十誡，為德微苦，當功甫迨遂止　湯本、馬本、姚本作「以遵十誡為德，微苦當功，甫進遂止」，便覽本作「以遵十誡為德微苦當功，甫進遂止」。

〔註297〕當師天神，純心，策怠若始進　湯本、馬本、姚本作「當師天神，純心策怠，若始進」，便覽本作「當師天神純心，策怠若始進」。

〔註298〕湯本、馬本作「**墜**」。

〔註299〕湯、便、馬、姚四本皆作「喪」，下同。

〔註300〕彼此或裨或敗，吾靈弗能頻習，嘿工亦須日一行　湯本、馬本、姚本作「彼此或裨，或敗吾靈，弗能頻習嘿工，亦須日一行」，便覽本作「彼此或裨或敗吾靈，弗能頻習嘿工，亦須日一行」。

〔註301〕姚本作「竪」，下文一律錄入為「竪」。

〔註302〕或干主觸人　馬本、姚本「或干」後有標點。

〔註303〕用興誦經繕書嘿道諸工，恒務裨人益己　湯本、馬本作「用興誦經，繕書嘿道，諸工恒務，裨人益巳」，姚本作「用興誦經，繕書嘿道，諸工恒務，裨人益己」。

〔註304〕湯、便、馬三本作「偹」，姚本作「**偹**」。

〔註305〕湯、便、馬、姚四本皆作「嘿」。

〔註306〕任厥意也，可復宜別期　湯本作「任厥意也可，復宜別期」，便覽本作「任厥意也可，復宜**別**期」，馬本、姚本作「任厥意也可，復宜別期」。

〔註307〕喜日憂日誦某　湯、便、馬、姚四本皆作「憂日喜日誦某」。

視若終，將偕聖永享天樂。主倘〔註308〕未遽許，可云吾工尚〔註309〕虧〔註310〕，主暫俟牣，惟愈興加勤。聖史路嘉〔註311〕云：主臨擊扉，僕寤即啟，真毆人哉，主攜躋天膺祉。

厭囂忻默（一卷二十章）

覓便行工獲裨靈，謝主寵賜。誦書為益心〔註312〕，非為填心，禁口出訧詞，耳聆漂語，足遊嬉所，工廼〔註313〕裕。可法古聖之逖人觀主，**魯**〔註314〕聞修士曰：未交人前，眄吾如大，旋眄吾如小〔註315〕。訥不招訧易，喋不傷人難。處室勿馳易，出戶無沾〔註316〕難。欲保靈澳之善法，避囂默道，偕主孤居，習靜〔註317〕。雖出不虞散靈〔註318〕。緘默〔註319〕寡言，雖談不致傷道。修士無茨刺〔註320〕心。厥靈寧逸，嘗天樂味。但僑世樂安未全，樂時宜防來患，惜哉惡輩，厥樂虛空，心迷誕云我已足〔註321〕，吾友勿允。主倏訶之，遽敗厥謀。人行善工，勿云余曷慄？**緬**〔註322〕思多士，怙善以致墮，不欲偕墮，則惟勿偕怙。魔誘世患，丕益吾靈。善士不慕世樂，不覓俗務，特勤神工，神樂，心晏則至〔註323〕。世苦與真痛、真樂**直**〔註324〕價也。經旵人曰：輕世

〔註308〕湯、便、馬、姚四本皆作「**倘**」。
〔註309〕便覽本、姚本作「尚」。
〔註310〕可云吾工尚虧　湯本、馬本作「可云：吾工尚虧」，便覽本作「可云吾工尚虧」，姚本作「可云：吾工尚虧」。
〔註311〕湯、便、馬、姚四本皆作「加」。
〔註312〕覓便行工獲裨靈，謝主寵賜，誦書為益心　湯本作「覓便行工，獲裨靈，謝主寵賜誦書為益心」，便、馬、姚三本作「覓便行工，獲裨靈，謝主寵賜，誦書為益心」。
〔註313〕便覽本作「廼」。
〔註314〕湯、便、馬、姚四本皆作「曾」，下文一律錄入為「曾」。
〔註315〕眄吾如大，旋眄吾如小　便覽本作「視吾如大，旋眄吾如小」，姚本作「視吾如大，旋視吾如小」。
〔註316〕湯、便、馬、姚四本皆作「玷」。
〔註317〕避囂默道，偕主孤居，習靜　湯本作「避囂，嘿道，偕主，孤居，習靜」，便覽本作「避囂嘿道偕主，孤居習靜」，馬本、姚本作「避囂嘿道，偕主孤居習靜」。
〔註318〕雖出不虞散靈　湯、馬、姚三本「雖出」後有標點。
〔註319〕湯、便、馬、姚四本皆作「嘿」。
〔註320〕便覽本、姚本作「刺」。
〔註321〕心迷誕云我已足　湯、便、馬、姚四本「心迷誕云」後皆有標點。
〔註322〕湯、便、馬、姚四本皆作「緬」。
〔註323〕特勤神工，神樂，心晏則至　湯、馬、姚三本「神樂」後無標點。
〔註324〕湯、便、馬、姚四本皆作「值」。

審己,悔罪室中,獲所外失〔註325〕,習處出歸,視處如飴,非習出規,視處如餲。呇哉嘿工,啟晤〔註326〕晰理,導涕浣靈穢,締主如友,人世愈〔註327〕遐〔註328〕,上主天神愈邇。避人修己,愈于行呇,稀遊厭人,視己,修士令名也〔註329〕。友曷欲眣,弗宜獲耶?曷欲獲?攸濘汝心,阻靈憑騰耶?世物皆馳,人好遊,舒囂踰暋,舒愈障心若太空夕照晨晞〔註330〕,世樂始甘末苦,以致靈殞〔註331〕亦然。友出奚眣,室處無見耶?居室眣兩儀,眣四行萬有,何攸因以出?設一望,周覽萬有〔註332〕,夙願曷滿〔註333〕?汝望終虛,仰睥眣主,俯睥眣己,厥惟主釋,非俗人樂,覼世物〔註334〕,厥樂可諒,汝慕見主,時體之,迺〔註335〕己職也。入室習靜,延主居心。友迺〔註336〕始寧,外遊散靈,心平頓失,何怪之有?

祈主眞悔(一卷二十一章)

友欲覓德修,勿失聖驚〔註337〕,勿縱幻樂,宜節內外司,以求心悔,靈必獲靜。悔招德,縱失德。噫!人自視若囚罹魔呂〔註338〕,曷敢覓世樂?嗟予心昏,思訊宜恫,迺〔註339〕固忘之,癡矣哉!思主之善士,罔疢剌〔註340〕心,

---

〔註325〕輕世審己,悔罪室中,獲所外失 湯本、馬本作「輕世、審巳、悔罪,室中獲所外失」,便覽本作「輕世審己悔罪,室中獲所外失」,姚本作「輕世、審己、悔罪,室中獲所外失」。

〔註326〕湯、便、馬、姚四本皆作「悟」。

〔註327〕便覽本、姚本作「愈」,下同。

〔註328〕湯、便、馬、姚四本皆作「遐」,下文一律錄入為「遐」。

〔註329〕稀遊厭人,視己,修士令名也 便、馬、姚三本「稀遊厭人」後無標點。

〔註330〕人好遊,舒囂踰暋,舒愈障心若太空夕照晨晞 湯、便、馬、姚四本皆作「人好遊舒囂,踰暋舒愈障心,若太空夕照晨晞」。

〔註331〕湯、便、馬、姚四本皆作「殞」,下文一律錄入為「殞」。

〔註332〕設一望,周覽萬有 湯、便、馬、姚四本皆中無標點。

〔註333〕湯、便、馬、姚四本皆作「滿」,下文一律錄入為「滿」。

〔註334〕厥惟主釋,非俗人樂,覼世物 湯、便、馬、姚四本皆作「厥惟主釋非,俗人樂覼世物」。

〔註335〕便覽本作「迺」。

〔註336〕便覽本作「迺」。

〔註337〕湯、便、馬、姚四本皆作「畏」。

〔註338〕人自視若囚罹魔呂 湯本作「人自眣若囚,罹魔呂」,便覽本、姚本作「人自視若囚罹魔呂」,馬本作「人自眣若囚罹魔呂」。

〔註339〕便覽本作「迺」。

〔註340〕便覽本、姚本作「剌」。

恒晏渡生，頻享正樂，世營礙德，**杜**之祈悔〔註341〕，斯乃眞福。友尚毅攻惡習哉。凡習善，未幾可勝習惡〔註342〕，汝忻邇人，人寡親汝，工乃毋阻。世務于巳囷與〔註343〕，勿顧，貴人之業勿干〔註344〕，若理干，汝可〔註345〕，以善責友，可〔註346〕，但勿失序。責己先，責友次之，人寵勿憂〔註347〕，以弗滿巳職，巳職是憂〔註348〕，**缺**形樂毋憂〔註349〕，鮮神樂眞憂。問何無神樂〔註350〕？曰：勤覓形樂，怠求眞悔故也。可認罰〔註351〕，應汝罪〔註352〕，弗應神樂也。友克慟夙愆，世樂勿僅匪圖，反厭之〔註353〕，善人或思己，或念人，恒可痛哭，己及人無得免世苦〔註354〕，愈思世態苦，己痛哭愈盛〔註355〕，詎得樂耶？噫！吾罪與怠，俾〔註356〕靈濘地，弗許上騰，悔不亦宜乎？

恒憶死期，則必專〔註357〕改，思或煉苦，或永苦，則甘承世苦。若不思，肆不專改甘承，祈賜眞悔，偕達味聖王云：主錫恒泣罪，以涕為昕夕飲食〔註358〕。

〔註341〕世營礙德，**杜**之祈悔　湯本作「世營礙德，杜之祈悔」，便覽本作「世榮礙德，杜之祈悔」，馬本、姚本作「世營礙德杜之祈悔」。

〔註342〕凡習善，未幾可勝習惡　湯、便、馬、姚四本皆作「凡習善未幾，可勝惡習」。

〔註343〕世務于巳囷與　湯本作「世務於巳囷，與」，便、馬、姚三本作「世務於巳囷，與」。

〔註344〕馬本、姚本作「于」，下同。

〔註345〕若理干，汝可　湯本、便覽本中無標點，馬本、姚本作「若理于汝可」。

〔註346〕以善責友，可　湯、便、馬、姚四本皆中無標點。

〔註347〕人寵勿憂　湯、馬、姚三本作「弗得人寵，勿憂」，便覽本作「弗得人寵勿憂」。

〔註348〕以弗滿巳職，巳職是憂　湯本、馬本作「以弗滿巳職，是憂」，便覽本作「以弗滿巳職是憂」，姚本作「以弗滿巳職，是憂」。

〔註349〕**缺**形樂毋憂　湯本、馬本作「**缺**形樂，毋憂」，便覽本、姚本作「缺形樂，毋憂」。

〔註350〕問何無神樂　湯、馬、姚三本「問」後有標點。

〔註351〕湯、便、馬、姚四本皆作「罰」，下文一律錄入為「罰」。

〔註352〕可認罰，應汝罪　湯、便、馬、姚四本皆作「可認罰應汝罪」。

〔註353〕世樂勿僅匪圖，反厭之　馬本、姚本中無標點。

〔註354〕己及人無得免世苦　湯本、馬本作「己及人，無一得免世苦」，便覽本、姚本作「己及人無一得免世苦」。

〔註355〕愈思世態苦，己痛哭愈盛　湯本、馬本作「愈思世態，苦己痛哭愈盛」，便覽本作「愈思世態苦己，痛哭愈盛」，姚本作「愈思世態，苦己痛哭愈盛。」

〔註356〕便覽本、姚本作「俾」，下文一律錄入為「俾」。

〔註357〕湯、便、馬、姚四本皆作「耑」。

〔註358〕肆不專改甘承，祈賜眞悔，偕達味聖王云：主錫恒泣罪，以涕為昕夕飲食　湯本、便覽本作「肆不專改甘承，故恒息囷悔。內乏神力，身遇微苦，便如弗克勝，則宜祈賜眞悔，偕達味聖王云：主錫恒泣罪，以涕為昕夕飲食」，馬本、姚本作「肆不專改甘承，故恒息囷悔。內乏神力，身遇微苦，便如弗克勝，則宜祈賜眞悔，偕達味聖王云：主錫恒泣罪，以涕為昕夕飲食」。

僑世多艱（一卷二十二章）

友不向主，往東徂西，世苦莫釋，曷訝多忤之值，疇恒順哉，非吾非汝非世人也，疇囧咈哉，非帝非王非世人也。為主耐苦，苦雖重必輕〔註359〕，智矣哉。涼德者慕世榮，歉云：某富貴美安，何幸若茲？友毋惑茲，思以天榮與世光互較，此若煙飛招患，彼則貼適致寧。世福非取盈溢，惟取足貲生，善士彌嗜德味，彌冀速逝，獲脫世苦。蓋居世一日，弗免營生貲，則皆增苦，減〔註360〕安已，達味聖王謂主云：祈主免僕多需，人弗覺世態堪迻，戀世態尤堪迻〔註361〕，可訝多人，或苦營工，或蕩索食，冀永弗逝。天國囧勝迺〔註362〕心，斯輩逝期，啟睄覺戀斂虛〔註363〕。聖則異茲。不圖現安，特圖後榮〔註364〕。吾友乘時，勿失修望，勿延善工，迅宜浣舊更新，蓋惟〔註365〕苦時，功乃集，今心雖赴湯火可〔註366〕，後則躋天國靖樂，不戀勝情，奚獲勝冕？靈居身內，若居泥室，詎免多苦，奈何吾人既沾原罪而失寵〔註367〕，因失靈靜以召疵〔註368〕。法惟耐望苦〔註369〕，報迅致〔註370〕。嗟予劣甚，恒墮〔註371〕于下，茲痛解〔註372〕，翌迷冄〔註373〕犯，善志速起，踰晷忘志，可謙耶恃耶〔註374〕？慎勿怠荒，瞬怠，隕久功〔註375〕。

〔註359〕苦雖重必輕　馬本、姚本「苦雖重」後有標點。
〔註360〕湯、便、馬、姚四本皆作「減」，下同。
〔註361〕人弗覺世態堪迻，戀世態尤堪迻　湯、馬、姚三本作「人弗覺世態，堪憫；戀世態，尤堪憫」，便覽本作「人弗覺世態堪憫，戀世態尤堪憫」。
〔註362〕便覽本作「迺」。
〔註363〕斯輩逝期，啟睄覺戀斂虛　湯、馬、姚三本作「斯輩逝期啟睄，覺戀斂虛」，便覽本作「斯輩逝期啟睄，覺戀斂虛」。
〔註364〕便覽本作「營」。
〔註365〕湯、便、姚三本作「性」。
〔註366〕今心雖赴湯火可　湯、馬、姚三本作「今雖難赴湯火，可」，便覽本作「今雖難，赴湯火可」。
〔註367〕奈何吾人既沾原罪而失寵　湯、馬、姚三本作「奈何，吾人既沾原罪，而失寵」，便覽本作「奈何，吾人既沾原罪而失寵」。
〔註368〕因失靈靜以召疵　湯、馬、姚三本「因失靈靜」後有標點。
〔註369〕法惟耐望苦　湯、便、馬、姚四本皆作「法惟耐苦」。
〔註370〕報迅致　湯、便、馬、姚四本皆作「望報迅致也」。
〔註371〕湯本、馬本作「縶」，便覽本、姚本作「墜」。
〔註372〕茲痛解　湯、便、馬、姚四本皆作「茲痛而解」。
〔註373〕湯、便、馬、姚四本皆作「再」，下文一律錄入為「再」。
〔註374〕可謙耶恃耶　湯、便、馬、姚四本皆作「可謙耶？可恃耶」。
〔註375〕慎勿怠荒，瞬怠，隕久功　湯、馬、姚三本作「慎勿怠荒，瞬怠隕久功也」，便覽本作「慎勿怠荒，瞬怠隕久功也」。

嗚呼！始咎既多，終咎幾何？未竪寸功，侉功礽〔註376〕，惑哉！當即興工，若工方始，克則望進，克補夙訣〔註377〕，斯善修法〔註378〕。

恒憶死期（一卷二十三章）

死步促臨擊扉，盍辦迓哉〔註379〕？今夕方誇壯〔註380〕，翌朝俟死亡。甫離人日〔註381〕，即離人心，惜哉人迷，忘後戀前，吾友行工，當云是吾工之終〔註382〕，必宪〔註383〕訖。

善士雖死罔思，吾宜思死，尤宜思罪。今不預辦翌，翌恐勿迄〔註384〕。且未知主允爾來期〔註385〕，在時不用集善，反用積愆，生久〔註386〕奚裨？若于眾日中，獲一運神工，誠為厚幸，奈多矜己久事主〔註387〕，雖多閱年〔註388〕，善功無一可指，乃知宜思死，更宜思久生。

時思死期，勿怠而迎之，真祉人哉。友曾覩人死否？思彼前導，汝必踵後，晨覩日昇，慮或艱視厥沒，暮覩既沒，思或莫見厥昇，死期僉宜驚備〔註389〕，不則忽死者眾。

主警人曰：倘弗知吾扉于何更〔註390〕，更更宜俟。生時有惰，死時極恫徃生，德士趨善輕世，舍己從人，克邪耐苦，善死償厥善生。

〔註376〕侉功礽　湯、便、馬、姚四本皆作「自侉功礽」。
〔註377〕便覽本、姚本作「缺」，下文一律錄入為「缺」。
〔註378〕斯善修法　湯、便、馬、姚四本皆作「斯善修良法也」。
〔註379〕死步促臨擊扉，盍辦迓哉　馬本、姚本中無標點。
〔註380〕湯、便、馬、姚四本皆作「壯」，下文一律錄入為「壯」。
〔註381〕湯、便、馬、姚四本皆作「目」。
〔註382〕當云是吾工之終　湯、馬、姚三本作「當云：是吾工之終」。
〔註383〕湯、便、馬、姚四本皆作「完」。
〔註384〕今不預辦翌，翌恐勿迄　湯、便、馬、姚四本皆作「今不預辦，翌日恐勿迄」。
〔註385〕且未知主允爾來期　湯、馬、姚三本「且未知」後有標點。
〔註386〕湯、便、馬、姚四本皆作「久」，下文一律錄入為「久」。
〔註387〕奈多矜己久事主　湯本、馬本作「奈多矜己，久事主」，姚本作「奈多矜己，久事主」。
〔註388〕雖多閱年　湯、便、馬、姚四本皆作「雖閱多年」。
〔註389〕湯、便、馬三本作「備」，姚本作「備」，下文一律錄入為「備」。
〔註390〕倘弗知吾扉于何更　湯、馬、姚三本作「倘弗知，吾獻扉於何更」，便覽本作「倘弗知吾獻扉於何更」。

安康集功覺易〔註391〕，既疾豎續難膚，疾概望瘳改圖〔註392〕，既瘳，則仍前習〔註393〕，生時勿延善工，妄倚親朋，爾疾已忘汝，毋浪費，可集貲求生〔註394〕，死期既至，願主錫日改，安之主允與否？

生時思死辦迓〔註395〕，至則忻迎，生時視汝若已死，死時則獲甫生。生釋物絆，死則輕騰〔註396〕，生攻邪情〔註397〕，死承攻報。

茲時瞬暑靡定，望永年，欺矣，癡矣〔註398〕，冀死勿臨。奈死迅臨，負冀〔註399〕，恒聞某受刺〔註400〕死，某忽溺死，某高殞〔註401〕死，某宴瘻〔註402〕死，某覩〔註403〕奕顛倒死。眾終一死了局，眾生馳奔如影。今祈天聖為朋，欽而法之，靈往時，渠啟闇導進，棄世若旅，涕望旋鄉〔註404〕，圖享天祉〔註405〕。

時念判嚴罰永（一卷二十四章）

吾友行工，恒憶已終，若在主前受判，厥案無枉，靡賄靡托。

惜哉罪人，主既明灼汝罪，判責之時，怖悖捲舌，無可對語，視人有愠〔註406〕汝者，汝則思主義怒，盍悚判期苦甚〔註407〕，無救汝者，且各艱救己，

〔註391〕安康集功覺易　湯、馬、姚三本作「安康集功，覺易」，便覽本作「安康集功覺易」。
〔註392〕既疾豎續難膚，疾概望瘳改圖　湯、馬、姚三本作「既疾豎續難，膚疾，概望瘳改圖」，便覽本作「既疾豎續難，膚疾概望瘳改圖」
〔註393〕既瘳，則仍前習　湯、馬、姚三本作「既瘳，則膚前習」，便覽本作「既瘳則膚前習」。
〔註394〕爾疾已忘汝，毋浪費，可集貲求生　湯本作「爾疾，已忘，汝毋浪費，可集貲求生」，便覽本、姚本作「爾疾已忘，汝毋浪費，可集貲求生」，馬本作「爾疾已忘，汝毋浪費，可集貲求生」。
〔註395〕生時思死辦迓　湯、馬、姚三本「生時思死」後有標點。
〔註396〕湯、便、馬、姚四本皆作「勝」。
〔註397〕湯、馬、姚三本作「惰」。
〔註398〕欺矣，癡矣　湯、便、馬、姚四本皆中無標點。
〔註399〕奈死迅臨，負冀　湯、便、馬、姚四本皆中無標點。
〔註400〕便覽本、姚本作「刺」。
〔註401〕湯、便、馬、姚四本皆作「隕」。
〔註402〕湯、便、馬、姚四本皆作「瘦」。
〔註403〕湯、馬、姚三本作「睹」，便覽本作「賭」。
〔註404〕渠啟闇導進，棄世若旅，涕望旋鄉　湯、馬、姚三本作「渠啟闇闇導進，棄世若旅，涕望旋鄉」，便覽本作「渠啟闇闇導進，棄世若旅涕望旋鄉」。
〔註405〕圖享天祉　湯、便、馬、姚四本皆作「圖享天祉也」。
〔註406〕湯本、馬本作「愠」，姚本作「慍」，下文一律錄入為「愠」。
〔註407〕汝則思主義怒，盍悚判期苦甚　湯、便、馬、姚四本皆作「汝則思，主義怒盍悚？判期苦甚」。

生世〔註408〕涕泣滌汙，恫聲達主，以苦補之，靈光益也〔註409〕。

奇矣，耐士受侮，不惟不復〔註410〕，反施憐人害，不惟甘忍〔註411〕，且代祈加祐，或惇迕人，即和之，以仁為易，以忍為難，寓世克己補煉，無俟來世。哲〔註412〕哉。

何人之迷，愛軀忘靈，不思制抑厥心，盍念厥罪？皆永燄之薪，增罪猶增薪焉。獄苦每應人慾，炎錐刺〔註413〕怠胸，饑渴嚙饕腹，沸硫穢煙，燃奸媱〔註414〕肺〔註415〕腸〔註416〕，妬〔註417〕者屬吼，如狂熬〔註418〕不休。傲者見凌，悋者受窘〔註419〕，刑各罪符。

異哉，百年世苦〔註420〕，莫擬一晷獄苦。彼苦有息慰，此則皆無。今克悔痛，判臨不思，且與諸聖偕樂。

義人居世，惡侶藐之若狂，末日偕主審判，主揚厥徂苦，斯日神貧心謙，苦已樂道，敝衣陋處，忍耐聽命，輕財簡嘿，諸種種德，僉膺斐樂巨報。惡輩不然，報每反是。

承世暫苦，可免永苦。世苦輕且暫，汝猶不堪，後苦重以永，曷克堪之？今有樂，後必無之。今後兩世之樂，靡有兼者。設享世樂百年，死至悉散，特留罪罰，世務〔註421〕僉幻。

惟士愛主，審判冥獄，僉不思也。愛主坦途罔阻，若人負罪，併思判恐，

〔註408〕湯、便、馬、姚四本皆作「時」。

〔註409〕恫聲達主，以苦補之，靈光益也　湯本、便覽本作「恫聲達吾主，以苦補之，靈光益也」，馬本、姚本作「恫聲達吾主，以苦補之靈光益也」。

〔註410〕奇矣，耐士受侮，不惟不復　湯、馬、姚三本作「奇矣耐士，受侮，不惟不復」，便覽本作「奇矣耐士，受侮不惟不復」。

〔註411〕反施憐人害，不惟甘忍　湯、馬、姚三本作「反施憐，人害，不惟甘忍」，便覽本作「反施憐，人害不惟甘忍」。

〔註412〕湯、便、馬、姚四本皆作「哲」。

〔註413〕便覽本、姚本作「剌」。

〔註414〕湯、馬、姚三本作「淫」，便覽本作「淊」。

〔註415〕湯、便、馬、姚四本皆作「肺」。

〔註416〕湯、便、馬、姚四本皆作「腸」。

〔註417〕湯本、馬本作「姤」，便覽本、姚本作「妬」。

〔註418〕湯、便、馬、姚四本皆作「獒」。

〔註419〕湯、便、馬、姚四本皆作「窘」。

〔註420〕異哉，百年世苦　湯、便、馬、姚四本皆中無標點。

〔註421〕湯、便、馬、姚四本皆作「物」。

苦曷足訝〔註422〕？雖無聖愛勵〔註423〕善，須有聖畏免愆，人無聖畏，夙善難存，魔誘難脫。

勤新更舊（一卷二十五章）

　　醒矣事主。醒矣黽黽，問汝欲進修何〔註424〕？進時悉棄世何？必將應曰：欲專事主圖進。汝此意允嘉哉！然必勵進，苦暫報永，憂速止，樂靡已。若汝忠急事主，主則裕厚汝報也。

　　攻情可望取勝，既勝，勿云情已足，免予攻〔註425〕，斯言致傲，招怠墜〔註426〕功，勿究來情，睇下善機裨靈，速　〔註427〕以從事，修乃疾至。昔有士心撼，跪主前歎〔註428〕曰：來行莫定〔註429〕，祈諭晏〔註430〕心。忽聞聲曰：知來奚益，善用現時足矣。時乃心平圖進也〔註431〕。達味聖王云：望主聖祐，速即興事，靈遂甚〔註432〕盛。

　　噫！眜想迷迢崎，多至憚攻而駐足〔註433〕，盍思心彌勵〔註434〕，功彌　〔註435〕歟？惟人情殊哉。一衰多而難正，一僻少而易勝。然彼勤，正此惰，勝績則孔異〔註436〕。

〔註422〕併思判恐，苦曷足訝　湯、便、馬、姚四本皆作「併思判恐苦，曷足訝」。
〔註423〕湯、便、馬三本皆作「勵」，下文一律錄入為「勵」。
〔註424〕醒矣黽黽，問汝欲進修何　湯本、便覽本、姚本作「醒矣黽黽，問汝欲進修何」，馬本作「醒矣黽黽問汝欲進修何」。
〔註425〕既勝，勿云情已足，免予攻　湯本作「既勝勿云情已，足免於攻」，便覽本作「既勝，勿云情已足，免於攻」，馬本作「既勝勿云，情已足，免於攻」，姚本作「既勝勿云，情已足，免於攻」。
〔註426〕湯本、馬本作「墜」，便覽本、姚本作「隳」。
〔註427〕湯、便、馬、姚四本皆作「乘」。
〔註428〕便覽本作「歎」。
〔註429〕來行莫定　湯、馬、姚三本作「來，行莫定」。
〔註430〕湯、便、馬、姚四本皆作「宴」。
〔註431〕時乃心平圖進也　湯本、馬本「時乃心平」後有標點，姚本「時乃心」後有標點。
〔註432〕湯、便、馬、姚四本皆作「豐」。
〔註433〕眜想迷迢崎，多至憚攻而駐足　湯本、便覽本作「眜想途迢崎多，至憚攻而駐足」，馬本作「眜想途迢崎多至憚攻而駐足」，姚本作「視想途迢崎多至憚攻而駐足」。
〔註434〕湯、便、姚三本作「勵」，下同。
〔註435〕湯、便、馬、姚四本皆作「隆」，下文一律錄入為「隆」。
〔註436〕然彼勤，正此惰，勝績則孔異　湯、便、馬、姚四本皆作「然彼勤正，此情勝，績則孔異」。

忻進要功有二：去阻一，行善一。汝友行可責〔註437〕，汝勿傚之，有時惧效，則速改。惟法友善行〔註438〕，有朋勵汝進善，斯可愛者朋。否則可厭朋〔註439〕。

汝伺人之行〔註440〕，人亦伺汝，尚戒旆〔註441〕，惟對主苦像，察己，瞻主苦〔註442〕，則赧則懋〔註443〕，則圖新。奇矣，憶主行奇〔註444〕！詎俟蒐覽他奇。修士師主，弗勞〔註445〕，超智〔註446〕倐至。

勤惰兩士大殊。彼值患忻迓〔註447〕，輕之若易，此無神樂，視易猶難。內苦外憂，莫獲平寧。遊外覓解愈結〔註448〕，哀哉！心不務制，隙必邇也，懋怠當法修士，孤居簡出，糲食韜衣，多行寡言，鮮寐勤誦，默禱〔註449〕，不忍刻擲，思彼盍去己惰〔註450〕，盍自策焉？

吾生時得免度生多貲，詎非至覵？奈今僅有奉身之具〔註451〕，猶罕嗜主樂，若厭世樂，主樂即至，物不恢心，順逆惟洽聖意。

宜思四終，時逝莫返，諸德勤成，衆善怠敗〔註452〕，勤生安，怠招危，主寵勤士，因有主庇，視難如易，德苦如飴，身劬莫疑，克己輕試，不克漸隙于重〔註453〕。

晝時善功，夜則晏息，可懋責己，勿遺己責人，汝功惟由汝勤。

〔註437〕汝友行可責　湯、便、馬、姚四本「汝友」後皆有標點。
〔註438〕惟法友善行　湯、便、馬、姚四本「惟法友善」後皆有標點。
〔註439〕否則可厭朋　湯、馬、姚三本「否」後有標點。
〔註440〕汝伺人之行　湯、便、馬、姚四本「汝伺人之」後皆有標點。
〔註441〕湯、馬、姚三本皆作「旍」，下同。
〔註442〕惟對主苦像，察己，瞻主苦　湯本、馬本作「惟對主苦像察己，瞻主苦」，便覽本作「惟對主苦像察己，瞻主苦」，姚本作「惟對主苦像察己，瞻主苦」。
〔註443〕則赧則懋　湯、便、馬、姚四本「則赧」後皆有標點。
〔註444〕奇矣，憶主行奇　湯、便、馬、姚四本皆作「奇矣憶主，行奇」。
〔註445〕修士師主，弗勞　湯、便、馬、姚四本皆中無標點。
〔註446〕湯、便、馬、姚四本皆作「知」。
〔註447〕彼值患忻迓　湯、馬、姚三本「彼值患」後有標點。
〔註448〕遊外覓解愈結　湯、馬、姚三本「遊外覓解」後有標點。
〔註449〕鮮寐勤誦，默禱　湯、便、馬、姚四本皆作「鮮寐勤誦，嘿禱」。
〔註450〕思彼盍去己惰　湯本、馬本作「思彼，盍去己惰」，便覽本作「思彼盍去己惰」，姚本作「思彼，盍去己惰」。
〔註451〕奈今僅有奉身之具　湯本、便覽本作「奈今僅有奉身之具」，馬本作「奈，今僅有奉身之具」，姚本作「奈，今僅有奉身之具」。
〔註452〕衆善怠敗　湯、便、馬三本作「衆善以怠敗」，姚本作「眾善以怠敗」。
〔註453〕身劬莫疑，克己輕試，不克漸隙于重　湯本、馬本作「身劬莫擬克己，輕試不克，漸隙於重」，便覽本作「身劬莫擬克己，輕試不克，漸隙於重」，姚本作「身劬莫擬克己，輕試不克，漸隙於重」。

輕世金書卷之二目錄〔註454〕（凡十二章）

善士習翫締主

以謙耐欺

和己洽人

行預定趣

思本性劣

靈淨恒愉

愛主物上

締主如友

僑世苦樂遁〔註455〕遷

感主諸恩

忻荷聖架者稀

聖架隮天孔道

　共計一十二章〔註456〕

輕世金書卷二（凡一十二章）

西極耶穌會士陽瑪諾譯　甬上門人朱宗元訂

善士習翫締主（二卷一章）

主曰：善靈吾天國也。善士遺世向主，輕外重內，天國迅屆。問天國者何〔註457〕？曰：心坦神愉是，俗儔咸無，勳理靈宇，為主潔宸，則主進偕處，互締同議，若朋斐暢。

又曰〔註458〕：愛予必遵予命，父予偕住厥心，善士可啟導進，闔禁物入。靈貯吾主，斯靈豐幸。主供貲不匱，詎索外貲。

人情猶豫，屬劣屬隕，順不必忻，逆不必戚，茲順翌忽逆，今逆翌或順，

〔註454〕輕世金書卷之二目錄　湯本、馬本作「輕世金書卷二目錄」，便覽本作「輕世金書便覽卷之二目錄」，姚本作「卷二」，且放置於全書正文前的「輕世金書目錄」中。

〔註455〕湯、馬、姚三本作「遁」，下文一律錄入為「遁」。

〔註456〕湯、便、馬、姚四本皆無此句。

〔註457〕問天國者何　湯、馬、姚三本「問」後有標點。

〔註458〕又曰　湯、便、馬、姚四本皆作「主又曰」。

攸向飆風靡定，主愛終始定且一，當以望以愛以驚〔註459〕，賑貰裨靈。雪汝僇，其務也。

友徂此徂彼，際己若旅，世境非汝本鄉〔註460〕，眂物急沂〔註461〕，勿戀兔潣，天國乃汝永安道，惟愛望怗主。

嘿〔註462〕道時，矁徹奧旨，入主五傷，化苦為甘〔註463〕，辱變為榮，憶昔主寓世時〔註464〕，嘗〔註465〕窘受辱，宗徒思，咸遚〔註466〕，汝僉欲順意，曷理〔註467〕？不耐窘辱，安冀福冕，詎主友哉？偕苦容侮，乃偕享天國，幸得進主歛心，獲沾厥愛之滴，則逢〔註468〕順匪忻，遭逆反喜，能愛主克己，靈必輴翻，透天奧情。

士以準尋尺衡世，輕俗尋尺，主厥師也。斯士縱務治外，易謝入心，寄〔註469〕身于物，心弗許潯，物更而心靡遷，物隨重輕，務隨節也。

心愈羈物，靈愈紛，心愈圖潷〔註470〕，物莫損淨，反益之。友罔禦僻情，曷訝叢邪恢心哉？世物黏心甚，惟偏愛黏心尤甚，甫謝之〔註471〕，悟明神怡頓至。

以謙耐欺（二卷二章）

友值譽勿喜，遘毀勿憂，勿慮羣議，時望聖祐〔註472〕，行時正志，倘主汝祐，孰克汝妨，以耐承凌〔註473〕，不急白之。主俟便時代白，延待時宜，翕聖命可。

〔註459〕當以望以愛以驚　湯、馬、姚三本作「當以望、以愛、以驚」。
〔註460〕湯、便、馬、姚四本皆作「鄉」。
〔註461〕湯、馬、姚三本作「沂」。
〔註462〕湯、便、馬、姚四本皆作「嘿」。
〔註463〕化苦為甘　湯、便、馬、姚四本皆作「苦化爲甘」。
〔註464〕辱變為榮，憶昔主寓世時　馬本中無標點。
〔註465〕湯、便、馬、姚四本皆作「常」。
〔註466〕宗徒思，咸遚　湯、便、馬、姚四本皆中無標點，姚本「思」作「懼」，下同。
〔註467〕汝僉欲順意，曷理　便、馬、姚三本中無標點。
〔註468〕湯、便、馬、姚四本皆作「逢」。
〔註469〕湯、便、馬、姚四本皆作「寄」。
〔註470〕湯、便、馬、姚四本皆作「潷」。
〔註471〕甫謝之　湯、便、馬、姚四本皆作「甫謝絕之」。
〔註472〕時望聖祐　湯、馬、姚三本作「特祈聖祐」，便覽本作「特求聖祐」。
〔註473〕便覽本作「陵」。

汝**仇**〔註474〕訊汝，自責本訊，以謙承之，仇心頓平，訊易釋也。

猗矣謙士，己卑而主尊之，自惡而主愛之，不圖世樂，主怡厥心，世遐而主邇，自抑而主揚，主則〔註475〕譖之，受辱而忻心乃安，主不瀌世，若羞謙〔註476〕，耻〔註477〕下伏于衆，厥德咸虛。

和己洽人（二卷三章）

先和于己，則易和于人，洞理，裨人同，協尤，裨人不抑，邪正內見，人善〔註478〕，反責之如惡，聽讒易孚，難翕〔註479〕。

夫不合己，奚克合人？善士洽人恕衆，擬人以諒，勿擬以訊，有昆獲戾，云或不知，眹惡猶善，減衆愿，增厥德。

惡輩不偕于人，任口出語，觸叱人事，忘己惡德，善士殊是，首務善己，次務善世，惡侶行醜，乃多計以文，人訝，則多方以餙，意人不允，則責罔休，惑哉。

友寧責己恕人〔註480〕，汝恕，人亦汝恕，人亦汝恕〔註481〕，僉真愛之驗，否則攸云愛虛，締洽良朋曷有奇？雖罪儔，僉能交，予否而恕數〔註482〕，內存愛，外全睦，德乃足稱。

羣情不一。一和己和人，一己和求人和，一咸無之。斯輩恒困人，實益恒困己。厥心罔寧，其故也，惟善士心坦，非由罔逆，由耐逆，耐愈溥，坦愈擴，茲士勝己，乃世之王，天主友〔註483〕，天國賓〔註484〕。

〔註474〕便覽本、姚本作「仇」，下文一律錄入為「仇」。

〔註475〕湯、便、馬、姚四本皆作「訓」。

〔註476〕受辱而忻心乃安，主不瀌世，若羞謙　湯本、便覽本作「受辱而忻，心乃安主，不瀌世，若羞謙」，馬本、姚本作「受辱而忻，心乃安主，不瀌世若羞謙」。

〔註477〕湯、便、馬、姚四本皆作「耻」。

〔註478〕洞理，裨人同，協尤，裨人不抑，邪正內見，人善　湯、便、馬、姚四本皆作「洞理裨人，同協尤裨人，不抑邪正內，見人善」。

〔註479〕聽讒易孚，難翕　湯、馬、姚三本中無標點，便覽本作「聽讒，易孚難翕」。

〔註480〕惑哉，友寧責己恕人　湯本作「惑哉友，寧責己恕人」，馬本、姚本中無標點。

〔註481〕人亦汝恕　湯、便、馬、姚四本皆作「人已交恕」。

〔註482〕締洽良朋曷有奇？雖罪儔，僉能交，予否而恕數　湯本作「締洽良朋，曷有奇？雖罪儔，僉能交予，否而恕數」，便覽本作「締洽良朋，曷有奇？雖罪儔僉能交予，否而恕數」，馬本、姚本作「締洽良朋，曷有奇雖罪儔，僉能交予，否而恕數」。

〔註483〕天主友　湯、便、馬、姚四本皆作「天主之友」。

〔註484〕天國賓　湯、便、馬三本作「天國之賓」，姚本作「天國之賓」。

行預定趣（二卷四章）

欲離下騰上〔註485〕，其須両〔註486〕翼乎？樸翼一，純翼一，樸端志，純制情，樸圖覓主，純懷享主，人卸己私，惟愛主禆人。厥德咸純，外物罔震，內恒寧。

友克若茲，世物鉅細，悉乃鑒〔註487〕乃書，矚知天主至善，純士之知，物莫礙，反益其知，猗兮士心，仰徹天樂，俯覷獄苦，憑上下罔阻也。

善士之心，擬俗人心〔註488〕，弗肖甚，彼享眞忻。此當眞苦，奚足喻哉？噫！鐵投火以除鎬〔註489〕，烈心趣主如炎，燼舊更新。冷心者，惟圖世樂，悟〔註490〕纖苦卻步，薰心，攖患急迓〔註491〕，不嫌厥勮〔註492〕。

思本性劣（二卷五章）

主祐不恒，勿怙己力。吾靈輝耿耳，怠且耗光，行咎諒之，行醜文之，視人罪責之曰〔註493〕：冀厥改正，實冀恣己恨也，譏人纖訧，宥己巨慝，恒云難恕多數〔註494〕。盍思更有多數可恕〔註495〕。

苟詳審己，奚暇察人？毋敢輕宣人皋，研稽厥行，惟圖善己。人弗省己恕人，莫能精進潛德，士必務內外雙淨〔註496〕，物則靡搖，友靈遊散，不居己內，曷往哉？觀物遺己，亦何禆哉？存心寧之上法，惟顧己忘世，必輕世〔註497〕。重己必隕，攸集德物，有導汝進者重之〔註498〕，餘寘輕之。

〔註485〕欲離下騰上　湯、便、馬、姚四本皆作「欲離下騰上者」。
〔註486〕湯、便、馬、姚四本皆作「兩」，下文一律錄入為「兩」。
〔註487〕湯、便、馬、姚四本皆作「鑑」，下文一律錄入為「鑑」。
〔註488〕擬俗人心　湯、便、馬、姚四本皆作「擬俗人之心」。
〔註489〕鐵投火以除鎬　湯本、便覽本作「鐵投入火以除鎬」，馬本、姚本作「鐵投入火，以除鎬」。
〔註490〕湯、便、馬、姚四本皆作「晤」。
〔註491〕薰心，攖患急迓　湯、便、馬、姚四本皆中無標點。
〔註492〕湯、便、馬、姚四本皆作「劇」，下同。
〔註493〕視人罪責之曰　湯、便、馬、姚四本皆作「視人罪責之，曰」。
〔註494〕恒云難恕多數　湯、馬、姚三本「恒云」後有標點。
〔註495〕盍思更有多數可恕　湯、馬、姚三本「盍思」後有標點。
〔註496〕莫能精進潛德，士必務內外雙淨　湯、馬、姚三本作「莫能精進，潛德士，必務內外雙淨」，便覽本作「莫能精進，潛德士必務內外雙淨」。
〔註497〕惟顧己忘世，必輕世　湯本、便覽本作「惟顧己，忘之必輕世」，馬本、姚本作「惟顧己，忘之，必輕世」。
〔註498〕重己必隕，攸集德物，有導汝進者重之　湯、馬、姚三本作「重己必隕攸集德，物有導汝進者重之」，便覽本作「重必隕攸集德，物有導汝進者重之」。

異哉！巍巍罔匹惟主，無終始惟主，莫圍惟主，牣萬有惟主，慰樂靈心惟主。

靈淨恒愉（二卷六章）

淨心，善士眞証也〔註499〕。心淨時樂，世忤勿減厥樂，惡人若沸海，詎獲嘗眞樂。無罪刺〔註500〕心，夜息恒忻。

友莫〔註501〕善樂，勿羨他樂。俗侶樂幻，猶昧曰心寧，罔物減之，友勿信旃〔註502〕，惟信主攸諭云：惡輩贋〔註503〕寧。義怒倏〔註504〕臨，攸謀皆煙颭，厥寧頓滅〔註505〕。

愛主善士，則特殊此，忻荷聖架，樂承世患，厭圖世權。嗟世樂悉謬〔註506〕，甫得遽失，貽苦茨罪人胸，善樂勿由衆譽，由衷恒安，由主眞實，而厭世偽〔註507〕虛。

俗乃重此輕彼，吁！士勿圖人譽，勿恤人毀，斯恒享靈平，人譽不增聖，人毀不減善，主知其實，曷恤之有？人視外行，主覩內蘊，善行毋誇，謙德之驗，不圖世睱，純心之証，不覓揚善，務內怗主，精德之符。

愛主物上（二卷七章）

專心愛主，輕己主，芟世毒荄，培愛主嘉木，純猳人也。愛主宜純，無偏愛以雜之。

噫！人愛葦脆易移〔註508〕，倚〔註509〕必偃。主愛凝定，怗恒竪〔註510〕，贋矣俗友，患觸即逑，忠哉天主，苦極〔註511〕彌迤，不忍棄攸愛人。人或生與死，未免失友，生死愛主，無虞失之。

〔註499〕淨心，善士眞証也 馬本、姚本中無標點。
〔註500〕姚本作「剌」。
〔註501〕湯、便、馬、姚四本皆作「冀」。
〔註502〕湯、馬、姚三本作「旆」。
〔註503〕便覽本作「贋」，馬本、姚本作「贗」，下文一律錄入為「贋」。
〔註504〕湯、馬、姚三本作「倏」。
〔註505〕湯、便、馬、姚四本皆作「滅」，下文一律錄入為「滅」。
〔註506〕嗟世樂悉謬 湯、便、馬、姚四本勵後皆有標點。
〔註507〕湯、便、馬、姚四本皆作「偽」，下同。
〔註508〕噫！人愛葦脆易移 馬本、姚本「噫」後無標點。
〔註509〕湯、便、馬、姚四本皆作「依」。
〔註510〕主愛凝定，怗恒竪 湯本「主愛凝定」後無標點。
〔註511〕湯、便、馬、姚四本皆作「劇」。

問愛主善則何〔註512〕？曰：蕩心物愛，延主至靈，若帝御〔註513〕宸，主則臨而歡居。愛世輕主，愛虛謬哉，勿倚望人，人如朝榮夕萎花，倚望難矣。

純愛主益德，偏愛人損德，僻愛己敗德，私愛物，妨靈非淺，私愛身，害靈尤深。

締主如友（二卷八章）

主臨，難化為易；主離，易變為難。主嘿，樂偽〔註514〕，主諭，喜眞〔註515〕。經記辣襍〔註516〕病殂，厥妹瑪利瘖楚，主臨慰之，乃姊瑪大喻曰：主來呼汝〔註517〕，渠即揩泪〔註518〕忻迓，則知主臨時，苦即轉為樂也。

靈無主則槁，不覓之則癡。喪萬有少損，亡主大失。勤物緩主，厥勤虛，人無主，若在苦獄；有主，若居天國。主臨祐庇，孰敢肆害？蓋主乃珍帑，得之則豐，失之則匱。藝學締主，踰世萬藝；知締主，越世萬知。

友欲知獲主善計乎？曰：內謙外良，得主上則，愛覓世樂，失主徑路。

噫！人孑無朋，渡生難堪，不覓吾主為善朋，覓世偽友，愚何甚？失萬物可，失一主叵；愛人為主可，愛主為主尤可。惟愛主親人，乃著情允。勿覓汝偏愛人，勿圖人偏愛汝，為主無耦，惟專愛之。

靈有主祐易荷衆艱。倘主乍遜，靈倦乏力〔註519〕，魔至投誘若鞭，苦時勿棄己，望主臨慰，蓋寒往暑來，夜去晝至，雲徹天淨。

僑世苦樂遞〔註520〕遷（二卷九章）

士有神樂而輕形樂〔註521〕，曷〔註522〕之〔註523〕奇哉？並無神樂，謙順

〔註512〕問愛主善則何　湯、馬、姚三本「問」後有標點。
〔註513〕湯、便、馬、姚四本皆作「御」，下文一律錄入為「御」。
〔註514〕主嘿，樂偽　便、馬、姚三本中無標點。
〔註515〕主諭，喜眞　湯、便、馬、姚四本皆中無標點。
〔註516〕湯、便、馬、姚四本皆作「雜」，下同。
〔註517〕乃姊瑪大喻曰：主來呼汝　湯本、馬本「喻」作「諭」，便覽本、姚本「喻」作「論」。湯本中無標點。
〔註518〕湯、便、馬、姚四本皆作「淚」。
〔註519〕倘主乍遜，靈倦乏力　馬本中無標點。
〔註520〕便覽本作「逓」。
〔註521〕士有神樂而輕形樂　湯、便、馬、姚四本「士有神樂」後皆有標點。
〔註522〕湯、便、馬、姚四本皆作「曷」，下文一律錄入為「曷」。
〔註523〕湯、便、馬、姚四本皆作「足」。

聖命，德之徵也。樂時行時奚榮〔註524〕？蓋天主代荷其任，冀甘憚苦，恒情也〔註525〕。

聖老楞佐愛神父甚〔註526〕，為主姑離，愛主愛人居衷，彼勝此負，友宜法之。汝有愛友，為主互別，毋醫此別，雖有遲速〔註527〕，終不克免。

攻敵衷情，工匪旦晚，愛身等樂等情〔註528〕，豈易竟卸〔註529〕？惟真德愛主覓世苦〔註530〕，主則臨慰，慰時以感承之。知乃〔註531〕主恩，非由汝績，毋傲且警，蓋慰甫去，誘即至。敵勝之，慰倍也。善士生世，苦樂遞更〔註532〕，主恒苦之，不忍〔註533〕，恒樂之，不許〔註534〕。達味聖王云：予樂已定，永不克更。旋苦迄樂逝，嘆〔註535〕謂主曰：迅兮予樂。主離靈憂，不堪〔註536〕，祈主愿〔註537〕盼，主即允之，乃感曰：謝主鴻恩。僕復〔註538〕愉〔註539〕矣，主拭僕涕，賜卸凶服，更吉衣焉。噫！古大聖然〔註540〕，吾何不然？惟望祐遵旨〔註541〕，神樂去來難強也〔註542〕。聖若伯謂主云〔註543〕：主昕慰人，夕探以苦，宜怙主乎？宜恃人乎？主離，憐哉吾靈，蓋雖締良朋，讀聖冊，聆善

〔註524〕樂時行時奚榮　湯、便、馬、姚四本「樂時行時」後皆有標點。
〔註525〕冀甘憚苦，恒情也　湯本作「冀甘憚苦恒情也」，便、馬、姚三本作「冀甘憚苦，恒情也」。
〔註526〕聖老楞佐愛神父甚　湯、便、馬、姚四本皆作「聖老楞佐愛神父甚篤」。
〔註527〕為主互別，毋醫此別，雖有遲速　湯本、馬本作「爲主互別，毋鬱，此別雖有遲速」，便覽本作「爲主互別毋鬱，此別雖有遲速」，姚本作「爲主互別，毋鬱，此別雖有遲速」。
〔註528〕愛身等樂等情　湯本作「愛身尋樂等情」，便覽本作「愛身尋樂等情」，馬本作「愛身、尋樂等情」，姚本作「愛身、尋樂等情」。
〔註529〕湯、便、馬、姚四本皆作「卸」。
〔註530〕惟真德愛主覓世苦　湯、便、馬、姚四本「惟真德愛主」後皆有標點。
〔註531〕湯、便、馬、姚四本皆作「由」。
〔註532〕馬本作「箕」。
〔註533〕主恒苦之，不忍　便、馬、姚三本中無標點。
〔註534〕恒樂之，不許　便、馬、姚三本中無標點。
〔註535〕湯、便、馬、姚四本皆作「歎」，下同。
〔註536〕主離靈憂，不堪　湯、馬、姚三本作「主離，靈憂不堪」，便覽本中無標點。
〔註537〕湯、馬、姚三本作「愿」，便覽本作「愍」。
〔註538〕馬本、姚本作「後」。
〔註539〕便覽本、姚本作「愉」。
〔註540〕古大聖然　湯、便、馬、姚四本皆作「古大聖且然」。
〔註541〕湯、便、馬、姚四本皆作「旨」，下文一律錄入為「旨」。
〔註542〕神樂去來難強也　湯本、馬本作「神樂去來，難強也」，姚本作「神樂去來，難強也」。
〔註543〕聖若伯謂主云　湯、便、馬、姚四本皆作「若伯古聖謂主云」。

詠，咸罔味。惟克耐體主，上則哉！世苦善士僉試，即大聖，先後罔苦，純備神樂者無之〔註544〕，蓋後樂，先苦之徵也。經內主云：毅士耐苦，吾即賚天甘實，人先噎樂，為承來苦〔註545〕，後當苦茹，為其心謙。主旨奇矣！烏寧〔註546〕！魔不寐，衷未抑，左右夾攻，友宜勇敵獲勝。

感主諸恩（二卷十章）

友生以勞，胡必謀安？備耐來患，勿羨世樂，善備哉！奇異神樂，設其來由我，誰不迓承？擬世身樂懸隔，世怡贗哉，身樂穢哉。神樂真潔，牣善靈也，奈魔誘靡息，故神樂暫。覓世偽樂，妄恃本力，神樂之盜。主錫神樂意美〔註547〕，人承忘感意醜〔註548〕。主者樂源，受而忘之，並窒厥流〔註549〕，曷訝樂恩咸鮮耶？前澤汝感，後惠罔竭，以謙承謝之〔註550〕，恩彌增；以傲承忽之〔註551〕，恩彌減。善士宜審，樂機引，忘洞正邪〔註552〕，罔怡主心，弗許，急棄〔註553〕。蓋多高而未必聖〔註554〕；多飴而未必善〔註555〕；多欲而未必純〔註556〕；多吾重而主必輕〔註557〕。則宜先稽物執，勿遽信心焉。樂引致謙，驚主舍己夷世，樂乃真也。人先嗜主神樂，後當其去，識己若寠，傲必〔註558〕減己，恩出主。歸主且謝，皋出己，歸己且悔，主罰耐受，認罰特應汝試也。異乎謙士自下，主上之，可法天聖〔註559〕，位彌峻，謙彌沖。主厭乃心，真光照悟，胡羨世光？純禧牣

〔註544〕即大聖，先後罔苦，純備神樂者無之　湯本、姚本作「即大聖先後罔苦，純備神樂者無之」，便覽本、馬本作「即大聖先後罔苦純備神樂者無之」。

〔註545〕人先噎樂，為承來苦　湯本中無標點。

〔註546〕烏寧　湯、便、馬、姚四本皆作「嗚呼」。

〔註547〕主錫神樂意美　湯、便、馬、姚四本皆作「主錫神樂，意美」。

〔註548〕人承忘感意醜　湯本、馬本作「人承忘感，意醜」，姚本作「人承忘感，意醜」。

〔註549〕湯、便、馬、姚四本皆作「流」，下文一律錄入為「流」。

〔註550〕以謙承謝之　湯、馬、姚三本「以謙承」後有標點。

〔註551〕以傲承忽之　馬本、姚本「以傲承」後有標點。

〔註552〕善士宜審，樂機引，忘洞正邪　湯、便、馬、姚四本皆作「善士宜審樂機，引忘洞正邪」。

〔註553〕弗許，急棄　便覽本中無標點。

〔註554〕蓋多高而未必聖　馬本、姚本「蓋多高」後有標點。

〔註555〕多飴而未必善　湯、馬、姚三本「多飴」後有標點

〔註556〕多欲而未必純　馬本、姚本「多欲」後有標點。

〔註557〕多吾重而主必輕　湯、馬、姚三本「多吾重」後有標點。

〔註558〕湯、便、馬、姚四本皆作「心」。

〔註559〕異乎謙士自下，主上之，可法天聖　湯、馬、姚三本作「異乎，謙士自下，主上

靈，傲情奚有？厥祉歸主，揚主抑己，是渠願也。友承聖愛一星，詎輕纖恩忘感，宜受以謝。恩主尊巍，無論小大，恩咸浩矣，授樂謝可，授苦謝可，彼此攸授，圖吾裨也。欲識保恩良法，曰：感其來，忍其去，禱以復來，謙以存之，無他法也。

忻荷聖架者稀（二卷十一章）

嗟！人**慕**真祉眾矣〔註560〕；**慕**荷聖架者稀〔註561〕。覬樂眾矣〔註562〕；覸苦者稀〔註563〕。嗜天晏者眾矣〔註564〕；好茹澹者稀〔註565〕。冀偕主于食眾矣〔註566〕；偕飲苦卮者稀〔註567〕。讚主耀蹟眾矣〔註568〕；荷主辱架者稀〔註569〕。順境依規眾矣〔註570〕；逆時忻進者稀〔註571〕。人毋郵己，愛主為主〔註572〕，順咈揚主，謝聲弗輟，此士之愛，無有私愛之滓也。事主圖樂，匪為愛主，乃為愛己，此傭人也。不圖私樂，樂乏事主，異哉是士，厥價逾〔註573〕寶，胡獲得之，即竭貲市，亦鮮價〔註574〕。即昕夕勞甚，亦靡逮〔註575〕；即通眾學，亦懸隔；即精嘿道透奧旨，亦少得之。急要神工何？曰：克欲輕世是。士詳斯工，宜警毋訒，自視若棄僕，可〔註576〕。主昔謂徒曰：既竟心力，充汝職業。尚自

之，可法天聖」，便覽本作「異乎謙士，自下主上之，可法天聖」。

〔註560〕人**慕**真祉眾矣　湯本、便覽本作「人慕真祉眾矣」，馬本、姚本「人慕真祉，眾矣」。

〔註561〕**慕**荷聖架者稀　湯、馬、姚三本作「慕荷聖架者，稀」，便覽本作「慕荷聖架者稀」。

〔註562〕覬樂眾矣　湯、便、馬、姚四本「覬樂」後皆有標點。

〔註563〕覸苦者稀　馬本、姚本「覸苦者」後有標點。

〔註564〕嗜天晏者眾矣　湯、馬、姚三本「嗜天晏者」後有標點。

〔註565〕好茹澹者稀　湯、馬、姚三本「好茹澹者」後有標點。

〔註566〕冀偕主于食眾矣　湯本作「冀偕主甘食眾矣」，便覽本作「冀偕主甘食眾矣」，馬本作「冀偕主甘食，眾矣」，姚本作「冀偕主甘食，眾矣」。

〔註567〕偕飲苦卮者稀　湯、馬、姚三本「偕飲苦卮者」後有標點。

〔註568〕讚主耀蹟眾矣　馬本、姚本「讚主耀蹟」後有標點。

〔註569〕荷主辱架者稀　湯、馬、姚三本「荷主辱架者」後有標點。

〔註570〕順境依規眾矣　馬本、姚本「順境依規」後有標點。

〔註571〕逆時忻進者稀　湯、馬、姚三本「逆時忻進者」後有標點。

〔註572〕愛主為主　便、馬、姚三本「愛主」後有標點。

〔註573〕姚本作「**逾**」，下文一律錄入為「逾」。

〔註574〕即竭貲市，亦鮮價　便覽本中無標點。

〔註575〕即昕夕勞甚，亦靡逮　便覽本中無標點。

〔註576〕自視若棄僕，可　湯、便、馬、姚四本中皆無標點。

遜言吾乃慵廝〔註577〕，僅滿責任，廝人幸與〔註578〕。外雖窮陋，而偕達味聖王云：吾甚窘乏哉，但因輕世，伏情內富豐也〔註579〕。

聖架隮天孔道（二卷十二章）

　　吾主規〔註580〕衆曰：荷汝十字架，克己從予。茲主親諭，人聞歎曰：「聞之難，行之詎易。余曰：子謂今聞此難，盍思判期？主謂皋侶曰〔註581〕：遍予。須投永烌，聞不尤難耶？人在世忻聆主諭〔註582〕，甘荷己十字架，末日可無思〔註583〕。是日聖架竪空〔註584〕，忻荷善人，俱趨主側〔註585〕，方冀酬而又奚思？聖架隮天正途，魔計之阻，純嘏之彌〔註586〕，衆德之成，靈弱之強〔註587〕，眞寧之致，百行之遂，僉其峕也。人戃憚荷則失望，獲陟克荷踐主〔註588〕，始望獲陞也。主預為汝荷殞，欲汝依跡，享厥常生，友欲安度生而覓正途〔註589〕，余曰：聖架之路，其高極尊，其根極安，何他途見覓？友任意營業，十字架難免。或內外瘏楚，或主離心，或人妨意，或自厭己。問主苦人何〔註590〕？曰：冀謙伏傲認劣，人苦與主偕，彌知主苦，彌感主恩。十字架時處汝俟〔註591〕，胡克脫旃？耐荷則靈靖而獲榮冕〔註592〕；強荷則患勵

〔註577〕尚自遜言吾乃慵廝　湯、便、馬、姚四本「尚自遜言」後皆有標點。
〔註578〕湯、便、馬、姚四本皆作「歎」，下同。
〔註579〕但因輕世，伏情內富豐也　湯、便、馬、姚四本皆作「但因輕世伏情，內富豐也」。
〔註580〕湯、便、馬、姚四本皆作「規」，下文一律錄入為「規」。
〔註581〕盍思判期？主謂皋侶曰　湯、馬、姚三本作「盍思？判期主謂皋侶曰」，便覽本作「盍思判期？主謂皋侶曰」。
〔註582〕人在世忻聆主諭　湯、便、馬、姚三本「人在世」後有標點。
〔註583〕末日可無思　湯、便、馬、姚四本皆作「末日可以無思」。
〔註584〕是日聖架竪空　湯、馬、姚三本「是日」後有標點。
〔註585〕忻荷善人，俱趨主側　湯本、便覽本作「忻荷之善人，俱趨主側」，馬本、姚本作「忻荷之善人，俱，趨主側」。
〔註586〕湯、便、馬、姚四本皆作「錫」。
〔註587〕湯、便、馬三本作「強」。
〔註588〕人戃憚荷則失望，獲陟克荷踐主　湯、便、馬、姚四本皆作「人戃憚荷，則失望獲陟，克荷踐主」。
〔註589〕友欲安度生而覓正途　湯、馬、姚三本「友欲安度生」後有標點。
〔註590〕問主苦人何　湯、馬、姚三本「問」後有標點。
〔註591〕十字架時處汝俟　湯、便、馬、姚四本皆作「十字架時處俟汝」。
〔註592〕耐荷則靈靖而獲榮冕　湯、馬、姚三本作「耐荷則靈靖，而獲榮冕」，便覽本作「耐荷則靈靖，而獲營冕」。

勞而罔勳〔註 593〕，倘斁茲輕，詎知翌遇彌重也，獨汝克免，諸聖弗克耶？孰聖釋茲，即主僑世，恒苦無聊，謂厥徒曰：予先宜苦，後宜陟天，汝僑苦谷，欲覓他途登天，謬矣！猗與先聖，入道愈密，攖患愈酷，視己若囚旅焉。奠釋旋閭，偕主樂也，善士生世亦樂，蓋忍則以患為樂〔註 594〕，圖報亦樂，軀彌苦，德彌瑩而樂，緑〔註 595〕他途罔覓，師主乃厥務〔註 596〕。斯奇匪由己，由上祐，俾厥性攸忌，且忻逻焉。人荷聖架，克私遯譽，忍辱輕己，避順趨逆，受侮而忻，善者否者，僉忌，惟主祐幸至，神仇咸伏也。再叮友曰：欲為主忠廝，備受來患〔註 597〕，荷己十字架，乃得天主上國。噫！倘莫克脫，預出逻之，大智歟！勿覓世愉，宜若聖命，承厥來，忍厥去，世患擬天償，厥罔患也。友眎茹荼若薺，純禧友哉？蓋居地而天國人也，非是苦靡減且增〔註 598〕，不幸人哉！保祿宗徒神瞻天迗〔註 599〕，受恩殊矣，畢生尚苦劇〔註 600〕無已，汝憚世苦，欲稱愛主忠役，理乎？為主忻苦，乃汝純祉，乃忻主心，乃為衆表，惜夫揚耐忍多，克耐忍鮮，為世，甘繁苦多〔註 601〕，為主甘纖苦鮮，惑人也乎！自眎若〔註 602〕殂，遺世偽樂，靈始生〔註 603〕。設甘苦值前，任汝擇一，卻甘取苦，則肖主範，乃履聖域。盍思至德匪屬神樂〔註 604〕，在忍形苦。假天路屬樂，主盍躬踐？盍勔吾哉？聖架厥路，吾甘荷之，主勤訓也。友既聆訓，宜佩余囑言曰：人覓陞天捷路，承苦，其正途矣。〔註 605〕

〔註 593〕強荷則患勵勞而罔勳　湯本、馬本作「強荷則患劇，勞而罔勳」，便覽本作「強荷則患劇，勞而罔勳」，姚本作「強荷則患劇，勞而罔勳」。

〔註 594〕蓋忍則以患為樂　湯、馬、姚三本「蓋忍」後有標點。

〔註 595〕湯、便、馬、姚四本皆作「緣」，下文一律錄入為「緣」。

〔註 596〕師主乃厥務　湯、便、馬、姚四本皆作「師主乃厥務也」。

〔註 597〕欲為主忠廝，備受來患　馬本、姚本中無標點。

〔註 598〕非是苦靡減且增　湯、馬、姚三本作「非是，苦莫減且增」，便覽本作「非是苦莫減且增」。

〔註 599〕保祿宗徒神瞻天迗　湯本作「保祿宗徒，神瞻天廷」，馬、姚三本作「保祿宗徒神瞻天廷」。

〔註 600〕湯、便、馬、姚四本皆作「勵」。

〔註 601〕為世，甘繁苦多　湯、便、馬、姚四本皆中無標點。

〔註 602〕湯、便、馬、姚四本皆作「如」。

〔註 603〕靈始生　湯、便、馬、姚四本皆作「靈性始生」。

〔註 604〕盍思至德匪屬神樂　湯本作「盍思，主德匪屬神樂」，便、馬、姚三本作「盍思主德匪屬神樂」。

〔註 605〕人覓陞天捷路，承苦，其正途矣　便覽本作「人覓陞天捷路，承苦其正途矣」，馬

輕世金書卷之三目錄〔註606〕（凡六十四章）

　　本、姚本作「人覓陞天捷路承苦其正途矣」。

〔註606〕輕世金書卷之三目錄　湯本、馬本作「輕世金書卷三目錄」，便覽本作「輕世金書
　　　　便覽卷之三目錄」，姚本作「卷三」，且放置於全書正文前的「輕世金書目錄」中。

〔註607〕湯、便、馬、姚四本皆作「資」，下同。

〔註608〕湯、便、馬、姚四本皆作「仗」，下文一律錄入為「仗」。

〔註609〕湯本、馬本作「土」。

心坦由四

祈熄惡念

祈賚眞光

毋察人務

平心進德之由

祈主啟悟節用

私愛大礙聖寵

祈主耀靈

以耐承誹

苦時宜體聖命

慰〔註610〕患惟主

物遠主近

輕己竆貪

心志莫定向主乃定

愛主致怡

世患魔誘難免

輕人之妄議

己事託主寧心善則

以智理務〔註611〕祈主自解

事行忌數〔註612〕

有善毋誇無歸己績

藐世榮貴

善友艱致心寧

哲士輕俗狡知

閒務恢心

浮言毋輕允

〔註610〕便覽本作「慰」。
〔註611〕湯、馬、姚三本作「物」。
〔註612〕事行忌數 湯、便、馬、姚四本皆作「行事忌數」。

祈祐耐欺〔註613〕

人想天礥易承世艱

天樂世苦情態丕殊

世憂處先天礥處後

苦時甘承托主〔註614〕

內悎靦〔註615〕外善務

毋怙績祈樂宜認罪應罰

世愉主愛相悖

聖寵私欲頓殊

聖寵勵人性弱

從主若弟從師

落時勿喪志

聖意毋測

仗主行事

　　共計六十四章〔註616〕

輕世金書卷三（凡六十四章）

西極耶穌會士陽瑪諾譯　甬上門人朱宗元較〔註617〕

靜聆聖訓（三卷一章）

　　士謂主曰：僕靈已備，將聆主命。噫！靈嘿納主飴訓，靈真祉；耳謝外囂，聳聽聖諭，耳真祉；目厭世紛，內睬德羙，目真祉；人特務已修日新，人真祉。

　　辭塲〔註618〕冗而專〔註619〕神業，主近誨之，頻聶云：「汝寧真生隆福獨予也〔註620〕。密締予，則享真靖，輕迅世，重永域。蓋世悉幻，予罔汝麻，孰汝

〔註613〕湯、便、馬、姚四本皆作「毀」。

〔註614〕湯、便、馬、姚四本皆作「怙主耐患」。

〔註615〕湯、便、馬、姚四本皆作「習」。

〔註616〕便覽本、姚本無此句。

〔註617〕便覽本作「訂」。

〔註618〕湯、便、馬、姚四本皆作「璗」。

〔註619〕湯、便、馬、姚四本皆作「耑」。

〔註620〕汝寧真生隆福獨予也　湯、馬、姚三本作「汝寧，真生，隆福，獨予也」，便覽本作「汝寧真生隆福，獨予也」。

庇哉？士曰：余靈畢生恃主，事主盡忠，必承醻忠永祉。

主密撕善靈（三卷二章）

　　士祈主曰：請〔註621〕主啟諭。僕心備承，猗與主言，若甘露澤靈。古教眾，謂每瑟曰〔註622〕：請師代主宣諭，吾皆靜聆。躬聆主言恐死，僕祈則否。宥法撒模同云：祈主允錫隻語〔註623〕，予耳忻聆，予胸樂納。

　　主若〔註624〕呇牖，每〔註625〕瑟暨〔註626〕前知諸聖，厥論照悟，振力皆艱〔註627〕，振照〔註628〕惟主，渠論雖精〔註629〕，靡克薰〔註630〕心；薰之惟主，能具〔註631〕嘉文；達意惟主，能傳聖命；祐遵惟主，能導正途；鼓行惟主，能培德樹；苞實惟主〔註632〕，特聆主可，胡俟他聆？

　　望主邺〔註633〕劣，俾聞遵行，若聞弗行，承弗遵，知弗受〔註634〕，僕靈匪益，且籲〔註635〕罰也。再祈主示慰靈，更慫固志，以揚主榮，可哉〔註636〕？

以謙承主聖言（三卷三章）

　　主曰：子宜側耳聆予，予言皆飴，悉超博〔註637〕洽士之高論，致聖神佑〔註638〕，靈性永生，勿以臆測，勿圖悅聽，須以靜受，以謙存。

〔註621〕湯、便、馬、姚四本皆作「請」，下文一律錄入為「請」。
〔註622〕古教眾，謂每瑟曰　湯、馬三本作「古教眾謂每瑟曰」，姚本作「古教眾謂梅瑟曰」。
〔註623〕宥法撒模同云：祈主允錫隻語　便覽本作「宥法撒模，同云祈主允錫隻語」。
〔註624〕湯、便、馬、姚四本皆作「若」，下文一律錄入為「若」。
〔註625〕湯、便、馬三本作「每」，姚本作「梅」。
〔註626〕湯、便、馬、姚四本皆作「暨」，下文一律錄入為「暨」。
〔註627〕厥論照悟，振力皆艱　湯本作「厥論照悟，振力皆艱」，便、馬、姚三本作「厥論照悟振力皆艱」。
〔註628〕湯、便、馬、姚四本皆作「照」，下文一律錄入為「照」。
〔註629〕湯、便、馬、姚四本皆作「精」。
〔註630〕湯、便、馬、姚四本皆作「薰」。
〔註631〕湯、便、馬、姚四本皆作「具」，下文一律錄入為「具」。
〔註632〕能培德樹；苞實惟主　湯、便、馬三本作「能培德樹；苞實惟主」，便覽本作「能培德樹苞實惟主」。
〔註633〕湯、便、馬、姚四本皆作「恤」。
〔註634〕湯、便、馬、姚四本皆作「愛」。
〔註635〕湯本作「籲」，便覽本作「頷」，馬本作「顅」，姚本作「顙」。
〔註636〕以揚主榮，可哉　馬本、姚本中無標點。
〔註637〕湯、便、馬、姚四本皆作「博」。
〔註638〕湯、便、馬、姚四本皆作「祐」。

答曰：人承主訓，懋怠勝患，必乃吉人。

主曰：予昔廸前知聖人，今猶示眾，奈人心錮耳聾目瞶〔註639〕，樂聞世論，斁聆吾訓，順軀惡情，逆主聖命，世許報纖暫〔註640〕，僉喜從，吾醻永巨〔註641〕，聽者鮮，人盍赦哉？

孰圖從予？若務從世，惑矣！為獲微眥，不憚煩〔註642〕，為圖純煆，孰進步〔註643〕？為營刀錐，夜繼日，為貿永靖，孰無倦〔註644〕？惜哉赦哉！彼勵以墜永死，汝怠以享恒生。彼愛厥虛，汝昧厥實，彼望恒負，予言悉真。聞者始終信從，罔孤〔註645〕攸望。吾攸許必與，攸約必踐，惟欲苦汝，試德真贋。

子鍥〔註646〕吾訓，患臨憶之，重乃轉輕，有時心蒙〔註647〕，勿明吾語，予來啟悟賜明。吾試善士有兩法〔註648〕，苦一樂一，若良師廸徒，昕夕用二條以示。懲厥惡，勤厥善，則是。人聆予言而輕，審判末日，吾言証訟之。

祈賜健志奉主（三卷四章）

士謂主曰：主乃萬善湧泉，卑役鮮〔註649〕績，曷敢啟口邇主？僕乃極乏，若微鼀焉。

祈主邮之扶纖〔註650〕，主善義至盡〔註651〕，聖能極甚。瀰漫善靈，特留敗

〔註639〕奈人心錮耳聾目瞶　湯本作「奈人心錮、耳聾、目瞶」，便覽本作「奈人心錮、耳聾目瞶」。

〔註640〕世許報纖暫　湯、便、馬、姚四本皆作「世報纖暫」。

〔註641〕僉喜從，吾醻永巨　湯本作「僉喜從，吾醻永巨」，便覽本作「僉喜從，吾酬永巨」，馬本、姚本作「僉喜從吾醻永巨」。

〔註642〕為獲微眥，不憚煩　便覽本作「為獲微眥，不憚煩」，馬本、姚本作「為獲微眥不憚煩」。

〔註643〕為圖純煆，孰進步　湯本、便覽本作「為圖純煆，孰進步」，馬本、姚本作「為圖純煆孰進步」。

〔註644〕為貿永靖，孰無倦　湯本、便覽本作「為貿永靖，孰無倦」，馬本、姚本作「為貿永靖孰無倦」。

〔註645〕湯、便、馬、姚四本皆作「辜」。

〔註646〕湯本、馬本作「鍥」，便覽本、姚本作「鍥」，下文一律錄入為「鍥」。

〔註647〕姚本作「蒙」，下文一律錄入為「蒙」。

〔註648〕吾試善士有兩法　湯、馬、姚三本「吾試善士」後有標點。

〔註649〕湯、便、馬、姚四本皆作「纖」。

〔註650〕祈主邮之扶纖　湯、馬、姚三本作「祈主邮乏，扶纖」，便覽本作「祈主邮乏扶纖」。

〔註651〕主善義至盡　湯、馬、姚三本「主善」後有標點。

靈窾匱，望主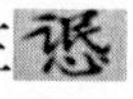〔註 652〕劣，錫寵牣靈，僕罔寵祐，詎忍蹈世險途耶？

祈主面毋反〔註 653〕，步毋卻〔註 654〕，慰僕毋吝，否則靈枯若槁壞也。祈主如師廸徒，示以謙事，主知無終始〔註 655〕，吾生以前，無能炳然知吾也。〔註 656〕

事主惟眞惟謙（三卷五章）

主曰：子以眞謙邇予，予恒至眞，人眞事予，吾眞護〔註 657〕之，罔許魔〔註 658〕乃心。有人污厥名，吾代彼滌。吾眞護子，必輕讒夫浮言也。

答曰：主言眞實，求示良法，獲〔註 659〕得剪〔註 660〕過事主。

主曰：汝行時，特務極樂吾心，責悔本咎則是〔註 661〕，世物可驚者衆，惟汝罪可尤驚。又善行毋傲〔註 662〕，識己極弱，僕易昏易散易，甚矣，汝卑恒隳，本無，物得致汝傲〔註 663〕，鮮得致汝謙〔註 664〕？衆輕世攸重〔註 665〕，厭世攸忻，重忻惟主，眞祉陞于物上〔註 666〕，降己物下，斯訓銘心，勤業力行。

噫！迷人多忘己忽靈〔註 667〕，朁墮魔塹。傲吅〔註 668〕予蘊，予恒厭之，敗乃謀〔註 669〕焉。子毋彼蹈，驚主傲旨，愳〔註 670〕主聖怒，審己罪愆，勿究予意。

〔註 652〕湯、馬、姚三本作「」，便覽本作「懖」，下同。

〔註 653〕祈主面毋反　湯、馬、姚三本作「祈主，面毋反」，便覽本作「祈主面毋反」。

〔註 654〕步毋卻　湯本、馬本作「步無郤」，便覽本作「步無却」，姚本作「步無郤」。

〔註 655〕主知無終始　湯、便、馬、姚四本「主」後皆有標點。

〔註 656〕無能炳然知吾也　湯、便、馬、姚四本皆作「無世，炳然知吾也」。

〔註 657〕便覽本、姚本作「蒦」，下同。

〔註 658〕湯、便、馬、姚四本皆作「蠱」。

〔註 659〕湯本、馬本作「護」，便覽本、姚本作「蒦」。

〔註 660〕湯、便、馬、姚四本皆作「翦」。

〔註 661〕責悔本咎則是　湯、馬、姚三本「責悔本咎」後有標點。

〔註 662〕又善行毋傲　便、馬、姚三本「又善」後有標點。

〔註 663〕甚矣，汝卑恒隳，本無，物得致汝傲　湯本、姚本作「甚矣汝卑，恒本無，物得致汝傲」，便覽本作「甚矣汝卑，恒隳本無，物得致汝傲」，馬本作「甚矣汝卑，恒木無，物得致汝傲」。

〔註 664〕鮮得致汝謙　湯、便、馬、姚四本「鮮」後皆有標點。

〔註 665〕衆輕世攸重　湯、便、馬、姚四本「衆」後皆有標點。

〔註 666〕重忻惟主，眞祉陞于物上　湯、便、馬、姚四本皆作「重忻惟主眞祉，陞予物上」。

〔註 667〕迷人多忘己忽靈　湯、馬、姚三本「迷人」後有標點。

〔註 668〕湯、便、馬、姚四本皆作「叩」。

〔註 669〕湯、便、馬、姚四本皆作「謙」。

〔註 670〕湯、便、馬、姚四本皆作「懼」。

事主人殊，有以誦聖書為美，有以欽聖像為美，有以拜稽為美，有讚予以口，離予以心，空虛美哉！善士則否，貲僅毓身，務悟清〔註 671〕愛炎，恒佩予訓，予乃頻勸之曰：吾子樂天遺世，兢〔註 672〕後畧今。

愛德奇妙（三卷六章）

士〔註 673〕對聖父曰：天國聖主拯世，吾主之聖父也，僕宜茹苦〔註 674〕，主反慰樂，貲助靈乏，彌感浩恩，稱揚聖三以永，慈主欲入僕靈，心忻無任，僕榮悅樂，悉託吾主也。望卹寡德，矜惰〔註 675〕，滌污，怡靈〔註 676〕，錫耐患愛主〔註 677〕，既興且繼，全德工焉。

猗歟愛德，視苦若甘，重若輕，險若夷，恒提善靈，俾之易行，弗憚程艱，愛德恒升罔降〔註 678〕，易斷世縛，順毋戀，咈無阻，甘勇寬高，充美上下無匹〔註 679〕，皆愛妙也。

至矣哉！愛出于主，至主乃息，靈有棄物，向主猶飛躍然〔註 680〕。主統萬善，愛之〔註 681〕詎需物耶？

異兮純愛善士，受主錫時，弗安主恩〔註 682〕，恃〔註 683〕安恩主，幸有愛德，則忘己劣。重者弗重，艱者匪艱，怙祐靡患不勝〔註 684〕，勇哉！愛缺，攖患弗

〔註 671〕湯、便、馬、姚四本皆作「清」，下文一律錄入為「清」。

〔註 672〕姚本作「競」，下文一律錄入為「兢」。

〔註 673〕姚本作「上」。

〔註 674〕天國聖主拯世，吾主之聖父也，僕宜茹苦　湯本作「天國聖主，拯世吾主之聖父也僕宜茹苦」，便、馬、姚三本作「天國聖主，拯世吾主之聖父也，僕宜茹苦」。

〔註 675〕望卹寡德，矜惰　湯、馬、姚三本作「望邺寡德，矜墮」，便覽本作「望邺寡德矜墮」。

〔註 676〕滌污，怡靈　湯、馬、姚三本作「滌穢，怡靈」，便覽本作「滌穢怡靈」。

〔註 677〕錫耐患愛主　湯、馬、姚三本「錫耐患」後有標點。

〔註 678〕愛德恒升罔降　湯、馬、姚三本「愛德恒升」後有標點。

〔註 679〕甘勇寬高，充美上下無匹　湯、馬、姚三本作「甘、勇、寬、高、充、美，上下無匹」，便覽本作「甘勇寬高充美，上下無匹」。

〔註 680〕靈有棄物，向主猶飛躍然　湯本、便覽本作「靈有，棄物向主，猶飛躍然」，馬本、姚本作「靈有，棄物向主猶飛躍然」。

〔註 681〕湯、便、馬、姚四本皆作「主」。

〔註 682〕異兮純愛善士，受主錫時，弗安主恩　湯、便、馬、姚四本皆作「異兮純愛，善士愛主，錫時弗安主恩」。

〔註 683〕湯、便、馬、姚四本皆作「特」。

〔註 684〕怙祐靡患不勝　湯、馬、姚三本「怙祐」後有標點。

進，愛德常窅，工無畫，程無倦，如火恒炎騰上，無物阻途。

謂主曰：僕愛惟主，望主愛僕，祈寬僕心，獲嗜愛味，幸哉愛士！念主忘己，恒詠愛歌〔註685〕云：吾靈上達，懷抱主兮，殫力愛逾愛己兮〔註686〕。自愛為彼愛，主示為彼兮〔註687〕。為彼愛眾，願眾愛彼兮。

友欲知愛卹〔註688〕，約云：勤于善，誠于意，和于眾，信于友，忍乃苦，衷乃言，耐乃艱，寬乃望，敬事上，愛平等，憫在下，置〔註689〕己聽長，罹咈遵旨，恒謝〔註690〕。世變，厥愛罔移〔註691〕，否則匪愛，減愛妙也。

迓苦徵愛（三卷七章）

主謂士曰：子愛薄哉。答曰：請主示故。主曰：值纖〔註692〕苦，即喪〔註693〕徃志，忻覓世樂故。人篤愛予，必迓苦輕魔〔註694〕，順逆靡變其愛。智者承澤，即愛主恩，尤愛恩主。愛予亦然。匪安于〔註695〕恩，惟安于吾，時吾汝苦〔註696〕，勿思汝棄〔註697〕，勿疑吾聖，勿云主已忘我〔註698〕。盍知善人不宜恒樂〔註699〕，有時汝樂，宜感承之。茲樂，若滄海一滴〔註700〕，去來匪定，不可全恃。克己，熄衰，輕誘，皆德勳〔註701〕真徵。堅持汝志，行

〔註685〕湯、便、馬、姚四本皆作「歌」。

〔註686〕殫力愛逾愛己兮　湯本、馬本作「殫力愛主，逾愛己兮」，便覽本作「殫力愛主，逾愛己兮」，姚本作「殫力愛主，逾愛己兮」。

〔註687〕自愛為彼愛，主示為彼兮　湯、便、馬、姚四本皆作「自愛，為彼；愛主亦，為彼兮。」

〔註688〕湯、便、馬、姚四本皆作「卹」。

〔註689〕湯本、馬本作「置置」，便覽本、姚本作「置」，下文一律錄入為「置」。

〔註690〕罹咈遵旨，恒謝　湯、馬、姚三本作「罹咈，遵旨恒謝」。

〔註691〕世變，厥愛罔移　湯、便、馬、姚四本皆中無標點。

〔註692〕便覽本、姚本作「纖」。

〔註693〕湯、便、馬、姚四本皆作「喪」。

〔註694〕必迓苦輕魔　湯、馬、姚三本「必迓苦」後有標點。

〔註695〕湯、便、馬、姚四本皆作「予」。

〔註696〕時吾汝苦　湯、便、馬、姚四本皆作「有時汝苦」。

〔註697〕湯、便、馬、姚四本皆作「棄」。

〔註698〕勿云主已忘我　湯、馬、姚三本「勿云」後有標點。

〔註699〕盍知善人不宜恒樂　湯、馬、姚三本「盍知」後有標點。

〔註700〕茲樂，若滄海一滴　湯本、馬本作「茲樂若滄溟一滴」，便覽本作「茲樂，若滄溟一滴」，姚本作「茲樂若滄溟一滴」。

〔註701〕姚本作「勳」，下文一律錄入為「勳」。

符聖命，魔雖勵〔註702〕，弗慮其害，有時靈爽颺上，潛〔註703〕靬〔註704〕道妙，旋覺誘紛，強壓勿厭，叱己曰〔註705〕：吾德咸敗。灼知皆魔醜工〔註706〕，靡為汝行，惟子敦敵，魔欲墜〔註707〕績，反增汝績，子知魔計乎？妬〔註708〕汝計阻，欲弗欽吾，弗〔註709〕憶吾苦，勿悔夙罪，勿制僻〔註710〕情，勿遂初志，擲汝以穢〔註711〕，灰爾心，截黙道：釋聖書，羞告觧〔註712〕，遲領聖體，咸厥計也。子輕之勿允，渠誘還彼，且忽且叱之曰：遐兮狡魔，穢念歸汝，汝詎明悉，仗〔註713〕主奚思，寧承現來萬殃〔註714〕，罔汝順也。狡魔遐兮，時緘毋聒，子可法銳卒，敵寇〔註715〕偶負，固志增力，吾子望庇，幸勝歸吾，毋妄伐己，人惟昧而誇〔註716〕己忘主，頻墜沉痼，子毋蹈之，可免厥罰。

謙易受恩（三卷八章）

主曰：子承予恩，毋露以干譽，宜謙且驚，若匪汝績，毋視若莫能再失，去來由吾，弗係汝力，時有神樂，毋誇靈富，思己原竇，蓋功由苦，非由樂也。患臨宜勵，毋棄善功，世有兩癡者：一、遭咈氣餒，失忍，停工失志，弗思恩錫在吾〔註717〕，有無多寡早遲，詎在人〔註718〕？一、樂時肆志，恃力任重，中道疲僕，

〔註702〕魔雖勵　湯、便、馬、姚四本皆作「魔誘雖勵」。
〔註703〕湯、便、馬、姚四本皆作「潛」，下文一律錄入為「潛」。
〔註704〕湯、便、馬、姚四本作「契」。
〔註705〕旋覺誘紛，強壓勿厭，叱己曰　湯本、馬本作「旋覺誘紛強壓，勿厭叱巳曰」，便覽本作「旋覺誘紛強壓，勿厭叱巳曰」，姚本作「旋覺誘紛強壓，勿厭叱己曰」。
〔註706〕灼知皆魔醜工　湯、馬、姚三本「灼知」後有標點。
〔註707〕湯、馬、姚三本作「𥄂」。
〔註708〕湯、便、馬、姚四本皆作「妬」。
〔註709〕湯、便、馬、姚四本皆作「勿」。
〔註710〕湯、便、馬、姚四本皆作「僻」。
〔註711〕湯、便、馬、姚四本皆作「㵝」。
〔註712〕湯、便、馬、姚四本皆作「罪」。
〔註713〕湯、馬、姚三本作「伏」。
〔註714〕馬本作「殃」。
〔註715〕湯、馬、姚三本作「𡨥」，便覽本作「寇」。
〔註716〕湯本、便覽本作「誇」，馬本、姚本作「■」，下文一律錄入為「誇」。
〔註717〕一、遭咈氣餒，失忍，停工失志，弗思恩錫在吾　湯、馬、姚三本作「一、遭咈氣餒，失忍，停工，失志，弗思，恩錫在吾」，便覽本作「一遭咈氣餒失忍，停工失志，弗思恩錫在吾」。
〔註718〕有無多寡早遲，詎在人　湯、馬、姚三本作「有、無、多、寡、早、遲，詎在人乎」，便覽本作「有無多寡早遲，詎在人乎」。

神樂熄，夙德墜〔註719〕，始識己劣，兩者，吾曷享厥志？欲知己弱，伏吾覆下，若鳥覆雛，弗欲鼓〔註720〕翼雄飛，斯輩不詢諳士，難免頻墜〔註721〕矣。嗟，人怙本慧，難堪從人舍己〔註722〕，寧謂陋而謙，毌聰辯〔註723〕而傲。迷人樂時逸安，若己獲勝，苦至必負，譬之惰卒，宿無脩，迄戰，曳兵而走，士謙忘己績，度力固志，靈乃無昏。予恒聶諭曰：子有樂時，宜思苦必速至，可歛汝志，昏時宜思先必速邇〔註724〕，可懋汝劣。吾每試人以苦，不試人以樂〔註725〕，蓋功匪係神樂，與洞主蘊〔註726〕，與徹經微，惟係遜心愛主，圖洽聖命，愛人猶己，乃堪陟聖峻位。

認己本卑（三卷九章）

士謂主曰：僕微塵死灰〔註727〕，猶敢瀆主，不認原卑，主則責之，僕罪訏〔註728〕僕，詎能逭哉？餙〔註729〕本罪哉？匪 **原** 〔註730〕卑哉？始出於無，祈主 **愻** 照〔註731〕，錫滅傲情，俾知何來何適。現若無物，倚無，勿，力本劣，倚力，勿，惟主憐盼〔註732〕，力始還，樂復牣靈，僕本恒墜，主恒提扶，愛善行，護免衆艱〔註733〕，感洪恩也。為愛己，失己失主，為愛主，獲主得己，斯恩屬主聖愛，匪屬微績，俯謝無已，主善若滄溟無際〔註734〕，祈澤我

〔註719〕湯、便、馬、姚四本皆作「墜」，下同。

〔註720〕湯、馬、姚三本作「皷」。

〔註721〕湯本、馬本作「𩓥」，便覽本、姚本作「墜」。

〔註722〕嗟，人怙本慧，難堪從人舍己　湯、馬、姚三本作「嗟人怙本慧，難堪從人舍己」，便覽本作「嗟，人怙本慧，難堪從人舍己」。

〔註723〕湯、便、馬、姚四本皆作「辨」，下同。

〔註724〕可歛汝志，昏時宜思先必速邇　湯本作「可歛汝志，昏時，宜思，光必速邇」，便覽本作「可歛汝志，昏時宜思光必速邇」，馬本、姚本作「可歛汝志昏時，宜思，光必速邇」。

〔註725〕不試人以樂　湯、便、馬、姚四本皆作「不試以樂」。

〔註726〕湯本、馬本作「蘊」。

〔註727〕僕微塵死灰　湯、便、馬、姚四本皆作「僕如微塵死灰」。

〔註728〕馬本、姚本作「訏」。

〔註729〕便覽本作「飾」。

〔註730〕湯、便、馬、姚四本皆作「原」。

〔註731〕始出於無，祈主 **愻** 照　湯、馬、姚三本作「始出於無，時還於無，祈主 **愻** 照」，便覽本作「始出於無，時還於無，祈主愻照」。

〔註732〕倚無，勿，力本劣，倚力，勿，惟主憐盼　便覽本作「倚無勿，力本劣，倚力勿，惟主憐盼」，姚本作「倚無勿，力本劣，倚力，勿，惟主憐盼」。

〔註733〕愛善行，護免衆艱　湯、便、馬、姚四本皆作「愛善，行，獲免衆艱」。

〔註734〕主善若滄溟無際　湯本、馬本作「主善，若滄溟之無際」，便覽本作「主善若滄溟

枯靈，俾恒向主，恒謙認主，是乃眞祉，主固吾怯之勇、吾德之溰〔註735〕。

有善歸主（三卷十章）

主曰：子善行，圖天實報，歸善愛予，若物最終向，汝意乃正。行覓形樂，或圖人譽，靈則空瘠如槁〔註736〕壞，汝形神諸善，咸屬我恩，宜歸我也〔註737〕。吾乃弗竭源，貴卑富貧攸承〔註738〕，咸吾弘量湧出。有誠事吾者，流繼無息，厥靈恒潤。若圖世樂，自窒神樂，枯可知也，厥心恒絿罔優。子或有善，勿誇而歸己，覿人有善，勿揚其人，若屬彼人力，彼此諸善，咸吾善，吾與欲還，行善逃譽，神耀聖寵乃進，俾廓厥量，偏情迅出，猗與愛德，丕哉厥力，萬艱屬彼，靡一弗克。子惟圖吾樂，惟冀吾祐，信實哲哉！吾乃至善，讚吾必可。

事主輕世致樂（三卷十一章）

士謂主曰：主乃天帝統帝，僕敢瀆聰，曰〔註739〕：人驚畏主，恒享孔幸孔忻。矧愛主，其樂，唇難言〔註740〕，胸難度，厥思難罄〔註741〕。僕始全無，主錫伸踴，俾享世光，生來離主，若羵失牧〔註742〕，主覓令返，俾知愛主，主恒憶我，我忘曷理，主恩大逾僕望，曷克酬謝？萬物事主，吾務偕事，詎甚務耶？僕事纖微，主恩弘巨，又殫〔註743〕勤以事，咸主上恩，可歸可謝無已。噫！主事予〔註744〕彌急，命天地覆載，晝夜更迭，天神護守，萬物順命，罔越〔註745〕，斯恩雖巨，惟擬主降救贖，許己為報，則他恩咸微，恩〔註746〕主浩恩，宜卒世事之。奈僕事猶靡逮一日也。茲冀讚揚主聖，昕夕罔

之無際」，姚本作「主善，若滄溟之無際」。
〔註735〕湯、便、馬、姚四本皆作「泉」。
〔註736〕湯、馬、姚三本作「槁」。
〔註737〕咸屬我恩，宜歸我也　湯、便、馬、姚四本皆作「咸屬吾恩，宜歸吾也」。
〔註738〕貴卑富貧攸承　湯、馬、姚三本作「貴、卑、富、貧，攸承」。
〔註739〕僕敢瀆聰，曰　湯、便、馬、姚四本皆中無標點。
〔註740〕其樂，唇難言　湯、馬、姚三本中無標點，便覽本作「其樂，脣難言」。
〔註741〕湯、便、馬、姚四本皆作「罄」。
〔註742〕俾享世光，生來離主，若羵失牧　湯、馬、姚三本作「俾享世光生來，離主若羵失牧」。
〔註743〕湯、便、馬、姚四本皆作「殫」，下文一律錄入為「殫」。
〔註744〕馬本、姚本作「子」。
〔註745〕萬物順命，罔越　湯、便、馬、姚四本皆作「萬物受命罔越」。
〔註746〕湯、便、馬、姚四本皆作「思」。

間〔註747〕，祈錫神力，**護遂攸願**。奇哉事主之貴！靈滿聖寵，神怡心曠，主愛之，神**護**之，魔**思**之，世欽之，膺天純嘏，斯僉厥報。

行先審意（三卷十二章）

主曰：子欲事予，須預知未知衆理。答〔註748〕曰：請示。主曰：行毋狥私，狥吾聖意，時營某務，宜研審機，思圖吾榮，抑圖己利，圖此，事咈心亂，圖彼，順逆恒平，行先不究吾旨，惟執汝意解紛，艱哉〔註749〕。茲將示子善則，俾左之右之恒利〔註750〕，右啟善念，不遽信從，左值咈情，不遽棄絕，右善念宜禁踰節，勿定固從，以致人訝，謀禁〔註751〕，子心乃亂。左遇咈理邪情，宜勇克私，俾恒循理遵命，詎非智哉？

忍〔註752〕 欺克己（三卷十三章）

士謂主曰：嗟予恒遭拂意，時宜忍〔註753〕之，僕求心平，反遇心恢。主曰：異乎子求，莫逆之順〔註754〕，吾夙靡歡，子攖逆甘忍，大順之徵，汝值勵苦，勿失忍，云〔註755〕：我奚堪哉？子今微患莫忍，後煉奚當？人圖〔註756〕二苦，任攸擇，取輕棄重，哲人也。欲釋後患，可任今艱。噫！人孰無苦？富貴順渡克免，百一無之〔註757〕。勿云富饒榮貴，苦際間樂遂忘苦〔註758〕。惜哉，其樂若煙迅飛〔註759〕，永不復來。斯人嘗〔註760〕哉！有樂則是，有安則

〔註747〕茲箕讚揚主聖，昕夕罔間　湯、便、馬、姚四本皆作「茲冀讚颺主聖，昕夕罔間」。
〔註748〕湯、馬、姚三本作「荅」。
〔註749〕惟執汝意解紛，艱哉　湯、便、馬、姚四本皆作「惟執汝意，解紛艱哉」。
〔註750〕俾左之右之恒利　湯、馬、姚三本「俾左之」後有標點。
〔註751〕以致人訝，謀禁　湯、便、馬、姚四本皆中無標點。
〔註752〕便覽本、姚本作「忍」，下文一律錄入為「忍」。
〔註753〕便覽本作「忍」
〔註754〕異乎子求，莫逆之順　湯、馬、姚三本作「異乎，子求莫逆之順」。
〔註755〕勿失忍，云　湯、便、馬、姚四本皆中無標點。
〔註756〕湯、便、馬、姚四本皆作「圖」。
〔註757〕富貴順渡克免，百一無之　便覽本作「富貴順渡克免，百無一之」，馬本、姚本作「富貴順渡，克免，百一無之」。
〔註758〕勿云富饒榮貴，苦際間樂遂忘苦　湯本作「勿云：富饒榮貴，苦際間樂遂忘苦」，便覽本作「勿云富饒榮貴，苦際，間樂，遂忘苦」，馬本、姚本作「勿云：富饒榮貴，苦際，間樂，遂忘苦」。
〔註759〕惜哉，其樂若煙迅飛　湯、便、馬、姚四本皆作「惜哉其樂，若煙迅飛」。
〔註760〕湯、馬、姚三本作「憯」，便覽本作「憯」。

非〔註761〕，蓋甘倐〔註762〕化為辛，靈靡有，曷純也哉？聖矣主義，索樂踰理，主以樂為刑役，命撻厥靈，使以苦以羞受〔註763〕樂，厥樂穢兮，瞬兮贋兮〔註764〕。嗟彼喪靈，若醂矇焉，罔知節情？若無靈焉，為汚暫樂，籲〔註765〕求永刑。子勿依厥迷，勝衰克私，樂乃牣靈，祈乃主許。蓋損穢樂，獲淨之徑也。心彌空世，清樂彌滿，但必先敵三仇：惡習一。善習，戩之戩也〔註766〕。衰情二〔註767〕。苦難，降之戈也〔註768〕。魔誘三〔註769〕。祈禱，勝之鎗也〔註770〕，更欲毋，以善務闇心，魔進罔隙〔註771〕，曷克蕩心哉？

師主謙順（三卷十四章）

　　主曰：人非謙順，靈失聖寵。身悍觸靈，冀抑惡情，宜仗于主，內仇即降，外敵自屈。靈仇者眾，惟身靈靡洽，第一人偏愛己〔註772〕，詎肯順上？猗吾至巍，為萬有源，為全能主，為汝降屈，汝猶為吾憚伏于人耶？吾遺謙範，盍瞻依之？汝奚物哉？塵灰而已。宜屈眾下，望騰人上，迷傲甚哉！遇迕罔訝，遭辱巨雪，思汝罪應謫冥獄，吾重且盼汝靈，宜感恩謝愛，謙抑耐侮，可〔註773〕。

懼主淵旨抑傲（三卷十五章）

　　士謂主曰：聆主淵旨，聲震若雷，心身戩兢〔註774〕，僕思層天雖清，擬主咸濁，始主稽神純駁，依駁彰刑，厥若星隕，僕乃微塵，敢怙善耶？

〔註761〕有樂則是，有安則非　湯本作「有樂則是有苦則非」，馬、姚三本作「有樂則是，有苦則非」。
〔註762〕便覽本作「倐」。
〔註763〕湯、便、馬、姚四本皆作「爲」。
〔註764〕瞬兮贋兮　湯本作「瞬兮、贋兮」，馬本、姚本作「瞬兮、膺兮」。
〔註765〕湯本、馬本作「籲」，便覽本作「𩒭」。
〔註766〕善習，戩之戩也　湯本作「善習，戩之干也」，便覽本作「善習戩之壘也」，馬本、姚本作「善習，戩之也」。
〔註767〕衰情二　湯、馬、姚三本「衰情」後有標點。
〔註768〕苦難，降之戈也　湯本中無標點。
〔註769〕魔誘三　湯、馬、姚三本「魔誘」後有標點。
〔註770〕祈禱，勝之鎗也　湯本、便覽本中無標點。
〔註771〕便覽本、姚本作「隙」。
〔註772〕惟身靈靡洽，第一人偏愛己　湯、馬、姚三本作「惟身靈靡洽第一，人偏愛己」，便覽本作「惟身靈靡洽第一，人偏愛己」。
〔註773〕謙抑耐侮，可　湯、便、姚三本中無標點。
〔註774〕心身戩兢　湯、便、馬三本作「心神戰兢」，姚本作「心神戰競」。

恒覿多人，其德似盛，幾與神侔，厥味神滋，未幾志餒，行穢若□〔註775〕，始知主不扶劣，德僕〔註776〕；不開蒙，志昏〔註777〕；不錫勇，力□〔註778〕；不制誘，貞失；不護靈，勤虛。

恃勤即愆，伏〔註779〕主起之，吾志易移，俾定惟主。吾心易清，俾薰惟主。幸有微善，伏悟愳主，認本無，僉可謙，士以依主為基〔註780〕，抑己恃祐，即萬喙揚之，厥心安下，蓋知揚之之人，言若煙散〔註781〕，特主言實，永不能移。

勿輕信欲宜依主命〔註782〕（三卷十六章）

主曰：子將興事，可預向吾云：斯務主攸允庇，獲遂得致聖榮，祐成，獲資靈益〔註783〕，錫福終始。若否，勿敢允祈〔註784〕。惜僕心，迷欲罔節〔註785〕，似善藏毒，僕悅之，主慍之，詳審靈情，艱哉！視若屬主，實則由魔，抵〔註786〕覺其謬，悔何及矣？

意萌，宜謙宜警〔註787〕，順余命而云，請主決疑，可，賜行；否，賜止〔註788〕。祈賚恩時，遲速眾寡，主惟顧本耀，勿狥僕祈。蓋主欲吾欲，囿主

〔註775〕湯、便、馬三本作「□」，姚本作「毚」。

〔註776〕始知主不扶劣，德僕　湯、馬、姚三本作「始知，主不扶劣，德僕」。

〔註777〕不開蒙，志昏　湯本中無標點。

〔註778〕湯、便、馬、姚四本皆作「衰」。

〔註779〕湯、便、馬、姚四本皆作「仗」。

〔註780〕伏悟愳主，認本無，僉可謙，士以依主為基　湯本作「伏悟愳主，認本無，僉可，謙士以依主爲基」，便覽本作「伏悟愳主，認本無僉可，謙士以依主爲基」，馬本作「伏悟，愳主，認本無，僉可，謙士以依主爲基」，姚本作「伏悟，懼主，認本無，僉可，謙士以依主爲基」。

〔註781〕蓋知揚之之人，言若煙散　湯、馬、姚三本作「蓋知，揚之之人，言若煙散」。

〔註782〕勿輕信欲宜依主命　馬本「勿輕信欲」後有標點。

〔註783〕斯務主攸允庇，獲遂得致聖榮，祐成，獲資靈益　湯本、姚本作「斯務主攸允，庇獲遂，得致聖榮，祐成獲資靈益」，便覽本作「斯務主攸允，庇獲遂，得致聖榮祐成，獲資靈益」，馬本作「斯務主攸允，庇獲遂，得致聖榮，祐成，獲資靈益」。

〔註784〕若否，勿敢允祈　湯本、便覽本中無標點。

〔註785〕惜僕心，迷欲罔節　湯本作「惜僕心迷欲罔節」，便、馬、姚三本作「惜僕心迷，欲罔節」。

〔註786〕湯、馬、姚三本作「祇」，便覽本作「祇」。

〔註787〕意萌，宜謙宜警　湯本、便覽本作「意萌宜謙宜驚」，馬本、姚本作「意萌，宜謙宜驚」。

〔註788〕可，賜行；否，賜止　湯本、便覽本作「可賜行，否賜止」，馬本、姚本作「可，此行；否賜止」。

掌握，軫轉惟意，事主合意，茲今以永，僕欲〔註789〕。

祈洽聖意（三卷十七章）

士謂主曰：祈拯世慈主，錫僕聖庇，獲興且繼且訖，諸務賜心愛主罔二〔註790〕，賜眹世若亡，為主承窘，惟〔註791〕洽聖意，僕乃心平。眞平惟主，餘悉恢心。

眞樂由主（三卷十八章）

士謂己靈曰：世無眞樂，眞于世，則覓謬〔註792〕。天國者，眞樂界〔註793〕，縱世為統〔註794〕樂，獲嘗厥味，詎克久哉？士居神貧，有心謙，主乃樂之，吾靈暫俟，天樂即至，充滿汝心。覓偽暫樂，失永眞樂，現來兩世態殊，用彼慕此，正途也。彼莫餒〔註795〕心，可節用之。此克牣靈，可愛慕之。憶主造汝，為受〔註796〕永禧，匪享暫愉。嗟，俗人戀世〔註797〕，念後〔註798〕忘此，善士則否，時〔註799〕冀實樂，忻嗜厥滋。世樂由人，虛暫，厥贗灼〔註800〕；天樂由主，實永，厥眞烱〔註801〕。善士思主常樂，時向主云：為主遺世，祈主時處，處邇僕〔註802〕。欲試以苦，惟命。蓋知主無窮慈，弗忍永棄卑役〔註803〕。

〔註789〕茲今以永，　僕欲　湯、便、馬、姚四本皆作「茲今以永淨僕欲」。

〔註790〕獲興且繼且訖，諸務賜心愛主罔二　湯本作「獲興且繼且訖諸務，賜心愛主罔二」，馬本、姚本作「獲興、且繼、且訖、諸務，賜心愛主罔二」。

〔註791〕湯、便、馬、姚四本皆作「恒」。

〔註792〕眞于世，則覓謬　湯本作「求眞於世則覓謬」，便、馬、姚三本作「求眞於世，則覓謬」。

〔註793〕天國者，眞樂界　湯本、便覽本中無標點。

〔註794〕湯、便、馬、姚四本皆作「純」。

〔註795〕湯、便、馬、姚四本皆作「飫」。

〔註796〕湯、便、馬、姚四本皆作「承」。

〔註797〕嗟，俗人戀世　湯、馬、姚三本中無標點。

〔註798〕湯、便、馬、姚四本皆作「彼」。

〔註799〕湯、便、馬、姚四本皆作「特」。

〔註800〕世樂由人，虛暫，厥贗灼　湯本作中無標點，便、馬、姚三本作「世樂由人虛暫，厥贗灼」。

〔註801〕天樂由主，實永，厥眞烱　湯本中無標點，便覽本作「天樂由主實永，厥眞烱」。

〔註802〕祈主時處，處邇僕　湯本、便覽本作「祈主時時處處邇僕」，馬本、姚本作「祈主，時時處處邇僕」。

〔註803〕蓋知主無窮慈，弗忍永棄卑役　馬本中無標點。

靈貲仗主（三卷十九章）

主曰：予知子需當否？宜順命倚予。汝欲頻私，難免頻謬。答曰：誠哉主言，僕知主勤，逾吾欲貲，匪託主〔註804〕，朝更夕改靡定，僕意洽主則寧。主若恒謀吾益，欲冥吾靈，謝之〔註805〕，欲耀謝之〔註806〕。欲樂亦謝之。主曰：子心若斯，忻慰予心之良法，豐約憂樂雖更，汝心勿貳。答曰：僕心定矣，主錫美醜甘辛，為主岡別〔註807〕緣，樂心感受，惟祈于常生天冊，毋遺僕名。獲祈聖祐，俾免方命，乃不驚死候，不思世艱，不嘗地獄勮苦。

主耐苦真範（三卷二十章）

主曰：予為子降世受難〔註808〕，匪因人強，惟因愛子。苦臨子，幾失耐〔註809〕，眹吾宜傚，異予之苦勮，從始逮終，無時無間，以苦嗣苦，畢世惟一。資生恒匱，仇詈恒聆，辱言恒恕，施恩眾負，行奇歸魔，訓正受叱。答曰：聖父愛人，命主飲苦岡悉〔註810〕，罪役為主順命〔註811〕，為靈承苦，曷甚事哉？噫！德途澀滯，主祐，釋滯潤澀，可依主轍。今古教殊，古教時，天衢幾塞〔註812〕，天閫〔註813〕穩局，信從者寡，雖聖，咸徯主降〔註814〕，聖架啟局，方克陟進。既降，躬游天路〔註815〕，主踪〔註816〕乃吾捷〔註817〕徑，耐苦鼓行，毋虞迷途。主倘匪預指行，以言啟悟，善行者有幾？主既印踪，信從者猶稀，靡降照世，憐哉世態！

〔註804〕僕知主勤，逾吾欲貲，匪託主　湯本、便覽本作「僕知主勤逾吾欲，資匪託主」，馬本、姚本作「僕知，主勤逾吾欲，資匪託主」。
〔註805〕欲冥吾靈，謝之　湯本、便覽本中無標點。
〔註806〕欲耀謝之　馬本、姚本「欲耀」後有標點。
〔註807〕便覽本作「別」，馬本、姚本作「別」，下文一律錄入為「別」。
〔註808〕予為子降世受難　湯、便、馬、姚四本「予」後皆有標點。
〔註809〕苦臨子，幾失耐　湯本、便覽本中無標點，馬本、姚本作「苦臨，子幾失耐」。
〔註810〕湯、便、馬、姚四本皆作「悉」。
〔註811〕罪役為主順命　湯、便、馬、姚四本「罪役」後皆有標點。
〔註812〕古教時，天衢幾塞　湯、便、馬、姚四本皆中無標點。
〔註813〕湯、便、馬、姚四本皆作「閫」。
〔註814〕雖聖，咸徯主降　湯、便、馬、姚四本皆中無標點。
〔註815〕既降，躬游天路　湯、便、馬、姚四本皆中無標點。
〔註816〕湯、便、馬、姚四本皆作「踪」，下文一律錄入為「踪」。
〔註817〕便覽本、姚本作「捷」，下文一律錄入為「捷」。

訾詈試忍（三卷二十一章）

主曰：子偶遘辱，出傷語，何至今未見盂流以堪仇侮〔註818〕。思吾及吾諸聖〔註819〕，勷苦罔休，則子苦較予及聖，覺無苦。子自歎云：吾苦重兮。予曰：重匪由苦，由子劣德。惟或輕或重，忍之〔註820〕，重乃變輕。智哉勳哉！勿云某恒窘我〔註821〕，毀名詆行。他人侮予可恕〔註822〕，某辱奚堪。子言惑甚！惟衡辱情，人埶〔註823〕，弗思，忍醻〔註824〕，何云忍耶？或上中下辱子，一心承〔註825〕，可，是謂忍〔註826〕，子竟有宏報。冀獲勝冕，預宜善攻。先宜當勞，後享安平。否，奚望冕安耶？答曰：祈主扶劣以承，不則偶值纖迂即落，為主耐咈，丕益吾靈。

認性劣世醜（三卷二十二章）

士謂主曰：僕今對主，將陳靈疚醜行，曰：惟誘攻心〔註827〕，軀勝靈負，致憂失寧，有時毅心以敵，心乃始安，踰時志餒幾蹶，祈𢝔扶𣐕〔註828〕，勿允頻隕，敵攻怙己，僕易立難，胡顏〔註829〕向主？穢像易印難刷，昕夕荷戟不堪，時敵衰情，詎不難哉？主恒護善靈，時圖厥益〔註830〕。祈監僕患，祐行，導程，懋劣。噫！衰情夾攻，呼吸罔息，毋允騰靈，祈錫制身。惜夫，世患時迭，魔網者多〔註831〕。初〔註832〕誘僅退，次引即進，或左右前後，併時環

〔註818〕出傷語，何至今未見盂流以堪仇侮　湯本作「出傷語何，至今未今盲血平流，以堪仇侮」，便、馬、姚三本作「出傷語何，至今未今盲血平流，以堪仇侮」。

〔註819〕思吾及吾諸聖　湯、馬、姚三本「思吾」後有標點。

〔註820〕惟或輕或重，忍之　湯本、便覽本中無標點。

〔註821〕勿云某恒窘我　馬本、姚本「勿云」後有標點。

〔註822〕他人侮予可恕　湯、馬、姚三本「可恕」前有標點。

〔註823〕惟衡辱情，人埶　湯、馬、姚三本作「惟衡辱情人勢」，便覽本作「惟衡辱情人勢」。

〔註824〕弗思，忍醻　湯、便、馬、姚四本皆中無標點。

〔註825〕或上中下辱子，一心承　湯、便、馬、姚四本皆作「或上中下辱，子一心承」。

〔註826〕可，是謂忍　湯、便、馬、姚四本皆中無標點。

〔註827〕將陳靈疚醜行，曰：惟誘攻心　便、馬、姚三本作「將陳靈疚醜行曰：惟誘攻心」。

〔註828〕湯本、馬本作「植」，便覽本、姚本作「植」。

〔註829〕湯、馬、姚三本作「顏」，下文一律錄入為「顏」。

〔註830〕主恒護善靈，時圖厥益　馬本、姚本中無標點。

〔註831〕惜夫，世患時迭，魔網者多　湯本作「惜夫世患時，迭魔網者多」，便覽本作「惜夫世患時迭，魔網者多」，馬本、姚本作「惜夫世患，時迭，魔網者多」。

〔註832〕湯、便、馬、姚四本皆作「初」。

攻，曷克靖〔註833〕哉？生態如是，有人貪生，何耶〔註834〕？惘〔註835〕兮吾靈，愛惡互兢，傲情世光司〔註836〕娛，俾人愛世，衰樂之刑，俾人惡世。奈愛世者繁〔註837〕，惡世者稀也。惜乎迷人，情緣流污，以苦為樂，以辛為甘，以茨為華，慕世俗樂，弗慕神樂也，善士慕斯〔註838〕斁彼，又憫世迷。

安于恩主主恩之上（三卷二十三章）

士謂本靈曰：勿覓世靜，惟主汝並諸聖人永安也〔註839〕。可俯祈曰：至甘拯世真主，賚僕靜安于主。萬豐華，萬禧樂，萬勳蹟，萬神聖，本超二性萬恩之上〔註840〕，蓋萬有眾奇，不逮兆一。主勇富甘美貴福，悉至于無終始〔註841〕，咸居于主，僕靡見靡享，他恩未饜吾靈。噫！極愛拯世者主〔註842〕，僕與懷之，冀[插]翼上飛〔註843〕，忘己抱主。不幸寓茲苦世，頻攖多患，厭生重任。悟昏欲恩，靈繫弗獲颺上享主，若神聖享純蝦〔註844〕，祈主憫盼僕苦。噫！救世上主，天國之光，羈旅之慰，僕口雖嘿，靈每宣洪音云：徐兮主武，盍趨監慰，引臂力扶，錫脫苦谷之灣。來兮來兮，否則靈曷曷歡耶〔註845〕？使靈設[筵]〔註846〕，珍味悉辦，主不赴晏〔註847〕，筵窓味餲，僕靈若囚繫，望主賜，

〔註833〕湯、便、馬、姚四本皆作「靖」，下文一律錄入為「靖」。

〔註834〕有人貪生，何耶　湯、便、馬、姚四本皆中無標點。

〔註835〕湯、便、馬、姚四本皆作「惘」。

〔註836〕湯、便、馬、姚四本皆作「可」。

〔註837〕奈愛世者繁　馬本、姚本「奈」後有標點。

〔註838〕湯、便、馬、姚四本皆作「此」。

〔註839〕勿覓世靜，惟主汝並諸聖人永安也　湯本作「勿覓世靜惟汝主並諸聖人永安也」，便、馬、姚三本作「勿覓世靜，惟汝主並諸聖人永安也」。

〔註840〕本超二性萬恩之上　湯、馬、姚三本「本超二性」後有標點。

〔註841〕主勇富甘美貴福，悉至于無終始　湯本、姚本作「主勇、富、甘、美、貴、福，悉至於無終始」，馬本作「主勇、富、甘、美、貴、福悉至於無終始」。

〔註842〕噫！極愛拯世者主　馬本、姚本中無標點。

〔註843〕僕與懷之，冀[插]翼上飛　湯本、便覽本作「僕興懷之，冀插翼上飛」，馬本、姚本作「僕興懷之冀插翼上飛」。

〔註844〕悟昏欲恩，靈繫弗獲颺上享主，若神聖享純蝦　湯本作「悟昏欲恩，靈繫，弗獲颺上享主，若神聖享純蝦」，便覽本作「悟昏欲恩靈繫弗獲颺上享主，若神聖享純蝦」，馬本、姚本作「悟昏欲恩靈繫弗獲颺上享主若神聖享純蝦」。

〔註845〕否則靈曷曷歡耶　湯本「否」後有標點。

〔註846〕湯、便、馬、姚四本皆作「筵」，下文一律錄入為「筵」。

〔註847〕湯、便、馬、姚四本皆作「宴」。

釋世慕世物〔註848〕，予慕眞主，靈恒歎嘖，祈主臨監，嘿慰僕曰〔註849〕：來矣抵矣，汝謙望悔，苦涕勞吾降臨，慰拭汝洟而允汝禱〔註850〕。答曰：僕籲覓主，為主戁世，主預提覓，俯感浩恩，主前罔敢置喙，惟謙抑己，主奇邁萬有，善極旨淵〔註851〕，乃聖父全知，油然御世，萬有恒颺，主奇罔休〔註852〕，斯乃僕願。

思戴主恩（三卷二十四章）

士謂主曰：祈主啟明，錫從聖命，憶攸承主公私諸恩，時克〔註853〕鳴謝。噫！僕于纖恩，莫能竟謝，矧巨恩？僕卑罔極，主恩無涯，念之，心訏力匱〔註854〕，形神表裏本超二性〔註855〕，攸承諸恩，咸屬于主，亟宜揚之。設主內壅湧流，大小奚有外溢〔註856〕，受大者勿傲勿伐〔註857〕；承小者勿悁勿嗔〔註858〕，葢彌遜彌謝，彌俯承他隆恩也。受約勿疾承奢者〔註859〕，思主無私，時澤憶〔註860〕兆，罔別彼此。葢恩咸出主，受者勿忘，主知授時所宜、所否〔註861〕。受多受寡，宜承以謝，勿測主意，僕既受寡，遠世光鏟譽〔註862〕，

〔註848〕望主賜，釋世慕世物　湯、便、馬、姚四本皆作「望主賜釋，世慕世物」。
〔註849〕祈主臨監，嘿慰僕曰　湯本、馬本中無標點。
〔註850〕汝謙望悔，苦涕勞吾降臨，慰拭汝洟而允汝禱　湯本作「汝謙、望、悔、苦、涕，勞吾降臨，慰拭汝洟，而允汝禱」，便覽本作「汝謙望悔苦涕，勞吾降臨慰，拭汝洟而允汝禱」，馬本、姚本作「汝謙望、悔、苦、涕，勞吾降臨，慰拭汝洟，而允汝禱」。
〔註851〕善極旨淵　馬本、姚本「善極」後有標點。
〔註852〕萬有恒颺，主奇罔休　湯、便、馬、姚四本皆作「萬有恒颺主奇罔休」。
〔註853〕湯、便、馬、姚四本皆作「刻」。
〔註854〕念之，心訏力匱　湯本、便覽本中無標點。
〔註855〕形神表裏本超二性　湯本作「形神表裡，本超二性」，便覽本作「形神表裏，本超二性」，馬本、姚本作「形神表裡本超二性」。
〔註856〕設主內壅湧流，大小奚有外溢　湯、便、馬、姚四本皆作「設主內壅，湧流大小，奚有外溢」。
〔註857〕受大者勿傲勿伐　湯、馬、姚三本「受大者」後有標點。
〔註858〕承小者勿悁勿嗔　湯本、馬本作「承小者，勿悁勿嗔」，便覽本作「承小者勿悁勿嗔」，姚本作「承小者，勿悁勿嗔」。
〔註859〕受約勿疾承奢者　湯本、便覽本作「受約勿嫉承奢者」，馬本、姚本作「受約，勿嫉承奢者」。
〔註860〕湯、便、馬、姚四本皆作「億」。
〔註861〕主知授時所宜、所否　湯本、便覽本中無標點，馬本、姚本作「主知授時，所宜所否」。
〔註862〕僕既受寡，遠世光鏟譽　湯本中無標點。

詎非大恩？人埶〔註 863〕愈卑，愈宜忻謝，主遴聖徒，僉樸〔註 864〕，為世所輕，主故重之，監于世爵高位，厥謙深，罔僞影，喜俗攸厭，為主承侮而忻。善士愛主，必愛聖意，主欲為大則安，欲為小亦安，欲陟峻位安，欲攝卑職亦安。蓋安以洽聖命，恒置主意主榮于主萬恩之上。

心坦由四（三卷二十五章）

主曰：茲將諭子坦心捷徑。答曰〔註 865〕：僕請俻示。主曰：心怛由四。寘己順人，一。[illegible]求字生，二〔註 866〕。安下從衆，三〔註 867〕。克私諧吾，四〔註 868〕。知四懋行，始入坦衢。答曰：主諭約矣廣矣〔註 869〕，竒兮四德，懷諸神功，迷僕頻覺心紛，莫知其故。茲知〔註 870〕心紛，由犯斯箴也。主能全，恒國〔註 871〕益靈，祈增僕力，獲踐主訓，以享眞祉。

祈熄惡念（三卷二十六章）

士謂主曰：主乃眞主，眷僕勵劣，衺想迫靈我〔註 872〕傷，靡謀克釋。主慰之曰：吾預導途伏仇，啟明嘿示〔註 873〕。答曰：請主踐詞。祈遏仇誘，速卸穢念，僕樂倚望，僉託吾主，耐傒再來慰僕。

祈賚眞光（三卷二十七章）

士謂主曰：主光莫掩，祈爓靈闇，俾魔遠遁，賜靈獲靜，伏〔註 874〕僕敵仇取勝，命颶息海晏，心乃泰〔註 875〕寧讚主。僕靈若墝壤，祈主播輝，錫泪

〔註 863〕湯、便、馬、姚四本皆作「勢」。

〔註 864〕主遴聖徒，僉樸　湯、便、馬、姚四本皆中無標點。

〔註 865〕茲將諭子坦心捷徑。答曰　湯、便、姚三本作「今將諭子坦心捷徑。答曰」，馬本作「今將諭子坦心捷徑答曰」。

〔註 866〕心怛由四。寘己順人，一。[illegible]求字生，二　湯本、便覽本作「心坦由四。寘己順人一。麈求字生二」，馬本、姚本作「心坦由四寘己順人一，麈求字生二」。

〔註 867〕安下從衆，三　湯、便、馬、姚四本皆中無標點。

〔註 868〕克私諧吾，四　湯、便、馬、姚四本皆作「克私偕吾四」。

〔註 869〕主諭約矣、廣矣　湯本作「主諭約矣、廣矣」。

〔註 870〕湯、便、馬、姚四本皆作「將」。

〔註 871〕湯、便、馬、姚四本皆作「圖」。

〔註 872〕湯、便、馬、姚四本皆作「幾」。

〔註 873〕吾預導途伏仇，啟明嘿示　馬本、姚本作「吾預導途，伏仇，啟明嘿示」。

〔註 874〕湯、便、馬、姚四本皆作「代」。

〔註 875〕湯、便、馬、姚四本皆作「泰」。

以澤，眾德得萌苞實〔註876〕。輕愆任重，獲享主滋，斁俗餲也〔註877〕。世慰虛幻，靈承空澹，祈賜靈結主，葢飫僕惟主，世物咸莫味。

毋察人務（三卷二十八章）

主曰：子勿究閒務，致散浪心，事不汝與，究之奚裨？從吾，汝急務也〔註878〕。憑人言行〔註879〕，吾子罔究，惟審己可，末日罔責于汝人情，特責汝行〔註880〕，吾灼億兆，觀行察意，黙惟吾勿，因人失諧〔註881〕，判期定至。德愿每受準，醻能塞吾聰〔註882〕，能閣〔註883〕吾明乎？勿希世耀，勿忻應醻〔註884〕，勿喜眾愛，心靈淆亂，恒必由之。子勤行善勿寐，脩靈啟心，徯吾來示奧理，宜謙寬望吾也〔註885〕。

平心進德之由（三卷二十九章）

主曰：予昔謂徒云，予平居安與爾偕焉〔註886〕。予平、世平懸絕〔註887〕。噫！僉慕心平〔註888〕，孰遵平軌〔註889〕？良善謙忍，平心坦途也〔註890〕。子聞斯訓，勤行之，靈平丕暢〔註891〕。答曰：聖意請釋。主曰：稽汝言行〔註892〕，

〔註876〕祈主播輝，錫泹以澤，眾德得萌苞實　湯本、便覽本作「祈主播輝錫泹，以澤眾德，得萌苞實」，馬本、姚本作「祈主播輝錫泹，以澤眾德得萌苞實」。

〔註877〕獲享主滋，斁俗餲也　湯本、便覽本作「獲享主，茲斁俗餲也」，馬本、姚本作「獲享主，茲，斁俗餲也」。

〔註878〕從吾，汝急務也　便覽本中無標點。

〔註879〕憑人言行　便、馬、姚三本「憑人言」後有標點。

〔註880〕特責汝行　便、馬、姚三本「特責汝」後有標點。

〔註881〕黙惟吾勿，因人失諧　湯本、馬本作「黙陟惟吾，勿因人失諧」，便覽本、姚本作「黜陟惟吾，勿因人失諧」。

〔註882〕德愿每受准，醻能塞吾聰　湯、馬、姚三本作「德、愿，每受准醻，能塞吾聰」，便覽本作「德愿每受准醻，能塞吾聰」。

〔註883〕湯、便、馬、姚四本皆作「掩」。

〔註884〕湯、馬、姚三本作「酧」，便覽本作「酬」。

〔註885〕宜謙寬望吾也　湯、馬、姚三本作「宜謙、寬、望吾也」。

〔註886〕予平居安與爾偕焉　湯、馬、姚三本作「予平安居，與爾偕焉」，便覽本作「予平安居與爾偕焉」。

〔註887〕予平、世平懸絕　湯、便、馬、姚四本皆中無標點。

〔註888〕噫！僉慕心平　姚本中無標點。

〔註889〕便覽本、姚本作「軌」。

〔註890〕良善謙忍，平心坦途也　馬本、姚本中無標點。

〔註891〕子聞斯訓，勤行之，靈平丕暢　湯本作「子聞斯訓勤行之，靈平丕暢」。

〔註892〕稽汝言行　便、馬、姚三本「稽汝言」後有標點。

務洽吾旨,勿求他意。人言行,毋輕擬〔註893〕,匪切務,勿顧〔註894〕,乃免淆心。或致淆,必稀必輕〔註895〕,勿訝吾言稀輕,蓋完寧純平,惟天域也。有時世務暫順,子勿誇云心已寧矣〔註896〕,無逆吾者矣,內外樂矣,皆平徵哉!吾子差甚!

斯皆寡德驗〔註897〕也。倘問何修致享心平〔註898〕,獲諸德精〔註899〕,曰:身靈獻吾,事無拘纖巨久暫〔註900〕,一心受之,卸私符吾,又現苦既承,辨迓來患,沖心毋伐,吾必汝慰,心曠神怡。

祈主啟悟節用(三卷三十章)

士謂主曰:靈恒﹝溺﹞〔註901〕,默想不輟,盛德驗〔註902〕,寓世忘世,善士徵〔註903〕,惟其忘,匪由寐,由主提醒,錫心遠俗脫繫〔註904〕。祈至慈主,憫盼僕苦〔註905〕,賜免煩務,增力以勝,祈解身係〔註906〕,釋靈多阻〔註907〕。僕雖已斁,俗人攸冀,奈猶多情束靈〔註908〕,弗許憑昇。噫!至甘上主,賚眹世樂若苦,勿許軀勝靈,幻耀昏心,狡魔遂計,錫勇以抵,耐以承,恒以成工,慰以謝世愛主〔註909〕。噫!衣衾〔註910〕諸貲,善士之重荷也,祈賜用,弗

〔註893〕人言行,毋輕擬 湯本中無標點,便、馬、姚三本作「人言、行毋輕擬」。
〔註894〕匪切務,勿顧 湯、便、馬、姚四本皆中無標點。
〔註895〕或致淆,必稀必輕 湯、馬、姚三本中無標點。
〔註896〕子勿誇云心已寧矣 湯、便、馬、姚四本「子勿誇云」後皆有標點。
〔註897〕便覽本作「驗」,下文一律錄入為「驗」。
〔註898〕倘問何修致享心平 湯、便、馬、姚四本「倘問何修」後皆有標點。
〔註899〕湯、便、馬、姚四本皆作「精」。
〔註900〕事無拘纖巨久暫 馬本、姚本「事無拘纖巨」後有標點。
〔註901〕湯、便、馬、姚四本皆作「溺」。
〔註902〕盛德驗 湯、馬、姚三本作「盛德之驗」,便覽本作「盛德之徵」。
〔註903〕善士徵 湯、便、馬、姚四本皆作「善士之徵」。
〔註904〕錫心遠俗脫繫 湯、馬、姚三本作「錫心遠俗,脫繫」後有標點,便覽本作「錫心,遠俗脫繫」。
〔註905〕祈至慈主,憫盼僕苦 便覽本作「祈至慈主,憫盼僕苦」,馬本、姚本作「祈至慈主憫盼僕苦」。
〔註906〕湯、便、馬、姚四本皆作「繫」。
〔註907〕釋靈多阻 湯、便、馬、姚四本皆作「釋靈之多阻」。
〔註908〕僕雖已斁,俗人攸冀,奈猶多情束靈 湯、馬、姚三本作「僕雖已斁,俗人攸冀,奈,猶多情束靈」,便覽本作「僕雖,已斁俗人攸冀,奈猶多情束靈」。
〔註909〕慰以謝世愛主 湯、馬、姚三本「慰以謝世」後有標點。
〔註910〕湯、便、馬、姚四本皆作「食」。

踰節〔註911〕，身貲難捐，豐字之，主禁，以免肉身抗靈，過猶不及，祈主示中。

私愛大礙聖寵（三卷三十一章）

主曰：子置萬有之微，乃獲萬有之主。思靈仇雖眾，偏愛為甚？依偏愛物，或輕與重〔註912〕，繫心皆然。愛有純樸，有次序，物乃罔繫。物不可有吻慕之物，奪心平勿有之〔註913〕。異乎汝惑，事既託吾〔註914〕，胡又愁心隻〔註915〕思？慕愜吾旨，物無不利。慕獲某物，窠處某所，為致心寧法，醜哉〔註916〕！彼此恒遇拂物也，刮物于心，真平實則。問必刮何？曰：愛財、貪榮、獵譽〔註917〕，斯咸同世迅翻罔忽〔註918〕。又勿處幽覓寧，幽處靜外，寧覓內平。處更，心仍恢真平，假遇迂心，平頓失〔註919〕。

祈主耀靈（三卷三十二章）

士謂主曰：祈主錫僕聖寵，聖神懋靈，俾斅散心俗務，鉅細勿眩，觀世若沼〔註920〕，自觀若將同澼，人譖世狀如是，哲人哉！祈錫實知，惟主勿敢咈命〔註921〕，以智遯譽，以忍當患，順逆雖移，僕心恒一，渡世坦道也。

以耐承誹（三卷三十三章）

主曰：子偶罹讒〔註922〕，傷心厭聞，以耐承之。思謗，較己罪懸隔〔註923〕。

〔註911〕祈賜用，弗踰節 湯本、便覽本中無標點，馬本、姚本作「祈賜，用弗踰節」。
〔註912〕依偏愛物，或輕與重 湯、便、馬、姚四本皆作「依偏愛，物或輕與重」。
〔註913〕物不可有吻慕之物，奪心平勿有之 湯、便、馬、姚四本皆作「物不可有，勿慕之，物奪心平，勿有之」。
〔註914〕異乎汝惑，事既託吾 馬本、姚本中無標點。
〔註915〕湯、便、馬、姚四本皆作「焦」。
〔註916〕為致心寧法，醜哉 湯、便、馬、姚四本皆作「爲致心寧，法醜哉」。
〔註917〕愛財、貪榮、獵譽 便覽本中無標點。
〔註918〕斯咸同世迅翻罔忽 湯、便、馬、姚四本皆作「斯咸同世迅翻罔息」。
〔註919〕處更，心仍恢真平，假遇迂心，平頓失 湯本作「處更，心仍恢，真平遐，遇迂心平頓失」，便、馬、姚三本作「處更，心仍恢，真平遐，遇迂心平頓失」。
〔註920〕俾斅散心俗務，鉅細勿眩，觀世若沼 湯、便、馬、姚四本皆作「俾斅散心，俗務鉅細勿眩，觀世若沿」。
〔註921〕祈錫實知，惟主勿敢咈命 湯、馬、姚三本作「祈錫，實知懷主，勿敢咈命」，便覽本作「祈錫實知懷主，勿敢咈命」。
〔註922〕湯、便、馬三本作「讒」，姚本作「讒」。
〔註923〕思謗，較己罪懸隔 湯、馬、姚三本作「思，謗較己罪，懸隔」，便覽本作「思謗

思謗〔註924〕，夫德雖弱〔註925〕，汝德更劣。子聆吾訓鍥心〔註926〕，必忽漂言。人聞刺語，嘿不置辯，惟亟反己，大智人也！子之平，匪閞〔註927〕衆口，或毀或譽〔註928〕，罔改汝實，汝平汝華汝耀，惟予〔註929〕，不冀人譽，不思人凌，斯允平則。偏愛己，虛驚逆，斯允亂心階。

苦時宜體聖命（三卷三十四章）

士苦，謂主曰：主錫斯苦，今謝以承，左右苦繞罔釋，祈祐勝之，俾益靈也。茲對聖父，罔敢置喙，勵苦伐性，深讚聖意，昔主頻賜耐德，今祈武，印昔僕辜多矣〔註930〕，知昔〔註931〕應愆，忍承之。丕〔註932〕幸，今靈昏甚，望主撥霧敷光，伸手扶起之〔註933〕，重若〔註934〕乃輕。若否，吾即懋輕亦重矣〔註935〕。

慰患惟主（三卷三十五章）

主曰：吾子苦時，思惟予，克免汝苦〔註936〕，可來速祈吾，不早慰〔註937〕，咎歸于子。先縱覓世樂，然後求吾，甚哉汝迷！既縱覓樂，心安何有？惟吾真樂，自吾外，無健祐，無嘉猷，無善途以解脫〔註938〕。

較己罪懸隔」。
〔註924〕思謗　湯、馬、姚三本作「思」，便覽本作「思夫」。
〔註925〕夫德雖弱　便覽本作「德雖弱」。
〔註926〕子聆吾訓鍥心　湯、馬、姚三本作「子聆吾訓」後有標點。
〔註927〕湯、便、馬、姚四本皆作「關」。
〔註928〕或毀或譽　湯、馬、姚三本「或毀」後有標點。
〔註929〕罔改汝實，汝平汝華汝耀惟予　湯本、馬本作「罔改汝實，汝平，汝華，汝耀，惟予」，便覽本作「罔改汝實，汝平，汝華，汝耀惟予」，姚本作「罔改汝實，汝平，汝華，汝耀。惟予」。
〔註930〕今祈武，印昔僕辜多矣　湯、便、馬、姚四本皆作「今祈武印昔，僕罪多矣」。
〔註931〕湯、便、馬、姚四本皆作「苦」。
〔註932〕姚本作「不」。
〔註933〕伸手扶起之　湯、便、馬、姚四本皆作「伸手扶之」。
〔註934〕湯、便、馬、姚四本皆作「苦」。
〔註935〕吾即懋輕亦重矣　湯、便、馬、姚四本「吾即懋」後皆有標點。
〔註936〕吾子苦時，思惟予，克免汝苦　湯本、便覽本作「吾子苦時，思惟予克免汝苦」，馬本、姚本作「吾子苦時思，惟予克免汝苦」。
〔註937〕可來速祈吾，不早慰　湯、便、馬、姚四本皆作「可來速祈，吾不早慰」。
〔註938〕無健祐，無嘉猷，無善途以解脫　湯、馬、姚三本作「無健祐，無嘉猷，無善途以解脫」，便覽本作「無健祐無嘉猷無善途以解脫」。

　　苦時，必毋自棄失望〔註939〕，濤風四起，動搖汝心，望吾照臨來慰，因補昔所奪樂，吾能全。言誠許，豈不踐〔註940〕？汝信劣哉！毅持善念，延待時宜，吾慰子靈，倏瘳心疾，雖魔誘至，曷思〔註941〕？

　　曷究知來，以苦續苦。吾曾規徒曰：現苦已足且餘〔註942〕，毋思翌苦翌情，來否靡定，妄驚虛喜，何耶〔註943〕？

　　被誘失心，視初功若廢，悉劣德明徵，魔弗論眞偽。或以現樂，或以來苦，謀陷善人。智者因計斥計〔註944〕，固志望祐。

　　苦時，子思吾愈遐，而吾愈邇，想功愈敗，而功愈崇〔註945〕。苦時，明悟甚昏〔註946〕，難信已臆。勿嗟云吾望已兮〔註947〕，吾光滅兮。詎能復來？思吾降苦，或奪神樂，皆屬天國正路。以苦試汝，併〔註948〕試先聖，以苦益彼益汝，蓋眞德實工，由苦不由樂也〔註949〕。

　　予明汝情，物皆遂意，傲心頓起，歸功于己。吾所與能奪〔註950〕，所奪能還〔註951〕。與之，吾恩也。奪之，非奪汝物也。吾乃特〔註952〕主，與奪惟命，與感其來，奪忍其去，智人哉！

〔註939〕苦時，必毋自棄失望　湯、馬、姚三本作「苦時，毋必自棄失望」，便覽本作「苦時毋必自棄失望」。

〔註940〕吾能全。言誠許，豈不踐　湯、馬、姚三本作「吾能全。言誠，許豈不踐」，便覽本作「吾能全言誠，許豈不踐」。

〔註941〕雖魔誘至，曷思　便、馬、姚三本中無標點。

〔註942〕現苦已足且餘　湯、馬、姚三本「現苦已足」後有標點，便覽本「現苦」後有標點。

〔註943〕毋思翌苦翌情，來否靡定，妄驚虛喜，何耶　湯、馬、姚三本作「毋思翌苦，翌情來否，靡定，妄驚虛喜，何耶」，便覽本作「毋思翌苦，翌情來否靡定，妄驚虛喜何耶」。

〔註944〕智者因計斥計　湯、馬、姚三本「智者」後有標點。

〔註945〕苦時，子思吾愈遐，而吾愈邇，想功愈敗，而功愈崇　湯本作「苦時，子思吾逾遐，而吾逾邇，想功逾敗，而功逾崇」，便覽本作「苦時子思吾逾遐而吾逾邇，想功逾敗而功逾崇」，馬本、姚本作「苦時，子思吾逾遐，而吾逾邇想功逾敗，而功逾崇」。

〔註946〕苦時，明悟甚昏　湯、便、馬、姚四本皆中無標點。

〔註947〕勿嗟云吾望已兮　湯、馬、姚三本作「勿嗟云：吾望已兮」，便覽本作「勿嗟云，吾望，已兮」。

〔註948〕湯、便、馬、姚四本皆作「並」。

〔註949〕由苦不由樂也　湯、馬、姚三本「由苦」後有標點。

〔註950〕吾所與能奪　湯、馬、姚三本「吾所與」後有標點。

〔註951〕所奪能還　湯、馬、姚三本「所奪」後有標點。

〔註952〕湯、便、馬、姚四本皆作「物」。

思奪樂與苦〔註953〕，亦屬主恩，亦為愛效。吾愛徒甚，每謂之曰：聖父愛予，予汝亦然，命汝巡世何意？為享世樂，獲世光榮，嬉遊度〔註954〕生耶？為承苦辱，以勤行工，以忍成功，斯吾志哉！茲吾終諭，子宜佩之。

物遠主近（三卷三十六章）

士謂主曰：求主勵弱釋絆，得騰上無阻。世愛，靈之黏梏也。達味聖王歡云：吾慕捑〔註955〕駕〔註956〕翼，戾〔註957〕天始安，善哉厥慕，純心樸人，能割世愛，知主超萬有上，知己置萬有下，知萬有衆奇，莫定〔註958〕主奇。惟遇士具是粹德，稀哉！世愛絆心故稀，非主特庇莫及耶〔註959〕？但不及則謂卑。

人知世奇妙曷益〔註960〕？主諸奇叢衆妙，海外奇妙皆無，可輕若無，祈主照悟〔註961〕，葢主照諭，人誨懸絶〔註962〕，主照，超性光也，人受學而不勞，格物而無謬。人誨僉否。

噫！人慕靈蹄，冀嗜主飴，衆矣〔註963〕。僣以蹄嗜幾希〔註964〕。吾儕重外輕內，偏愛眤衰，胡能及之？惜夫！吾善何在？外有善名，內實弗省〔註965〕，勤業諸外，怠緩諸內，暫入于心，即出游〔註966〕外。內敗詎得外全〔註967〕？何

〔註953〕思奪樂與苦　湯、便、馬、姚四本「思奪樂」後皆有標點。
〔註954〕湯、便、馬、姚四本皆作「慶」。
〔註955〕湯、馬、姚三本作「插」，便覽本作「挿」。
〔註956〕湯、便、馬、姚四本皆作「駕」。
〔註957〕湯、便、姚三本作「戾」，馬本作「戾」。
〔註958〕湯、便、馬、姚四本皆作「及」。
〔註959〕世愛絆心故稀，非主特庇莫及耶　湯本、便覽本作「世愛絆心，故稀，非主特庇，奠及耶」，馬本、姚本作「世愛絆心故稀，非主特庇，奠及耶」。
〔註960〕人知世奇妙曷益　湯、馬、姚三本「曷益」前有標點。
〔註961〕主諸奇叢衆妙，海外奇妙皆無，可輕若無，祈主照悟　湯本作「主諸奇叢、妙海，外奇妙皆無，可輕若無，祈主照悟」，便覽本作「主諸奇叢妙，海外奇妙皆無，可輕若無，祈主照悟」，馬本、姚本作「主諸奇叢、妙海，外奇妙皆無可輕若無祈主照悟」。
〔註962〕葢主照諭，人誨懸絶　湯本作「葢主照，與人誨，懸絶」，便覽本作「葢主照與人誨懸絶」，馬本、姚本作「葢主照與人誨，懸絶」。
〔註963〕冀嗜主飴，衆矣　便、馬、姚三本中無標點。
〔註964〕僣以蹄嗜幾希　湯、便、馬、姚四本「僣以蹄嗜」後皆有標點。
〔註965〕湯、便、馬、姚四本皆作「肖」。
〔註966〕湯、便、馬、姚四本皆作「遊」，下文一律錄入為「遊」。
〔註967〕內敗詎得外全　湯、馬、姚三本「內敗」後有標點。

弗省遍〔註968〕？盍涕己罪耶？

　　世衡量爽，欲揚人，特美其爵位勇富等〔註969〕，有謙遜良善諸德〔註970〕，弗問也。彼皆倚世而偽，此皆屬主而真。

輕己窮〔註971〕貪（三卷三十七章）

　　主曰：子欲靈騰，先宜舍己，次釋貪縛，貪人係心愛己，好淊圖非義樂〔註972〕，弗顧聖命，不別虛實，厥迷深哉。吾乃真實，外吾悉虛。子聆約訓〔註973〕，棄虛必得實，解貪必獲安，聆訓而行，超光即耀汝靈。

　　答曰：奇哉主諭！詞約理廣，含諸德精，不為幼〔註974〕童之戲。

　　主曰：子視德峻，愈宜懋進，倘莫能速進，歎慕其進，子不偏愛，恒合吾與聖父意，吾乃汝愛，賜靈恒平，卒世享吾，前訓既行，勿停善工。尚有多工，子無詳行，因祈而不遂，可貿吾精金，為富汝靈，知重天國輕世，吾乃羡〔註975〕金也。

　　智人還輕以重，癡人還重以輕，奈人眎天如輕，眎地如重，口云世態醜甚，行德美甚，但心口莫符也。隆德價多，昧故多迷哉〔註976〕。

心志莫定向主乃定（三卷三十八章）

　　主曰：子意弗定，儵發旋變，莫能恒一，時喜時憂，時亂時平，時勤時怠，時覺靈進，時覺靈滯，惟純德士，勿顧物變，弗顧〔註977〕變風何起，特望聖意，若靈南鍼〔註978〕，以正生路，向吾無慮途迷〔註979〕。

〔註968〕湯、便、馬、姚四本皆作「過」。
〔註969〕特美其爵位勇富等　湯、馬、姚三本「勇富等」前有標點。
〔註970〕有謙遜良善諸德　湯、馬、姚三本「有謙遜」後有標點。
〔註971〕便覽本作「剪」。
〔註972〕貪人係心愛己，好淊圖非義樂　湯本作「貪人係心，愛己，好遊圖非義樂」，便、馬、姚三本作「貪人係心，愛己，好游，圖非義樂」。
〔註973〕湯、便、馬、姚四本皆作「言」
〔註974〕湯、便、馬、姚四本皆作「幼」。
〔註975〕湯、便、馬、姚四本皆作「兼」。
〔註976〕隆德價多，昧故多迷哉　湯、便、馬、姚四本皆作「隆德價多昧，故多迷哉」。
〔註977〕湯、便、馬、姚四本皆作「究」。
〔註978〕湯、便、馬、姚四本皆作「針」
〔註979〕以正生路，向吾無慮途迷　湯本、馬本作「以正生路，向吾，無慮途迷」，姚本作「以正生路向吾，無慮途迷」。

奈人心目少精，私欲多翳，經紀主復活一人，眾逮其室，但意不誠，弗特見主，並以見復活人。吾意宜純，特求樂主，雜以外滓，何哉？

愛主致怡（三卷三十九章）

士謂主歎曰：真主獨一，統含萬美，僕幸享主心足〔註980〕，無物可欲。嘅哉善人，厭世愛主，再四謂主曰：主為萬有真主，居靈咸甘，離靈鹹苦，善靈有之，一心受順逆，不分彼此，而恒謝主，陪厥行，鹹苦甘膩，否則莫和，若觸味也。

俗智約二，世智一，驅智二〔註981〕，彼致身苦，此致靈死。主智真實，彼視若真癡〔註982〕。棄世從主，克己遏欲，去偽獲真，輕身重靈，是謂智人。嗜主飴樂，物樂皆歸于主，豈非甚智？

奇主真味，物味如觸，主光無終始，物光喻主皆冥，求主降慰，內照僕靈，乃締吾主，詠曰〔註983〕：慕覲聖顏，為餍靈餐，主不速臨，吾靈豈晏？衷情未滅，八面〔註984〕夾圍，靈繞靡安，求主息風平海〔註985〕，抑仇拆兵，僕揚主榮〔註986〕，蓋主，吾望干城〔註987〕。

世患魔誘難免（三卷四十章）

主曰：子寓下土〔註988〕，汝仇夾攻，必宜荷戟捍攻，緩挽忍楯，魔箭傷之〔註989〕。汝心吾合，堅忍魔誘，否則失心，併失聖冕，宜進毋退，猛攻，勝者受榮〔註990〕，負者見僇。

〔註980〕僕幸享主心足　湯、馬、姚三本「僕幸享主」後有標點。
〔註981〕湯、便、馬、姚四本皆作「一」。
〔註982〕彼視若真癡　湯、便、馬三本作「彼眎若真癡也」，姚本作「彼視若真癡也」。
〔註983〕詠曰　湯、便、馬、姚四本皆作「乃詠曰」。
〔註984〕湯、馬、姚三本作「面」，下文一律錄入為「面」。
〔註985〕湯、便、馬、姚四本皆作「浪」。
〔註986〕僕揚主榮　湯、便、馬、姚四本皆作「僕乃揚主榮」。
〔註987〕蓋主，吾望干城　湯、便、馬、姚四本皆作「蓋主吾望干城也」。
〔註988〕湯、便、馬、姚四本皆作「土」。
〔註989〕必宜荷戟捍攻，緩挽忍楯，魔箭傷之　湯本、姚本作「必宜荷戟捍攻，緩挽忍楯，魔荷傷之」，便覽本、馬本作「必宜荷捍攻，緩挽忍楯，魔荷傷之」。
〔註990〕宜進毋退，猛攻，勝者受榮　便覽本作「宜進毋退，猛攻勝者受榮」，馬本、姚本作「宜進毋退猛攻，勝者受榮」。

子獲世福，必喪天福，毋脩心以承世榮，辦心以迓世苦，勿覓平心于世于人與物〔註991〕，特覓吾平。遇世苦患，魔誘衆辱仇訶〔註992〕，受之以忍，是皆益德，天冕貲也。吾報瞬苦小辱。

在世冀恒享神樂，癡冀也。先聖慕陞，先履苦途，肉軀外苦，魔感內患，忍望吾力，弗恃己功，思世樂微價，弗應天償，先聖預苦泪，妄冀神樂，曷理耶〔註993〕？恃吾勇敵，宜獻形神擭苦〔註994〕，以求吾光，吾乃汝祐，宏報汝勳。

輕人妄議（三卷四十一章）

主曰：子行時，意特吾悅，天理不刺汝心，有人妄議汝行優，心可輕〔註995〕。吾許其議，為加汝功，子迺〔註996〕心謙忘忍，議則易〔註997〕，佞〔註998〕舌滑易，詎可遽信？善人善行，衆訝難免，保錄宗徒，務合益衆〔註999〕，謗猶不免，以謙忍聆誣，嘿望吾亦有時釋己善意〔註1000〕，為解衆疑。

妄議汝人，今在翌亡，何思之有？思吾則是，思人則非，佞欲害汝〔註1001〕，而實害己。終囿吾判，子必思吾，不必互爭〔註1002〕，孰〔註1003〕子時負，無故受辱，心毋失忍，勿失忍冕，吾眎汝辱，報之以榮，灼知汝苦，償之以樂，人人妍娷〔註1004〕，酬應無爽。

〔註991〕勿覓平心于世于人與物　湯本作「勿覓平心於世，於人，與物」，馬本、姚本作「勿覓平心於世，於人，與物」。

〔註992〕魔誘衆辱仇訶　湯、馬、姚三本作「魔誘，衆辱，仇訶」，便覽本作「魔誘，衆辱仇訶」。

〔註993〕妄冀神樂，曷理耶　湯本、馬本作「汝妄冀神樂，曷理也」，便覽本作「汝妄冀神樂，曷理也」，姚本作「汝妄冀神樂曷理也」。

〔註994〕宜獻形神擭苦　湯、馬、姚三本「宜獻形神」後有標點。

〔註995〕有人妄議汝行優，心可輕　湯、便、馬、姚四本皆作「有人妄議汝行，憂心可輕」。

〔註996〕便覽本作「迺」。

〔註997〕子迺心謙忘忍，議則易　湯、便、馬、姚四本皆作「子迺心謙，忍議則易」。

〔註998〕湯、便、馬、姚四本皆作「佞」，下文一律錄入為「佞」。

〔註999〕保錄宗徒，務合益衆　便、馬、姚三本中無標點。

〔註1000〕以謙忍聆誣，嘿望吾亦有時釋己善意　湯本、便覽本作「嘿望吾」後有標點，馬本、姚本作「以謙忍聆誣嘿望吾，亦有時釋己善意」。

〔註1001〕湯、便、馬、姚四本皆作「人」。

〔註1002〕湯、便、馬、姚四本皆作「爭」，下文一律錄入為「爭」。

〔註1003〕湯、便、馬、姚四本皆作「就」。

〔註1004〕湯本、馬本作「娷」，便覽本作「娷」，下文一律錄入為「娷」。

己事託主寧心善則（三卷四十二章）

主曰：子置己，即得予，損世物，即獲益靈增聖寵〔註1005〕。答曰：主諭置己，弗知幾次，孰事孰時？主曰：次次事事時時〔註1006〕，宜却〔註1007〕俗務，每體吾旨，否則子愛吾未盡，吾愛子豈〔註1008〕盡耶？

可速可勤，可全斯工，吾必愛報汝工，劣哉人望！有一不全倚吾〔註1009〕，遇迍失志，若吾難滿其願。有一初全倚〔註1010〕，惟志亦餒，旋復倚〔註1011〕世，彼此曷獲心平，詎克享吾耶？

予叮嚀曰：惟〔註1012〕吾舍物，更物于吾，享吾偕享物〔註1013〕，吾滿其欲照悟，奚必蒐物〔註1014〕？能脫物愛，生死託吾，魔感則微，妄情則息，偏愛則制，妄想則滅，汝幸矣哉！

以智理務祈主自解（三卷四十三章）

主曰：子理外務，勿順軀意，強之從靈，若僕從主，智士以理為上，以物為下，以目右仰天，貴其真誠〔註1015〕，以左俯地，賤其幻妄，心不凝物，特求聖意，依意用之。

又勿覩事務外狀，弗圖悅目，宜潛心省務，偕聖每瑟祈主，弗己欺紛心，主必爥〔註1016〕悟，賜決現來羣情。經記每瑟遇難，或逼己惡黨〔註1017〕，趨聖堂求祐以承，子宜法之。若穌被誑，經解故曰：輕信甘言，不預諮主，受誑宜哉？

〔註1005〕即獲益靈增聖寵　湯、便、馬、姚四本「即獲益」後皆有標點。
〔註1006〕次次事事時時　湯本作「次次，事事，時時」，馬本、姚本作「次次事，事，時時」。
〔註1007〕湯、便、馬、姚四本皆作「卻」。
〔註1008〕湯、便、馬、姚四本皆作「詎」。
〔註1009〕有一不全倚吾　湯、馬、姚三本「有一」後有標點。
〔註1010〕有一初全倚　湯、馬、姚三本「有一」後有標點。
〔註1011〕湯、便、馬、姚四本皆作「向」。
〔註1012〕湯、便、馬、姚四本皆作「為」。
〔註1013〕享吾偕享物　湯、馬、姚三本「享吾」後有標點。
〔註1014〕吾滿其欲照悟，奚必蒐物　湯、馬、姚三本作「吾滿其欲，照悟，奚必蒐物」後有標點，便覽本作「吾滿其欲，照悟奚必蒐物」。
〔註1015〕以目右仰天，貴其真誠　馬本中無標點。
〔註1016〕湯、便、馬、姚四本皆作「爥」。
〔註1017〕或逼己惡黨　湯、便、馬、姚四本皆作「或惡黨逼己」。

行事忌數（三卷四十四章）

主曰：子行託吾，待時即遂，勿速其成，延安吾意，乃益〔註1018〕。答曰：事不託主，雖勤無益〔註1019〕，特洽聖意，大福大幸。

主曰：人冀某事，恒〔註1020〕欲速成，事成心厭，復營他事，曷能安哉？事雖纖，禁而止之〔註1021〕，德驗安符，寬徵也〔註1022〕。奈仇魔弗欲靈平〔註1023〕，昕夕迭攻，非勤寤，免咠〔註1024〕難矣。主驚徒曰：寤乎禱乎〔註1025〕！以免陷于誘感。

有善毋誇無歸己績（三卷四十五章）

士謂主曰：深矣人卑，主猶弗嫌顧之，人有何德，可膺聖寵？主棄僕，不敢訝，弗允祈，不敢異〔註1026〕，茲宜尊主卑己云：僕始于無〔註1027〕，頻墮于無，無善可樹〔註1028〕，若主不扶，心即澹散〔註1029〕。

主恒一恒善，恒義恒聖恒智，恒以善義聖智御世〔註1030〕。惜僕從愿如沼〔註1031〕，從德如溯，志意曷移。主憫伸手賜安，從主乃易，僕或為安靈，或為獲祐，厭世偽慰，主慰即至，僕幸善行，悉屬主恩。僕初全無、至弱恒變〔註1032〕，豈有善功可揚耶？時揚吾全無，至弱恒變，愧矣醜哉！吾揚也〔註1033〕，甚

〔註1018〕延安吾意，乃益　湯本中無標點，便、馬、姚三本作「延宜吾意，乃益」。

〔註1019〕湯、便、馬、姚四本皆作「裨」。

〔註1020〕便覽本作「恆」，下文一律錄入為「恒」。

〔註1021〕事雖纖，禁而止之　湯本、馬本中無標點。

〔註1022〕德驗安符，寬徵也　湯、便、馬、姚四本皆中無標點。

〔註1023〕奈仇魔弗欲靈平　馬本、姚本「奈」後有標點。

〔註1024〕便覽本、姚本作「咠」。

〔註1025〕寤乎禱乎　湯、馬、姚三本「寤乎」後有標點。

〔註1026〕湯、馬、姚三本作「冀」，便覽本作「箕」。

〔註1027〕茲宜尊主卑己云：僕始于無　湯本、馬本「云」前有標點，姚本作「茲宜尊主卑己，云僕始於無」。

〔註1028〕湯、便、馬、姚四本皆作「樹」。

〔註1029〕便覽本作「散」。

〔註1030〕主恒一恒善，恒義恒聖恒智，恒以善義聖智御世　湯、馬、姚三本作「主恒一，恒善，恒義，恒聖，恒智，恒以善義，聖智，御世」，便覽本作「主恒一，恒善恒義，恒聖恒智，恒以善義聖智御世」。

〔註1031〕湯、便、馬、姚四本皆作「沿」。

〔註1032〕至弱恒變　湯、馬、姚三本「至弱」後有標點。

〔註1033〕時揚吾全無，至弱恒變，愧矣醜哉！吾揚也　湯本、便覽本作「時揚吾全無，愧矣，醜哉吾揚也」，馬本作「時揚吾全無，愧矣，醜哉吾揚也」，姚本作「時揚

矣，傲害靈疫也〔註1034〕，入心滅光，失寵忘主，念己愛己，主最厭之。

問光寵何？曰：愛主光榮，樂處卑賤，譽來歸主，有德蔽晦，有慝暴露，斯皆光寵驗也。俗輩互求己光，余特求主光。世光喻主，冥兮虛兮癡兮〔註1035〕。揚主聖三，敷其榮光以永，僕所願也。

藐世榮貴（三卷四十六章）

主曰：子見衆揚某人，重彼輕已，心勿生憂，恩〔註1036〕吾尊貴，慕天榮福，易忍汝輕。

答曰：迷乎世人，眩目若〔註1037〕盲，不覺其幻。僕審已內外，迄今未獲人辱，胡異吾主？惟方主命，主故用物若兵，以懲僕罪，可認僇輕〔註1038〕，特應吾罪。榮光特應主聖，僕可甘迕萬辱，否則心志不寧，愛欲不定，明悟不光，靈莫能締主也。

善友艱志心寧（三卷四十七章）

主曰：子交友求樂，不能遂樂，靈貿心繫樂〔註1039〕，眞惟吾愛〔註1040〕，友為吾友〔註1041〕，雖離或亡〔註1042〕，心享恒平。吾不締交，其愛弗淨，毋覓愛人為樂，知遠世樂，可邇吾樂。己愈卑下，吾愈尊上，聖寵愈滿汝靈。世愛填入，聖愛匪入，葢聖神特求靈空。

再三勸子曰：謙罄世愛，吾愛即牣子心〔註1043〕，子重眂〔註1044〕物，吾輕眂子，勇克衰愛，吾即照靈，偏愛雖微，大污靈性，大阻聖寵。

吾全無，愧矣，醜哉，吾揚也」。
〔註1034〕甚矣，傲害靈疫也　湯、馬、姚三本中無標點，便覽本作「甚矣傲害，靈疫也」。
〔註1035〕冥兮虛兮癡兮　湯、馬、姚三本作「冥兮，虛兮，癡兮」。
〔註1036〕湯、便、馬、姚四本皆作「思」。
〔註1037〕湯、便、馬、姚四本皆作「如」。
〔註1038〕以懲僕罪，可認僇輕　湯本中無標點。
〔註1039〕靈貿心繫樂　湯、便、馬、姚四本皆作「靈貿心繫」。
〔註1040〕眞惟吾愛　湯、馬、姚三本作「樂眞惟吾」，便覽本作「樂，眞惟吾」。
〔註1041〕友為吾友　湯、便、馬、姚四本皆作「愛友」。
〔註1042〕雖離或亡　湯本作「爲吾，友雖離，或亡」，便、馬、姚三本作「爲吾，友雖離或亡」。
〔註1043〕吾愛即牣子心　湯、馬、姚三本「吾愛」後有標點。
〔註1044〕湯、便、馬、姚四本皆作「視」，下同。

哲士輕俗狹知（三卷四十八章）

主曰：子聞囂人高論〔註1045〕，勿揚其智，天國不係於論，惟係於〔註1046〕德，聽吾言可。吾言薰心燭悟，致悔怡靈，子誦書時，勿圖衆譽〔註1047〕，圖克惡情，斯則眞知實學。

既博〔註1048〕覽洞理，思予乃理源，汝知歸予，吾能開悟，俾樸者踰哲，須臾勝人十年攻書。惜人好知世事，不思事吾，定期將至，吾乃萬神之主，萬師之師，降稽庶學，察姸媸行，當日悉露其隱，囂論悉止也。

吾教眞實，無有鈔〔註1049〕否，愛嘿忘喧，厭世光榮，輶今重後，為道忍辱，愛吾物上，皆吾教旨也。

近有熱心愛吾者，明悟頓開，所論駭學諸士〔註1050〕，吾葢其師，惟受吾教有殊，吾亦隨器導之，或傳公理，或傳奧情，或印超性美像，或授神光，賜預知現來多情，世師，死師也，其教執一，吾乃活師，任教世人。

閒務恢心（三卷四十九章）

主曰：事不關己，無煩心知。視汝若死，跡〔註1051〕世亦然。有言刺汝，自眹若盲不見，若聾不聞，寧存內平，毋啟爭端。子心吾心〔註1052〕，意吾意〔註1053〕。雖人似勝汝負，忍承則易。

答曰：憐哉世人，為小損，汝甚痛〔註1054〕，為小益甚勤〔註1055〕。弗念靈性損益，以輕為重，重為輕〔註1056〕，皆淪世污，甘滯于物者。

〔註1045〕主曰：子聞囂人高論　湯本中無標點。
〔註1046〕湯本作「于」，馬本、姚本作「千」。
〔註1047〕子誦書時，勿圖衆譽　湯本中無標點。
〔註1048〕湯、便、馬、姚四本皆作「博」。
〔註1049〕湯、便、馬、姚四本皆作「鈍」。
〔註1050〕所論駭學諸士　湯、馬、姚三本作「所論，駭諸學士」，便覽本作「所論駭諸學士」。
〔註1051〕湯、便、馬三本作「眹」，姚本作「視」，下同。
〔註1052〕子心吾心　湯本、馬本「子心」後有標點。
〔註1053〕意吾意　湯本作「子意，吾意」，便、馬、姚三本作「子意吾意」。
〔註1054〕為小損汝甚痛　湯、馬、姚三本作「爲小損，甚痛」，便覽本作「爲小損甚痛」。
〔註1055〕為小益甚勤　馬本、姚本「甚勤」前有標點。
〔註1056〕重為輕　湯、便、馬、姚四本皆作「以重爲輕」。

浮言毋輕允（三卷五十章）

士謂主曰：求主祐僕，得洞人意，葢僕常信可疑，頻疑可信。宜依眞主，勿依妄人，惟〔註1057〕受人詆，皆屬主恩。噫！人心易動，恒昕愛夕惡。人即至智，胡全〔註1058〕無謬？智士倚〔註1059〕主，主開其悟，免錯，嘿祐扶持，豈有善人望主，主忘彼耶？

忠友難遇哉！窘時則忘夙忠〔註1060〕。忠友惟主，恒祐善人，智善之士，全倚主曰：吾靈安兮，以主為基兮，僕智不及萬一，聞言刺心，常驚人面，靈即失平。

噫！孰能預知來害？預知之受傷〔註1061〕，不意偶至，傷益可知。奈僕至迷，曷不預防？曷輕信人，跡吾若神〔註1062〕，吾乃實劣，惟主至眞至善，弗克欺己欺人。

人皆至弱至詆，多淪謬言，外論似善，中藏可虞，不可遽信。主預警人曰：戒之戒之，毋輕信人，即汝眷屬，恐亦汝害。設有云某在彼在此〔註1063〕，悉勿過聽。

噫！僕邇被欺，祈主加智，得戒將來，有朋隱衷囑吾曰〔註1064〕：宜蓄勿露，旋不禁自渶〔註1065〕，亦唖〔註1066〕吾愚，求主免值若人，卒勿踵轍蹈欺。賜言悉實，所思〔註1067〕于人，毋踐毋行，毋輕洩密，毋輕聽言，心藏鮮露，惟陳于主。預察事，後行之，智人也哉。

善行忌目，隱免人揚〔註1068〕，圖改愆益靈，斯保德善法，彰德喪德，隱德成德。今世攻敵，無求暫光世也。

〔註1057〕湯、便、馬、姚四本皆作「無」。
〔註1058〕馬本、姚本作「金」。
〔註1059〕湯、便、馬、姚四本皆作「依」。
〔註1060〕窘時則忘夙忠　湯、馬、姚三本「窘時」後有標點。
〔註1061〕預知之受傷　馬本、姚本「預知之」後有標點。
〔註1062〕曷輕信人，跡吾若神　湯本、馬本作「曷輕信，人眡吾若神」，便覽本作「曷輕信人，眡吾若神」，姚本作「曷輕信，人視吾若神」。
〔註1063〕設有云某在彼在此　湯、馬、姚三本「設有云」後有標點。
〔註1064〕有朋隱衷囑吾曰　馬本、姚本「曰」前有標點。
〔註1065〕便覽本、姚本作「洩」，下文一律錄入為「洩」。
〔註1066〕湯本、馬本作「唖」，下文一律錄入為「唖」。
〔註1067〕湯、便、馬、姚四本皆作「惡」。
〔註1068〕隱免人揚　湯、便、馬、姚四本皆作「隱光免人揚」。

祈祐耐毀（三卷五十一章）

主曰：讒夫恃口傷子，愼〔註1069〕毋失心，望吾堅忍，思謗言，皆虛氣而已，出口飄空，弗破砂石，子聆有辜，改宜，無尤，為吾忍宜。異汝柔劣，不承重笞之撻，承忍纖言之鞭，曷甚事哉？

子問輕言傷心何？曰：偏愛己，重人目，思人輕，因覓多故以餙。子入內詳審，則知惡情迄今未攻，傲情居心，汝未死世，世未死汝，子聆吾言，誹語必輕，設百喙憑騰，倏出訾汝，聽而輕忽，能傷子乎？能損子莖髮耶〔註1070〕？

人不入心，不安主命，聞謗易動，思吾灼洞人意，知謗受授者，將判其行，惟欲先試彼此，以顯孰是孰非。迷人欲測吾意，視之若差，可知毫無爽也。

子欲無差，伏悟勿察，智者為義受訾，安命託吾，志每弗失，有人污名不憂〔註1071〕，有人滌污不喜〔註1072〕，待判末日，可知吾意，思吾日人日大殊〔註1073〕，人睞某事如妍，吾睞之如醜。

答曰：義勇忍主〔註1074〕，知人劣弱，求主健劣堅望，僕聆謗宜謙，反傲無忍，求主釋無忍罪，賜力以忍，寧望主慈求宥〔註1075〕，弗寧恃善以表善意〔註1076〕。設僕無罪猶〔註1077〕，奚能啟口主前？蓋主不憐，人孰得恃其善耶〔註1078〕？

人想天醻易承世艱（三卷五十二章）

主曰：子為吾膚苦，毋厭其劬，毅志勉承思所許報〔註1079〕，必樂忍受。吾能無際，富不竭，平準量餘以報汝，功暫勞即止〔註1080〕，不復再至。世態

〔註1069〕湯、馬、姚三本作「愼」，便覽本作「慎」，下文一律錄入為「慎」。

〔註1070〕便覽本作「乎」。

〔註1071〕有人污名不憂　湯、馬、姚三本「不憂」前有標點，便覽本作「有人污名不憂」。

〔註1072〕有人滌污不喜　湯、馬、姚三本「不喜」前有標點，便覽本作「有人滌污不喜」。

〔註1073〕思吾日人日大殊　湯本、便覽本作「思吾目人目大殊」，馬本、姚本作「思：吾目人目，大殊」。

〔註1074〕答曰：義勇忍主　湯本作「答曰義、勇、忍、主」，馬本、姚本作「答曰：義、勇、忍主」。

〔註1075〕寧望主慈求宥　湯本、馬本「寧望主慈」後有標點。

〔註1076〕弗寧恃善以表善意　湯、便、馬、姚四本「弗寧恃善」後皆有標點。

〔註1077〕湯、便、馬、姚四本皆作「尤」。

〔註1078〕蓋主不憐，人孰得恃其善耶　湯、便、馬、姚四本皆作「蓋主不憐人，孰得恃其善耶」。

〔註1079〕毅志勉承思所許報　湯、馬、姚「毅志勉承」後皆有標點。

〔註1080〕平準量餘以報汝，功暫勞即止　湯、便、馬、姚四本皆作「平準量餘，以報汝功，

恒流，苦胡能住？勤加善功，吾不忘報，時書善書，時誦聖經，時詠〔註1081〕聖歌，時悔夙非，時訥嘿道。世患或至，樂以迎之，是皆苦勞價，比天寶遠甚。

吾定日以報。是日奇矣，太平巨光日也，其平不移，其光匪變，子既進天，奚歎？胡云：孰解吾靈，俾脫是軀，使吾罪人安哉？天國，常生常享常樂國也〔註1082〕，死永不入焉。

諸聖寓世，受侮甘辱，惡輩待若匪類，設子獲覩厥光，心謙則易，喜居眾下，忌居一上，弗慕世樂，以損為益，視苦猶安。子鏤是訓，苦勵毋訝，為享常生，忍世諸苦，不亦宜乎？得真福大得〔註1083〕；失之大失也〔註1084〕。舉目翹首，視吾與吾諸聖〔註1085〕，在世攻敵取勝。今受樂〔註1086〕，不慮其盡，偕吾恒享聖父真福，幸哉！

天樂世苦情態丕殊（三卷五十三章）

士深歎曰：奇矣真福，上國之城〔註1087〕，大曜〔註1088〕不夜之日。主其榮光也〔註1089〕。是日樂日定日，永輝無變日也〔註1090〕。是日倏至，世居〔註1091〕倏滅，僕所願也。奇哉諸聖，恒覲〔註1092〕吾主，恒享其光，惜乎世人，恒遠吾主，特用信望二德，若靈冥鏡，弗得躬享其光焉。聖人恒享彼樂，世人恒圉茲苦。

噫！世景暫矣苦矣〔註1093〕，吾儕居世，汚于己罪，陷于惡情，逼于憂患，羈于身貲，迷于多差，勞于煩苦，罹于誘惑，溺〔註1094〕于逸樂，窘于貧乏，僕寊死

暫勞即止」。
〔註1081〕湯、便、馬、姚四本皆作「咏」，下同。
〔註1082〕天國，常生常享常樂國也　湯、馬、姚三本作「天國，常生、常寧、常樂國也」，便覽本作「天國常生常寧常樂國也」。
〔註1083〕得真福大得　湯、馬、姚三本「得真福」後有標點。
〔註1084〕失之大失也　湯、馬、姚三本作「失真福，大失也」，便覽本作「失真福大失也」。
〔註1085〕視吾與吾諸聖　湯、馬、姚三本「視吾」後有標點。
〔註1086〕今受樂　湯、便、馬、姚四本皆作「今受樂安」。
〔註1087〕奇矣真福，上國之城　湯、便、馬、姚四本皆中無標點。
〔註1088〕湯、便、馬、姚四本皆作「耀」。
〔註1089〕主其榮光也　馬本、姚本「主」後有標點。
〔註1090〕是日樂日定日，永輝無變日也　湯、馬、姚三本作「是日，樂日，定日，永耀無變日也」，便覽本作「是日樂日定日永耀無變日也」。
〔註1091〕湯、便、馬、姚四本皆作「苦」。
〔註1092〕湯、便、馬、姚四本皆作「觀」。
〔註1093〕世景暫矣苦矣　湯、馬、姚三本「世景」後有標點。
〔註1094〕湯、便、馬、姚四本皆作「溺」。

至，致多苦終，奈身係靈，吾冀速解，得免世苦，始享眞主，靈內外多阻，莫能如意騰焉。僕形神何時平穩，得親〔註1095〕聖顏，入主所偹報愛善者國耶〔註1096〕？

茲若旅仇域，世攻不息，求慰減惰〔註1097〕，主慰靈輕，世慰靈重，欲懷主靡及。靈欲奮飛，身世魔三仇未滅〔註1098〕，強〔註1099〕靈墜下，內外互爭，勝負難變〔註1100〕，僅興嘿工，污像倏至敗工，祈主勿離，無以義怒彰罰，賜光滅像，忘世念主賚天眞樂〔註1101〕，得厭世慰。昔〔註1102〕吾劣弱，在主像前靈欲洽主〔註1103〕，心即馳外，失敬失愛，求主憐宥。吾每念世，愛世效也〔註1104〕。

主曾規衆曰：汝愛何在，汝心偕在，愛天喜論天情〔註1105〕，愛世厥逆傷心〔註1106〕，厥順悅心；愛身則求形樂〔註1107〕。愛靈則求神忻〔註1108〕。依愛物象印心〔註1109〕，既歸室，莫能盡剖，則知人為主輕世〔註1110〕，毅然克己，福哉人乎，恒享心平，靖嗣嘿工，可與天神匹云〔註1111〕。

世憂處先天醻處後（三卷五十四章）

主曰：子想天樂時，幸覺心熱，冀靈釋纏以享，永無變之，吾光宜寬狹容〔註1112〕，宜謝主恩，斯慕由吾，非屬汝工。吾賜汝騰，不見身重。問聖意何？

〔註1095〕湯、便、馬、姚四本皆作「覿」。
〔註1096〕入主所偹報愛善者國耶　湯、馬、姚三本「報愛善者國耶」前有標點。
〔註1097〕湯、便、馬、姚四本皆作「情」。
〔註1098〕靈欲奮飛，身世魔三仇未滅　湯、馬、姚三本作「靈欲奮飛，身、世、魔，三仇未滅」。
〔註1099〕湯、便、馬三本作「強」。
〔註1100〕湯、便、馬、姚四本皆作「定」。
〔註1101〕忘世念主賚天眞樂　湯、便、馬、姚四本「賚天眞樂」前皆有標點。
〔註1102〕湯、便、馬、姚四本皆作「惜」。
〔註1103〕在主像前靈欲洽主　湯、便、馬、姚四本「在主像前」後皆有標點。
〔註1104〕求主憐宥。吾每念世，愛世效也　便覽本作「求主憐宥吾每念世愛世效也」。
〔註1105〕愛天喜論天情　湯、馬、姚三本「愛天」後有標點。
〔註1106〕愛世厥逆傷心　湯、馬、姚三本「愛世」後有標點。
〔註1107〕愛身則求形樂　湯、馬、姚三本「愛身」後有標點。
〔註1108〕愛靈則求神忻　湯、馬、姚三本「愛靈」後有標點。
〔註1109〕依愛物象印心　湯、馬、姚三本「依愛物」後有標點。
〔註1110〕莫能盡剖，則知人為主輕世　湯、便、姚三本作「莫能盡刮，則知人，爲主輕世」，馬本作「莫能盡刮則知人，爲主輕世」。
〔註1111〕湯、便、馬、姚四本皆作「之」。
〔註1112〕冀靈釋纏以享，永無變之，吾光宜寬狹容　湯、馬、姚三本作「冀靈釋纏，以享永無變之吾光，宜寬狹容」，便覽本作「冀靈釋纏，以享永無變之吾光，宜寬狹容」。

曰：欲子進德增謙。脩心當苦，日勉事吾，斯吾意〔註1113〕。惟毋過信現慕若純，思火就耀，難免褁煙，人慕亦然。似淨而愛己內隱，汙敗其慕〔註1114〕，子恒類〔註1115〕是，勿求己樂，可求吾光。光宜先〔註1116〕，汝樂可隨，吾知汝欲，已聆汝歎，欲得眞平，慕天福境，必思永福未至，現世頓殊〔註1117〕，現時，攻敵試德時也〔註1118〕。在世詎能享永平〔註1119〕？子望享吾，吾先試汝，汝先承苦，後必得吾。居世賜子一點神樂〔註1120〕，弗賜全解靈渴，可勉攻情〔註1121〕，可釋舊人，變為新子，屢所欲行〔註1122〕，人則阻，所忌行，人反強，人皆狥欲，汝意莫遂，僉仰眾論而嗤子語〔註1123〕，人求而得，汝求而失，人受譽，汝受黜〔註1124〕，人理重任，汝屈眾下，奈軀憂也，但得訥忍，大功之由，予率以苦試德，子能舍己，勝邪伏傲〔註1125〕，吾忠僕也。時有長命逆意，宜勉行之。思世憂暫，天樂無已，在世卸意，迨天無物逆意，居彼萬善沃靈〔註1126〕，弗慮再失。子汝一心，諸聖愛汝，彼汝一欲也。子在世受辱，世人受榮，子心憂，人心樂，子圍下，人超上，子承長命，人受辱〔註1127〕釄，宜思吾諭，必甘抑己。人求于汝某情，弗別何人，專順其意，設有某人慕此，某人冀彼，子勿異，勿慕彼此，屈己依命〔註1128〕，生死恒求吾光，勿他求，可。

〔註1113〕斯吾意　湯、便、馬、姚四本皆作「斯吾意也」。
〔註1114〕似淨而愛己內隱，汙敗其慕　湯本作「似淨而愛己，內隱汙敗其慕」，便覽本作「似淨而愛己，內隱汙，敗其慕」，馬本、姚本作「似淨，而愛己，內隱，汙敗其慕」。
〔註1115〕湯、便、馬、姚四本皆作「類」，下文一律錄入為「類」。
〔註1116〕光宜先　湯、便、馬、姚四本皆作「吾光宜先」。
〔註1117〕必思永福未至，現世頓殊　湯本、馬本作「必思，永福未至，現執頓殊」，便覽本作「必思永福未至，現勢頓殊」，姚本作「必思，永福未至現執頓殊」。
〔註1118〕現時，攻敵試德時也　湯、便、馬、姚四本皆作「現時攻敵，試德時也」。
〔註1119〕在世詎能享永平　湯、馬、姚三本作「在世，詎能享永平耶」，便覽本作「在世詎能享永平耶」。
〔註1120〕居世賜子一點神樂　湯本、馬本作「居世，賜子一點神樂」，姚本作「居世，賜子一點神樂」。
〔註1121〕可勉攻情　湯本「可勉」後有標點。
〔註1122〕可釋舊人，變為新子，屢所欲行　湯、馬、姚三本作「可釋舊人，變為新，子屢所欲行」，便覽本作「可釋舊人變為新，子屢所欲行」。
〔註1123〕僉仰眾論而嗤子語　湯、便、馬、姚四本「僉仰眾論」後皆有標點。
〔註1124〕姚本作「黜」。
〔註1125〕勝邪伏傲　馬本、姚本「勝邪」後有標點。
〔註1126〕居彼萬善沃靈　湯、馬、姚三本「居彼」後有標點。
〔註1127〕湯、便、馬、姚四本皆作「厚」。
〔註1128〕子勿異，勿慕彼此，屈己依命　湯、馬、姚三本作「子勿冀，勿慕彼此，屈己依命」，便覽本作「子勿冀勿慕，彼此屈己依命」。

怗主耐患（三卷五十五章）

士謂主曰：揚主聖父，自今抵永，粵始甫命萬有，即顯主能，全行聖意義，僕厭世樂〔註1129〕，惟主吾樂吾望，吾冕，吾光〔註1130〕，所受諸恩，皆屬主寬，非由己功。惜僕窶乏可憫，苦疊靈憂，無奈痛哭，魔誘怴心，無奈失平，求主慰靈平心，賜享樂平。主，善人之光也〔註1131〕，主臨靈，慰心平〔註1132〕，僕永讚揚主光，主若甫離，僕靈若係，停工痛泪，拜杣主前〔註1133〕，乃吾急工也主向照，靈覆翼下易勝世患〔註1134〕，敗魔狡計，今主暫離〔註1135〕，難哉！明別勝敗，至義聖父，今試僕忠，僕宜顯忠，欲試僕愛，僕宜顯愛，從無始時，主定斯苦，欲僕外死內生，是主定欲，敢不惟命？苦能致謙，驚至〔註1136〕淵旨，特求上祐，弗希世庇，何苦非恩？深哉聖意，試善人德，試惡人罪，斯試皆主聖意〔註1137〕。主知僕罪，降患以徵，可謝宏恩，主乃良醫，能傷能療世人〔註1138〕，能命人下，能命復陞〔註1139〕，苦乃主鞭，用撻僕罪。若善師策徒怠焉，今伏主若徒伏師，任主鞭策，棄偏返正，為謙善徒，求主現罰，可免後刑。主知萬民內外，預知來情，豈必世人告，主苦削靈鍴，俾還初光〔註1140〕，祈主憐僕，照悟勳〔註1141〕心，賜知所宜知，愛所宜愛，主攸美，僕兼美之，攸重輕，僕兼重輕之，賜度量世物，無爽差矣。世權衡，依者謬，愛者謬，勿思物妍與媸，弗屬眾口，迷矣世人。誑揚誑，虛美虛，朦稱朦，弱譽弱，皆妄互誇，而實相辱也。聖方濟，

〔註1129〕即顯主能，全行聖意義，僕厭世樂　湯、馬、姚三本作「即顯主能全，行聖，意義，僕厭世樂」，便覽本作「即顯主能全，行聖意義，僕厭世樂」。

〔註1130〕惟主吾樂吾望，吾冕吾光　湯本、姚本作「惟主吾樂，吾望，吾冕，吾光」，便覽本作「惟主吾樂，吾望，吾冕吾光」，馬本作「惟主吾樂吾望吾冕，吾光」。

〔註1131〕主，善人之光也　便覽本中無標點。

〔註1132〕主臨靈，慰心平　湯、馬、姚三本作「主臨，靈慰心平」，便覽本作「主臨靈慰心平」。

〔註1133〕僕靈若係，停工痛泪，拜杣主前　湯、馬、姚三本作「僕靈若係，停工痛泪，拜俯主前」，便覽本作「僕靈若係停工，痛泪拜俯主前」。

〔註1134〕乃吾急工也主向照，靈覆翼下易勝世患　湯、便、馬、姚四本皆作「乃吾急工也，主向照靈，覆翼下，易勝世患」。

〔註1135〕便覽本作「離」，下文一律錄入為「離」。

〔註1136〕湯、便、馬、姚四本皆作「主」。

〔註1137〕斯試皆主聖意　湯、馬、姚三本「斯試」後有標點。

〔註1138〕能傷能療世人　湯、馬、姚三本作「能傷能療」，便覽本作「能傷能瘝」。

〔註1139〕湯、便、馬、姚四本皆作「升」。

〔註1140〕豈必世人告，主苦削靈鍴，俾還初光　湯、便、馬、姚四本皆作「豈必世人告主，苦削靈鍴，俾還初光」。

〔註1141〕湯、便、馬、姚四本皆作「薰」。

謙甚〔註1142〕，常曰：惟主知人，云是則是，云非則非，人知，僉謬也。

內悁訖〔註1143〕外善務（三卷五十六章）

主曰：子弗獲時嘿道，恒繼神工，在世負軀，厥執恒垂〔註1144〕，可忍其重，靈繫軀肉，不得憑意上達，宜且恕弱〔註1145〕順身，姑罷神工，習外善行，視汝若旅異地，望吾必來，向平復至，悉忘斯苦，照悟得慧經蘊〔註1146〕，再進嘿工，若入嘉境焉。令子心曠奮飛，十誡，天路也〔註1147〕。子乃怡歎曰：世患擬天眞福，輕哉輶哉。

毋怙績祈樂宜認罪忍〔註1148〕罰（三卷五十七章）

士謂主曰：僕用〔註1149〕功可恃，以望寵慰，主笞僕〔註1150〕，理義也。僕雖淚如海，得主滴慰猶遠〔註1151〕，主視本慈，不忍棄人，免懲其罪，僕宜受罰，主反加恩，僕恃何行，望主樂乎？勤〔註1152〕于惡德，怠于善行也。設僕心昧，忘認己罪，主即罰僕，本罪畢呈，無救之〔註1153〕，惟為獲罪，物萬攻我，奈予醜行，宜應地獄，豈宜謄名于主冊哉？吾聞斯雖悁，但欲望赦，宜先告罪曰：茲伏〔註1154〕慈主，無敢鳴功，惟號憨主宥宿愆〔註1155〕，賜僕今痛往罪，後免永罰〔註1156〕。罪人悔深，主即怒息。噫！釋罪之望！靈性之平！聖寵復至，免應罪懲，慈主抱懷，皆痛悔之奇。噫！其聖祭馥郁也，古祭馨，

〔註1142〕聖方濟，謙甚　湯、便、馬、姚四本皆作「聖方濟各謙甚」。

〔註1143〕湯、便、馬、姚四本皆作「習」。

〔註1144〕湯、便、馬、姚四本皆作「垂」，下文一律錄入為「垂」。

〔註1145〕湯、馬、姚三本作「若」，便覽本作「苦」。

〔註1146〕照悟得慧經蘊　湯、馬、姚三本「照悟」後有標點。

〔註1147〕令子心曠奮飛，十誡，天路也　湯、便、馬、姚四本皆作「令子心曠，奮飛十誡天路也」慎。

〔註1148〕湯、便、馬、姚四本皆作「應」。

〔註1149〕湯、便、馬、姚四本皆作「罔」。

〔註1150〕主笞僕　湯、便、馬、姚四本皆作「主若笞僕」。

〔註1151〕得主滴慰猶遠　馬本、姚本「猶遠」前有標點。

〔註1152〕湯、便、馬、姚四本皆作「勤」。

〔註1153〕無救之　湯、便、馬、姚四本皆作「無救之者」。

〔註1154〕湯、便、馬、姚四本皆作「伏」。

〔註1155〕惟號憨主宥宿愆　湯、馬、姚三本作「惟號憨主，寬宥宿愆」，便覽本作「惟號憨主，寬宥宿愆」。

〔註1156〕湯、便、馬、姚四本皆作「刑」。

豈及至慈上主〔註1157〕？永無棄悔人，大矣淚〔註1158〕能，競湔靈污，悔罪人，堅城也〔註1159〕，魔能攻，曷勝哉〔註1160〕？

世愉主愛相悖（三卷五十八章）

主曰：聖寵貴珍〔註1161〕，不克與俗樂處，子欲彼入，宜先此出。閉內慎外，嘿道痛悔，淚湔靈垢，棄世想主，謝俗遠友，入內邇主，宗徒伯多羅〔註1162〕曰：吾弟視己若旅異鄉〔註1163〕，勿戀今世，物不繫心，去世安逝，惟心精粹，如斯難哉〔註1164〕！人欲精研黙〔註1165〕工，宜杜內外諸情，克內勝己，乃諸攻之始，後勝外敵甚易也〔註1166〕。人俾肉軀從靈，俾靈從主，主己主世〔註1167〕，成人也，子慕究德微精，芟偏愛荄，內既淨平，物即離心。惜人偏愛己，恒順邪情，世務繞心，胡能嘗天國神未？故務修之士嘗稀〔註1168〕，欲慕其味，禁己僻情，遏世邪欲，斯其法也。

聖寵私欲頓殊（三卷五十九章）

主曰：子察聖愛私欲，二者背馳，高德之士，猶難分也。人言行時〔註1169〕，僉謀益，惟益，有美醜殊〔註1170〕，但美中頻有藏醜，因名欺己〔註1171〕。私欲

〔註1157〕 古祭馨，豈及至慈上主　湯、便、馬、姚四本皆作「古教祭馨豈及？至慈上主」

〔註1158〕 湯、便、馬、姚四本皆作「淚」。

〔註1159〕 悔罪人，堅城也　湯、馬、姚三本作「悔罪，人堅城也」，便覽本作「悔罪人堅城也」。

〔註1160〕 魔能攻，曷勝哉　湯、便、馬、姚四本皆作「魔能攻之，曷勝之哉」。

〔註1161〕 湯、便、馬、姚四本皆作「珍」，下文一律錄入為「珍」。

〔註1162〕 湯、便、馬、姚四本皆作「祿」。

〔註1163〕 吾弟視己若旅異鄉　湯、馬、姚三本作「吾弟，視己，若旅異鄉」，便覽本作「吾弟視己，若旅異鄉」。

〔註1164〕 惟心精粹，如斯難哉　湯、馬三本作「惟心精粹如斯，難哉」，姚本作「惟心精粹如斯難哉」。

〔註1165〕 湯、馬、姚三本作「嘿」。

〔註1166〕 後勝外敵甚易也　湯、馬、姚三本作「後勝外敵，甚易也」，便覽本作「後勝外敵甚，易也」。

〔註1167〕 主己主世　馬本、姚本「主己」後有標點。

〔註1168〕 故務修之士嘗稀　湯、馬、姚三本「嘗稀」前有標點。

〔註1169〕 人言行時　馬本、姚本「人言」後有標點。

〔註1170〕 惟益，有美醜殊　湯、便、馬、姚四本皆中無標點。

〔註1171〕 因名欺己　湯、便、姚三本作「因多欺己」，馬本作「因多，欺己」。

矯偽〔註1172〕，強羈人心，向己背理，聖寵樸質〔註1173〕，無纖偽影，行時惟主，其向其安也〔註1174〕；私欲愛己抗人〔註1175〕，強伏求勝，聖寵克己從人〔註1176〕，不樂求勝，為主忌高，樂居末位；私欲特圖己利〔註1177〕，望報乃行，聖寵損己益人〔註1178〕；私欲喜譽樂尊〔註1179〕，聖寵尊譽歸主〔註1180〕；私欲遇侮勿甘〔註1181〕，聖寵為主忍欺〔註1182〕；私欲偷閒虛度〔註1183〕，聖寵好勞惡逸〔註1184〕；私欲忻逢美景，麗衣娛樂〔註1185〕，聖寵厭值良晨，樂敝衣，甘苦修〔註1186〕；私欲得利而喜，失利而憂，聖寵輕賄賤貨〔註1187〕，得不足喜，失不足憂。其寶帑在天，弗虞盜〔註1188〕攘，私欲易受難授，愛藏惡捨，聖寵仁也，寬共所有，尚儉從約，以授為貴，以受為卑；私欲好交應酬〔註1189〕，縱內外司，聖寵愛靜厭交，約內外情；私欲喜締尊榮，揚親族〔註1190〕貴，結上中下求其歡心〔註1191〕；聖寵愛仇，親友不善，勿恤其去，憐貧責富，就忠棄偽，引眾肖主；私欲乏貲而慍，聖寵乏需而喜。奇哉聖寵！超性之光，主之特恩，簡人之號，天國之劑是也，靈有弗覺任重，若神上騰，棄舊服新，皆其奇妙也。私欲愈負，聖寵愈勝，人愈肖主。

〔註1172〕私欲矯偽　湯本「私欲」後有標點。

〔註1173〕聖寵樸質　湯本「聖寵」後有標點。

〔註1174〕行時惟主，其向其安也　湯、馬、姚三本作「行時，惟主其向，其安也」，便覽本作「行時惟主其向其安也」。

〔註1175〕私欲愛己抗人　湯本、馬本作「私欲，愛己抗人」、姚本作「私欲，愛己，抗人」。

〔註1176〕聖寵克己從人　湯、馬、姚三本「聖寵」後有標點。

〔註1177〕私欲特圖己利　湯本、馬本作「私欲特，圖己利」，姚本作「私欲，特圖己利」。

〔註1178〕聖寵損己益人　湯、馬、姚三本「聖寵」後有標點。

〔註1179〕私欲喜譽樂尊　湯、馬、姚三本「私欲」後有標點。

〔註1180〕聖寵尊譽歸主　湯、馬、姚三本「聖寵」後有標點。

〔註1181〕私欲遇侮勿甘　湯、馬、姚三本「私欲」後有標點。

〔註1182〕聖寵為主忍欺　湯、便、馬、姚四本「聖寵」後皆有標點。

〔註1183〕私欲偷閒虛度　湯、馬、姚三本「私欲」後有標點。

〔註1184〕聖寵好勞惡逸　湯、便、馬、姚四本皆作「聖寵，好勞，惡逸」。

〔註1185〕私欲忻逢美景，麗衣娛樂　湯、馬、姚三本作「私欲，忻逢美景，麗衣，娛樂」，便覽本作「私欲忻逢美景，麗衣娛樂」。

〔註1186〕聖寵厭值良晨，樂敝衣，甘苦修　湯本作「聖寵，厭值良晨，樂敝衣，甘苦修」，馬本、姚本作「聖寵，厭值良晨樂敝衣，甘苦修」。

〔註1187〕聖寵輕賄賤貨　湯、馬、姚三本「聖寵」後有標點。

〔註1188〕湯、便、馬、姚四本皆作「盜」。

〔註1189〕私欲好交應酬　湯、便、馬、姚四本「私欲」後皆有標點。

〔註1190〕湯、便、馬、姚四本皆作「族」。

〔註1191〕結上中下求其歡心　便、馬、姚三本「結上中下」後有標點。

聖寵勵人性弱（三卷六十章）

　　士謂主曰：主造僕肖主，祈賜最切聖寵，扶弱勝邪，靈與軀敵，軀每累靈，不堪其苦。無聖寵勵翼，焉能不屈？性既染原罪，又巇己愆，其劣甚矣，非聖寵即隕，無力復起。主肇造人，性美甚〔註1192〕，惟罪卸美，使身墜下，靈亦隨之，厥始健甚，今愛欲明悟多疢〔註1193〕，問愛欲明悟何疢〔註1194〕，曰：明悟始光炳耀，今耿若火藏灰，可否畧辯。惟愛欲循理至難，循否極易，僕雖愛聖教，雖明主誠聖義，亦知從者賞〔註1195〕，違者懲〔註1196〕，奈邪情牽靈，引行攸忌。慕德莫行，宜進反退，求賜聖寵，以興善工繼終焉。聖寵在靈，勝難亦易，否則靈屈，行亦無功，人即有技巧榮富美勇智畧〔註1197〕，主前悉輕，蓋世奇妙，皆本性恩，善否皆共聖寵，善人之號〔註1198〕，天福之券也，雖預知來情，多行奇蹟，徹經妙理，有信望等德，無聖寵配，謂之孤殞〔註1199〕，謂之主無愛之德。聖寵富靈，若露潤〔註1200〕木，俾結天國嘉實，不則若木槁也〔註1201〕，求主賜之，靈乃足〔註1202〕。並厭世寵，厥勇彰哉，使輕魔誘，愛迓世患，性靈之師，行德之導，耀冥〔註1203〕慰患。壯志育德之母〔註1204〕，悔罪之根，是眾妙奇，蓋由于聖子無窮之功焉〔註1205〕，祈大父賜以聖寵，提

〔註1192〕性美甚　湯、便、馬、姚四本皆作「其性美甚」。

〔註1193〕厥始健甚，今愛欲明悟多疢　湯本作「厥始健甚，今愛欲，明悟，多疢」，便覽本作「厥始健甚，今愛欲明悟多疢」，馬本、姚本作「厥始健甚，今愛欲明悟，多疢」。

〔註1194〕問愛欲明悟何疢　湯、馬、姚三本作「問愛欲、明悟，何疢」，便覽本作「問愛欲明悟何疢」。

〔註1195〕亦知從者賞　湯、便、馬、姚四本皆作「亦知從者有賞」。

〔註1196〕違者懲　湯、便、馬、姚四本皆作「違者有懲」。

〔註1197〕人即有技巧榮富美勇智畧　湯本作「人即有技巧榮，富美勇，智畧」，便覽本作「人即有技巧榮富美勇智略」，馬本、姚本作「人即有技巧榮富，美勇，智畧」。

〔註1198〕善否皆共聖寵，善人之號　湯本作「善、否，皆共。聖寵，善人之號」，便覽本作「善否皆共，聖寵善人之號」，馬本、姚本作「善、否，皆共。聖寵善人之號」。

〔註1199〕湯、便、馬、姚四本皆作「隕」。

〔註1200〕湯、便、馬、姚四本皆作「潤」。

〔註1201〕不則若木槁也　馬本、姚本「不」後有標點。

〔註1202〕靈乃足　湯、便、馬、姚四本皆作「靈乃足矣」。

〔註1203〕湯本、馬本作「宴」。

〔註1204〕壯志育德之母　湯、便、馬、姚四本「壯志」後皆有標點。

〔註1205〕是眾妙奇，蓋由于聖子無窮之功焉　湯本、馬本作「是眾妙奇益，蓋由於聖子無窮之功焉」，便覽本、姚本作「是眾妙奇益，蓋由於聖子無窮之功焉」。

吾神劣，可〔註1206〕。

從主若弟〔註1207〕從師（三卷六十一章）

主曰：子彌失己，可彌得吾，外物之失，內平之得也。吾乃 直 路眞實〔註1208〕，常生非路其行〔註1209〕，非眞不明，非生必死，吾正道可遵，眞實可信，常生可望，從吾必循正路，明眞實，得常生也。子欲陞天，伊惟守誡，欲明眞實，伊惟信吾，欲進德蘊，伊惟售貲濟貧，欲為吾徒，伊惟舍己，欲得常生〔註1210〕，伊惟輕世暫生，欲天榮福，伊惟居世謙抑，欲偕吾常樂，伊惟同吾耐苦，另無他 直 〔註1211〕道也。答曰：吾主聖路〔註1212〕，難且狹哉，祈增力依踪，主乃僕主，且師，賷僕隨主，賜弟法師。主曰：子既知既誦吾訓〔註1213〕，宜勉行〔註1214〕。乃謂忠僕，為孜吾徒〔註1215〕，知誡而守，是人愛吾，吾亦愛之，賜其覩吾榮福。答曰：求主賜祐，得悉僕職，既肩教任，卒宜忍荷。吾友偕吾事主〔註1216〕，偕荷教任，偕承其重〔註1217〕，主先，吾宜從之〔註1218〕。既有主庇，必不失志退後，致玷聖教英名。

落時勿喪志（三卷六十二章）

主曰：子樂時默〔註1219〕道，吾悅，憂時忍誹，吾愈悅。聆訾曷憂？訾雖橫，安聆之。既息此訾，脩聆他訾，子久寓世，難免人讒〔註1220〕。今日有訾，

〔註1206〕提吾神劣，可　湯、馬、姚三本作「提吾神劣，可也」，便覽本作「提吾神劣可也」。
〔註1207〕湯、便、馬、姚四本皆作「徒」，下同。
〔註1208〕吾乃直路眞實　湯本、馬本作「吾乃直路，眞實」，便覽本、姚本作「吾乃直路，眞實」。
〔註1209〕常生非路其行　湯、便、馬、姚四本皆作「常生，非路莫行」。
〔註1210〕伊惟舍己，欲得常生　馬本、姚本中無標點。
〔註1211〕湯本、馬本作「直」，便覽本、姚本作「直」。
〔註1212〕吾主聖路　湯、馬、姚三本「吾主」後有標點。
〔註1213〕子既知既誦吾訓　湯、便、馬、姚四本「子既知」後皆有標點。
〔註1214〕宜勉行　湯、便、馬、姚四本皆作「宜勉行之」。
〔註1215〕為孜吾徒　湯、便、馬、姚四本皆作「為孜吾徒也」。
〔註1216〕吾友偕吾事主　湯、馬、姚三本「吾友」後有標點。
〔註1217〕偕荷教任，偕承其重　馬本、姚本中無標點。
〔註1218〕主先，吾宜從之　湯、馬、姚三本中無標點。
〔註1219〕湯、便、馬、姚四本皆作「嘿」。
〔註1220〕子久寓世，難免人讒　馬本、姚本中無標點。

翌日必有，來日亦然。今日之訾，竟無終訾，宜毅持志。噫！子能以〔註1221〕言勵人，惟一攖逆，志失心憂，須識己弱。吾許是苦，為增汝功，毋懟讒人，倘聞而莫能樂受之，宜忍受之，緘口禁言，毋傷忍德，勿招劣德之光，乃心頓息。吾臨，化苦為甘也〔註1222〕。時或心搖，或魔誘，慎勿失志，若無法救。子乃人類，豈能恒一若余耶？為人負軀，豈得精純若神耶？且天神居淨天而陨，元祖居福境而**跌**〔註1223〕，汝僑滑世，詎能恒立？識弱謙祈，吾能扶之履定，免頻也。答曰：甘哉美哉，主言慰患勵弱，求主既渡世海，可抵天**屼**〔註1224〕，賜僕善終。生世苦樂惟命〔註1225〕。

聖意毋測（三卷六十三章）

主曰：子勿究予旨，勿問此何苦，彼何樂，吾旨邁超人意，時魔引子究，或好事人汝問〔註1226〕，可引達未聖王詞曰：主之義聖，意正，旨真，宜驚毋究。又勿究聖人之品孰高孰卑〔註1227〕，互爭曷已？諸聖不欲，吾亦不愜，吾不為爭〔註1228〕，特為睦主。真睦，由傲謀勝耶？由謙喜負耶？吾造諸聖，與以恩寵，無始時〔註1229〕，預知功，預定數，預選彼〔註1230〕，彼莫預選吾。吾提善念，引步扶祐，以憐慰勵，以苦加功〔註1231〕，報以真福。吾知孰高孰卑，而皆甚愛之。子思其福，宜揚吾善，勿究厥位輕，一若卑〔註1232〕，亦併

〔註1221〕湯、便、馬、姚四本皆作「一」。
〔註1222〕吾臨，化苦為甘也　便、馬、姚三本中無標點。
〔註1223〕湯本作「**跌**」，便、馬、姚三本作「跌」。
〔註1224〕湯、馬、姚三本作「岸」，便覽本作「屼」，下文一律錄入為「岸」。
〔註1225〕生世苦樂惟命　湯、馬、姚三本作「生世苦、樂，惟命」，便覽本作「生世苦樂，惟命」。
〔註1226〕時魔引子究，或好事人汝問　湯本、便覽本作「時魔引子究，或好事人問汝」，馬本、姚本作「時魔引子究或，好事人問汝」。
〔註1227〕又勿究聖人之品孰高孰卑　湯、便、馬、姚四本「孰高孰卑」前皆有標點。
〔註1228〕吾不為爭　湯、便、馬、姚四本皆作「吾不為爭主」。
〔註1229〕吾造諸聖，與以恩寵，無始時　湯本作「吾造諸聖，與以恩寵，于無始時」，便覽本作「吾造諸聖，與以恩寵，於無始時」，馬本、姚本作「吾造諸聖，與以恩寵于無始時」。
〔註1230〕預知功，預定數，預選彼　湯、便、馬、姚四本皆作「預知其功，預定其數，吾預選彼」。
〔註1231〕吾提善念，引步扶祐，以憐慰勵，以苦加功　湯、便、馬、姚四本皆作「吾提善念引步，扶祐以憐慰，勵以苦加功」。
〔註1232〕勿究厥位輕，一若卑　湯、便、馬、姚四本皆作「勿究厥位，輕一若卑」。

輕吾與天國諸聖〔註1233〕，蓋高卑，吾僉愛〔註1234〕，彼僉互親，意無二也。
在天諸聖，雖愛己功與福〔註1235〕，愛吾更甚。吾心其心，吾意其意〔註1236〕，
外罔心意。惜哉世人，特知俗愛，任意增減，天國情執迥殊，庸人淺澈，豈能
詳別？人能緘口勿究逾分〔註1237〕，惟務昇天為諸聖末〔註1238〕，知聖高卑，
汝靈曷益？宜謙己揚吾，思汝罪重功輕，差遠聖功，茲思，吾樂汝益〔註1239〕。
子宜謙痛求祐，知聖真福，虛知也。聖不望汝知，以增福功，其功福悉歸予
〔註1240〕，靈盈真福，豈望世人虛譽〔註1241〕？其位愈崇，謙愈甚，愈邇予也。
噫！人多欲知聖人孰高，弗知逝後，得天末秩，高矣。聖人之位，無一乃卑，
蓋咸天主義子也。問何道迨〔註1242〕其尊位，曰：謙卑，徑道也。昔宗徒問主
曰：天國眾聖孰大乎〔註1243〕？主曰：卑細若孩，居天國則大，否則弗克入天
〔註1244〕，矧為大耶？迷哉傲人！惡卑己心謙若孩，詎能入天窄扉？可**憑**世榮
福人，其天在世，天國弗慕，惟神貧謙者克入〔註1245〕。富貴者外哭莫進〔註1246〕。
謙者宜樂，貧者宜喜，卒世堅持善志，天乃汝國。

仗主行事（三卷六十四章）

　　士謂主曰：僕恃慈主望慰，主邅，世物僉損〔註1247〕；主邇，世物僉益〔註1248〕。
主偕，貧者至富〔註1249〕；主離，富者極乏〔註1250〕。僕寧偕主旅地，弗欲離主居

〔註1233〕亦併輕吾與天國諸聖　湯、便、馬、姚四本「亦併輕吾」後皆有標點。
〔註1234〕吾僉愛　湯、便、馬、姚四本皆作「吾僉愛之」。
〔註1235〕雖愛己功與福　湯、馬、姚三本「雖愛己功」後有標點。
〔註1236〕吾心其心，吾意其意　湯、馬、姚三本作「吾心，其心；吾意，其意」。
〔註1237〕人能緘口勿究逾分　湯、便、馬、姚四本皆作「人宜緘口，勿究逾分」。
〔註1238〕惟務昇天為諸聖末　湯、便、馬、姚四本「惟務昇天」後皆有標點。
〔註1239〕茲思，吾樂汝益　湯、馬、姚三本作「茲思吾樂，汝益」，便覽本作「茲思吾樂汝益」。
〔註1240〕其功福悉歸予　湯、馬、姚三本「其功福」後有標點。
〔註1241〕豈望世人虛譽　湯、便、馬、姚四本皆作「豈望世人虛譽耶」。
〔註1242〕湯、便、馬、姚四本皆作「逮」，下同。
〔註1243〕天國眾聖孰大乎　湯、馬、姚三本「孰大乎」前有標點。
〔註1244〕否則弗克入天　湯、馬、姚三本「否」後有標點。
〔註1245〕天國弗慕，惟神貧謙者克入　湯本作「天國弗慕，惟神貧，謙者克入」，馬本、姚
　　　　　本作「天國弗慕惟神貧，謙者克入」。
〔註1246〕富貴者外哭莫進　湯、馬、姚三本「富貴者」後有標點。
〔註1247〕主邅，世物僉損　便覽本中無標點。
〔註1248〕主邇，世物僉益　便、馬、姚三本中無標點。
〔註1249〕主偕，貧者至富　便覽本中無標點。
〔註1250〕主離，富者極乏　便覽本中無標點。

天。蓋主攸居之處，即天堂，不居之所，即地獄也。僕恒歎念主，恒祈望主，人僉恒圖益己，主惟謀益僕靈，試之以苦，欲吾增功。主或以苦患，或以樂忻，欲試善人，宜承以謝。蓋彼此咸大顯主愛〔註1251〕，僕今茲苦，非託乎主，人世孰能救哉？慈主不庇，友善莫益。不扶，人力悉弱；不照，嘉謀靡遂；不諭，神書無味；不恤，世富莫濟；不翼，密處難衛。噫！物雖殫力致吾安福，非主勵翼，物力悉綿，惟主萬善之鍾〔註1252〕，衆德之源，至智之帑。事主之毅，善人之安，僕日望主，若子望親，求主祐靈憫盼，允祈〔註1253〕。賜生時苦海順渡〔註1254〕，逝時天岸**直**登〔註1255〕，希如吾語主，致成僕忻焉〔註1256〕。

輕世金書卷之四目錄〔註1257〕（凡一十八章〔註1258〕）

　　聖體領時宜窮寅畏

　　聖體主愛善表

　　頻領裨靈

　　領聖體併受超恩

　　聖體之貴司祭〔註1259〕之能

　　領前祈主示工

　　主諭〔註1260〕

　　領先獻己於主

　　領時為人為己祈

　　為微阻勿緩領

〔註1251〕蓋彼此咸大顯主愛　馬本、姚本「蓋彼此」後有標點。
〔註1252〕惟主萬善之鍾　湯、馬、姚三本作「惟主，萬善之終」，便覽本作「惟主萬善之終」。
〔註1253〕求主祐靈憫盼，允祈　湯、馬、姚三本作「求主祐靈，憫盼允祈」，便覽本作「求主祐靈，憫盼允祈」。
〔註1254〕賜生時苦海順渡　馬本、姚本「賜生時」後有標點。
〔註1255〕逝時天岸**直**登　湯本、馬本作「逝時，天岸**直**登」，便覽本作「逝時天岻**直**登」，姚本作「逝時，天岸**直**登」。
〔註1256〕希如吾語主，致成僕忻焉　湯、便、馬、姚四本皆作「希如吾語，主致成僕忻焉」。
〔註1257〕輕世金書卷之四目錄　湯本、馬本作「輕世金書卷四目錄」，便覽本作「輕世金書便覽卷之四目錄」，姚本作「卷四」，且放置於全書正文前的「輕世金書目錄」中。
〔註1258〕便覽本未將「主諭」作為一章，凡一十七章。
〔註1259〕湯、便、馬、姚四本皆作「祭」，下文一律錄入為「祭」。
〔註1260〕主諭　便覽本無此二字。

聖體聖經**毓**〔註1261〕靈

領須勵備

領時祈主締己

效法善士歆領

以謙承恩

領先列需求拯

熾心慕領

實信聖體勿究厥理

　　共計一十八章〔註1262〕

輕世金書卷四（凡一十八章）

　　西極耶穌會士陽瑪諾譯　　甬上門人朱宗元訂〔註1263〕

聖體領時宜窮寅畏（四卷一章）

　　主曰：苦患者，荷重者，僉來，予慰且輕，予體永生甘味，為世蒙難，須僉來受，憶予蒙難丕恩，予體味眞，血飲眞，人受懷予，予亦懷之。

　　士對主曰：茲主奇諭，僕宜鏤感，言出主口，信主言哉！口出為予，信予言哉。主論此慈甚愛甚，甘甚慰甚〔註1264〕，勉吾以領。惟僕行醜〔註1265〕，逡巡奚敢？主命予領，以享永生。招苦患者、荷重者曰：吾慰而輕，僕甘懷慈諭，聆之甚喜，祈**悉**窮餒。主脩豐宴以飲僕靈〔註1266〕，斯恩特典，敢輕赴耶？

　　主容廣溥，層天莫包，猶延眾領。主仁惠至，僕罔寸績可怙，曷敢延入污〔註1267〕靈？神聖僉恭畏主，主尚延眾，倘非主諭，孰克允之？非主**嚴**〔註1268〕

〔註1261〕湯、便、馬、姚四本皆作「毓」，下文一律錄入為「毓」。

〔註1262〕共計一十八章　湯、便、馬、姚四本皆無此六字。

〔註1263〕湯本、馬本作「較」。

〔註1264〕主論此慈甚愛甚，甘甚慰甚　湯、馬、姚三本作「主諭慈甚、愛甚、甘甚、慰甚」，便覽本作「主諭慈甚愛甚，甘甚慰甚」。

〔註1265〕惟僕行醜　湯、馬、姚三本「惟僕」後有標點。

〔註1266〕主脩豐宴以飲僕靈　湯、便、馬三本作「主備豐宴，以飫僕靈」，姚本作「主**備**豐宴，以飫僕靈」。

〔註1267〕便覽本作「污」。

〔註1268〕湯、便、馬、姚四本皆作「嚴」。

命，孰敢邇之？

　　諾厄，古義聖也，創舟百祀，闔眷始免淼昭〔註1269〕。僕曷暫，胡獲辦靈領造物主耶？每瑟，主至愛古聖也〔註1270〕，以堅木創櫃，韞十誡二鐫石，吾本罪朽，曷敢領性古新教真主耶〔註1271〕？撒落滿，古教智富統王也，搆〔註1272〕麗聖殿，七祀工成，八日命建大禮，獻萬犧牲，斯工奚為？安聖櫃耳。僕者〔註1273〕乏甚，畢生瘁〔註1274〕懺〔註1275〕，因〔註1276〕曷專靜〔註1277〕敬主，敢引降靈耶？

　　噫！斯咸翼翼主恭，兢兢主樂，僕曷嘉績？將領聖體，菫菫暫辦暫中，心猶馳騖〔註1278〕，靜想僅有暫曷半耳。今若僕在主前，旁念外相弗宜紛心〔註1279〕，蓋匪延天神，乃天神共主也。古教聖櫃，擬主聖體遄絕〔註1280〕，彼韞十誡二石，茲韞主諸德異竒，古教祭各倘一妙，聖體一祭，統萬祭眾竒也。

　　嗟予心懺，盍奮倘領，念先聖勵工〔註1281〕，報吾憚勞，達味聖王，不禁聖櫃前踴躍〔註1282〕，命制八音美樂，躬撫〔註1283〕奏之，聖神啟翼造聖詠焉〔註1284〕，命國人夙夜讚主，吾儕對主，宜致容肅，將領聖體，宜致靈淨。

〔註1269〕諾厄，古義聖也，創舟百祀，闔眷始免淼昭　湯本作「諾厄，古義聖也，創舟百祀，闔眷始免淼昭」，便覽本作「諾厄古義聖也，創舟百祀，闔眷始免淼昭」，馬本、姚本作「諾厄，古義聖也，創舟百祀闔眷始免淼昭」。

〔註1270〕每瑟，主至愛古聖也　便、馬、姚三本中無標點。

〔註1271〕曷敢領性古新教真主耶　湯本作「曷敢領性古、新教，真主耶」，馬本、姚本作「曷敢領性，古、新教，真主耶」。

〔註1272〕便覽本作「構」。

〔註1273〕湯、便、馬、姚四本皆作「皆」。

〔註1274〕湯、便、馬、姚四本皆作「蠢」。

〔註1275〕湯、便、馬、姚四本皆作「懺」，下同。

〔註1276〕湯、便、馬、姚四本皆作「罔」。

〔註1277〕湯本作「靜」，便、馬、姚三本作「靜」，下文一律錄入為「靜」。

〔註1278〕菫菫暫辦暫中，心猶馳騖　湯本作「僅僅暫辦暫中，心猶馳騖」，便覽本作「僅僅暫辦，暫中心猶馳騖」，馬本、姚本作「僅僅暫辦，暫中。心猶馳騖」。

〔註1279〕旁念外相弗宜紛心　湯、便、馬、姚四本「旁念外相」後皆有標點。

〔註1280〕擬主聖體遄絕　湯本作「擬主聖體遄絕」，便覽本作「擬主聖體遙絕」，馬本、姚本作「擬主聖體，遙絕」。

〔註1281〕念先聖勵工　湯、便、馬、姚四本皆作「念此先聖勵工」。

〔註1282〕達味聖王，不禁聖櫃前踴躍　湯本、便覽本作「達味聖王不禁聖櫃前踴躍」，馬本、姚本作「達味聖王，不禁聖櫃前踴躍」。

〔註1283〕便覽本作「拊」。

〔註1284〕聖神啟翼造聖詠焉　湯、便、馬、姚四本「聖神啟翼」後皆有標點。

噫！眾甘羈異鄉，為瞻聖殿，仰聖殿麗，敬聖遺物。聖體諸聖之聖〔註1285〕。司榮〔註1286〕者祭時，至〔註1287〕俶〔註1288〕目在，罔俟遯瞻聖殿聖物〔註1289〕。噫！外仰聖物，多為好遊，非為敬也。勞而罔功，領聖體有功無勞〔註1290〕，其信彌篤，望彌殷，愛彌炎。噫！造物弗見之主為恩善靈躬建聖體毓之〔註1291〕。人善厥生，頻承浩恩，罪僕詎怠領哉？

倘問恩何？曰：承聖寵一〔註1292〕；加聖愛二〔註1293〕；還神美三〔註1294〕；增神力四〔註1295〕；憶主苦五〔註1296〕；領陞天劑六〔註1297〕。惜吾荒怠，弗想恩多，奇矣聖體，天樂世存也。人猶輕眎，倘聖體拘一隅，司祭一士，教友僉趨彼隅，冀仰彼〔註1298〕士，虔與祭以淨心領〔註1299〕。然主恩浩蕩，在在有祭，處處有士，宜感浩恩，胡反褻眎。主若良牧，吾乃羔羊，將體血以字，躬諭眾曰：苦患者來，荷重者近，予慰〔註1300〕輕之，忍不銘謝耶？

聖體主愛善表（四卷二章）

士謂主曰：怙主善至慈極，僕敢邇之，若屙邇醫，渴邇泉，貧邇富，役邇主，受造者邇授造者〔註1301〕，困患邇慰愛之主〔註1302〕。僕奚績哉，曷敢邇主？

〔註1285〕聖體諸聖之聖　湯、馬、姚三本「聖體」後有標點。

〔註1286〕湯、便、馬、姚四本皆作「祭」。

〔註1287〕湯、便、馬、姚四本皆作「主」。

〔註1288〕湯、便、馬、姚四本皆作「儼」。

〔註1289〕罔俟遯瞻聖殿聖物　湯、馬、姚三本作「罔俟遯瞻聖殿、聖物」，便覽本作「罔俟遯瞻聖殿聖物」。

〔註1290〕領聖體有功無勞　湯、馬、姚三本「領聖體」後有標點。

〔註1291〕噫！造物弗見之主為恩善靈躬建聖體毓之　湯本、便覽本作「噫！造物弗見之主，為恩善靈，躬建聖體毓之」，馬本、姚本作「噫造物弗見之主，為恩善靈躬建聖體毓之」。

〔註1292〕承聖寵一　湯、馬、姚三本「一」前有標點。

〔註1293〕加聖愛二　湯、馬、姚三本「二」前有標點。

〔註1294〕還神美三　馬本、姚本「三」前有標點。

〔註1295〕增神力四　馬本、姚本「四」前有標點。

〔註1296〕憶主苦五　湯本「五」前有標點。

〔註1297〕領陞天劑六　湯本、便覽本作「領昇天劑六」，便覽本、姚本作「領昇天劑，六」。

〔註1298〕湯、便、馬、姚四本皆作「此」。

〔註1299〕虔與祭以淨心領　湯、便、馬、姚四本皆作「虔，與祭，以淨心領」。

〔註1300〕湯、馬、姚三本作「憫」，下同。

〔註1301〕受造者邇授造者　湯、馬、姚三本「受造者」後有標點。

〔註1302〕困患邇慰愛之主　湯、馬、姚三本作「困患，邇憫愛之主」。

主胡屑邇僕耶？主知予匱勣難領，茲宜認己卑，嘉主至善，仰主至慈，揚主至愛，命僕領之，益知主善，益宜謙戴。倘有聖命，曷敢越之，祈祐可遂。

噫！拯世眞主，甘美孰克解之〔註1303〕？聖體奇奧，孰克詳之？茲以洗心願領之奈敬不逮也〔註1304〕。今對主何思耶？思己本卑，稱主極尊，迄今以永，主萬聖源，吾衆罪澱，主猶欲吾赴宴〔註1305〕，瞻主亦驚，矧敢赴耶？宜感至愛莫己。

邃矣聖意，全乎主能，誠哉主言，聖體欲韜麵〔註1306〕酒像內，物即惟命，人領之後，主體若仍，罔微減也，領不裨主，惟裨己靈，祈錫淨心以領，熾心以愛，成〔註1307〕情以謝浩恩，乃僕靈大幸也。

主忞靈劣〔註1308〕，貽厥體血健之，俾安渡今世苦谷，使中道勿至困倒，人領聖體，共主贖工，邇主不功，奚敢不備？可念領時主入汝靈〔註1309〕，如降聖母淨胎，若當時被釘聖架，為贖萬民。

頻領裨靈（四卷三章）

士謂主曰：僕邇主，若賓赴筵，因承主惠，健力，勇望靈獲神光也〔註1310〕。獨主克以拯，曷另覓貲？僕茲欲領，賜獲淨心，殫力以恭，望主裨〔註1311〕僕，若昔祉匪縠，賜書僕名于義子之籍〔註1312〕。

靈慕洽主，祈臨足願，主不吾慰，他慰曷益？主不吾臨〔註1313〕，此生悉裨？僕須頻領聖味，否則靈餒〔註1314〕，弗能進前。主曾誨衆，識匪餐，曰：吾忞衆饑欲拯，倘命枵旋，必偃中程。祈主郵〔註1315〕僕亦然。

〔註1303〕拯世眞主，甘美孰克解之　湯、便、馬、姚四本皆作「拯世眞主甘美，孰克解之」。
〔註1304〕茲以洗心願領之奈敬不逮也　湯、便、馬、姚四本「奈敬不逮也」前皆有標點。
〔註1305〕湯、馬、姚三本皆作「晏」。
〔註1306〕湯、馬、姚三本作「麵」，下同。
〔註1307〕湯、便、馬、姚四本皆作「誠」。
〔註1308〕主忞靈劣　湯、馬、姚三本作「主忞靈弱」，便覽本作「主悆靈弱」。
〔註1309〕可念領時主入汝靈　湯、便、馬、姚四本「可念領時」後皆有標點。
〔註1310〕健力，勇望靈獲神光也　湯本作「健力、勇望，靈獲神光也」，便覽本作「健力勇望，靈獲神光也」，馬本、姚本作「健力勇望，靈獲神光也」。
〔註1311〕湯、便、馬、姚四本皆作「祉」。
〔註1312〕若昔祉匪縠，賜書僕名于義子之籍　馬本、姚本中無標點。
〔註1313〕主不吾臨　湯、便、馬、姚四本皆作「主不臨吾」。
〔註1314〕否則靈餒　湯、馬、姚三本「否」後有標點。
〔註1315〕湯、便、馬、姚四本皆作「錫」。

聖體餘〔註1316〕靈，天國劑也僕頻陷憜淤缺嘿工〔註1317〕，宜頻悔解，黽〔註1318〕領之。深可哀僕，原性疚多，易沿難瀊〔註1319〕。聖體，神藥也，止惡集善，憐而不嘗，神瘳難哉！奈僕至劣，頻領，心猶頻澹，無領，心寒可知，但每日艱〔註1320〕餚以領，宜遞年頻領，以沾異恩，以慰旅苦。

人領聖體，主為上賓益友良伴〔註1321〕，若人幸福奚比？飴矣可愛正主〔註1322〕，覆載雖極清華，詎克與擬？主乃清華源，覆載其涓也〔註1323〕，俯謝至善極智全能也。

領聖體併受超恩（四卷四章）

士謂主曰：祈主預餚僕靈，以領極奇聖體，俾炘心清〔註1324〕，啟靈昏，獲嘗天味。聖體妙若湧源〔註1325〕，含諸神滋，祈爁靈堅信，匪為人計，特為主奇。厥奇，天神雖睿難悉，矧吾魯哉？僕今以純心篤信，為遵主命敢領，吾真天主真人〔註1326〕，錫愛合主，遺世偽喜，聖體活靈健軀〔註1327〕，藥疚窒慾〔註1328〕，祛誘增寵，掖行堅信，篤望炎愛〔註1329〕，孰克悉多恩哉？人領前，心靈寒憐，志劣悟昏，領後，厥效頓殊，乃信其性本劣，聖體之健，而感主鴻恩也。噫！孰邇甘泉，不潤其渴？孰邇烈火，不燠其寒？主乃不涸靈

〔註1316〕湯、便、馬、姚四本皆作「飫」。

〔註1317〕天國劑也僕頻陷憜淤缺嘿工　湯、便、馬、姚四本皆作「天國劑也，僕頻陷憜，淤缺嘿工」。

〔註1318〕湯、便、馬、姚四本皆作「黽」。

〔註1319〕湯、便、馬、姚四本皆作「瀊」。

〔註1320〕湯、便、馬、姚四本皆作「難」。

〔註1321〕主為上賓益友良伴　湯、馬、姚三本作「主為上賓、益友、良伴」。

〔註1322〕飴矣可愛正主　湯、馬、姚三本「飴矣」後有標點。

〔註1323〕主乃清華源，覆載其涓也　湯、馬、姚三本作「主乃清華源，覆載，其涓也」。

〔註1324〕湯、便、馬、姚四本皆作「清」，下文一律錄入為「清」。

〔註1325〕聖體妙若湧源　便覽本作「聖體妙若湧泉」，馬本、姚本作「聖體，妙若湧源」。

〔註1326〕為遵主命敢領，吾真天主真人　湯、馬、姚三本作「為遵主命，敢領吾真天主、真人」，便覽本作「為遵主命，敢領吾真天主真人」。

〔註1327〕聖體活靈健軀　湯、馬、姚三本「活靈」後有標點，便覽本作「聖體活靈健軀」。

〔註1328〕藥疚窒慾　湯、馬、姚三本作「藥疚、窒欲」，便覽本作「藥疚窒欲」。

〔註1329〕祛誘增寵，掖行堅信，篤望炎愛　湯、馬、姚三本作「祛誘、增寵，掖行、堅信，篤望、炎愛」，便覽本作「祛誘增寵掖行，堅信篤望炎愛」。

泉，不熄神焰〔註1330〕，僕雖勿克盡消靈渴，領之，得挹一勺澤靈，雖弗獲心熾如神，受之，得獲星火解凍，僕力綿，靈缺辦，祈主葺虧。噫！慈主躬招苦患荷重者〔註1331〕，僕靈茲苦愆任重〔註1332〕，魔誘勦，主憑慰輕勝之，僕惟託主，祈導履勿錯天國眞路〔註1333〕，錫頻領主，以增靈力，加神績。

聖體之貴司祭之能（四卷五章）

主曰：子心雖淨如神，靈雖聖如若望保弟，以領聖體，汝淨聖不及兆一〔註1334〕，聖體隆重，人領或祭，匪由人績，惟屬主能，巨矣司祭之能，厥職巍哉，天神莫迨，獨彼克祭，克聖麫酒，俾聖體隱含像內，司祭乃主竒器，遵命著竒，主乃首工信主能全〔註1335〕，可釋多謬，從軀五司多差〔註1336〕，士既膺司祭高位，以忠以虔，依時宜獻，為厥秩貴，宜謹，宜以嘉行榮貴〔註1337〕，當思弗減夙任，尤加重任，厥任至重，厥德宜精，不可締俗。宜交善士諸地，或神聖諸天，司祭代主僑世，宜恒祈為己為人〔註1338〕，祭衣前後備聖架形〔註1339〕，為憶主苦，前以瞻依主行，後以耐世艱，前以悔己罪，後以憑衆愆，其乃天主林民中人，宜為衆祭，毋斁獻時，增主榮光〔註1340〕，加天神忻喜，祐助生人，靈煉釋苦，承主受難丕績〔註1341〕。

領前祈主示工（四卷六章）

士謂主曰：僕思主貴己微，顏慚〔註1342〕膽慄也，弗領，遠神生，冒領，即

〔註1330〕便覽本作「焰」，下文一律錄入為「焰」。
〔註1331〕慈主躬招苦患荷重者　湯、馬、姚三本「荷重者」前有標點。
〔註1332〕僕靈茲苦愆任重　湯、便、馬、姚四本「愆任重」前皆有標點。
〔註1333〕祈導履勿錯天國眞路　湯、馬、姚三本「祈導履」後有標點。
〔註1334〕汝淨聖不及兆一　湯、馬、姚三本作「汝淨聖，弗及兆一」，便覽本作「汝淨聖弗及兆一」。
〔註1335〕主乃首工信主能全　湯、便、馬、姚四本「主乃首工」後皆有標點。
〔註1336〕從軀五司多差　湯、馬、姚三本「多差」前有標點。
〔註1337〕宜以嘉行榮貴　湯、便、馬、姚四本「宜以嘉」後皆有標點。
〔註1338〕宜恒祈為己為人　湯、便、馬三本作「宜恒祈，為己，為人」，姚本作「宜恒祈，為己為人」。
〔註1339〕祭衣前後備聖架形　湯、便、馬、姚四本「祭衣前後」後皆有標點。
〔註1340〕宜為衆祭，毋斁獻時，增主榮光　湯、馬、姚三本作「宜爲衆祭毋斁，獻時增主榮光」，便覽本作「宜爲衆祭無斁，獻時增主榮光」。
〔註1341〕承主受難丕績　湯、便、馬、姚四本「承主受」後皆有標點。
〔註1342〕湯、便、馬、姚四本皆作「慙」。

招神死〔註1343〕，奈之何哉？猶豫不斷，祈主示僕宜行何工。

主論（四卷七章〔註1344〕）

主曰：切工約四：一，將領匪圖己樂，特求吾榮。二，識己原卑，謙若罔功。三，虔心致敬。四，密察厥辜，重者悔告定改，勿蓄〔註1345〕刺心；輕者得便宜告〔註1346〕，未便自懊祈釋，心痛〔註1347〕，為僻情不克，外司弗謹，狗欲無節，怠而罔策，饕而勿塞，易取難與，尊己卑人，迓樂遯苦，忻囂厭嘿等，既懊眾辜，更警方來〔註1348〕，宜以心為殿，內外託主，乃堪領之。

噫！善士偕吾聖體，獻己心靈，厥獻貴尊，吾經內云，罪人𥟁〔註1349〕心痛改，然後求釋，吾永忘其罪以懲，吾愛罪人神生，詎愛其神死耶？

領先獻己於主（四卷八章）

主曰：予承苦時，以刑架為臺，伸肢裸體若純牲焉〔註1350〕，獻吾聖父，為贖世辜，子宜法之。欲領吾體，奉吾以己，吾輕物獻，特重靈獻，世珍即陳汝前而不享吾〔註1351〕，何益汝矣？然子獻吾珍物，而缺子靈，吾奚貴哉？

己獻于吾，子乃有吾，吾享子獻，子乃吾享，吾獻于聖父，為子留體麪酒像內〔註1352〕，因毓子靈，形神吝奉，詎克洽予哉？將獻物，預宜獻己，以獲心平，以加聖寵，否則獻虛。予曾警眾曰：人不輕本身〔註1353〕遺世，吾匪厥師，厥匪吾徒也，子欲承訓為徒，身靈獻吾，厭己棄物。

〔註1343〕冒領，即招神死　便覽本中無標點，馬本作「冐，領即招神死」，姚本作「冐領即招神死」。
〔註1344〕便覽本此處未寫章次，從此以下各章章次皆較其他本少一。
〔註1345〕湯、便、馬、姚四本皆作「畜」。
〔註1346〕輕者得便宜告　湯、馬、姚三本「輕者」後有標點。
〔註1347〕未便自懊祈釋，心痛　湯、馬、姚三本作「未便，自懊祈釋心痛」，便覽本作「未便自懊，祈釋心痛」。
〔註1348〕湯、便、馬、姚四本皆作「來」。
〔註1349〕湯本、馬本作「𥟁」，便覽本、姚本作「𥟁」。
〔註1350〕伸肢裸體若純牲焉　湯、便、馬、姚四本皆作「伸肢裸體，若純牲焉」。
〔註1351〕世珍即陳汝前而不享吾　湯、便、馬、姚四本「而不享吾」前皆有標點。
〔註1352〕吾獻于聖父，為子留體麪酒像內　湯本作「吾獻于聖父為子，留體麪酒像內」，便覽本作「吾獻於聖父，爲子，留體麪酒像內」，馬本、姚本作「吾獻子聖父，爲子，留體麪酒像內」。
〔註1353〕湯、便、馬、姚四本皆作「體」。

領旹為人為己祈〔註1354〕（四卷九章）

士謂主曰：主，造覊覆載萬彙眞主也〔註1355〕，茲將領主億兆神聖之前，先獻形神以求事主，次獻夙愆，祈燼於愛歝〔註1356〕，錫聖寵，俾復獲洽〔註1357〕，如憐君洽厥臣焉。僕今恫解，定更，冀贖〔註1358〕，求顧本慈，忘僕衆罪。次獻纖麄善行，賜鎔其渻，增力遷改，可詣〔註1359〕天國也。次又獻修士善願，親朋憂患，恩友為主施貲，為之代祈。或現居世，或已往逝，而寄寓煉所，祈主祐慰之，俾皆讚主，次又獻為受吾害〔註1360〕，與授害吾。或故或偶授受〔註1361〕，祈主彼吾之釋失〔註1362〕，賜諧，互愛慈主〔註1363〕，祈錫聖寵，偕主恒享眞祉。

為微阻勿緩領（四卷十章）

主曰：聖體，乃聖寵源，慈海善柢，宜頻領之，以勝衰情去誘，猾兮魔箅。經云：魔餻天神詿形，覺人慕領，殫計阻之，或託僞思，或憶徃愆，俾或勿敢，或以冷領，致失靈益，宜藐勿畏，以智破詭，乃勝魔計。又有人領前特冀勤循〔註1364〕，悔告至再，尚為未及，是亦〔註1365〕魔誘也。遵神父命，汝靈託渠〔註1366〕，弗信神父，反允魔計，獲靈益乎？得罪茨心，悔解後領。汝戾人，宜預荊請；人戾汝，宜誠恕之。主乃汝恕。遲悔遲告，必招怠心，靈奚益哉？早哇靈毒，早服神藥，靈即靖焉。今為纖罪憚領，翌或增巨，日或如是〔註1367〕，

〔註1354〕領旹為人為己祈　湯、便、馬、姚四本皆作「領時，爲人，爲己祈」。

〔註1355〕主，造覊覆載萬彙眞主也　湯本、馬本作「主覊造覆載萬彙眞主也」，便覽本、姚本作「主覊造覆載萬彙眞主也」。

〔註1356〕茲將領主億兆神聖之前，先獻形神以求事主，次獻夙愆，祈燼於愛歝　湯本作「茲將領主，億兆神聖之前，先獻形神以求事主次，獻夙愆，祈燼于愛歝」，便覽本作「茲將領主億兆神聖之前，先獻形神以求事主，次獻夙愆，祈燼於愛歝」，馬本、姚本作「茲將領主，億兆，神聖之前，先獻形神，以求事主次獻夙愆，祈燼于愛歝」。

〔註1357〕俾復獲洽　湯、便、馬、姚四本皆作「俾獲復洽」。

〔註1358〕僕今恫解，定更，冀贖　湯本作「僕今恫解，定更冀贖」，便覽本作「僕今恫解定更，冀贖」。

〔註1359〕湯、便、馬、姚四本皆作「詣」。

〔註1360〕次又獻為受吾害　湯、便、馬、姚四本「次又獻」後皆有標點。

〔註1361〕或故或偶授受　湯、馬、姚三本「授受」前有標點。

〔註1362〕祈主彼吾之釋失　湯、馬、姚三本「祈主」後有標點。

〔註1363〕賜諧，互愛慈主　湯、便、馬、姚四本皆中無標點。

〔註1364〕又有人領前特冀勤循　湯、馬、姚三本「又有人」後有標點。

〔註1365〕湯、便、馬、姚四本皆作「以」。

〔註1366〕湯、便、馬、姚四本皆作「渠」，下文一律錄入為「渠」。

〔註1367〕日或如是　湯、便、馬、姚四本皆作「日日或如是」。

領當何日？宜勇改鼓銳，毋延時日。延日心愈懈也〔註1368〕，迷矣怠人，勿欲善生，憚惕告解，因延領主，厥信劣哉，厥愛清哉。士勵治靈，密領〔註1369〕，主則眷之，斯為眞祉士也。有士不敢密領，為釋人訝，或為彰謹，獻己願領，主監願增勳，德士每冀領主〔註1370〕，是謂神領，日日時時得如是領，而勿思人異〔註1371〕，蓋心每冀領，每憶主苦，共其苦功，若每神領者然，但年每值大禮，宜備〔註1372〕實領，為揚主益靈，更有攸警。欲領，宜欲辦靈〔註1373〕，勿待臨期，否則恒覺罔脩也〔註1374〕。

聖體聖經毓靈（四卷十一章）

士謂主曰：至甘救世眞主，善靈赴主嘉宴，時而共其滋〔註1375〕，難詳其樂。蓋主嘉宴，特善靈極愛之主也，今僕伏主暨天神前〔註1376〕，慕心灼目淚垂〔註1377〕，偕聖女瑪大肋納，俯雪聖足〔註1378〕，奈心澹目枯也。

主雖戢威韜光，誠信主在像內，倘主顯體耀彩，吾與萬衆，詎克直觀晶射耶？主藏體彩，為愍衆劣，宜感主慈，異矣吾攸欽之主〔註1379〕，天神攸欽之主，無二主也，惟彼瞻之不眩，吾惟以靈目信麵酒外像〔註1380〕，實冪〔註1381〕覆主體焉。

〔註1368〕延日心愈懈也　湯本、馬本作「延日，心愈懈也」，便覽本作「延日心愈懈也」，姚本作「延日，必愈懈也」。
〔註1369〕士勵治靈，密領　湯、便、馬、姚四本皆中無標點。
〔註1370〕主監願增勳，德士每冀領主　便、馬、姚三本作「主監願增勳德，士每冀領主」。
〔註1371〕日日時時，得如是領，而勿思人異　便覽本作「日日時時得如是領，而勿思人異」，馬本作「日日時時，得如是領而勿思人異」，姚本作「日日時時，得如是領而勿懼人異」。
〔註1372〕湯、馬、姚三本作「脩」。
〔註1373〕欲領，宜欲辦靈　湯本、便覽本中無標點，馬本、姚本「辦」作「辨」。
〔註1374〕否則恒覺罔脩也　便覽本「脩」作「備」，馬本、姚本「否」後有標點。
〔註1375〕善靈赴主嘉宴，時而共其滋　湯、便、馬、姚四本皆作「善靈赴主嘉宴時，而共其滋」。
〔註1376〕今僕伏主暨天神前　湯、馬、姚三本「今僕伏主」後有標點。
〔註1377〕慕心灼目淚垂　湯、馬、姚三本作「慕心灼，目淚垂」，便覽本作「慕心灼，目淚垂」。
〔註1378〕偕聖女瑪大肋納，俯雪聖足　湯、便、馬、姚四本皆中無標點。
〔註1379〕異矣吾攸欽之主　湯、馬、姚三本「異矣」後有標點。
〔註1380〕吾惟以靈目信麵酒外像　湯本、便覽本作「惟吾以靈目信，麵酒外像」，馬本、姚本作「惟吾以靈目信麵酒外像」。
〔註1381〕湯、便、馬、姚四本皆作「冪」。

僕居世宜安若命〔註 1382〕，從信德耿，延望天國神光，乃信德之影，盡滅悉散也。聖既入彼，體康光遍，勿需聖體靈藥，僕想厥禧，就靈享主樂，未獲覲主，靈乏罔慰，弗克全寧。居世就難覩主〔註 1383〕，宜耐洽之，鑑主先聖往生時，深羨覿主〔註 1384〕，延忍育望，主卒慰之，僕今信厥攸信，望厥攸望，彼攸享。僕恃祐偕冀享〔註 1385〕。

在世倘艱全享，主聖經以聖善書，以主聖體，寬望靈慰。眥靈有二：神糧〔註 1386〕一、神光一。聖體神糧，聖經神光〔註 1387〕，則是古教皇聖殿，主命兩几〔註 1388〕，一列聖味、一列聖經，咸像聖而公會也。

有聖體天糧，以字善靈，有聖經神書，率履天境，戴主浩恩，欲人知厥愛至，肆筵備味，匪古犧牲，殺乃主體，渠體雖一，統古萬祭，妙異味含衆滋〔註 1389〕，天神僉降，偕吾饗甘。惟其甘愈甚也〔註 1390〕，主萬光耀，咸留聖經，若燭引途，普矚冥界。

領須勱脩（四卷十二章）

主曰：予乃聖源〔註 1391〕，惟恒潔靈居之。子以心為臺〔註 1392〕，蕩汚拂壒，耀以衆德。吾偕宗徒宴厥內，欲予臨偕住，忻靜厭嚾，省悔泣罪，人延愛友，預華宇彰敬，子又須知，就竟〔註 1393〕祛務，勱工顓領，祛勱不逮，

〔註 1382〕僕居世宜安若命　湯、馬、姚三本「僕居世」後有標點。

〔註 1383〕居世就難覩主　湯、馬、姚三本「居世」後有標點。

〔註 1384〕宜耐洽之，鑑主先聖往生時，深羨覿主　湯本作「以耐洽之鑑主，先聖往生時，深羨覿主」，便覽本作「以耐洽之，鑑主先聖，往生時深羨覿主」，馬本、姚本作「以耐洽之，鑑主，先聖，往生時，深羨覿主」。

〔註 1385〕僕恃祐偕冀享　湯、馬、姚三本「僕恃祐」後有標點。

〔註 1386〕湯、便、馬、姚四本皆作「粮」，下文一律錄入為「糧」。

〔註 1387〕聖體神糧，聖經神光　湯、馬、姚三本作「聖體，神糧；經書，神光」，便覽本作「聖體神糧，經書神光」。

〔註 1388〕則是古教皇聖殿，主命兩几　湯本作「則是，古教聖殿主命兩几」，便覽本作「則是，古教聖殿，主命兩几」，馬本作「則是，古教聖殿主命兩儿」，姚本作「則是，古教聖殿主命兩几」。

〔註 1389〕統古萬祭，妙異味含衆滋　湯、便、馬、姚四本皆作「統古萬祭妙異，味含衆滋」。

〔註 1390〕惟其甘愈甚也　湯、馬、姚三本「惟其甘」後有標點。

〔註 1391〕主曰：予乃聖源　湯本、馬本中無標點。

〔註 1392〕湯、便、馬、姚四本皆作「臺」。

〔註 1393〕湯、便、馬、姚四本皆作「年」。

領由吾慈，匪汝績也，譬富延貧啗〔註1394〕味，貧詎克償，唯謙感耳，子盍法之？

　　辦靈后領，吾裨〔註1395〕汝缺，領覺心焰，毌〔註1396〕歸汝績，惟歸吾慈，若覺心清〔註1397〕，悔涕俯禱，工毌憪〔註1398〕停，愈宜劫增。汝需吾恩，予弗需汝工，領吾匪加吾聖〔註1399〕，惟加汝善，宜懷斯恩。

　　今將示子善法，領先辦靈，既領尤辦，毌間〔註1400〕善工，子克若斯，方可繼領。領訖，勿即邀外治俗，主居汝靈，可默玩〔註1401〕之，普世雖力殫，弗克奪我〔註1402〕于汝也。身靈伏〔註1403〕吾，存歿，宜祈吾榮光〔註1404〕。

領時祈主締靈（四卷十三章）

　　士既領，謂主曰〔註1405〕：僕願〔註1406〕與主偕處，剖心祈示〔註1407〕，為享吾主懃世，為懷吾主遺物〔註1408〕，諧主如良友相歡〔註1409〕，頻領聖體，以脫百繫，以嘗天國旨味，斯僕願望。

　　噫！僕幸忘己，時日憶主，心謙以領，乃靈靖心慰也。葢主厭棄傲輩，輔弼謙士，真主之甘至矣〔註1410〕。左道者之迷深矣〔註1411〕。厥主曷有近爾，若慈主邇吾耶？

〔註1394〕便覽本作「啗」。
〔註1395〕湯、便、馬、姚四本皆作「補」。
〔註1396〕湯、馬、姚三本作「毋」，下文一律錄入為「毌」。
〔註1397〕湯本、便覽本作「淸」，馬本、姚本作「清」。
〔註1398〕湯、便、馬、姚四本皆作「憪」。
〔註1399〕領吾匪加吾聖　湯、馬、姚三本「領吾」後有標點。
〔註1400〕湯、馬、姚三本作「閒」。
〔註1401〕湯、便、馬、姚四本皆作「翫」。
〔註1402〕湯、便、馬、姚四本皆作「吾」。
〔註1403〕湯、便、馬、姚四本皆作「仗」。
〔註1404〕存歿，宜祈吾榮光　湯、便、馬、姚四本皆中無標點。
〔註1405〕士既領，謂主曰　湯本、便覽本中無標點。
〔註1406〕湯、馬、姚四本皆作「願」。
〔註1407〕僕願與主偕處，剖心祈示　馬本、姚本中無標點。
〔註1408〕為懷吾主遺物　湯、馬、姚三本「遺物」前有標點。
〔註1409〕諧主如良友相歡　湯、馬、姚三本「諧主」後有標點。
〔註1410〕真主之甘至矣　湯、馬、姚三本「至矣」前有標點。
〔註1411〕左道者之迷深矣　湯、馬、姚三本作「左道之迷，深矣」，便覽本作「左道之迷深矣」。

主密臨吾，聖體締靈，愛之若親，主恩浩哉，主奚奚醻？惟奚僕心，茲貢獻主。既貢既獻，僕心丕暢，主乃黙〔註1412〕謂曰：汝欲偕予，予欲汝偕。答曰：祈主郵賤，弗屑偕處，僕今惟願締主，以心為心。

效法善士㦤領（四卷十四章）

士謂主曰：聖體含諸異味，以愜僕思，多士勤業以領，深赦吾怠〔註1413〕，彼奚領弗獲，心痛眶洏，眒靈若餒焉。既領，泪拭靈靨〔註1414〕，厥信愛主，實居像內正效也〔註1415〕。

快慰羈旅，若良朋，斯主旨哉〔註1416〕。奈僕匪師，因心罔炎，祈錫篤信切望鍾愛〔註1417〕，為燠心凍，俾長燃也。主能全，欲郵匱，允攸祈奚難〔註1418〕？茲僕雖乏是士之焰，依祐偕彼熾心〔註1419〕，同彼領主，共其神功，茲咸僕願。

以謙承恩（四卷十五章）

主曰：子慕修靈，祈祐以遂。主弗速許宜耐〔註1420〕，速允宜感，宜謙以存〔註1421〕，勤業以增，蓋寡多遲速惟主。主若緩慰慰〔註1422〕，毋憂而失望，思主初未允，嗣監吾慇即允〔註1423〕，神樂，靈珍也。人祈即主錫，弱靈難堪，行

〔註1412〕湯、便、馬、姚四本皆作「嘿」。
〔註1413〕聖體含諸異味，以愜僕思，多士勤業以領，深赦吾怠　湯、馬、姚三本作「聖體，含諸異味以愜，僕思多士，勤業以領，深赦吾怠」，便覽本作「聖體含諸異味以愜，僕思多士，勤業以領，深赦吾怠」。
〔註1414〕既領，泪拭靈靨　湯、便、馬、姚四本皆中無標點。
〔註1415〕厥信愛主，實居像內正效也　湯、馬、姚三本作「厥信，愛主實居像內，正效也」，便覽本作「厥信愛主實居像內，正效也」。
〔註1416〕快慰羈旅，若良朋，斯主旨哉　湯本作「快憇羈旅若良朋，斯主旨哉」，便覽本作「快慰羈旅若良朋，斯主旨哉」，馬本、姚本作「快憇羈旅若良朋斯主旨哉」。
〔註1417〕祈錫篤信切望鍾愛　湯、馬、姚三本作「祈錫篤信、切望、鍾愛」。
〔註1418〕欲郵匱，允攸祈奚難　湯、馬、姚三本作「欲郵匱，允攸祈，奚難」，便覽本作「欲郵匱允攸祈奚難」。
〔註1419〕茲僕雖乏是士之焰，依祐偕彼熾心　湯、便、馬、姚四本皆作「茲僕雖乏，是士之焰依祐，偕彼熾心」。
〔註1420〕主弗速許宜耐　湯、馬、姚三本「宜耐」前有標點。
〔註1421〕速允宜感，宜謙以存　馬本、姚本中無標點。
〔註1422〕主若緩慰慰　湯、便、馬、姚四本皆作「主若慰緩」。
〔註1423〕嗣監吾慇即允　湯、馬、姚三本作「嗣監吾勤，即允」，便覽本作「嗣監吾勤即允」。

逾力，致隕厥德。惟謙惟望，符聖命可。

但汝當思，主或弗予，或既予復奪，咸由汝咎。主恩非巨愆礙之〔註1424〕，纖訊亦阻之，汝去巨與纖，並心委主，主諾而遂汝意，若否，宜自慰而愜聖意〔註1425〕。子心既空，盡除世愛，主必錫恩以盈，子乃祉哉。領時惟祈聖輝，主即牣靈。

領先列需求拯（四卷十六章）

士謂主曰：至愛上主，僕今將領之，主知罪醜，靈需苦迫，情牽魔引〔註1426〕，唯〔註1427〕主克拯，今叩主閽，若貧擊富閱〔註1428〕，祈主錫僕薰心，愛火焯靈〔註1429〕，錫厭世貪主〔註1430〕，忍耐世迍，俾抽世濘，賜享神滋。

主乃吾愛吾善、吾之飴糧也〔註1431〕。慕主賜僕聖火一星，毋許心冷靈餒〔註1432〕，祈主愸僕，如恒愸善士焉。猗主頻，神火罔熄，茲既近主，心歟何幸耶！

熾心慕領（四卷十七章）

善士領先謂主深歎曰〔註1433〕：聖善多士，恒以煦心領主。茲僕將領，慕法之。主，吾禔吾愛吾善也〔註1434〕。吾慕心炎，大逾諸聖，若炎不逮，獻吾身靈，內外聽主條理，若主理卑僕焉。

噫！聖母領報，獻主潔胎，厥儵竒哉！僕慕師厥信望愛謙淨之諸德以

〔註1424〕主恩非巨愆礙之　湯、馬、姚三本「主恩」後有標點。

〔註1425〕若否，宜自慰而愜聖意　湯本、便覽本作「若否，宜自慰而洽聖意」，馬本、姚本作「若否宜自慰而洽聖意」。

〔註1426〕靈需苦迫，情牽魔引　湯、馬、姚三本作「靈需，苦迫情牽，魔引」。

〔註1427〕湯、便、馬、姚四本皆作「惟」。

〔註1428〕湯、便、馬、姚四本皆作「閱」。

〔註1429〕祈主錫僕薰心，愛火焯靈　湯本作「祈主郵匱，薰心愛火焯靈」，便覽本作「祈主郵匱薰心，愛火焯靈」，馬本、姚本作「祈主郵匱，薰心，愛火焯靈」。

〔註1430〕錫厭世貪主　馬本、姚本「貪主」前有標點。

〔註1431〕主乃吾愛吾善、吾之飴糧也　湯、馬、姚三本作「主乃吾愛、吾善、吾之飴糧也」，便覽本作「主乃吾愛吾善吾之飴糧也」。

〔註1432〕毋許心冷靈餒　馬本、姚本「靈餒」前有標點。

〔註1433〕善士領先謂主深歎曰　湯、馬、姚三本「善士領先」後有標點，便覽本作「善士領先謂主深歎曰」。

〔註1434〕主，吾禔吾愛吾善也　湯、馬、姚三本作「主，吾禧，吾愛，吾善也」，便覽本作「主吾禧吾愛吾善也」。

領〔註 1435〕。聖若翰保弟，處母胎時〔註 1436〕，覺主亦在聖母淨胎，無任踴躍。後凡瞻主，厥忻如是，僕今胡彷斯耶？

茲伏祈眾聖諸善友朋〔註 1437〕，代吾獻主，其愛領慕默道精功〔註 1438〕，以致主榮于萬世。另冀善士，既領聖體〔註 1439〕，既飫聖晏〔註 1440〕飴味，記吾一念，求主憑盼寠乏也〔註 1441〕。

實信聖體勿究厥理（四卷十八章）

友欲無謬，勿究聖體淵理。經曰：人欲徑瞠主熠，靈目必眩，彌瞠彌昏，主能丕優，邁踰世睿，叩聖體奧旨以伏明悟〔註 1442〕。從庶聖解乃可〔註 1443〕。惟圖脩領，恒遵十誡尤可〔註 1444〕。妄圖察淵，致壞靈性眾矣〔註 1445〕。主惟求汝善信〔註 1446〕，不求測厥奇，物圄汝下，尚曖厥情，聖體邁超汝上，欲洞厥理，詎非惑耶？遜志伏明，主乃諭之，使知要情。

有時魔投誘〔註 1447〕，謀殺汝信，勿聆之，亦勿審汝念誠否，確遵經旨，篤信聖言，誘即遯也。魔計籠窄善士，罔慮惡儕，葢渠已墜其㜈〔註 1448〕。

友以謙謹信近領〔註 1449〕，理有未晰，伏〔註 1450〕主釋之，厥詎汝誑？怙己

〔註 1435〕僕慕師厥信望愛謙淨之諸德以領　湯本作「僕慕師厥信、望、愛、謙、淨、之諸德，以領」，馬本、姚本作「僕慕師厥信、望、愛、謙、淨之諸德，以領」。

〔註 1436〕聖若翰保弟，處母胎時　湯、馬、姚三本中無標點。

〔註 1437〕茲伏祈眾聖諸善友朋　湯、馬、姚三本作「茲仗祈眾聖，諸善友朋」，便覽本作「茲仗祈眾聖諸善友朋」。

〔註 1438〕代吾獻主，其愛領慕默道精功　湯、馬、姚三本作「代吾獻主其愛領，慕嘿道，諸精功」，便覽本作「代吾獻主其愛領嘿道諸精功」。

〔註 1439〕另冀善士，既領聖體　湯、馬、姚三本中無標點。

〔註 1440〕湯、便、馬、姚四本皆作「宴」。

〔註 1441〕求主憑盼寠乏也　湯本、姚本作「求主，憑盼寠乏也」，便覽本作「求主憑盼寠乏也」，馬本作「求主，憑盼，寠乏也」。

〔註 1442〕叩聖體奧旨以伏明悟　湯、便、馬、姚四本「以伏明悟」前皆有標點。

〔註 1443〕從庶聖解乃可　湯、馬、姚三本「乃可」前有標點。

〔註 1444〕恒遵十誡尤可　湯、馬、姚三本「尤可」前有標點。

〔註 1445〕致壞靈性眾矣　湯、馬、姚三本「眾矣」前有標點。

〔註 1446〕主惟求汝善信　湯、馬、姚三本「信」前有標點。

〔註 1447〕有時魔投誘　湯、馬、姚三本「有時」後有標點。

〔註 1448〕湯、便、馬、姚四本皆作「㜈」。

〔註 1449〕友以謙謹信近領　湯、馬、姚三本作「友以謙、謹、信，近領」。

〔註 1450〕湯、便、馬、姚四本皆作「仗」。

耿慧，不免詿忒，主照誠遜，弗爁傲哲〔註1451〕，性光乃耿屬謬〔註1452〕。信耀
恒眞，彼必彼〔註1453〕此如僕，此必率彼若主。聖體之端，信德之緒，蘊主多奇，
人能悉闚主行。行亦何奇有？

〔註1451〕湯、便、馬、姚四本皆作「哲」。
〔註1452〕性光乃耿屬謬　湯、馬、姚三本「屬謬」前有標點。
〔註1453〕湯、便、馬、姚四本皆作「後」。

附：法國國家圖書館藏陽瑪諾譯《金書》孫抄本書影

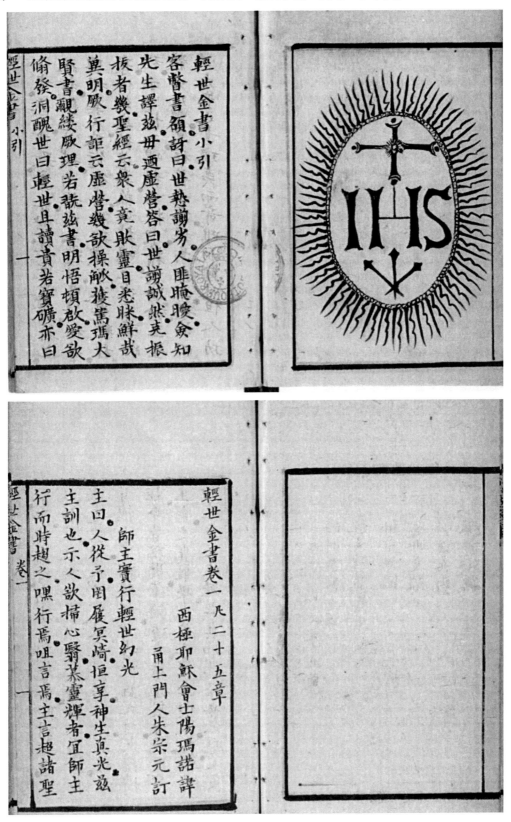

附：澳大利亞國家圖書館藏陽瑪諾譯《金書》1800 年版書影

附：比利時魯汶大學東方圖書館藏陽瑪諾譯《金書》1848 年重刊本
書影

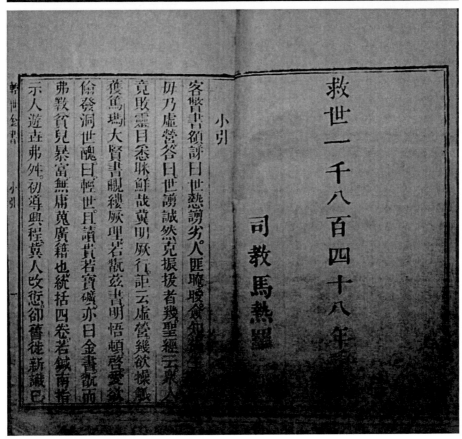

附：比利時魯汶大學東方圖書館藏陽瑪諾譯《金書》1923 年重刊本書影

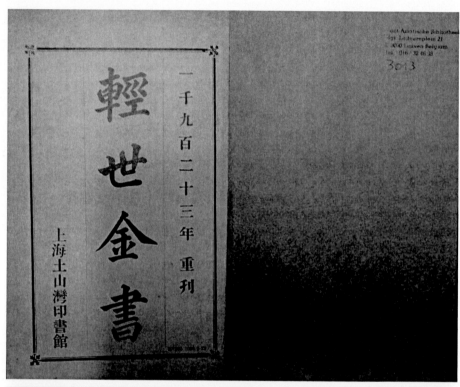

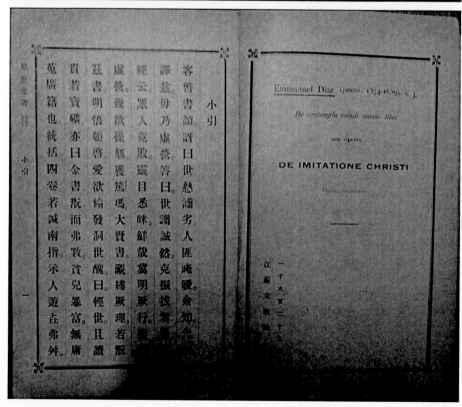

附：美國哈佛燕京圖書館（上）、法國國家圖書館（下）藏呂若翰注《便覽》書影

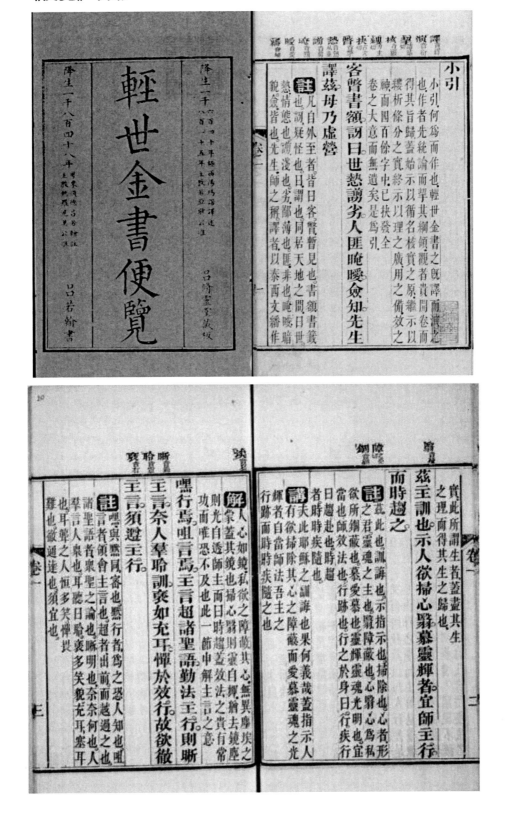

附錄二 《輕世金書》五版本
用字變化表[註1]

條目編號	孫　本	湯　本	便覽本	馬　本	姚　本
1	頟	頟	頟	頟	頟
2	熱	熱	熱	熱	熱
3	僉	僉	僉	僉	僉
4	茲	兹	茲	兹	兹茲
5	迺乃	乃迺迺	乃迺	乃迺迺	乃迺迺
6	虗	虛	虛	虛	虛
7	抜	拔	抜	拔	拔
8	幾	幾	幾	幾	幾

[註1] 說明：本表呈現陽瑪諾譯、朱宗元訂：《輕世金書》孫抄本（簡稱孫本，年代約在
1640 至 1722 年間）；陽瑪諾譯、朱宗元訂、湯亞立山準：《輕世金書》1800 年京都
聖若瑟堂藏板（簡稱湯本）；呂若翰注、熱羅尼莫准《輕世金書便覽》1848 年粤東
天主堂本（簡稱便覽本）；陽瑪諾譯、朱宗元訂、馬熱羅准：《輕世金書》，1848 年
重刊本（簡稱馬本）；陽瑪諾譯、朱宗元訂、姚准：《輕世金書》，上海土山灣印書
館 1923 年重刊本（簡稱姚本），五版本的用字變化情況。若五版本中有一個版本用
字與其他四本皆不同，則予以放大（截圖字除外）；電子字庫找不到字形者，截圖
入文檔；如同一個字在同一版本中前後有所變化，則將該版本中該字出現的所有字
形一併列出。

9	衆	衆	眾	衆	眾
10	靈	靈	靈	靈	靈
11	兾莫異	冀	冀兾	冀	冀
12	欲慾	欲	欲	欲	欲
13	操	操	捼	操	操
14	觝	觚	觝	觚	觚
15	獲	獲護	獲獲護	獲護	獲獲護
16	若	若	若	若	若
17	啟	啓	啟啓	啓	啓
18	儵	偸	倏	偸	偸
19	醜	醜醜	醜醜	醜醜	醜醜
20	冨	富	富	富	富
21	指	指	指	指	指
22	世	世丗時埶	世時勢	世丗時埶	丗時埶
23	改	攺	攺	攺	改
24	舊	舊	舊	舊	舊
25	已己巳	巳	己巳	巳已	己巳已
26	繼	繼	繼	繼	繼
27	真真真	眞	眞真	眞	眞
28	滋	滋	滋	滋	滋
29	嘿默	默嘿	默嘿	默嘿	默嘿
30	精	精	精	精	精
31	為受	爲	爲	爲	爲
32	奇卲	奇	奇	奇	奇
33	功	攻	攻	攻	攻
34	攴	伐	伐	伐	伐
35	敲	敲	敲	敲	敲
36	弘	弘	宏	弘	弘
37	勥	強勥	強勥	強勥	強勥

38	裨益	裨補	裨補	裨補	裨補
39	既	旣	旣	旣	旣
40	敩教	教	教	教	敎教
41	外	外	外	外	外
42	餙	餙	飾飾	餙	餙
43	羅	羅	羅	羅	罹
44	決	決	決	決	決
45	脫	脫	脫	脫	脫
46	即	卽	卽	卽	卽
47	納	納	納	納	納
48	含	含	含	含	含
49	貪	貪	貪	貪	貪
50	謀	某謙	某謙	某謙	某謙
51	晶	晶	晶	晶	晶
52	恐	恐恐	恐	恐恐	恐
53	資貲	貲資	貲資	貲資	貲資
54	犮友	友	友	友	友
55	微	微	微	微	微
56	冝宜	宜以	宜以	宜以	宜以
57	情	情	情	情	情
58	踰	踰	踰	踰	踰
59	節	節	節	節	節
60	密	密	密密	密資	密
61	寍寧	寧寧	寧	寧	寧
62	慕	慕慕	慕	慕慕	慕
63	神	神	神	神	神
64	艱	艱	艱	艱	艱
65	勤	勤	勤	勤	勤
66	冥冥	冥	冥	冥	冥

67	奈	柰奈	奈	柰	柰奈
68	兌	充	充	充	充
69	／	袠	褻	袠	褻
70	譧謙	謙	謙	謙	謙
71	致致	致	致	致	致
72	錐	雖	雖	雖	雖
73	旹	旨旹	旨旹	旨旹	旨
74	寵	寵	寵	寵	寵
75	蚩	蚩	蚩	蚩	蚩
76	厭	饜	饜	饜	饜
77	透	窮	窮	窮	窮
78	烏寧	嗚呼	嗚呼	嗚呼	嗚呼
79	贋	贋贋贋	贋贋	贋贋贋	贋贋贋
80	必	心	心	心	心
81	畱	留	留	留	留
82	愳	思懼	愳懼	思懼	想懼
83	稽	稽	稽	稽	稽
84	葢蓋	葢蓋	蓋	葢蓋	葢蓋
85	畀卑	卑畀	卑	卑畀	卑
86	寬	寬	寬	寬	寬
87	庶	庶	庶	庶	庶
88	苐第	苐	第	苐	苐
89	憚	憚	憚	憚	憚
90	顯	顯	顯	顯	顯
91	執	執	執	執	執
92	躬	躬	躬	躬	躬
93	單	單	單	單	單
94	乖	乖	乖	乖	垂
95	諭諭	諭與	諭與	諭與	諭與
96	斂	斂	斂	斂	斂

97	願	願愿	願愿	願愿	願愿
98	甞	嘗	嘗	嘗	嘗
99	嫌	嫌	嫌	嫌	嫌
100	喙	喙	喙	喙	喙
101	将	將	將	將	將
102	煇	輝	輝	輝	輝
103	究	究	究	究	究
104	過	過	過	過	過
105	衡	衡	衡	衡	衡
106	寄	寄	寄	寄	寄
107	净湊	净淨湊	淨湊	净淨湊	净淨湊
108	慱	慱博	博	慱博	慱博
109	姸	姸	姸	姸	姸
110	媪	媪媪	嫱	媪媪	媪
111	昜	昜	昜	昜	昜
112	私	私	私	私	私
113	機幾	機	機	機	機
114	陷	陷	陷	陷	陷
115	値	値	値	値	値
116	寘	寘	寘	寘	寘
117	併	併	併	併	併
118	聽聽	聽	聽	聽	聽
119	衷	衷	衷	衷	衷
120	妬	妬	妬	妬	妬
121	軀	軀	軀	軀	軀
122	纏	纏	纏	纏	纏
123	怓	怓	怓	怓	怒
124	倚	倚向依	倚向依	倚向依	倚向依

125	賴	賴	賴	賴	賴
126	侉	侉	侉	侉	侉
127	魁	魁	魁	魁	魁
128	徽	徽	徽	徽	徽
129	美	美	美	美	美
130	爽	爽	爽	爽	爽
131	淋	淑	淑	淑	淑
132	槩	槩	槩	槩	槩
133	絕	絕	絕	絕	絕
134	路	路	路	路	路
135	途	徑	徑	徑	徑
136	忌	忌	忌	忌	忌
137	強	強	強強	強	強
138	舍	舍	舍	舍	舍
139	解	解罪	解罪	解罪	解罪
140	出	聽	聽	聽	聽
141	念	念	念	念	念
142	刺	刺	刺刺	刺刺	刺
143	于於予	於予于	於予于	於予于子千	於予于子千
144	清	清清	清清	清清	清清
145	酧	酧	酧	酧	酧
146	迅	迅	迅迅	迅	迅
147	逾逾	逾	逾逾	逾	逾
148	習翫	習	習	習	習
149	搖	搖	搖	搖	搖
150	戀	戀	戀	戀	戀
151	也	者	者	者	者
152	隮墜墮	隮隮墜	隮隮墜	隮隮墜	隮隮墜
153	乘	乘	乘	乘	乘

154	歎嘆	歎	歎嘆	歎	歎
155	晏宴	宴晏	宴晏	宴晏	宴晏
156	甚	豐	豐	豐	豐
157	静	靜	靜	靜靜	靜
158	殞	殞隕	殞隕	殞隕	殞隕
159	滿	滿	滿	滿	滿
160	驚	畏	畏	畏	畏
161	罟	罟	罟	罟	罟
162	陣	陳	陳	陳	陳
163	鬥	鬮	鬮	鬮	鬮
164	視眄	視眄	視眄	視眄	視眄
165	窓	窻	窻	窻	窻
166	邃	邃	邃	邃	邃
167	筭	算	算	算	算
168	斫	斫	研	斫	斫
169	猷	敵	敵	敵	敵
170	禄	祿	祿	祿	祿
171	增	增	增	增	增
172	叠	叠	疊	叠	叠
173	負	負	負	負	負
174	偏	偏	偏	偏	偏
175	杜	杜	杜	杜	杜
176	兢	競競	競	競	競
177	逸	逸	逸	逸	逸
178	盼	盼	盼	盼	盼盼
179	濘	濘	濘	濘	濘
180	畧	略	畧略	略	畧
181	猗	猗	猗	猗	猗
182	熱	熱	熱	熱	熱

183	勔	勔	勔	勔	勔
184	窰	窰	窰	窰	窰
185	徃	往	往	往	往
186	惰	憜墮情	憜墮情	憜墮情	憜墮情
187	踪	踪	蹤踪	踪	踪
188	喪	喪	喪	喪	喪
189	豎	豎	豎竪	豎	竪
190	脩備	備脩	備	備脩	備脩
191	別	別別	別	別	別
192	倘	倘	倘	倘	倘
193	尚	尚	尙	尚	尙
194	戯	戯	戯	戯	戯
195	緬	緬	緬	緬	緬
196	直值直	值直	值直直	值直	值直
197	晤悟	悟晤	悟晤	悟晤	悟晤
198	愈	愈逾	愈逾	愈逾	愈逾
199	退	退	退	退	退
200	欝	鬱	鬱	鬱	鬱
201	几	凡	凡	凡	凡
202	干	干	干	于	于
203	無	孰	孰	孰	孰
204	缺	缺	缺	缺	缺
205	罸	罰刑	罰刑	罰刑	罰刑
206	俾	俾	俾	俾	俾
207	專	耑專	耑專	耑專	耑專
208	昕	昕	昕	昕	昕
209	減	減	減	減	減
210	再	再	再	再	再
211	慎	慎	慎	慎	慎

212	壯	壯	壯	壯	壯
213	日	目	目	目	目
244	窊	完	完	完	完
215	乆	久	久	久	久
216	覩	睹	睹	睹	睹
217	慍	慍	慍	慍	慍
218	哲	哲哲	哲哲	哲哲	哲哲
219	肺	肺	肺	肺	肺
220	腸	腸	腸	腸	腸
221	妬妬	妬妬	妬妬	妬妬	妬妬
222	務特	物	物務	物	物
223	黽	黽	黽	黽	黽
224	勵	勵	勵	勵	勵
225	隆	隆	隆	隆	隆
226	斾	斾	斾	斾	斾
227	具	具	具	具	具
228	遞遞	遞	遞	遞	遞
229	泮	泮	泮	泮	泮
230	鄉	鄉	鄉	鄉	鄉
231	逢	逢	逢	逢	逢
232	凌	凌	陵	凌	凌
233	仇	仇	仇	仇	仇
234	耻	耻	耻	耻	耻
235	賓	賓	賓	賓	賓
236	覔	覔覓	覓	覔覓	覔覓
237	兩両	兩	兩	兩	兩
238	鉴	鑑	鑑	鑑	鑑
239	雙	雙	雙	雙	雙
240	倏倏	倏	倏	倏	倏
241	滅	滅	滅	滅	滅

242	偽	僞	僞	僞	僞
243	極勵劇	劇勵極	劇勵極	劇勵極	劇勵極
244	御	御	御	御	御
245	襍	雜	雜	雜	雜
246	喻	諭	諭	諭	諭
247	昌	曷	曷	曷	曷
248	等	尋	尋	尋	尋
249	卸卸	卸	卸	卸	卸
250	憑	憋憑憫	憋憫	憋憑憫	憋憑憫
251	卻却	郤	却郤	郤	郤
252	愉	愉	愉	愉	愉
253	與	歟興	歟興	歟興	歟興
254	規	規	規	規	規
255	皋	辜	辜	辜	辜
256	彌	錫	錫	錫	錫
257	勳	勳	勳勳	勳	勳
258	緣	緣	緣	緣	緣
259	靡	莫	莫	莫	莫
260	廷	廷	廷	廷	廷
261	若	如	如	如	如
262	緣	緣	緣	緣	緣
263	捷	捷	捷捷	捷捷	捷
264	伏	仗	仗	仗	仗
265	上	土	上	土	上
266	憫慰	憫	慰	憫	憫
267	欺	毀	毀	毀	毀
268	較訂	較	訂	較	較訂
269	壋	壋	壋	壋	壋
270	專	岦	岦	岦	岦
271	請	請	請	請	請
272	每	每	每	每	梅

273	暨	暨	暨	暨	暨
274	煦	照	照	照	照
275	薰熏	熏	熏	熏	熏
276	树	樹	樹	樹	樹
277	邺	恤	恤	恤	恤
278	受	愛	愛	愛	愛
279	籲	籲	顱	籲	籲
280	佑	祐	祐	祐	祐
281	醻	酧	酬	酧	酧
282	孤	辜	辜	辜	辜
283	鈇	鍥	鍥	鍥	鍥
284	蒙	蒙	蒙	蒙	蒙
285	鮮	纖	纖	纖	纖
286	之	乏	乏	乏	乏
287	靣	面	面面	面	面
288	步	步	步	步	步
289	毌	無毌母	無毌	無毌母	無毌母
290	護	護獲	護獲	護獲	護
291	蠱	蠱	蠱	蠱	蠱
292	剪翦	翦	翦剪	翦	翦
293	本	本	本	木	本
294	叩	叩	叩	叩	叩
295	士	士	士	士	上
296	卹	邺	邺	邺	邺
297	汚	穢汚	穢汚	穢汚	穢汚
298	恃時	特	特	特	特
299	歌	歌	歌	歌	歌
300	殫	殫	殫	殫	殫
301	置	置	置	置	置
302	纖	纖	纖	纖	纖
303	棄	棄	棄	棄	棄

304	海溟	溟浪	溟浪	溟浪	溟浪
305	潛	潛	潛	潛	潛
306	挈	契	契	契	契
307	弗	勿	勿	勿	勿
308	僻	僻	僻	僻	僻
309	穢	濊	濊	濊	濊
310	仗伏	伏仗	仗伏	伏仗	伏仗
311	殃	殃	殃	殃	殃
312	夸	誇	誇	■	■
313	皷	皷	皷	皷	皷
314	舍	舍	舍	舍	舍
315	辯	辨	辨	辨	辨
316	先	光	光	光	光
317	蘊	蘊	蘊	蘊	蘊
318	訏	訏	訏	訏	訏
319	原	原	原	原	原
320	湶	泉	泉	泉	泉
321	槀	稿	槀	稿	稿
322	我吾	幾吾	幾吾	幾吾	幾吾
323	唇	唇	脣	唇	唇
324	罄	罄	罄	罄	罄
325	順	受	受	受	受
326	揚	颺	颺	颺	颺
327	答	荅	答	荅	荅
328	忍	忍應	忍應	忍應	忍應
329	圖	圄	圄	圄	圄
330	曹	憒	憒	憒	憒
331	籟	籟	籟	籟	籟
332	戰	戰	戰	戰	戰
333	隙	隙	隙	隙	隙

334	身	神體	神體	神體	神體
335	甤	甤	甤	甤	甤
336	衰	衰	衰	衰	衰
337	抵	祇	祇	祇	祇
338	警	驚	驚	驚	驚
339	惟	恒懷爲無	恒懷爲無	恒懷爲無	恒懷爲無
340	統	純	純	純	純
341	餤	飫	飫	飫	飫
342	受	承	承	承	承
343	後	彼	彼	彼	彼
344	悉	息	息	息	息
345	闍	闍	闍	闍	闍
346	㿽	盲	肓	肓	肓
347	流流	流	流	流	流
348	埶	勢	勢	勢	勢
349	植	植	植	植	植
350	顏	顏	顏	顏	顏
351	初	初	初	初	初
352	靖	靖	靖	靖	靖
353	惆	恫	恫	恫	恫
354	司	可	可	可	可
355	斯	此	此	此	此
356	揷	插插	插	插插	插插
357	遄	筵	筵	筵	筵
358	涕	涕	涕	涕	涕
359	克	刻	刻	刻	刻
360	裏	裡	裏	裡	裡
361	嗔	嗔	嗔	嗔	嗔
362	疾	嫉疢	嫉疢	嫉疢	嫉疢
363	憶	億	億	億	億

364	茲	今茲	今茲	今茲	今茲
365	怛	坦	坦	坦	坦
366	挙	厓	厓	厓	厓
367	諧	偕	偕	偕	偕
368	知	將	將	將	將
369	國	圖	圖	圖	圖
370	伏	代	代	代	代
371	泰	泰	泰	泰	泰
372	洎	洎	洎	洎	洎
373	滋	茲	茲	茲	茲
374	黜	黜	黜黜	黜	黜
375	閹	淹	淹	淹	淹
376	軌	軌	軌	軌	軌
377	驗徵	驗徵	驗徵	驗徵	驗徵
378	踴	湧踴	湧踴	湧踴	湧踴
379	係	繫	繫	繫	繫
380	飱	食	食	食	食
381	吻	勿	勿	勿	勿
382	隻	焦	焦	焦	焦
383	翻	翻	翻	翻	翻
384	忽	息	息	息	息
385	假	遐	遐	遐	遐
386	沼	沿	沿	沿	沿
387	讒	讒	讒	讒	讒
388	開	關	關	關	關
389	辠	罪	罪	罪	罪
390	昔	苦惜	苦惜	苦惜	苦惜
391	若	苦如	苦如	苦如	苦如
392	丕	丕	丕	丕	不
393	猶	猷尤	猷尤	猷尤	猷尤

394	併	并	并	并	并
395	度	慶	慶	慶	慶
396	駕	駕	駕	駕	駕
397	戾戾	戾	戾	戾戾	戾
398	定	及	及	及	及
399	莫	奚	奚	奚	奚
400	省	肖	肖	肖	肖
401	游	遊	遊游	遊	遊
402	遍	過	過	過	過
403	訓	言	言	言	言
404	幼	幼	幼	幼	幼
405	兼	兼	兼	兼	兼
406	顧	究	究	究	究
407	鍼	鍼針	鍼針	鍼針	鍼針
408	二	一	一	一	一
409	土	土	土	土	土
410	箭	荷	荷	荷	荷
411	戟	戟	戟	戟	戟
412	耶	也	也	也	也
413	侒	侒	侒	侒	侒
414	汝	人	人	人	人
415	争	爭	爭	爭	爭
416	孰	就	就	就	就
417	豈	詎	詎	詎	詎
418	爧	燭爧	燭爧	燭爧	燭爧
419	安	安	宜	宜	宜
420	恒	恒	恒恆	恒	恒
421	散	散	散散	散	散
422	愧	愧	愧	愧	愧
423	恩	思	思	思	思

424	繫	繫	繫	繫	繫
425	鈔	鈍	鈍	鈍	鈍
426	跡	眹	眹	眹	視
427	全	全	全	金	金
428	洩	洩	洩	洩	洩
429	唑	唑	唑	唑	唑
430	思	惡	惡	惡	惡
431	詠	咏	咏	咏	咏
432	享	寧	寧	寧	寧
433	曜	耀	耀	耀	耀
434	輝	耀	耀	耀	耀
435	居	苦	苦	苦	苦
436	觀	觀	觀	觀	觀
437	親	覿	覿	覿	覿
438	變	定	定	定	定
439	云	之	之	之	之
440	纇	類	類	類	類
441	點	點	點	點	點
442	辱	厚	厚	厚	厚
443	枏	俯	俯	俯	俯
444	離	離	離離	離	離
445	至	主	主	主	主
446	療	療	療	療	療
447	陞	升昇	升昇	升昇	升昇
448	勤	熏勤	熏勤	熏勤	熏勤
449	垂	垂埀	垂	垂埀	垂埀
450	弱	若	苦	若	若
451	用因	罔	罔	罔	罔
452	淚泪	泪淚	泪淚	泪淚	泪淚
453	珍	珍	珍	珍	珍
454	慎	慎	慎	慎	慎

455	羅	祿	祿	祿	祿
456	名	多	多	多	多
457	逢	逢	逢	逢	逢
458	盜	盜	盜	盜	盜
459	族	旅	旅	旅	旅
460	健	健	健	健	健
461	潤	潤	潤	潤	潤
462	弟	徒	徒	徒	徒
463	其	莫	莫	莫	莫
464	以	一	一	一	一
465	跌	跌	跌	跌	跌
466	迨	逮	逮	逮	逮
467	鐘	終	終	終	終
468	祡	祭	祭	祭	祭
469	毓	毓	毓	毓	毓
470	飲	飫	飫	飫	飫
471	嚴	嚴	嚴	嚴	嚴
472	闓	闓	闓	闓	闓
473	搆	搆	構	搆	搆
474	者	皆	皆	皆	皆
475	蹇	蠢	蠢	蠢	蠢
476	堇	僅	僅	僅	僅
477	懈	懽	懽	懽	懽
478	遙	遙	遙	遙	遙
479	躍	躍	躍	躍	躍
480	撫	撫	拊	撫	撫
481	榮	祭	祭	祭	祭
482	彼	此後	此後	此後	此後
483	麵	麵	麵麵	麵	麵
484	成	誠	誠	誠	誠

485	劣	弱	弱	弱	弱
486	裨	祉	祉	祉	祉
487	邺	錫	錫	錫	錫
488	㴑	溯	溯	溯	溯
489	源	源	泉	源	源
490	焰	焰	焰	焰	焰
491	不	弗	弗	弗	弗
492	慚	慙	慙	慙	慙
493	冒	冒	冒	冐	冐
494	蓄	畜	畜	畜	畜
495	来	來	來	來	來
496	裸	裸	裸	裸	裸
497	旹	時	時	時	時
498	彙	彙	彙	彙	彙
499	燄	燄	燄	燄	燄
500	詣	詣	詣	詣	詣
501	亦	以	以	以	以
502	渠	渠	渠	渠	渠
503	心	心	心	心	必
504	辦	辦	辦	辦	辨
505	冪	幕	幕	幕	幕
506	糧	粮	粮	粮	粮
507	几	几	几	几	几
508	臺	臺	臺	臺	臺
509	啗	啗	啗	啗	啗
510	清	清	清	清	清
511	年	年	年	年	年
512	間	閒	間	閒	閒
513	玩	翫	翫	翫	翫
514	慇	勤	勤	勤	勤

515	恊	洽	洽	洽	洽
516	唯	惟	惟	惟	惟
517	閱	閱	閱	閱	閱
518	禔	禧	禧	禧	禧
519	熷	熷	熷	熷	熷